SCIENCE FICTION

Herausgegeben
von Wolfgang Jeschke

Von **Anne McCaffrey** erschien in der Reihe
HEYNE SCIENCE FICTION & FANTASY:

Der Zyklus
DIE DRACHENREITER VON PERN:

1. *Die Welt der Drachen* · 0603291
2. *Die Suche der Drachen* · 0603330
3. *Drachengesang* · 0603791
4. *Drachensinger* · 0603849
5. *Drachentrommeln* · 0603996
6. *Der weiße Drache* · 0603918
7. *Moreta – Die Drachenherrin von Pern* · 0604196
8. *Nerilkas Abenteuer* · 0604548
9. *Drachendämmerung* · 0604666
10. *Die Renegaten von Pern* · 0605007
11. *Die Weyr von Pern* · 0605135
12. *Die Delphine von Pern* · 0605540

DINOSAURIER-PLANET-ZYKLUS:

1. *Dinosaurier-Planet* · 0604168
2. *Die Überlebenden* · 0604347

ROWAN-ZYKLUS:

1. *Rowan* · 0605622
2. *Damia* · 0605623
3. *Damias Kinder* · 0605624
4. *Lyon* · 0605625

EINZELBÄNDE:

Planet der Entscheidung · 0603314
Ein Raumschiff namens Helva · 0603354; auch ✦ 0601008
Die Wiedergeborene ·0603362
Wilde Talente · 0604289
Killashandra · 0604728

ANNE McCAFFREY

Rowan

Erster Roman des
ROWAN-ZYKLUS

Aus dem Amerikanischen von
MIKE NORIS

Deutsche Erstausgabe

WILHELM HEYNE VERLAG
MÜNCHEN

HEYNE SCIENCE FICTION & FANTASY
Band 06/5622

Titel der amerikanischen Originalausgabe
THE ROWAN
Deutsche Übersetzung von Mike Noris
Das Umschlagbild malte Karel Thole
Die Illustrationen zeichnete Johann Peterka

Umwelthinweis:
Dieses Buch wurde auf
chlor- und säurefreiem Papier gedruckt.

2. Auflage
Redaktion: René Nibose-Mistral
Copyright © 1990 by Anne McCaffrey
Erstveröffentlichung bei G. P. Putnam's Sons, New York
Mit freundlicher Genehmigung der Autorin
und Paul & Peter Fritz, Literarische Agentur, Zürich
(# 39831)
Copyright © 1997 der deutschen Ausgabe und Übersetzung
by Wilhelm Heyne Verlag GmbH & Co. KG, München
Printed in Germany 1998
Umschlaggestaltung: Atelier Ingrid Schütz, München
Technische Betreuung: M. Spinola
Satz: Schaber Satz- und Datentechnik, Wels
Druck und Bindung: Elsnerdruck, Berlin

ISBN 3-453-12641-6

JAY A. KATZ
hochachtungsvoll gewidmet,
weil wir uns geistigen Kontakts erfreuen
(zumindest meistens)

INHALT

PROLOG
Seite 9

TEIL EINS
Atair
Seite 13

TEIL ZWEI
Kallisto
Seite 163

TEIL DREI
Deneb
Seite 237

TEIL VIER
Atair und Kallisto
Seite 295

PROLOG

Im Zuge der Raumforschung Ende des zwanzigsten Jahrhunderts kam es zu einem entscheidenden Durchbruch bei der Feststellung und Aufzeichnung außersinnlicher Wahrnehmungen, der sogenannten paranormalen, psionischen Fähigkeiten, die lange Zeit für Schwindel gegolten hatten. Ein äußerst empfindlicher Enzephalograph, von Kritikern ›das Gänseei‹ genannt, war ursprünglich entwickelt worden, um die Hirnmuster von Raumfahrern aufzunehmen, die unter gelegentlich auftretenden ›hellen Flecken‹ litten, welche man eine Zeitlang für Fehlfunktionen des Hirns oder der Netzhaut hielt.

Die andere Anwendung für das Gänseei wurde unwillkürlich entdeckt, als das Gerät zur Beobachtung einer Kopfverletzung auf einer Intensivstation von Jerhattan benutzt wurde. Der Patient, Henry Darrow, war ein selbsternannter Hellseher mit einer erstaunlich hohen Trefferqoute. Als das Gerät seine Hirnstrukturen beobachtete, fand es bei ihm auch die winzigen elektrischen Impulse, die von aktiven außersinnlichen Wahrnehmungsprozessen ausgelöst wurden. Die hochempfindliche Apparatur verzeichnete die Entladung ungewöhnlicher elektrischer Energie, als Henry Darrow eine hellseherische Phase durchmachte. Zum erstenmal gab es einen wissenschaftlichen Nachweis für außersinnliche Wahrnehmung.

Von seiner Verletzung genesen, gründete Henry Darrow in Jerhattan das erste Zentrum für Parapsychik und formulierte die ethischen und moralischen Grundsätze, die Personen mit authentischen und nachweislichen *Psionischen Talenten* inmitten einer Gesellschaft, die sich zu derlei Fähigkeiten grundsätzlich skeptisch, feindlich und offen paranoid verhielt, gewisse Privilegien und Verantwortlichkeiten einräumte.

Als auf die zahlreichen Gipfeltreffen der späten achtziger und der neunziger Jahre die weltweite Abrüstung folgte, wandten sich die Regierungen anderen Forschungen zu. Die wenigsten wußten freilich, daß die *Talente* wesentlich dazu beitrugen, eine ehrliche Überwachung der Abrüstung durchzusetzen, indem sie zahlreiche Versuche, das Programm zu unterlaufen, vereitelten. Viele *Talente* büßten ihr Leben bei der Sicherung des Weltfriedens ein, der es den Menschen erlaubte, ihre Energien und Hoffnungen auf die Erschließung des Weltraums zu richten.

Weitere *Talente* wurden herangezogen, um das Sonnensystem zu besiedeln und die Lücke zwischen ihm und anderen Systemen mit bewohnbaren Planeten zu überwinden.

Als der junge Peter Reidinger das erste Mensch-Maschine-Gesamt schuf und mit Telekinese ein leichtes Raumschiff von der Erdumlaufbahn zum Mars beförderte, brach für die parapsychischen *Talente* eine neue Ära an, in der sie gefeiert statt gemieden, bewundert statt gefürchtet wurden, und in jeder Beziehung unersetzlich für die Auswanderungswelle fort von dieser überfüllten und ausgelaugten Erde.

Um das interstellare Gesamt zu erweitern, wurden besondere Einrichtungen für die *Talente* geschaffen, terraformte Habitate auf dem Erdenmond, auf Deimos beim Mars und Callisto beim Jupiter. Von diesen Stationen aus wurden telekinetisch die gewaltigen Forschungsschiffe gestartet, die neun Sterne mit für Menschen geeigneten Planeten vom G-Typ kolonisierten.

Obwohl es die *Talente* verabscheuten, ins Gerede zu kommen, und auf politische Neutralität setzten, trugen ihre Fähigkeiten unvermeidlich zur Stabilität der interstellaren Regierung bei. ›Redlichkeit und Neutralität‹ waren Motto und Methode zugleich, und trotz der Versuche, die *Talente* zum Umsturz anzustacheln, war eine neue Art ehrlicher Diplomatie die Folge. Viele *Talente* starben lieber, als daß sie ihrer Berufung Schande bereitet hätten; die wenigen, die sich verleiten ließen, wurden von ihresgleichen so schnell in die Schranken verwiesen, daß derlei Verrat als unergiebig gemieden wurde. Die *Talente* wurden unbestechlich.

Der Bedarf an *Talent* wurde chronisch und übertraf bei weitem das Angebot. Für die wenigen, die die entsprechenden Anlagen besaßen, war die Ausbildung mühselig; der Lohn entschädigte ein *Talent* nicht immer für die bedingungslose Hingabe, die ihre beschwerlichen Stellungen erforderten.

TEIL EINS

Atair

Regenfluten bedeckten die Westseite des großen Tranh-Gebirgszuges von Atair und flossen in schlammigen Bächen Hänge hinab, die schon von neun Tage anhaltenden Niederschlägen gesättigt waren. Die robusten Minta-Bäume waren aufgedunsen, ihre Wurzelsysteme schwollen zur Oberfläche hin und mischten den Schleim ihres überschüssigen Saftes in die Rinnsale, die immer mehr vom flacheren Wurzelgeflecht der wenigen Unterholzarten freispülten, die auf solch felsigem Boden gedeihen konnten. Kleine Bäche reiften zu Strömen heran, dann zu Flüssen, zu Sturzbächen von wachsender Menge und Gewalt, füllten blinde Schluchten, bis auch diese Reservoire überflossen. Und der Schleim der Mintas schien Schmiere für die Wasserwege zu sein.

Nachdem auf der Hauptstraße in der kleinen Siedlung der Rowan-Bergbaugesellschaft sieben Leute ausgerutscht waren und sich Knochen gebrochen hatten, hatte der Leiter die Bergleute und ihren Anhang angewiesen, alle Aktivitäten im Freien einzuschränken, und hatte eine Versorgung von Haus zu Haus organisiert, wobei er die robusten Hopper einsetzte. In mehreren Abbauschächten war der Betrieb schon eingestellt worden, da die Gruben vollzulaufen begannen. Als die anwachsenden Regenfluten dann auch die Nachrichtenübertragung beeinträchtigten, gab es für die in den immer feuchter werdenden, überfüllten Quartieren eingeschlossenen Menschen nicht einmal Unterhaltungssendungen.

Auf derselben betrüblichen Linie lagen die Wettermeldungen, die keine Hoffnung auf eine Änderung der Misere weckten. Die Aufzeichnungen zeigen, daß der Bergwerksleiter am zehnten Tag sein Hauptbüro in

Port Atair um Erlaubnis bat, alles entbehrliche Personal zu evakuieren, bis sich das Wetter besserte. Sein Bericht wies darauf hin, daß die Unterkünfte ziemlich primitiv und nicht im Hinblick auf übermäßige Regenfälle gebaut waren. Er nannte eine beunruhigende Zahl von Atembeschwerden unter seinen Leuten, die fast epidemische Ausmaße angenommen hatten. Die erzwungene Untätigkeit und die unzureichenden Bedingungen hatten auch die Moral merklich untergraben. Er fügte eine dringende Anforderung von Pumpen hinzu, um die Schächte trockenzulegen, wenn – und falls – der Regen je aufhören sollte.

Die Aufzeichnungen zeigten, daß die Direktoren erwogen, ob sich ein Rückzug lohnen würde. Diese speziellen Anlagen der Rowan-Gesellschaft hatte eben erst begonnen, etwas Gewinn abzuwerfen, den möglicherweise unnötige Ausgaben zunichte machen würden. Man holte die nötigen meteorologischen Gutachten ein, und Langzeit-Satellitenprognosen deuteten darauf hin, daß der Regen binnen zweiundsiebzig Stunden nachlassen würde, wenngleich die Bedingungen in Arktis und Antarktis für die nächsten zehn Tage keine Wende der allgemein bedeckten Witterung erwarten ließen, erst recht keinen Sonnenschein. Die Zustimmung zu einer Evakuierung wurde verweigert, doch von der Prima der VT&T wurden unverzüglich Hinweise zur Behandlung der Atembeschwerden und die entsprechenden Medikamente zu den Koordinaten der Rowan-Gesellschaft gesandt.

Es war früh am Morgen, als der Erdrutsch begann, so weit oberhalb des Plateaus, auf dem die Rowan-Siedlung stand, daß er unbemerkt blieb. Einige wenige Leute waren schon vorsichtig unterwegs und verwendeten die ihnen zustehende Stunde Hopper-Benutzung, um notwendige Wege zu erledigen – zu der kleinen Krankenstation, um Arznei für ihre Kranken zu holen, zum Laden der Gesellschaft. Als die Geräte in der Betriebszentrale den Zwischenfall registriert hatten, war es schon zu spät. Die ganze Oberfläche des mintabestandenen Westhanges war in Bewegung, wie eine Flutwelle von Schlamm, Felsbrocken und Vegetationsbrei. Wer draußen war, sah sein Schicksal über sich hereinbrechen. Die in ihren Häusern blieben in gnädiger Unwissenheit. Nur eine Person, ein Kind, das noch im Hopper war, während seine Mutter rasch ihre Pakete durch den unvermindert anhaltenden Regen zum Hause trug, entging der Katastrophe.

Der robuste kleine Hopper wurde von dem Schlammfluß mitgerissen, seine Eiform wirkte sich nun günstig aus, seine schwere Plastikhülle glitt über, unter und mit dem unaufhaltsamen Strom schweren, nassen Erdreichs dahin. Fast hundert Kilometer von der Rowan-Siedlung entfernt verkeilte er sich an einer Felsnase und wurde von dem ausgedehnten Schlammfluß bedeckt, während die Erde weiter rutschte, bis sich ihr Schwung im langen, tiefen Oshoni-Tal verlor.

Das Weinen begann eine Zeit, nachdem das Erdreich zur Ruhe gekommen war. Eine flehentliche, bebende Bitte an eine Mutter, die keine Antwort gab. Eine Mitteilung von Hunger und Schmerz, erst sporadisch, dann mit wachsendem Nachdruck. Das Weinen wurde abrupt abgeschnitten, und ein Wimmern trat an seine Stelle, das an Lautstärke und Intensität zunahm. Wieder wurde es zum Schweigen gebracht, wobei jeder mit einer Psi-Klasse von 9 oder höher Erleichterung verspürte, denn der ungerichtete Klang schnitt den Sensitiven in die Ohren.

In allen Siedlungen von Atair wurde mit der Suche nach dem verletzten, verlassenen oder mißbrauchten Kind gesucht, dessen Verzweiflung sich planetenweit kundtat.

»Ich habe selber Kinder«, sagte die Staatssekretärin für Inneres Carmella zum Polizeipräsidenten, als sich die Regierungsmitglieder der Kolonie im Büro des

Gouverneurs zu einer Notsitzung versammelten, »und das ist das Weinen eines verängstigten, verletzten, hungrigen Kindes. Es muß irgendwo auf Atair sein.«

»Wir haben die Straßen abgesucht, die Krankenhausakten nach jedem potentiell psibegabten Kind überprüft, das in den letzten fünf Jahren geboren wurde ...« Sein Kopfschütteln bedeutete Mißerfolg. Er selbst verfügte über keinerlei *Talent*, empfand aber Hochachtung und Bewunderung für jene, die welches besaßen.

»Das Muster des Weinens, die abrupten Wechsel, die Wiederholung deuten auf ein Kind von zwei oder drei Jahren hin«, sagte der Leiter der Gesundheitsbehörde. »Jeder von meinen Leuten, der sensitiv ist, hat versucht, Kontakt aufzunehmen.«

»Was ich nicht verstehe – warum bricht es so plötzlich ab?« sagte der Polizeipräsident, während er in den Berichten blätterte, die er mitgebracht hatte, um das Ausmaß der Suche zu zeigen.

Seit kaum hundert Jahren für die Kolonisation erschlossen, hatte Atair keine große Bevölkerung – das gegenwärtige Ballungszentrum um Port Atair und Atair Stadt brachte es auf 5 253 402 Menschen. Weitere 1 700 089 Menschen begannen zusätzliche Ansiedlungen zu bilden, in der Regel Bergbau-Unternehmen, die den Mineral- und Erzreichtum des großen Planeten ausbeuteten, über dessen immensen Hauptkontinent verstreut.

»Die Berichte von allen Niederlassungen treffen ein bißchen langsam ein«, sagte Staatssekretärin Carmella verblüfft. »Dieses Unwetter zieht ostwärts und kommt auf uns zu. Aber wir müssen das Kind identifizieren: Jemand, der so früh schon derart stark ist, muß sorgsam beobachtet werden.«

Unwillkürlich warf sie einen Blick hinaus zur VT&T-Einrichtung am gegenüberliegenden Rande des Raumhafens. Ein Staubwölkchen, dem rasch ein halbes Dutzend weitere folgten, ließ erkennen, daß die eintreffende Fracht von den telekinetischen Fähigkeiten Siglens aufgestapelt wurde, die als T1-Prima Atairs größten Aktivposten darstellte. Da ihre geistige Kinesis von einem Gesamt mit den starken Generatoren unterstützt wurde, die ihre Einrichtung umgaben, konnte Siglen sogar von der Erde und von Beteigeuze Sendungen empfangen, unbemannte Frachtmodule ebenso leicht orten und landen lassen, wie andere die gewöhnlichen Alltagsgegenstände anhoben.

Der Vorstoß der Menschheit in den Weltraum war möglich geworden, da die größten psionischen *Talente*, Telepathen und Teleportations-Kineten, die gewaltigen Entfernungen zwischen den Sternensystemen zu überbrücken vermochten und so eine verläßliche und momentane Kommunikation zwischen der Erde und ihren Kolonien zur Verfügung stellten. Ohne die Primen in ihren Tower-Stationen, ständig in Kommunikation mit anderen Primen, in dem Gesamt befähigt, Ein- wie auch Ausfuhrgüter zu verlagern, wäre die Neun-Sterne-Liga nicht möglich gewesen. Die Primen waren die Angelpunkte des Systems. Und solche *Talente* waren rar.

Ohne das Netzwerk der Vereinten Telepathen und Telekineten würde die Menschheit noch immer versuchen, ihre nächsten Nachbarn im Raum zu erreichen. Nachdem endlich eine zentralisierte, weltweite Staatsgewalt erreicht war, hatte die Erdregierung den VT&T eine unwiderrufliche Autonomie zuerkannt und so nicht nur ihre Unparteiigkeit gewährleistet, sondern auch ihre Wirksamkeit, mit der sie Kontakt zu den nun weit ausgebreiteten Kolonien der Menschheit hielten. Als die Neun-Sterne-Liga gebildet worden war, hatte sie diese Autonomie ratifiziert, so daß kein Sternensystem jemals hoffen konnte, die VT&T und damit die Liga unter seine Kontrolle zu bekommen.

Die meisten Gemeinwesen waren stolz auf die Anzahl und Vielfalt der *Talente* unter ihren Bewohnern.

19

Furcht und Mißtrauen gegenüber paranormalen Fähigkeiten waren von den offensichtlichen Vorteilen überlagert worden, die die Beschäftigung von Leuten mit *Talent* mit sich brachte. Es gab selbstverständlich viele Grade von *Talent* mit entsprechenden Anwendungen im Kleinen oder im Großen. Naturgemäß fielen die stärkeren *Talente* am meisten ins Auge und waren am seltensten. Die stärksten in jedem Fachbereich erhielten den Titel ›Primus‹ beziehungsweise ›Prima‹. Am rarsten waren jene Primen, die telepathische mit telekinetischen Fähigkeiten vereinigten, sie wurden das wichtigste Bindeglied zwischen der Erde und dem Planeten, auf dem sie Dienst taten.

»Es kann durchaus sein, daß wir Zeuge sind, wie ein neuer Primus ans Licht tritt!« Inneres Carmella konnte die knospende Hoffnung und den einigermaßen aussichtslosen Traum nicht recht unterdrücken, diese neue *Talent* würde vielleicht Siglen in den Schatten stellen. Sie mochte ja Atairs größter Aktivposten sein, aber ein ziemlich kratzbürstiger. Carmella hatte mit ihr zu tun und fand keine Freude an diesem Aspekt ihrer Pflichten. Ihr Vorgänger, der jetzt glücklich im östlichen Gebirgsvorland Fische fing, hatte Siglen ›die Raum-Schauerfrau‹ genannt, ein Beiname, den Inneres sich aufrichtig zu vergessen bemühte, wenn Siglen gerade wieder einen besonderen schwierigen Moment hatte.

Für Atair wäre es außerordentlich ehrenvoll gewesen, in so kurzer Zeit ein Primär-*Talent* hervorgebracht zu haben. Wenn die Anlagen des Kindes richtig entwickelt wurden – und die Kraft, mit der es sich kundtat, verhieß viel –, würde Atair die besten Siedler anziehen, die hoffen würden, etwas in der Atmosphäre des Planeten fördere *Talent*. (Niemand hatte je diesen Zusammenhang bewiesen. Noch ihn widerlegt.)

Atair hatte schon ziemliches Glück gehabt, daß sich unter den ursprünglichen Kolonisten eine vernünftige Auswahl an *Talenten* befand: prophetisch Begabte,

Hellseher, ›Finder‹ mit hoher Affinität zu Metall und Mineralien, die die hochwertigen Erze und nützlichen Mineralien entdeckt und Atairs Exportrate gesteigert hatten, die übliche Bandbreite an geringeren Makro- und Mikrokineten, die Dinge verlagern, verbinden oder handhaben konnten, eine gute Auswahl an Heil-*Talenten*, wenngleich noch keine Primen, auf medizinischem Gebiet, und die gewöhnlicheren Empathen, die unschätzbaren Wert für jede Art von Unternehmung hatten, wo Langeweile oder kleinere Reibereien aufkommen konnten. Empathen und Propheten waren auch Angehörige der Polizeitruppe – nicht, daß es auf Atair viel Kriminalität gegeben hätte: Die Leute waren in der Regel viel zu sehr damit beschäftigt, sich auf Atairs ausgedehntem und fruchtbarem Boden ihre persönlichen Latifundien aufzubauen oder seine verborgenen Schätze zu fördern. Der Planet war zu neu, um die ›zivilisierten‹ Verbrechen dichtbesiedelter und benachteiligter Stadtgebiete zu entwickeln.

Atair hatte Glück mit seiner räumlichen Position in der Neun-Sterne-Liga, und da er im Mittelpunkt mehrerer neuer Siedlungsunternehmen lag, hatte er als eine der erste Kolonien eine komplette Station der Vereinten Telepathen und Telekineten mit einer telepathischen und telekinetischen Prima, Siglen, erhalten. Dieser Vorteil hatte Atairs Anziehungskraft für Individuen wie für Industrieunternehmen kräftig angefacht. Ein Primär-*Talent* hervorgebracht zu haben, hätte die kühnsten Hoffnungen der Regierung übertroffen. Also wandte sich die Staatssekretärin für Inneres an den Leiter der Gesundheitsbehörde.

»Alles schön und gut, doch erst einmal müssen wir das Kind haben«, sagte der Leiter und sprach genau aus, was sie dachte, obwohl der Mann kein *Talent* besaß. Dann räusperte er sich gereizt. »Meine Berater meinen, das Kind sei verletzt – aber nirgends im Gesundheitswesen hat es einen Bericht über ein verwun-

21

detes oder unter Schock stehendes Opfer im Kindesalter gegeben.«

»Ganz offensichtlich *gibt* es eins«, sagte der Gouverneur und schlug auf den Tisch. »Wir werden es finden und feststellen, warum man Kind so lange hat weinen lassen, ohne sich um es zu kümmern. Kinder sind das wertvollste Gut, das dieser Planet besitzt. Kein einziges Leben darf vergeudet werden ...«

Ein Heulen, ein klägliches, nervenzerreißendes Heulen schnitt ihm das Wort ab. *Mammiii! Mammiii! Mammiii, wo bist ...* Abrupt wurde das Jammern abgebrochen.

In der eintretenden Stille preßte die Staatssekretärin Carmella genervt die Finger gegen die Schläfen, die noch immer von dem gedanklichen Kreischen widerhallten. An die Tür des Ratszimmers wurde rein der Form halber geklopft, und in der Türöffnung erschien ein überaus sorgenvoller Regierungsassistent.

»Staatssekretärin, Siglen wünscht dringlich mit Ihnen zu kommunizieren.«

Inneres atmete erleichtert auf. Siglen hätte ihre Botschaft ohne weiteres direkt in den Kopf von Inneres einspeisen können, doch die Prima hielt sich pingelig an den Dienstweg – wofür ihr die Staatssekretärin jetzt dankbar war.

»Natürlich!«

Die Bildschirme ringsum an den Wänden des Ratszimmers gingen an und unterstrichen die Dringlichkeit des Vorganges. Siglen stellte für gewöhnlich wenig Forderungen an den Rat. Als die wütende Frau sie nun vom Bildschirm her anstarrte, schien ihr Blick tief in die Gedanken den Anwesenden einzudringen. Siglen war ein ziemlicher Brocken von Frau, von einer sitzenden Lebensweise und einer Abneigung gegen jedwede sportliche Übung verweichlicht. Sie befand sich in ihrer Betriebszentrale im Tower, und das Hintergrundgeräusch stammte von den Generatoren des Gesamt.

»Inneres Carmella, Sie müssen dieses Kind ausfindig machen, wo immer es ist, feststellen, wer es sich selbst überlassen hat, und mit den Betreffenden nach der ganzen Strenge des Gesetzes verfahren.« Sie hatte große Augen, das Beste an ihrem Äußeren, und die waren vor Kränkung und Ärger weit aufgerissen. »Kein Kind sollte auf solch einem Niveau senden dürfen. Ich kann nicht immerzu meine laufende Arbeit unterbrechen, um mich mit etwas zu befassen, was eindeutig die Pflicht der Eltern ist.«

»Prima Siglen, es trifft sich gut, daß Sie Zeit haben, mit uns ins Verbindung zu treten ...«

»Ich habe durchaus keine Zeit. Ich komme mit dem Frachtversand für heute in Verzug ...« Sie wies ungeduldig hinter sich. »Das genügt einfach nicht. Machen Sie das Kind ausfindig. Ich kann meine Zeit nicht damit verschwenden, ständig zu versuchen, es zu beruhigen.«

Inneres murmelte lautlos etwas Krasses, beherrschte aber ihre Gesichtszüge und ließ die Gedanken nach unten abtauchen. »Wir waren im Begriff, Sie um Hilfe bei der Suche zu bitten ...«

Siglens beleidigter Gesichtsausdruck ließ sie innehalten. »Ich? ... helfen ... bei der Suche nach einem Kind? Ich versichere Ihnen, ich bin keine Hellseherin. Ich werde mich weiterhin bemühen, es *ruhig* genug zu halten, daß ich meinen Pflichten nachkommen kann, die ich gegenüber diesem Planeten habe, und der Aufgabe, der ich mein Leben gewidmet. Aber *Sie* ...« – dazu ein ringgeschmückter Finger, die Spitze von der Perspektive so vergrößert, daß die Papillarlinien deutlich zu sehen waren – »werden feststellen, wo sich dieses entsetzlich ungezogene Kind befindet!«

Die Verbindung wurde abrupt unterbrochen. Das Kind begann zu wimmern, und auch das wurde abrupt unterbrochen.

»Wenn sie das Kind andauernd zum Schweigen bringt, wie sollen wir es dann finden?« fragte Inneres

Carmella mißmutig. »Sie haben Ihre Hellseher dange-
setzt, oder?« fragte sie den Polizeipräsidenten.

»Habe ich wirklich, aber Sie wissen so gut wie ich«,
antwortete er im Ton einer Rechtfertigung, »daß ein
Hellseher ›etwas‹ braucht, worauf er sich konzentrieren kann.«

»Yegrani nicht«, sagte der Mediziner betrübt.

»Yegrani ist seit Jahren tot«, sagte Inneres mit auf-
richtigem Bedauern, und dann erhaschte sie einen
Blick auf das Gesicht des Polizeipräsidenten.

Das Weinen begann abermals, kläglich, abgehackt,
um Hilfe flehend. Sie hörten, wie es verebbte, dann mit
einem Oberton von Wut wieder einsetzte.

»Ha! Siglen hat ihren Meister gefunden. Sie kann das
Balg nicht zum Schweigen bringen.«

»Das ist kein Balg«, sagte Inneres Carmella, »es ist
ein verängstigtes Kind, und es braucht alle Hilfe, die
wir aufbringen können. Sehen Sie, heutzutage läßt
man Kinder einfach nicht …« – sie schaute zur Wand-
uhr – »… tagelang allein. Es muß ein Unfall passiert
sein. Sie haben aus Port Atair und der Stadt nichts dergleichen gemeldet. Konzentrieren wir uns also auf die
Landlose. Es gibt auf diesem Planeten ein paar isolierte
Bergbausiedlungen, wo ein Kind alleingelassen worden sein könnte. Haben wir nicht Berichte von ungewöhnlich starken Regenfällen im Westen?«

»Fünftausend Meilen sind eine ziemlich große
Strecke, um sie mit einem Gedankenschrei zu überbrücken«, bemerkte der Gouverneur, dann blickte er
verdutzt drein, als er die Bedeutung seiner Worte erfaßte. »Wahrlich!«

»Es kann tatsächlich einen Unfall gegeben haben.
Ein Erdbeben, oder vielleicht eine Überschwemmung
bei dem schrecklichen Regen jetzt.« Inneres stand entschlossen auf und bedachte den Gouverneur mit einem
höflichen Kopfnicken. »Wir haben die Mittel, Leute –
also nutzen wir sie doch.«

Als sie alle aus dem Zimmer in ihre eigenen Büros gingen, nahm Inneres den Polizeichef beim Arm.

»Yegrani lebt also noch, was?« Darauf bedacht, daß niemand sie hören konnte oder ihnen beim allgemeinen Aufbruch besondere Beachtung schenkte, nickte er ihr fast unmerklich zu. »Sicherlich würde sie uns helfen, ein Kind zu retten?«

»Unter den gegebenen Umständen wäre das gut möglich, aber sie ist älter als Methusalem und verfügt nicht mehr über viel Kraft. Wir sollten zusehen, daß wir die Suche möglichst auf ein Gebiet eingrenzen.«

Das dauerte keine Stunde, nachdem der gesamte öffentliche Dienst eingespannt wurde. Zunächst wurden Satellitenbilder überprüft. Die hundertfünfzig Kilometer lange Bahn der Verwüstung war nicht zu übersehen. Inneres selbst rief das Industrieunternehmen an, das diesen Bereich erworben hatte. Unverzüglich legte man dort auf die Anfrage aus dem Krisenstab seine Aufzeichnungen offen. Man hatte vom Leiter des Bergwerks nichts gehört und machte sich allmählich Sorgen.

»Nicht genug Sorgen, um uns eine Meldung zu schicken, stelle ich fest«, bemerkte Inneres Carmella giftig. Dann wandte sie sich an den Polizeipräsidenten. »Was ich nicht verstehe: Warum ist bei Ihnen keine Vorhersage dieser Katastrophe verzeichnet?«

»Es ist nichts, was man eine Katastrophe mit schwerwiegenden Schäden für die Bevölkerung nennen könnte«, erwiderte er mit verdrießlichem Blick. »Ich meine, ich weiß, daß offensichtlich eine beachtliche Anzahl Menschen ums Leben gekommen ist, aber ihr Tod schafft keine Krisensituation für ganz Atair. Leider. Außerdem sind die meisten von unseren Voraussagen an die Städte gebunden«, fügte er entschuldigend hinzu.

»Ich denke, ich werde eine Geldstrafe für Unternehmen einführen, die nicht rund um die Uhr Kontakt zu ihren Außenstellen halten«, murmelte Inneres und machte sich eine Notiz.

»Wie bitte?«

»Sehen Sie!« sagte sie, während die Personaldateien des Unternehmens über den Bildschirm rollten. »Fünfzehn Kinder im Alter von einem Monat bis fünf Jahren. Wieviel Einzelheiten benötigt Ihre Hellseherin?«

»Ich weiß nicht einmal, ob sie uns helfen wird«, sagte der Polizeichef bekümmert. »Sie hat sich auf meine Anrufe nicht gemeldet.«

Das Weinen setzte wieder ein, wurde abgeschnitten und ging mit einem verzweifelten Ton weiter.

»Das Kind wird schwächer«, rief der Mediziner aus, als er ins Zimmer des Krisenstabes stürmte. »Wenn sie unter den Schlammassen liegt, hat sie weder zu essen noch zu trinken – und vielleicht nicht mehr viel Luft.«

Der Drucker murmelte vor sich hin, während ein neues Blatt herausflutschte. Inneres beugte sich darüber und knurrte mit Verzweiflung in der Stimme.

»Ich habe einen Vergleich des Geländes vor und nach dem Erdrutsch kommen lassen. Es gibt Senken, in denen Schlamm und Unrat jetzt fünfzig Meter hoch liegen. Stellenweise ist der Erdrutsch sechzig Kilometer breit. Wenn das Kind halbwegs tief unter dem Schlamm liegt, wird es bald ersticken. Vor allem, wenn es weiter so schreit und den ganzen Sauerstoff verbraucht.«

Der Polizeichef trat an den Bildschirm heran und winkte die anderen beiseite. »Ich schicke noch einen Notruf an ihre Privatnummer, aber ob sie antwortet oder nicht ...«

»Was ist?« Die kehlige Stimme zog die Zischlaute in die Länge. Ein Bild erschien nicht auf dem Schirm.

»Hast du das Weinen gehört?«

»Wer hat das nicht? Ich hätte euch sagen können, daß Siglen nicht helfen würde. Das übersteigt ihre

Fähigkeiten. Pakete von Ort zu Ort schmeißen, erfordert kein Feingefühl, wo das Gesamt die ganze Arbeit macht.«

Da keine Bildverbindung bestand, verdrehte der Polizeipräsident die Augen, als er Yegranis bissigen Ton hörte. Zwischen der Telekinetin und der Hellseherin bestand seit Jahren Feindschaft, wenngleich der Polizeichef zufällig wußte, daß es ursprünglich eher Siglens als Yegranis Schuld gewesen war.

»Wir befürchten, dem Kind könnte die Luft ausgehen, Yegrani. Der Schlamm ist stellenweise fünfzig Meter tief, auf einer Länge von hundertfünfzig Kilometern. Wir haben eine Menge ...«

»Schaut euch links oberhalb vom Oshoni-Tal um, an einer Felskante ungefähr zwei Kilometer von der Schlammzunge entfernt. Sie liegt nicht besonders tief, aber die Hülle des Hoppers ist gebrochen, und es dringt Schlick ein. Das Kind ist in Panik. Siglen hat nichts unternommen, um es zu beruhigen, wie es jeder mitfühlende Mensch getan hätte. Hütet dieses Kind gut. Es hat einen langen und einsamen Weg vor sich, ehe sie reisen wird. Aber es wird der Brennpunkt sein, der uns vor einer viel größeren Katastrophe behütet, als es selbst überstanden hat. Hütet vor allem den Hüter.«

Die Verbindung brach ab, doch sobald Yegrani die Position des Kindes ›geschaut‹ hatte, hatte die Staatssekretärin für Inneres einen Mitdruck des Gesprächs an die Rettungsmannschaften weitergeleitet, die in ihren Spezialfahrzeugen wartete. Der Gouverneur selbst bestellte den Transport und gab der Prima Atairs die Koordinaten. Sie fragte nicht, wie sie dazu gekommen waren, schickte die Gruppen aber haargenau an ihren Einsatzort.

»Meint sie ›links‹ von den blöden Ding, oder von *ihm* aus links?« wollte der Einsatzleiter wissen, als die Rettungsmannschaft nach ihrer Reise ausstieg. Ihre

Kapseln waren nach kurzem Rutschen am Grunde des Tales zum Stehen gekommen, gerade, wo die ausgestreckte ›Zunge‹ des Schlamms endete. »Puh!« Er rümpfte die Nase. »Der Gestank von den Mintas reicht aus, daß einem die Luft wegbleibt! Los, zeigt den Geo-Ausdruck her.«

»Die Felskante müßte da drüben sein!« rief sein Stellvertreter und zeigte nach rechts. »Und fester Grund, von wo aus man arbeiten kann.«

»Mach die zwei km klar«, ordnete der Chef an und zeigte auf den Mann am Ortungsgerät. »Bleibt von dem Schlamm weg! Jeder, der reinfällt, geht zu Fuß nach Hause.«

Die Mannschaft kletterte auf den Vorsprung oberhalb der Felskante und schwenkte vorsichtig die Detektoren hin und her. Etwa zehn Meter weit im Schlamm wurde ein Einschluß entdeckt. Die Ärztin fuhr ihre empfindlichen Geräte aus und stellte Lebenszeichen fest. Der Grabarm wurde verankert und ausgelegt. Zwei Freiwillige, mit Trossen am Grabarm verankert, ließen sich in die Brühe hinabsinken und begannen den Schlamm beiseite zu schaufeln. So schnell sie schaufelten, rutschte der widerspenstige Morast wieder nach.

»Her mit der Saugröhre, dalli!« schrie der Chef, innerlich sehr befriedigt, daß seine Anweisung augenblicklich befolgt wurde.

Der Hopper, an der Felsnase verkeilt, lag nicht tief, und nachdem erst einmal ein hinreichend großes Stück Oberfläche freigelegt war, wurde ein Haftanker daran befestigt. Er kämpfte gegen den Sog des Schlamms an, während die Leute mit den Schaufeln in verzweifeltem Tempo arbeiteten und etwas von Kineten murmelten, die nie da waren, wenn man sie brauchte. Plötzlich kam genug Luft unter den Hopper, um den Unterdruck zu lösen, und nur die schnellen Reflexe der Leute am Ufer verhinderten, daß das Gefährt hart gegen den Zugausleger prallte. Das kleine Fahrzeug erbebte und schwang hin und her, bis es endlich auf festem Boden zur Ruhe kam.

Schlamm rann von der Hülle und sickerte aus der Bruchstelle, während die ganze Mannschaft besorgt zusah. Wieviel von dem Zeug war ins Innere gedrungen? Allen fiel ein Stein vom Herzen, als sie ein dünnes, zittriges Weinen hörten, gedanklich und akustisch. Wie ein Mann stürzten die Leute zu der ramponierten Tür, um sie aufzuzerren.

»Mammi?« Ein Kind mit zerrissenen Sachen, blauen Flecken und einer Schlammkruste kam auf die Schwelle gekrochen, schluchzte erleichtert und blinzelte in die plötzliche Helligkeit. »Mammi?«

Die Ärztin der Rettungsmannschaft eilte herbei, verströmte Beschwichtigung und Liebe. »Es ist alles vorbei, Schatz. Du bist in Sicherheit. Wir haben dich in Sicherheit gebracht.«

Sie preßte den Hypnospray gegen einen schlammbedeckten Arm, ehe das Kind erfassen konnte, daß sich seine Eltern nicht unter den Leuten befanden, die sich um den Hopper drängten. Bei alledem wirkte das Betäubungsmittel nicht schnell genug, um dem gequälten Aufschrei des verwaisten Rowan-Kindes zuvorzukommen, den ganz Atair hörte.

»Wir haben getan, was wir konnten«, sagte der Leiter der Gesundheitsbehörde in leicht rechtfertigendem Ton.

»Das wissen wir«, erwiderte Inneres Carmella und strahlte soviel Billigung aus, wie sie nur konnte.

»Tatsache ist, daß das Rowan-Kind unzugänglich bleibt«, bemerkte der Gouverneur und seufzte bedauernd.

»Es sind erst zehn Tage seit der Tragödie«, fügte Inneres hinzu.

»Und es gibt definitiv keine Verwandten, die die

Sorge für das Kind übernehmen könnten?« fragte der Gouverneur.

Inneres schaute in die Aufzeichnungen. »Es kommen elf Eltern von ähnlichem Genotyp in Frage, weil von den Bergleuten viele aus derselben Volksgruppe stammten. Die Unternehmensleitung hat keine Sicherungsdateien von den Aufzeichnungen der Krankenstation aufbewahrt, so daß wir nicht einmal wissen, wieviel Kinder seit Gründung des Lagers vor zehn Jahren geboren wurden. Also keine näheren Verwandten. Auf der Erde gibt es sicherlich noch welche.«

Der Gouverneur räusperte sich. »Die Erde hat mehr hochklassige *Talente* als jeder andere Planet.«

»Wir müssen unsere natürlichen Reserven hüten«, erwiderte Inneres Carmella mit der Andeutung eines Lächelns.

»Halten wir also fest und vermerken in den Aufzeichnungen dieser Besprechung, daß das ... Rowan-Kind« – er hatte innehalten und gewartet, daß jemand einen Namen beisteuern würde – »fortan Mündel des Planeten Atair 4 ist. Und weiter?« Er wandte sich an Inneres.

»Nun ja, das Mädchen kann nicht ewig im Kinderkrankenhaus bleiben«, erwiderte sie und wandte sich dem Leiter der Gesundheitsbehörde zu.

»Meine Cheftherapeutin sagt, das Mädchen hat sich im wesentlichen von dem Schock erholt. Die Abschürfungen und Blutergüsse, die sie beim Erdrutsch davongetragen hat, sind abgeheilt. Sie hat es auch geschafft, jede Erinnerung an die Katastrophe zu blockieren, aber sie wird kaum die Tatsache auslöschen können, daß sie Eltern hatte, und möglicherweise Geschwister.« Er nickte, als sich die anderen halblaut gegen weitere Eingriffe in die Erinnerung aussprachen. »Aber ...« – und er breitete die Hände aus – »sie ist elternlos, und obwohl die T8-Assistenzärztin es geschafft hat ... mit dem allgemeinen telepathischen ›Rauschen‹ fertig zu werden, ist die Kontrolle des Kindes beschränkt und seine Konzentrationsfähigkeit von betrüblich kurzer Dauer.«

Alle verzogen das Gesicht, denn dem ganzen Planeten wurden noch Ausbrüche des Rowan-Kindes zuteil.

»Empfängt sie auch, wie sie sendet?« fragte der Gouverneur schließlich.

Der Mediziner zuckte die Achseln. »Muß sie, sonst würde sie Siglen nicht hören.«

»Also das muß aufhören«, sagte Inneres und preßte die Lippen fest zusammen, ehe sie fortfuhr. »Dem Kind wegen ganz normalen ...«

»Wenn auch lauten«, fügte der Gouverneur ein.

»... Überschwangs eins überzubraten – wo das doch wahrlich eine erfreuliche Veränderung gegenüber dem Weinen ist –, muß irgendwann blockieren, was das Kind an *Talent* besitzt«, fuhr Inneres fort. »Siglen mag eine VT&T-Prima sein, aber sie hat kein einziges Neuron Empathie, und ihr Mangel an Einfühlungsvermögen dem Kind gegenüber grenzt an Herzlosigkeit.«

»Siglen hat vielleicht keine Empathie«, sagte der Gouverneur, und ein nachdenklicher Schleier legte sich auf seinen Blick, »aber sie ist sehr stolz auf ihren Beruf und hat schon zwei Primen für ihre gegenwärtigen Pflichten auf Beteigeuze beziehungsweise Capella ausgebildet.« Jemand knurrte zynisch. »Niemand anders in diesem System ist wie sie prädestiniert, die Ausbildung des Rowan-Kindes zu übernehmen.«

»Sie ist zum Mündel von Atair erklärt worden«, stellte Inneres fest und saß kerzengrade da, ganz Widerspruch, »und das wird wohl niemand bestreiten. Im Zentrum auf der Erde würde sie freundlichere Behandlung erfahren. Man würde sich um sie kümmern. Ich bin dafür, sie dorthin zu schicken. Und so bald wie möglich.«

Lusena hatte die Aufgabe, das alles dem Rowan-Kind zu erklären. Die T8 hatte sie die ganze Zeit über betreut, Spiele gespielt, um sie zum Gebrauch ihrer Körperstimme anstatt der geistigen zu bewegen. Nachdem das Kind sich von den physischen Verletzungen erholt hatte und die Dosis der Beruhigungsmittel gesenkt worden war, war Lusena mit ihm einen Pucha aus dem Vorrat des Krankenhauses aussuchen gegangen.

Puchas, deren Name von dem imaginären Gefährten herrührte, den Kinder in Not für sich entdeckt hatten, waren in der Kindermedizin zu breiter Anwendung gelangt. Sie konnten für verschiedene Zwecke programmiert werden, doch häufiger wurden sie mit großer Wirkung bei Operationen und Langzeitbehandlung sowie als Ersatz in Fällen schwerer Abhängigkeit benutzt. Das Rowan-Kind brauchte seinen eigenen Pucha. Seine Programmierung war sorgsam durchdacht worden: Sein langes weiches Haar bestand aus Rezeptoren, die die körperliche und seelische Gesundheit des Kindes überwachten. Wenn er Gefahrensignale auffing, konnte er beruhigende Gefühle auslösen, zu einem Gespräch ermutigen und – von größter Wichtigkeit – die Gedanken-›Stimme‹ des kleinen Mädchens mäßigen. Mit seinem beruhigenden, tiefen Schnurren reagierte er auch, wenn es unruhig wurde oder Kummer hatte. Obwohl Lusena und das kinderärztliche Personal die Programme des Puchas immer weiter vervollkommneten, erfuhr es jeder Sensitive auf Atair, als die kleine Rowan ihn ›Pursa‹ nannte. Ihr silberhelles Lachen war ein großer Fortschritt gegenüber dem Wimmern, und fast jeder fühlte mit der kleinen Waise.

Siglens persönliche Assistentin, Bralla, eine T4-Empathin, tat es jedenfalls und gab sich alle Mühe, ihre Chefin zu beschwichtigen – die, wie Bralla dem Stationsmeister gestanden hatte, manchmal kindischer als das Rowan-Kind sein konnte.

»Für Siglen könnte es nützlich sein, selber einen Pucha zu haben«, sagte Bralla zum Stationsmeister, denn Siglen war äußerst reizbar, wenn das Geplapper des Rowan-Kindes sie bei der Konzentration störte.

Gerolaman schnaufte verächtlich. »Die Sorte Geschmuse, die sie möchte, wird sie nie kriegen.« Und er schnaufte abermals, als ihm Bralla hektisch Zeichen gab, er möge seine Stimmungen für sich behalten.

»Sie ist wirklich kein schlechter Mensch, Gerolaman. Bloß ...«

»Sie ist es viel zu sehr gewohnt, die wichtigste Person auf dem Planeten zu sein. Sie mag keinen Wettbewerb, in keiner Weise. Erinnerst du dich an den Zank mit Yegrani?«

»Gerolaman, sie ist nicht taub!« Bralla stand auf. »Sie wird mich jeden Moment brauchen. Bis später.«

Nicht immer konnte Pursa für ein vorbildliches Verhalten einer Dreijährigen sorgen. Trotz Brallas diskreter Vermittlung hatte das Rowan-Kind allzuoft unter Siglens Unduldsamkeit zu leiden. Schließlich entschied die Staatssekretärin für Inneres, jemand müsse etwas wegen Siglen unternehmen, und das zu tun, sollte ihr große persönliche und dienstliche Befriedigung verschaffen.

»Prima Siglen, eine Angelegenheit äußerster Dringlichkeit«, sagte Inneres Carmella, sobald die T1 auf dem Bildschirm erschien. »Wir haben die Kursänderung eines Passagierschiffs erreicht, um das Rowan-Kind morgen abholen zu lassen.«

»Sie abholen lassen?« Siglen blinzelte verwundert.

»Ja, bis Mittag werden Sie sie los sein, also sorgen Sie freundlichst dafür, daß ihre restlichen Stunden auf Atair nicht von Ihren Verweisen getrübt werden.«

»Ihre restlichen Stunden auf Atair? Sie müssen den Verstand verloren haben!« Siglens aufgerissene Augen ließen erkennen, wie schockiert und entsetzt sie war, und sie hatte aufgehört, ihr Halsband aus Meerjuwelen zu befingern. »Sie können ein Kind ... so ein kleines Kind ... nicht solch einem Trauma aussetzen.«

»Das scheint der vernünftigste Weg zu sein«, erwiderte Inneres Carmella grimmig, ohne den wahren Grund zu verraten.

»Aber sie *kann nicht* weg. Sie hat die Anlagen einer Prima ...«, stammelte Siglen, aschfahl im Gesicht. Sie ließ ihr Halsband los und packte den Rand des Bildschirms. »Sie ... sie wird sterben! Sie wissen so gut wie ich«, strömten die Worte aus Siglens Mund, »was Leuten mit wirklichem *Talent* im Raum widerfährt ... Ich meine, sehen Sie doch, wie krank David geworden ist. Erinnern Sie sich, wie schwer Capella mitgenommen war. Ein Kind ... von unbekanntem Potential ... solch einem geistzerstörenden Trauma auszusetzen! Sie müssen wahnsinnig sein, Inneres. Sie können das nicht tun! Ich werde es nicht zulassen!«

»Nun ja, Sie erlauben dem Kind nicht, sein *Talent* zu üben. Im Zentrum auf der Erde wird sie die Zuwendung und Ausbildung durch Fachleute haben.«

»Sie wollen dieses Kind von Atair aufgeben, Sie wollen es fort von ihren Leuten schicken ...«

»Sie hat niemanden auf Atair«, hörte Inneres sich sagen, und dann erfaßte sie, daß Siglen im Begriff war, eine ihrer Szenen zu machen. »Prima Siglen, es ist der Beschluß des Rates, daß das Mündel von Atair mit dem Passagierschiff, welches zu diesem Zweck nach Atair umgeleitet wurde, zum Erd-Zentrum befördert wird – mit Ihrer wohlbekannten feinfühligen Kinese. Schönen Tag noch!«

Sobald das Bild auf dem Schirm verschwunden war, wandte sich Inneres an den Mediziner und Lusena. »Ich hätte gedacht, sie würde das Kind raus in das Schiff schnipsen, ohne daß es zu landen brauchte!«

»Ist irgendwas dran an dem, was sie über David von Beteigeuze und Capella gesagt hat?« fragte der Mediziner mit gerunzelter Stirn. Vor zehn Jahren war er ein kleiner Beamter im Gesundheitsdienst gewesen und kannte sich in den Einzelheiten aus jener Zeit nicht aus.

»Nun ja, keiner von den Primen kommt mit Reisen gut zurecht, und keiner teleportiert sich selbst jemals über größere Entfernungen«, erwiderte Inneres nachdenklich. »Aber das Rowan-Kind wird viel besser dran sein, wenn es Siglens Art von Disziplin hinter sich läßt.«

»Ich geh dann wieder.« Lusena wirkte besorgt und stand auf. »Sie hat ein bißchen geschlafen, aber ich möchte nicht, daß sie aufwacht und ich nicht da bin.«

»Sie haben Wunder bei ihr gewirkt, Lusena«, sagte Inneres Carmella herzlich. »Sie erwartet eine angemessene Belohnung vom Rat, wenn Sie sie sicher zur Erde gebracht haben.«

»Sie ist eine sympathische Kleine, wirklich«, sagte Lusena und lächelte voll Zuneigung.

»Ein bißchen seltsam sieht sie aus mit diesem weiß gewordenen Haar und den riesigen braunen Augen in dem schmalen Gesicht.« Der Mediziner schien sich nicht wohl in seiner Haut zu fühlen.

»Prächtige Augen, ein liebenswertes Gesicht«, sagte Inneres hastig, um Lusenas Bestürzung über die unverblümte Beschreibung des Mediziners zu überspielen. »Und Sie werden morgen mit ihr zurechtkommen?«

»Ich denke, je weniger Umstände, desto besser«, erwiderte Lusena.

Alle Umstände tags darauf ergaben sich allein aus der totalen Weigerung des Rowan-Kindes, das Passagierschiff zu betreten. Sie warf einen Blick auf das Portal des Schiffs und stemmte sich fest, buchstäblich und gedanklich. Aus ihrem Geist drang ein einziger hoher Ton von mitleideregendem Schrecken. Von ihren Lippen ein monotones »nein, nein, nein, nein.« Pursa, so fest umklammert, daß Lusena sich um einen Teil der Programmierung sorgte, reagierte laut schnurrend auf den Kummer des kleinen Mädchens.

»Kann sein, daß wir ihr die ganze Reise lang Beruhigungsmittel geben müssen«, murmelte Lusena. »Nicht einmal die intensivste Behandlung scheint ihr Trauma merklich verringert zu haben. Es ist das Betreten eines Schiffes, was sie so aufbringt. Nicht, daß ich ihr einen Vorwurf machen würde.«

Eben noch hatte sie die Arme um den widerstrebenden Körper geschlungen, im nächsten Augenblick war das Rowan-Kind verschwunden und hatte in der Eile sogar den Pucha zurückgelassen.

»Meine Güte, wo mag sie sein?« schrie Lusena in Panik.

Ich habe Sie gewarnt, kam unheilverkündend Siglens Stimme. *Das Kind sollte Atair nicht verlassen.*

Siglens Wortwahl weckte Lusenas Aufmerksamkeit, und die Worte Yegranis fielen ihr ein: ›Sie hat einen langen und einsamen Weg vor sich, ehe sie reisen wird.‹ »O Herren im Himmel«, murmelte Lusena, all ihre Sympathie auf Seiten des Kindes.

Ebensowenig werden Sie einen derart jungen und kraftvollen Geist zwingen, den Geburtsplaneten zu verlassen, verkündete Siglen. Dann fügte sie hinzu, fast mitfühlend: *Zumal sie gerade bewiesen hat, daß sie nicht nur telepathisch, sondern auch telekinetisch ist.*

»Aber sie muß eine richtige Ausbildung erhalten«, schrie Lusena, plötzlich von Angst um sie ergriffen.

Und ich, eingedenk meiner Verantwortung für mein Talent und um die natürlichen Reserven des Planeten zu bewahren, werde ihre Ausbildung übernehmen.

»Nicht, wenn Sie das Kind so behandeln, wie Sie es getan haben, Siglen«, schrie Lusena, und die Leute auf der Einstiegsrampe wunderten sich, daß sie mit der Faust in der Luft fuchtelte.

Sie ist ein sehr häßliches, ungezogenes kleines Mädchen gewesen, lautete die einigermaßen zurückhaltende Antwort. *Sie muß Manieren lernen, wenn sie meine Schülerin sein soll. Aber ich werde nicht zulassen, daß sie vor*

Schrecken den Verstand verliert, weil sie durch den Raum reisen muß. Sie werden wieder als ihre Betreuerin eingesetzt werden, Lusena.

»Hütet den Hüter«, hatte Yegrani gesagt. Lusena hatte nicht im Traum daran gedacht, daß sich die Ereignisse so fügen würden, um ihr diese unerwünschte Position zu verschaffen. Sie seufzte, doch als Staatssekretärin Carmella sie inständig bat, das Kindermädchen Rowans zu werden, willigte sie ein. Die kleine Waise lag ihr wirklich am Herzen, die einen zuverlässigen Freund brauchte, um mit den Anstrengungen und Spannungen fertigzuwerden, die vorauszusehen Lusena keine Spur von Hellseherei in ihrem *Talent* brauchte.

Gehen Sie und holen Sie sie aus Ihrem Zimmer im Krankenhaus, sagte Siglen zu ihr, doch weitaus höflicher, als sie sonst ihre Anweisungen zu geben pflegte. *Das dürfte der einzige Ort sein, den sie gut genug kannte, um sich hinzuversetzen.*

»Ich werde sie holen«, sagte Lusena und hob den Pucha auf. »Aber Sie sollten lieber freundlich zu ihr sein. Wagen Sie nicht, anders als freundlich zu ihr zu sein, Siglen von Atair!«

Natürlich werde ich freundlich zu ihr sein, sagte Siglen im Ton einer Zurechtweisung. *Wie heißt sie?*

»Sie nennt sich selbst« – Lusena machte eine merkliche Pause – »Rowan.«[1] Sie spürte einen Hauch von Widerstand und setzte zu einer Entgegnung an. »Ich weiß, das ist der Name dieser Bergbaugesellschaft, bei der ihre Eltern ...«

Sie wird etwas Passenderes finden, wenn sie eine Zeitlang in meinem Tower gewesen ist, lautete die beschwichtigende Antwort. *Bringen Sie jetzt bitte die kleine Rowan zu mir, Lusena. Ihr Weinen belegt eine sehr große Bandbreite.*

---

* ›Rowan‹ bedeutet eigentlich ›Eberesche‹. – *Anm. d. Übers.*

In Wahrheit zog das Rowan-Kind erst nach fast neun Jahren in Siglens Turm. Lusena hatte selber zwei Kinder – ein neunjähriges Mädchen und einen vierzehnjährigen Jungen mit geringen, aber nützlichen *Talenten*. Lusena drängte die Staatssekretärin für Inneres, daß sie ihre Arbeit im Hafenkrankenhaus zeitweise aufgeben und die kleine Rowan bei sich zu Hause behalten durfte. Es war ein recht angenehmes Haus und, wie die meisten Wohnsitze von *Talenten*, gut abgeschirmt. Lusena mißtraute Siglen, ohne jemals einen Grund dafür benennen zu können, daher akzeptierte sie, ja förderte sie sogar, daß der Beginn der Ausbildung aus verschiedenen Gründen – ihren und Siglens – immer weiter aufgeschoben wurde.

»Das Kind hat sich nach dem ausgestandenen Schrecken noch nicht wieder richtig gefangen.« – »Sie hat gerade eine Erkältung.« – »Ich würde sie äußerst ungern gerade jetzt aus ihrer Spielgruppe reißen, wo sie so gut Anschluß gefunden hat.« – »Ihr gegenwärtiges Lernprogramm sollte nicht unterbrochen werden.« – »Die Unterstützung und Kameradschaft von Bardy und Finnan würden ihr fehlen. Nächstes Jahr.«

Siglen widersprach niemals allzu heftig, sondern lieferte ihrerseits Gründe für Verzögerungen. Es müßte eine passende Wohnung für ihre Schülerin eingerichtet werden, da sie meinte, das Kind würde sich abseits von der Geschäftigkeit im Tower und von dem ständigen Kommen und Gehen ihres Hilfspersonals wohler fühlen. Als Inneres Pläne für die Wohnung anfertigen ließ, hatte Siglen an jedem Entwurf etwas auszusetzen und schickte die Pläne zurück, um Kleinigkeiten ändern zu lassen. Die Änderungen dauerten fast zwei Jahre, ehe der Grundstein gelegt wurde.

Inzwischen war die kleine Rowan in Lusenas Familie integriert worden, denn Bardy, ihre Tochter, und ihr Sohn Finnan waren alt genug, um zu der armen Kleinen freundlich zu sein und sich wie selbstverständlich um sie zu kümmern. Rowan spielte mit Kindern ihres Alters ohne *Talent* in einer speziell überwachten Gruppe und lernte, ihresgleichen *nicht* zu manipulieren. Die meisten von ihnen waren so ›taub‹, daß sie die unbewußten Versuche Rowans, sie zu beeinflussen, gar nicht bemerkten. Das bewirkte auch, daß sie sich in ihrer Anwesenheit in der Lautsprache äußerte. Gegen Ende des ersten Jahres konnte sie bei besonders aktiven Spielen gelegentlich Pursa links liegenlassen, doch sonst war der Pucha immer in Reichweite. Dreimal mußte die Spielzeugkatze dem schlafenden Kind vorsichtig entwunden werden, um die Fellhülle, abgenutzte oder beschädigte Rezeptoren zu ersetzen und die Programmierung zu erneuern.

Siglen hielt ihr Versprechen, sie nicht zu unterdrücken, schickte aber hinreichend spitze Bemerkungen, daß sie ihr Wort hielte und Lusena mit den anderen möglichst zusehen sollten, daß Rowan sie nicht ablenkte. Als das Mädchen älter wurde, ließen die Ausbrüche nach. Allmählich verbrachte Pursa immer mehr Zeit auf dem Regal in ihrem Zimmer, lag nachts aber immer neben ihr auf dem Kopfkissen.

An dem Tag, als sie schließlich zur Prima zog, schien sie keine Ehrfurcht vor Siglen zu empfinden. Sie preßte Pursa dichter an sich, als die Prima vor ihr stand und mit dem albernen Lächeln von jemandem, der den Umgang mit jungen Leuten nicht gewohnt ist, zu ihr herabsah. Die Staatssekretärin für Inneres Carmella, die sie und Lusena in ihrem eigenen Wagen zum Tower gefahren hatte, hätte Siglen am liebsten erwürgt.

»Sind wir nicht ein bißchen zu groß, um so ein ausgestopftes Tier zu brauchen?« fragte Siglen.

»Pursa ist ein Pucha, und sie gehört mir schon lange«, antwortete Rowan und nahm den Pucha hinter den Rücken, als wolle ihn ihr jemand wegnehmen.

Sowohl Lusena als auch Inneres versuchten Siglen

zu warnen, doch die Frau konzentrierte sich mit enormer Zielstrebigkeit auf das Kind. Lusena wechselte einen Blick mit Bralla, und die zog verzweifelt die Brauen hoch. Doch sie trat vor.

»Siglen, zeig ihr doch die Unterkunft, die du für sie eingerichtet hast. Sicherlich möchte sie zur Ruhe kommen.«

Siglen brachte Bralla mit einem Wink ihrer beringten Hand zum Schweigen.

»Ein Pucha?«

»Ein speziell programmiertes stabilisierendes Ersatzgerät«, erklärte Rowan. »Es ist kein ausgestopftes Spielzeug.«

»Aber du bist jetzt zwölf. Gewiß schon zu groß, um diese Sorte Kindertröster zu brauchen.«

Rowan war höflich – Lusena hatte ihr das nachhaltig beigebracht, laut und gedanklich –, doch sie konnte so dickköpfig wie Siglen sein, allerdings nie so wenig einfühlsam.

»Wenn ich Pursa nicht mehr brauche, werde ich es wissen.« Dann fügte sie geschickt hinzu: »Ich würde wirklich gern mein Zimmer sehen.« Und sie lächelte erwartungsvoll. Sie hatte ein besonders gewinnendes Lächeln, und es waren schon hartherzigere Menschen als Siglen davon betört worden.

»Zimmer?« Siglen war beleidigt. »Wieso denn, du hast einen ganzen Flügel für dich allein. Mit jedem Komfort, den ich selbst genieße. Und auch auf dem neuesten Stand, obwohl von meiner Einrichtung einiges bald ausgetauscht werden muß.« Sie warf der Staatssekretärin einen vielsagenden Blick zu. Dann ging sie voran, wobei sie in recht bemerkenswerter Gangart eine Seite nach der anderen vorschob. Siglen war ziemlich groß und das schlanke Kind neben ihr wirkte winzig: In den neun Jahren hatte sie weiter zugenommen, obwohl die weite Kleidung, die sie trug, das verbarg. Doch es zeigte sich, wenn sie

40

sich bewegte und schon bei jedem kurzen Gang Mühe hatte.

Inneres Carmella registrierte, daß Siglen sich bei diesem ersten Kontakt Umstände machte, und hoffte, das Kind, das eine Menge Empathie besaß, würde das zu würdigen wissen. Als sie sich Lusena und Bralla anschloß, drang ihr der groteske Vergleich zwischen der gertenschlanken Rowan und der massigen Siglen unangenehm ins Bewußtsein, und eilig sagte sie stumm einen gedankenblockierenden Nonsensevers auf. Hoffentlich war Siglen zu sehr damit beschäftigt, das Kind mit ihrer Großzügigkeit zu beeindrucken – alles aus der Staatskasse bezahlt –, als daß sie Gedanken aus ihrer Umgebung wahrgenommen hätte. Weder Siglen noch Rowan hatten auf telepathischer Ebene kommuniziert, aber schließlich war es Rowan eingehämmert worden, daß sie von Angesicht zu Angesicht die Lautstimme benutzen mußte.

»Du wirst dich jetzt jeden Tag von 10 bis 14 Uhr zum Unterricht bei mir melden. Ich habe meinem Tower einen besonderen Raum anfügen lassen, wo du zusehen kannst, ohne die tägliche Arbeit zu stören. Das ist äußerst wichtig … Wie heißt du, Kind?«

»Rowan. So nennen mich alle« – und Lusena wußte, daß das Mädchen Siglens wenig verhohlene Mißbilligung wahrgenommen hatte –, »das Rowan-Kind. Also heiße ich Rowan.«

»Aber du weißt doch sicherlich, wie dich deine Eltern genannt haben. Mit drei Jahren warst du alt genug, um deinen Namen zu kennen, um Gottes willen.«

»Ich habe ihn vergessen!« Und Rowan setzte derlei Fragen ein hinreichend entschiedenes Ende, daß Siglen leicht betroffen war.

»Gut, gut, gut!« Sie wiederholte das Wort noch ein paarmal, bis sie alle den Eingang zu Rowans Flügel erreichten.

41

Wie erschrocken Rowan war, zeigte ihre starre Haltung, als sie durch die von Siglen geöffnete Tür schaute. Inneres und Lusena kamen eilends nach und waren ebenso verblüfft.

Der Vorsaal war großartig – anders konnte man ihn nicht nennen: verdeckte Beleuchtung, um seine Opulenz zu unterstreichen, förmliche, geradlinige Stühle aus erlesenem Holz, ebenso feingliedrige Tische, auf denen Plastiken standen oder Arrangements von statischen Blumen, im Augenblick ihrer blühenden Vollkommenheit gepflückt und für immer auf diesem Höhepunkt festgehalten. Das staunende Trio ging vorsichtig über den komplizierten Mosaikfußboden und betrat das Empfangszimmer, dessen Wände mit der von Siglen bevorzugten Sorte großer knallbunter Blumenornamente verziert waren. Das Zimmer, das groß gewesen wäre, wäre es nicht so überfüllt gewesen, stand voller Korbstühle, zwei- und dreisitzigen Sofas, zu Sitzgruppen angeordnet; überall waren Tische aufgestellt, in Ecken gedrängt, an die Sofas geschmiegt, die Oberflächen und Zwischenbretter mit Dingen gefüllt, die von einem interstellaren Basar zu stammen schienen. Manches davon ist zweifellos recht wertvoll, dachte Carmella, doch nichts davon war die Art Möbel oder Zimmerschmuck, der zu einem jungen Mädchen paßte. Die Wände waren mit Kunst aus jedem Sternsystem behängt, nach der Vielfalt der Stile und Materialien zu schließen, aber derart überladen, Rahmen an Rahmen, daß das Auge nirgends Halt fand. Einer der Korridore führte zu einer kleinen Küche, einem prunkvoll vollgestopften Speisezimmer und einer Suite von zwei Gästezimmern. An dem anderen lagen eine fast sterile ›Bibliothek‹ mit Regalen und Arbeitsterminals und ein Schwimmbecken, plexiglasüberzogen, viel zu flach für eine aktive und kundige Schwimmerin wie Rowan.

Mit einem letzten eleganten Schwung ihrer großen

Hand und in Erwartung überschwenglichen Lobes wies Siglen auf das Mittelstück des Schlafzimmers, das sie für Rowan geschaffen hatte: eine gelb und pfirsichfarbene Pralinenschachtel mit Rüschen, Krimskrams und soviel Verzierungen, daß die nötigen Möbelteile verdeckt wurden.

»Und?« fragte Siglen Rowan. Sie hatte das Schweigen für Bewunderung genommen, brauchte aber einen verbalen Dank.

»Es ist eine absolut unglaubliche Wohnung, Prima Siglen«, sagte Rowan, während sie sich langsam um sich drehte und Pursa an ihre Brust drückte. In ihren aufgerissenen Augen funkelte eine Emotion, von der Lusena hoffte, das Kind würde sie für sich behalten können. Rowan schluckte sichtlich, brachte es aber fertig, deutlich zu sagen: »Ich weiß alle Ihre Bemühungen zu schätzen. Das ist das Warten wert. Wirklich, Sie waren außerordentlich großzügig. Es ist einfach zuviel!«

Lusena warf Rowan einen beunruhigt-bittenden Blick zu und hoffte, das Mädchen würde nicht weiterreden. Zwölfjährige sind nicht eben die taktvollsten. Rowan wich Lusenas Blick aus. Statt dessen schaute sie sich weiter um, indes ein Ding nach dem anderen ihre Aufmerksamkeit erregte. Lusena hoffte inständig, die Empathie würde Rowan nicht im Stich lassen.

»Sie sind über alle Maßen aufmerksam und freundlich«, fuhr Rowan fort und ging auf ein niedriges Bett zu, das unter bunten Satinkissen verschwand, deren Farben sich zum Teil mit dem Gelb und Pfirsichfarben von Wand, Fußboden und Möbeln bissen. »Wir werden uns hier mächtig wohl fühlen, was, Pursa?«

Derart angesprochen, wirbelte der Pucha herum und machte ein Geräusch, das gewiß kein Schnurren war, eindeutig eine Bemerkung. Mit dem Schalk in den Augen und Gelächter unterdrückend, drehte sich Rowan zu Lusena um. »Ich glaube, die Batterien müssen ausgewechselt werden. Das ist kein Schnurren!«

Sogleich lenkten Lusena und die Staatssekretärin Siglen ab, die im Begriff zu sein schien, sich weiter über die Abschaffung des Pucha auszulassen, und machten ihr überschwengliche Komplimente für die Großartigkeit dieser Wohnung, die viele Zeit, die auf wohldurchdachte Einzelheiten verwendet worden war, und wo Siglen derart viele ungewöhnliche Dinge wohl aufgetrieben habe.

Gerade da brachte ein Träger die Karre mit dem Gepäck Rowans herein, zwei große Koffer und fünf Pappkisten mit Büchern und Lehrdisks.

»Hm, ist das alles, was du hast?« fragte Siglen geringschätzig und schaute erst Lusena, dann Staatssekretärin Carmella vorwurfsvoll an.

»Rowan ist ein angemessenes Stipendium über ihre Lebenshaltungskosten hinaus zuerkannt worden, doch sie macht keinen Gebrauch davon«, sagte Carmella im Ton einer Rechtfertigung.

»Sie ist nicht auf Besitz aus«, sagte Lusena gleichzeitig.

Siglen machte ein unverbindliches Geräusch. »Ich werde dich jetzt alleinlassen, daß du dich einrichten kannst.«

Sie tätschelte Rowan den Kopf und wandte sich zum Gehen, so daß sie den Ausdruck auf dem Gesicht des Kindes nicht sehen konnte, wenngleich Lusena wie auch Carmella ihn sahen. Lusena trat zu dem Mädchen, und Inneres dachte, sie sollte lieber dafür sorgen, daß Siglen fort war, ehe Rowan explodierte. Eilig schloß sie die Schlafzimmertür hinter ihr.

Als Carmella zurückkam, brüllte Rowan vor Lachen und wälzte sich auf dem Bett, in den Armen die nun schnurrende Pursa. Die meisten Satinkissen waren zu Boden gefallen. Lusena war auf einen Sessel gesunken und lachte Tränen. Staatssekretärin Carmella, die eine ziemlich andere Szene erwartet hatte, ließ sich in einen anderen Sessel fallen und grinste erleichtert.

»Ich kann es einfach nicht glauben«, japste Lusena schließlich. »Diese ... diese Bordell-Atmosphäre ... schickt sich das für ein zwölfjähriges Mädchen?«

»Keine Sorgen, Rowan«, versprach Inneres Carmella, »du kannst in der Bibliothek schlafen, bis wir dieses ... diesen Jahrmarkt ausgeräumt haben.«

Rowan, noch immer glucksend, winkte zustimmend.

»Na, wenigstens nimmst du es von der heiteren Seite«, setzte Inneres hinzu und konnte ihrerseits ein Kichern nicht unterdrücken.

»Pursa sagt, es war nicht fair von euch, daß ihr sie nicht für Lachen programmiert habt«, sagte Rowan und gab ihrem Pucha einen liebevollen Kuß.

Lusena und Inneres wechselten erstaunte Blicke, und Lusena formte über den Kopf des Kindes hinweg lautlos das Wort ›später‹.

»Vielleicht hatte Siglen recht, und es ist Zeit, den Pucha abzuschaffen«, sagte Inneres leise zu Lusena, als Rowan in die Bibliothek gegangen war, um ihre Disks und Bücher auszupacken.

»Es ist wirklich das erste Mal, daß Rowan behauptet, eine spontane Reaktion von ihm zu bekommen«, sagte Lusena und fingerte an der Manschette eines ihrer Ärmel. Stirnrunzelnd senkte sie den Blick auf ihre Hände. »Zumindest meines Wissens. Ausgerechnet das!« Lusena war sichtlich bestürzt. »Wir haben seit langem aufgehört, ihr Zimmer zu überwachen. Sie hat sich gut angepaßt: Sie kann ohne Mühe sowohl mit *Talenten* als auch mit Normalen umgehen.«

»Fangt wieder mit den Aufzeichnungen an. Das Kind darf keinerlei seelische Abweichungen entwickeln.«

Lusena explodierte fast und gestikulierte zum Tower hin. »Mit *dem da* als Vorbild? Ich würde sagen, sie braucht den Pucha mehr als je zuvor!« Abrupt lenkte sie ein: »Vielleicht machen wir uns unnütz Sorgen. Der

Pucha könnte jetzt von unschätzbarem Wert sein, um zu überwachen, wie sich Rowan auf Siglen einstellt.«

Inneres Carmella seufzte mitfühlend. »Warum habe ich mich von Siglen dazu überreden lassen?«

»Aus planetarem Stolz?« fragte Lusena in komischem Ton.

»Wahrscheinlich. Sei so lieb und richte den Pucha für die Beobachtung her, wenn Rowan schläft, ja?« Dann warf Inneres einen Blick rings auf das unglaubliche Arrangement. »Und wie sollen wir das alles loswerden?«

»Mir wird schon etwas einfallen!«

Rowan hatte das Problem vorausgesehen. Ein besorgter Wachmann meldete, ein leeres Lagerhaus in den Hafenanlagen werde anscheinend von Dieben als Zwischenlager benutzt, obwohl er keinen der Gegenstände auf den Listen gestohlener Sachen finden konnte, die die Polizei veröffentlicht hatte.

Mit für eine Jugendliche bemerkenswertem Urteilsvermögen hatte Rowan ihre Wohnung ausgeräumt und dabei unfehlbar die wertvollsten und passendsten Dinge behalten. Zu Lusenas außerordentlicher Überraschung hatte sie es auch zuwege gebracht, die Farbe der Wände in sanfte Grün- und Crèmetöne zu ändern.

»Wie hast du die Wände neu gestrichen?« fragte sie das Mädchen beiläufig.

»Pursa und ich haben drüber nachgedacht«, erwiderte Rowan und zuckte auf ihre unnachahmliche Art die Achseln. »Denkst du, es sieht jetzt besser aus?«

»Oh, viel besser. Ich wußte nicht, daß du malern kannst.«

»Das war einfach. An dem Tag, wo deine Wohnung vorgerichtet wurde, war Pursa zu Hause. Sie hat sich erinnert.«

Lusena brachte ein verstehendes Kopfnicken zustande. »Gut, denkst du, du bist jetzt soweit fertig eingerichtet, daß du anfangen kannst, deine Arbeit zu lernen?«

Rowan zuckte die Achseln. »Heute hat sie 'ne Menge Kram zu verlagern. Ich glaube nicht, daß sie mich dabeihaben will.«

Später rief Lusena Inneres an, während Rowan unter den wachsamen Augen Pursas schwamm.

»Sie hat im Laufe der Jahre dem Pucha eine Menge Dinge gesagt«, erklärte Lusena langsam. Es fiel ihr sehr schwer, zu verstehen, wie sie die subtil verfestigte Abhängigkeit Rowans von dem Pucha übersehen konnte. »Das meiste davon entspricht völlig den Zweifeln und Ängsten jedes normalen Kindes. Aber sie *und* die Persönlichkeit von Pursa hatten eine lange Diskussion über Farbe und Maltechniken: Sie haben Wohnraumgestaltung gemeinsam nachgeschlagen und diskutiert. Pursa weiß offensichtlich ziemlich gut Bescheid, welche Kunstgegenstände und Bilder wahrscheinlich wertvoll sind, und eben die haben sie behalten. Pursa scheint das leere Lagerhaus entdeckt zu haben, wenngleich es zweifellos Rowan war, die die Verlagerung erledigt hat. Ich weiß, daß sie über großes telekinetisches Potential verfügt, und nichts war besonders schwer oder sperrig, aber sie hat den größten Teil des Gerümpels in einer Nacht hinausgeräumt. Und in der nächsten hat sie neu gemalert – von Pursa dazu ermutigt. Ich schicke dir eine Niederschrift der Unterhaltung –, nein, es ist keine Unterhaltung, dazu braucht es zwei Intelligenzen –, des Monologs mit interessanten Pausen für Pursas Beiträge.«

»Schick mir die Datei mit der Niederschrift«, sagte Inneres, bemüht, sich keine Panik anmerken zu lassen, »und ich werde eine psychologische Tiefenstudie veranlassen.«

»Oh, wirklich?« Lusena fiel ein Stein vom Herzen. »Das geht weit über meine Ausbildung hinaus.«

»Also, mir gegenüber solltest du dich nicht überfordert fühlen, Lusena. Du bist mit dem Kind großartig zurechtgekommen. Sie ist nur … nur …«

»Uns einen Schritt voraus?«

»Das klingt besser«, sagte Inneres und ging so auf den ironischen Ton in Lusenas Stimme ein.

Die Gespräche zwischen Rowan und ihrem Pucha wurden ein faszinierender Stoff für ihre Hüter und alle Kinderpsychologen, denen das Privileg zuteil wurde, sie sich anhören zu dürfen.

»Pursa, Siglen ist dumm. Das bißchen Heben, Verlagern und Hinlegen habe ich schon als Baby gemacht!« hörte man Rowan nach ihrem ersten Unterrichtstag sagen. »Ich kann ihr ja nicht gut sagen, daß ich alles aus dieser Wohnung verlagert habe, nicht wahr? Ja doch, ich weiß, du hast geholfen und mir sogar gesagt, wo Platz war. Du bist ein sehr kluger Pucha, weißt du. Wie viele wären imstande gewesen, das Volumen dieses Lagerhauses so exakt zu ermitteln? Als wir fertig waren, war gerade noch Platz für einen Gang in der Mitte. Ja, sie wissen es. Der Mann soll eigentlich darauf achten, daß das Zeug nicht *verschwindet*, aber wie sollte jemand ahnen, daß er was dagegen haben würde, wenn der leere Platz verwendet wird? Ja, die Leute sind merkwürdig in solchen Kleinigkeiten. *Sie* hat sie mir gegeben, also kann ich sie wegbringen, wenn ich es für richtig halte. Oh, du meinst, ich hätte sie erst fragen sollen? Ja, aber dann hätte ich ihre Gefühle verletzt, denn sie dachte ja wirklich, sie hätte die Einrichtung fabelhaft hingekriegt. Bloß, Pursa, wie soll *ich* gute Arbeit leisten, wenn sie mich für so ein Baby hält?«

»Gestern war's schlimm genug, Pursa, den ganzen Tag nichts als um drei Ecken denken! Aber heute mußte ich alles noch einmal machen! Ja, daran habe ich auch gedacht, aber sie war jede Sekunde bei mir, und als ich versucht habe, etwas anderes zu tun, hat sie mich wieder zurückgepfiffen und gesagt, ich müßte mich mehr konzentrieren. Konzentrieren? Wer braucht sich bei dem Babykram denn zu konzentrieren? Hast du sie gehört?« Dann lieferte Rowan eine derart genaue Nachahmung von Siglens rauchiger Stimme, daß die heimlichen Zuhörer staunten. »»Wir müssen sorgfältig vorgehen, Schritt für Schritt, bis du dir deines *Talents* so vollständig bewußt bist, daß du es instinktiv, wirkungsvoll und energiesparend benutzt.‹«

»Energiesparend? – Ich frag dich, Pursa, bei all der Energie, die es auf Atair gibt und die wir niemals aufbrauchen können. Weißt du was? Ich kenne die Geschichte genausogut wie du. Ja, wenn sie auf der alten Erde aufgewachsen ist, wo alle Energievorräte bis aufs äußerste beansprucht waren, aber wir sind hier! Hier gibt es schon im Wind und in den Gezeiten jede Menge Kraft, ganz zu schweigen von fossilen Brennstoffen … Siglen sollte sich mal auf den neusten Stand bringen. Und wenn sie noch einmal ›spare in der Zeit, so hast du in der Not‹ sagt, dann muß ich reihern. Das ist fast so schlimm wie ›immer schön vorsichtig‹« – Rowan verfiel in den verheerend präzisen Tonfall, den Siglen für Maximen verwendete. »Und ich bin wirklich sparsam.« Jetzt kicherte Rowan. »Ich habe das ganze Zeug eingespart, mit dem sie mir die Wohnung vollgestopft hat. Pustekuchen, Pursa, mir ist so ööööde!«

Diese Klage trat in den Gesprächen mit dem Pucha immer öfter hervor.

Bralla half, so gut sie konnte, indem sie Siglen gegenüber taktvoll erwähnte, daß Rowan bei den telekinetischen Grundübungen viel Eifer und Geschick an den Tag legte. »Aber sie hat ja auch die besten Lehrer in der ganzen bekannten Galaxis«, hatte Bralla hinzugefügt, als Siglen indigniert dreinblickte. »Klar, daß sie die Grundlagen schnell erfaßt. Du erklärst alles so treffend, daß sogar der Beschränkteste es verstehen würde.«

Es dauerte drei Tage, bis Siglen die Bemerkung verdaut hatte, dann begann sie den Unterricht Rowans plötzlich mit einer neuen Übung, die ihre ›geistigen Muskeln‹ stärken sollte.

»Es ist wirklich eine hübsche Abwechslung«, vertraute Rowan nachts darauf Pursa an, und dann verbrachte sie eine Zeit damit, die Möbel in ihrer Wohnung mit ihren ›geistigen Muskeln‹ umzuräumen, um dem Pucha die Technik zu erklären.

Nun war die Reihe an Gerolaman, dem Stationsmeister, anspruchsvollere Aufgaben für Rowan vorzuschlagen.

»Ich brauche ein bißchen Hilfe im Lager, Siglen. Ich würde das kleine Mädel für'n paar Stunden mitnehmen, während du mit dem Stapel Sendungen von David zu tun hast. Es ist mehr oder weniger dasselbe, was du mit ihr gemacht hast, bloß praktischer, weil sie nichts kaputtmachen kann und trotzdem Übung kriegt. Was meinst du?«

»Das wäre eine sparsame Verwendung von meiner Zeit und Energie, Siglen«, fügte Rowan beiläufig hinzu und tat gleichgültig.

»Ich würde ungern den Fortgang deines Unterrichts unterbrechen, Rowan-Kind«, improvisierte Siglen.

»Dieselbe Sache mit anderen Gegenständen«, bemerkte Gerolaman, als sei es ihm ganz egal. Und Rowan wurde in seine Obhut entlassen. »Schlau bist du«, sagte er zu ihr, als sie unterwegs zum Lager waren. »'n Glück, daß Siglen nicht die Bohne Empathie hat: Dir war 'n bißchen anzumerken, wie dir wirklich zumute war, und das ist nicht gut.«

»Wirklich?«

»Du wirst leichtsinnig. Das darfst du nicht! Siglen hat weiß Gott ihre Fehler, und wir alle haben von Zeit zu Zeit drunter zu leiden. Die größte Stärke ihres *Talents* liegt im Gesamt. Die meisten von uns hier« – seine Geste umschrieb die ganze Station – »können Dinge von einem Ort, den wir sehen, an einen Ort

51

schmeißen, den wir kennen. Aber sie kann Gegenstände jonglieren, die sie nicht sieht, und sie hinbringen, wohin sie sollen, auch wenn sie nie da gewesen ist. Oder jemals hinkommen wird. Also beobachte sie genau, Rowan, und hör hin, was hinter ihren Worten steckt. Lusena sagt, du hast hohe Empathiewerte. Mach sie dir *zunutze*. Ich sage nicht, daß du versuchen solltest, ihre Stimmungen zu beeinflussen, aber du könntest ihr ab und zu einen kleinen Schubs geben, und sie würde es nicht merken. Auf die Weise« – und Gerolaman warf ihr einen Verschwörerblick zu – »wäre es nicht so langweilig für dich, wenn du dein silberweißes Köpfchen auf mehreren Ebenen arbeiten läßt.« Er zauste ihr liebevoll das Haar.

Aus irgendeinem Grunde wirkte diese beiläufige Liebkosung stärker auf Rowan als Gerolamans Ratschlag.

»Er hat mich angefaßt, Pursa. Er hat mir die Hand aufs Haar gelegt und es durcheinandergebracht, ganz wie Finnan. Das muß heißen, er mag mich. Vielleicht, weil er *Talente* versteht? ... Oh, er ist doch nicht pervers, dumme Pursa. Die Art Anfassen war es nicht. Diese schleimige Sorte würde ich erkennen, Bardy hat mir davon erzählt. Gerolaman hat selber Kinder. Er behandelt mich wie eins von ihnen, Pursa. Väterlich. Es wäre hübsch, einen Vater zu haben, Pursa.«

Gerolaman wurde angewiesen, sich so väterlich zu verhalten, wie es die Umstände erlaubten.

»Aber sie ist ein Primär-*Talent!*« hatte Gerolaman erwidert, überrascht, befriedigt und nervös. »Ich kann sie nicht einfach so behandeln wie *meine* Tochter.«

»Das«, sagte Lusena entschieden, »ist genau, was sie braucht! Ein bißchen väterliche Zuneigung! Bardy und Finnan hatten ihren Vater als kleine Kinder. Rowan hatte nie eine Vaterfigur. Jetzt, wo ihr das bewußt geworden ist, müssen wir für einen passenden Ersatz sorgen, und das bist du, Gerolaman!«

»Klar, ich tu, was ich kann. Von der Prima wird sie, weiß Gott, keine Liebe und Zuneigung kriegen.«

Gerolaman bewegte Siglen oft, ihm Rowan für weitere ›Muskel‹-Übungen zu überlassen. Die waren meistens schnell genug erledigt, so daß Rowan Zeit für einen Imbiß oder ›Tee‹ in Gerolamans Büro fand. Bei diesen Gelegenheiten erklärte er dann andere Aspekte der Arbeit des Towers, dessen Verwaltung, wie Fracht von einer Primär-Station zur anderen geleitet wurde, die ›Fenster‹ zu anderen Systemen und Monden, wie man Sendungen über automatische Stationen im freien Raum kontaktierte, die wichtigsten Zwischenpunkte rings um die Geschäfts- und Kolonisationssphäre der Zentralwelten. In der entspannten Atmosphäre entwickelte sie das Raumgefühl, das sie brauchen würde, wenn sie – falls sie den Primen-Status erreichte – wissen müßte, wie man die Geräte im Tower ablas, die sämtliche Materie im Atair-Sektor der Galaxis registrierten. Sie lernte die telekinetischen *Talente* geringeren Grades zu schätzen und sie geschickt zu unterstützen, die nicht über das Hilfsmittel des Gesamt verfügten, aber dennoch den Verkehr von Nachrichtenkapseln abwickelten, die ständig durch die Neun-Sterne-Liga hin und her geschickt wurden.

Oft ging Gerolaman mit ihr aus dem Tower und in die Frachtgelände, so daß sie mit den verschiedenen Transportern, Frachtmodulen, automatischen Sonden, speziellen Transportmitteln für lebende oder unbelebte Ladung vertraut wurde. Er nahm sie zu Besichtigungen von Schiffen mit eigenem Antrieb mit, von Kundschafterbooten und Landefähren bis zu den großartigen Passagier- und den ungeheuer bauchigen Frachtcontainern. Er ließ sie die Haupt-Handelsrouten und -Linien auswendig lernen, die Raumstationen und anderen Einrichtungen der Neun-Sterne-Liga, bis sie das Inventar des Raumes ebensogut kannte wie die Möbel in ihrer eigenen Wohnung.

»Du solltest jeden Aspekt dieses Geschäfts kennen«, sagte Gerolaman, »nicht bloß, wie man im Tower sitzt und meckert, wenn ein Gerät versagt.«

Das war neulich geschehen, und Gerolaman hatte die Hauptlast von Siglens Empörung und Wut zu tragen, denn sie meinte, man werde ihr die Schuld für einen Ausfall geben, der die reibungslose Funktion von Atairs VT&T-Station unterbrochen hatte. Rowan war in seinem Büro gewesen, als sich der Generator Nr. 3 überhitzt und begonnen hatte, Teile zu verstreuen. Als sich herausstellte, daß minderwertiges Öl die Ursache gewesen war, kündigte er den Vertrag mit der Lieferfirma und holte Angebote für eine neue Bezugsquelle ein. An jenem Vormittag gewann Rowan neues Verständnis für ihre eigenen Probleme mit der Prima. Tags darauf hatte sie dazu abermals Gelegenheit. Eine T8 stürmte in Gerolamans Büro und drohte, zu kündigen und überhaupt Atair zu verlassen, um von ›dieser Frau‹ wegzukommen: Siglen hatte ihren Frust wegen der kurzen Betriebsstörung an der ersten besten ausgelassen, die ihr in die Quere kam.

»Mir war nicht klar, Pursa, daß andere auch Probleme mit Siglen haben«, sagte Rowan in der Nacht darauf zu dem Pucha. »Ich habe mich ganz klein gemacht, und ich denke, der T8 hat mich nicht einmal gesehen. Mir hat gefallen, wie Gerolaman mit Macey geredet hat, so freundlich, als wäre er genauso schwer gekränkt wie sie. Er hat ihr einen Platz in Favor Bay besorgt, daß sie eine Woche freinehmen kann, obwohl ihr Jahresurlaub erst in drei Monaten ist. Ich möchte wissen, ob wir auch Ferien kriegen. Es wäre schön, eine Zeitlang vom Tower wegzukommen. Lusena hat mit uns immer Ausflüge gemacht, als ich bei ihr gewohnt habe.«

Lusena, Gerolaman, Bralla und Inneres steckten die Köpfe zusammen, um herauszufinden, wie sie diesen wehmütigen Wunsch erfüllen könnten.

»Ich habe gar nicht bemerkt, daß soviel Zeit vergangen ist, aber Rowan ist jetzt seit zwei Jahren hier«, bemerkte Inneres. »Jeder bekommt Urlaub.«

»Außer Siglen«, sagte Gerolaman finster. »›Und wer sollte denn einspringen, wenn ich in Urlaub ginge?‹« Gerolamans Falsett war eine armselige Imitation von Siglens rauchiger Stimme. »Sogar ich mache Ferien. Das wäre vielleicht die Lösung. Siglen könnte ihr freigeben, wenn ich verspreche, weiter mit ihr zu üben. Meine Familie hat 'ne hübsche Hütte im Walde ...«

»Keinen Wald«, unterbrach ihn Lusena mit warnend erhobener Hand. »Für Rowan könnten Berge und Wald traumatisch sein. Ich habe mich immer an die Ebene und den Meeresstrand gehalten, wenn sie zusammen mit uns in den Ferien war.«

»Also gut«, sagte Inneres Carmella forsch, »es gibt ein Gästehaus der Regierung, geräumig, aber nicht zu pompös, das man ihr zur Verfügung stellen kann. In dieser Jahreszeit sind nicht allzu viele Urlauber in Favor Bay.« Sie warf Lusena einen bedeutungsvollen Blick zu.

»Ich würde sie gerne begleiten«, erwiderte Lusena mit einem tiefen Seufzer. »Ich könnte selber 'ne Pause gebrauchen. Und ich habe Nichten, die Kinder meiner Brüder, die im selben Alter wie Rowan sind. Sie war in keiner Gruppe mit Gleichaltrigen, seit sie hier ist, und sie sollte den Kontakt nicht so völlig verlieren. Sie mag das Zeug zur Prima haben, aber sie ist auch ein junges Mädchen, und diese Seite ihrer Entwicklung darf nicht so vernachlässigt werden, wie ...« Lusena überging den Rest mit taktvollem Schweigen.

»Ich denke, ein paar Worte ins Ohr der Gesundheitsbehörde könnten wirksam sein – vor allem, wenn Bralla« – Inneres zwinkerte ihr zu – »und Gerolaman feststellen, daß Rowan neuerdings lustlos ist, keinen Appetit hat ... du weißt, sowas, wie es einer überbeanspruchten Jugendlichen zustoßen kann.«

»Ich weiß.«

»Krank?« Siglen machte große Augen, während sie sich gleichzeitig in sich zusammenzuziehen schien. »Was für eine Krankheit hat das Kind?« Selber selten indisponiert, hatte Siglen kein Verständnis für Krankheit.

»Na ja, du weißt, Siglen, daß Mädchen in ihrem Alter leicht mal kränklich sind, und ich glaube, bei ihr ist eine Krankheit im Anzug«, bemerkte Bralla. »Du weißt ja selber, daß sie in letzter Zeit kaum Appetit hatte. Du könntest Lusena vorschlagen, sie wegzuschicken, bis die Symptome verschwinden.«

»Ins Krankenhaus?«

»Nun, eine gründliche ärztliche Untersuchung kann nie schaden«, erwiderte Bralla. »Ich werde unverzüglich alles veranlassen.«

Also bekam Rowan offiziell frei, um ihre Gesundheit zu kräftigen: praktisch schickte Siglen sie aus dem Tower.

Favor Bay war im Grunde ein Urlaubsort für Familien, mit einem hervorragenden halbmondförmig geschwungenen Strand von pulverfeinem Sand; ein Yachthafen für Wassersport-Enthusiasten und das helle, klare Wasser luden ein. Es gab auch einen kleinen Rummel mit einem mechanischen Vergnügungspark und am Nordende der Bucht ein Aquarium. Das Gästehaus der Regierung lag auf der südlichen Anhöhe, die die Bucht umgab, auf separatem Gelände, durch Sträucher und Bäume von der Erde, die sich auf Atair eingelebt hatten und im milden Klima dieses Teils der Küste gut gediehen, den Blicken der Öffentlichkeit hübsch entzogen.

»Kein einziger Minta drunter«, hatte Inneres Carmella zu Lusena bemerkt. »Die wachsen nicht in dieser Art von Boden.«

Ein dienstliches Lufttaxi brachte Lusena, ihre aufgekratzten Nichten – Moria, Emer und Talba – und die zurückhaltende Rowan in den Ferienort. Der Pilot half, die Gruppe unterzubringen, indem er gutgelaunt die vielen Gepäckstücke trug, die die Nichten mitgebracht hatten. Rowan kam mit ihrer einen kleinen Reisetasche und Pursa ganz gut selbst zurecht. Sie bekam allerdings das großartigste Zimmer, wo ihr ein Balkon meilenweit in allen Richtungen eine herrliche Aussicht aufs Meer und die Küstenlinie erlaubte. Das war der erste Stein des Anstoßes.

Obwohl jedes Kind ein luxuriöses Schlafzimmer mit eigenem Bad hatte, konnten Vergleiche nicht ausbleiben, als die Einrichtung beim Imbiß am Nachmittag ausführlich diskutiert wurde. Anfangs tat Lusena den Disput als unvermeidlichen Bestandteil des normalen Manövrierens statusbewußter Dreizehn- und Vierzehnjähriger ab. Rowan hörte nur zu, ihr Interesse galt eher den auf dem Tisch aufgereihten Speisen als Machtspielen.

Bis Moria bemerkte, sie müsse Emers Zimmer bekommen, da dort mehr Garderobenraum sei und sie wirklich nicht genug Platz für ihre Kleidung habe.

»Gewebe muß atmen«, erklärte sie neckischen Tones. Als die dann den überraschten Gesichtsausdruck Rowans sah, hatte sie ein dankbares Ziel für ihre Auslassungen gefunden. »Kleidungsstücke müssen von zirkulierenden Luft frischgehalten werden, verstehst du. Das ist sogar wichtiger als richtiges Reinigen und Bügeln, vor allem bei teuren dünnen Stoffen.« Moria wandte die Aufmerksamkeit ihrer Tante zu. »Haben wir jemanden, der sich um unsere Garderobe kümmert?«

Lusena war von der Frage verblüfft. Ihr Bruder hatte ausnehmend gute Beziehungen zu den Bankiers von Port Atair, und das Mädchen war größeren Wohlstand gewöhnt als Rowan, deren Privatleben gleich Null war. Lusena hatte keine Ahnung, ob zu Morias Haushalt dienstverpflichtete Kolonisten gehörten, die die Kosten ihrer Reise nach Atair in Dienstbotenstellungen abarbeiteten, doch nach Morias Frage zu urteilen, hatten sie wahrscheinlich welche.

»Hast du dünne Stoffe mitgebracht, Moria?« fragte Lusena, um Bedenkzeit zu gewinnen. »Ich habe deiner Mutter doch gesagt, daß das Ferien auf einfache Art werden.«

»Ich habe extra im A-Z nachgesehen, und da werden ausdrücklich Tanzabende im Regency Hotel erwähnt, wo korrekte Kleidung de rigueur ist«, erwiderte Moria in einem Ton, der andeutete, Lusena müßte das eigentlich wissen.

»Wir haben keine Begleitung.«

»Es gibt auch eine Agentur, die Begleitung von untadeligem Charakter stellt«, entgegnete Moria, und Emer kicherte. Sie und ihre Schwester wechselten erwartungsvolle Blicke. Ihre Eltern lebten nicht auf so großem Fuße wie die von Moria, das allerdings freiwillig, nicht notgedrungen.

»Die wahrscheinlich keine Lust haben, eine Dreizehn ...«, sagte Lusena gewichtig.

»In drei Wochen werde ich vierzehn ...« Moria blieb hartnäckig.

»... Dreizehn- oder Vierzehnjährige zu einem Regency-Ball zu begleiten.«

»Ich war sicher, daß Rowan unbedingt tanzen will«, gab Moria zurück und starrte Rowan durchdringend an. »Sie ist alt genug, um es zu können.« Ihr Ton machte deutlich, daß jeder, der es nicht konnte, benachteiligt, unterprivilegiert und asozial war.

»Talba und ich können tanzen«, warf Emer hastig ein.

Lusena begann ihre Ansicht zu bedauern, ihre Nichten könnten sich als Freundinnen für Rowan eignen.

»Tanzen ist nicht die Art Erholung, die mich auch nur im geringsten interessiert«, erwiderte Rowan beiläufig mit einer Spur von Arroganz und einer Gleichgültigkeit, die Moria den Wind aus den Segeln nahm. »Ich bin hier, um die sportlichen, nicht die kulturellen Seiten des Ortes zu genießen. Habt ihr passende Kleidung zum Schwimmen und Bootfahren mitgebracht – habt ihr doch, oder?« Der Tonfall Rowans war eine kühlere Abfuhr als Morias, aber immerhin, dachte Lusena, war Siglen eine Meisterin darin, jemanden zu ducken.

Emer und Talba glotzten sprachlos, doch Moria wurde rot und schmollte für den Rest der Mahlzeit. Lusena fragte sich, was Rowan wohl durch den Kopf ging. Würde sie sich anpassen oder womöglich, von Morias Beispiel verleitet, mit einer Manipulation der anderen reagieren – etwas, wozu Rowan durchaus imstande war, bewußt und unbewußt. Und das war nicht der Zweck dieses Urlaubs.

Lusena seufzte. Sie hatte sich in der Zeit verschätzt. Ein, zwei Jahre konnten in diesem Alter erstaunliche Abweichungen in Haltung und Maßstäben bewirken. Rowan hatte ihre Schulkameraden als Kind mit den Interessen und Sorgen eines Kindes verlassen. Nun, da sie vor der größten körperlichen und seelischen Anpassung im Leben eines jungen Mädchens stand, konnte der gefährliche Übergang forciert werden.

Lusena drängte kurz, behutsam gegen den Geist Rowans, doch die unmittelbaren Gedanken des Mädchens galten dem Gefühl der Sättigung nach dem soeben servierten exzellenten Mahl und einer Überlegung, welches Gebiet des Ferienorts zuerst erkundet werden sollte.

»Ich sehe keinen Grund«, setzte Lusena forsch an, in der Hoffnung, die Stimmung des Nachmittags zu verändern, »warum ihr nicht alle Badeanzüge anziehen solltet. Wir können den Strand erkunden, während unsere Mahlzeit verdaut wird, und dann können wir kurz reinspringen. Moria, du als die älteste bist für die Sicherheit im Wasser verantwortlich. Ich weiß, daß eure Familie oft am Meer Urlaub macht, während

Emer, Talba und Rowan noch nicht oft im Meer gebadet haben.«

Moria Verhalten änderte sich, nachdem ihr zumindest diese nebulöse Überlegenheit zugestanden worden war, sie vergaß ihr Schmollen und rannte vor allen anderen die Treppe hinauf, um als erste umgezogen zu sein.

Es wurde ein sehr angenehmer Nachmittag, denn das Wasser war kühl genug, um ein frisches Kribbeln zu verursachen, die Sonne wärmte, und der Strand war menschenleer. Nachdem sie ihre jungen Schutzbefohlenen ins Wasser geschickt hatte, bis sie erschöpft waren, zog sich Moria aus, um der Sonne vollen Zugang zu ihrem schon gebräunten Körper zu geben. Rowan sah mit diskret abgewandtem Blick zu. Moria hatte einen bemerkenswerten Ansatz zu einem fraulichen Körper. Emer und Talba, die noch jugendlicher aussahen, schlüpften ebenfalls aus ihren Badeanzügen, rieben ihre vergleichsweise blasse Haut mit Sonnencreme ein, und dann lag Rowan plötzlich auf dem Rücken auf der Stranddecke, als nehme sie andauernd ein Sonnenbad. Während Moria über die Vorzüge verschiedener Bräunungsmittel losplapperte, war sich Lusena sicher, daß Rowan gewisse ausgefallene innere Anpassungen durchgeführt haben mußte, denn binnen etwa fünfzehn Minuten hatte sie eine hübsche Sonnenbräune erlangt.

Moria stockte mitten im Wort und starrte die junge Prima an. »Ich kann mich nicht erinnern, daß du braun warst, Rowan?«

»Oh« – und Rowan öffnete schläfrig ein Auge, um sie anzusehen –, »ich bin schon immer schnell braun geworden.«

Also das, Mädchen, ist ein bißchen zu dick aufgetragen! sagte Lusena und verletzte ausnahmsweise die Regel, daß sich *Talente* nicht telepathisch verständigen sollten.

Womöglich sagst du sogar, ich habe zuviel Braun aufge-

tragen, Luse? Mit geschlossenen Augen lächelte Rowan ganz leicht.

Abends, als die Mädchen schlafen gegangen waren, nahm Lusena Verbindung mit Pursa auf.

»Ich denke, sie ist ein ungezogener Schnösel«, sagte Rowan gerade zu ihrem Pucha. »Sie äfft aufgesetzte Manieren nach und tut so, als ob sie viel erwachsener wäre, als sie ist. Das Dumme ist bloß, Pursa, sie *denkt*, sie führt sich richtig auf. Sich aufführen ist genau, was sie tut. Sich aufführen. Die dumme Bousma!«

Lusena fragte sich, wo Rowan diese Bezeichnung wohl her hatte, bis ihr klar wurde, daß manche von den Ladearbeitern rings um den Tower aus gemischten Familienverhältnissen kamen. Rowan hatte wieder hingehört.

»Emer ist in Ordnung, und Talba macht alles, was man ihr sagt«, fuhr Rowan fort, eher nachdenklich als kritisch. »Ich bin froh, daß ich nicht Morias kleine Schwester bin. Das wär vielleicht ätzend! Ja, ja, ich weiß, das ist Jargon, und Siglen würde 'nen Anfall kriegen. Aber die ist nicht da, und ich bin's, und Moria wäre wirklich ätzend!« Es war deutlich ein Kichern zu hören. »Und ich bin besser braun geworden als sie, und es hat mich viel weniger Zeit und Schweiß und überhaupt kein Geld gekostet. Wenn ich mir vorstelle, ich müßte mir solches teures Zeug auf die Haut schmieren! Ich brauchte weiter nichts zu tun, als den Absorptionsgrad der Haut zu verändern. Ganz einfach! Ich möchte wissen, wie braun ich werden sollte! Red keinen Unsinn, Pursa. Puchas brauchen sich nicht zu bräunen. Du würdest dir das Fell versengen und die Schaltkreise durchschmoren.«

Dieser Satz löste bei Lusenas intensives Nachdenken aus. Hatte Rowan, indem sie die Schaltkreise erwähnte, die Tatsache eingestanden, daß der Pucha nur ein therapeutisches Gerät war? Aber wenn sie sich Sorgen machte, »du würdest dir das Fell versengen«, sprach sie ihm wohl bis zu einem gewissen Grade Menschenähnlichkeit zu? Tiere bräunten sich nicht, Menschen schon. Der Gebrauch des Pronomens schloß die Anerkennung des Pucha als ein Wesen ein. Ihre Gespräche mit ihm wiesen auf eine unterschwellige Antwort hin – sprach ihr Alter ego durch den Pucha? Bisher hatte es keinen Konflikt mit der geltenden Ethik und Moral gegeben.

Obwohl die dauernde diskrete psychologische Beobachtung zeigte, daß Rowan im Grunde über eine gut angepaßte Persönlichkeit verfügte, konnte die fortdauernde Abhängigkeit von einem Pucha, den Kinder in der Pubertät normalerweise aufgaben, auf eine mögliche Instabilität hindeuten. Eine nachgewiesene Instabilität, sogar nur der Verdacht, konnte ein für alle Mal die Hoffnung zerschlagen, Rowan würde es bis zur Prima schaffen. Lusena ertrug den Gedanken an die Prozeduren nicht, die folgen würden, wenn sich Rowan als instabiles *Talent* erwiese.

Nicht, daß die Anhänglichkeit von einem Pucha ein echter Grund zur Beunruhigung gewesen wäre. Mit zehn hatten einsame Kinder imaginäre Freunde – das war ein gesundes Entwicklungsstadium, das ohne Trauma durchlaufen werden konnte. Der Pucha war zweifellos ein Segen für Rowan und ihre Erzieher gewesen. Wenn der Urlaub vorbei war, entschied Lusena, würde sie mit dem Mann von der Gesundheitsbehörde über einen Entwöhnungsprozeß reden müssen.

Der nächste Tag brach so strahlend an, daß Lusena unverzüglich eine Schiffahrt die Küste entlang zu einem Seegarten organisierte, wo die Mädchen gefahrlos die Welt unter Wasser erkunden konnten. Während der kurzen Übung quengelte Moria, die habe »das ganze Zeug schon x-mal gemacht«.

Turian, der Tauchlehrer, sah gut aus und war viel zu intelligent, um unterwegs auf Morias Flirtversuche einzugehen. Er sah sie durchdringend an und bemerkte, seiner Erfahrung nach seien es diejenigen, die bei den Vorsichtsmaßnahmen nicht zuhörten, die unter Wasser unweigerlich Fehler machten.

Als sie alle untergetaucht waren und Turian durch die Seegärten folgten, rührte Lusena leicht an die Gedanken Rowans und spürte die reine Freude des Mädchens. Rowan war eine gute Schwimmerin. Sauberes, helles Wasser würde wohl kaum Erinnerungen an mintadurchsetzten Schlamm heraufbeschwören.

Es war außergewöhnliches Pech, daß ausgerechnet Moria von dem Stachelblatt erwischt wurde, vor dem Turian sie alle besonders gewarnt hatte. Es war ebenso großes Pech, daß sich Rowan am nächsten bei ihr befand und sich erinnerte, was als Erste Hilfe zu tun war. Sie rieb Morias Stiche mit einer Handvoll Sand ein. (Und zwar telekinetisch, obwohl Lusena hoffte, daß es in diesem Moment von Panik niemand außer ihr bemerkt hatte.) Als Rowan mit der metamorphischen Massage begann, die Lusena ihr als nützlich gegen Schockwirkungen beigebracht hatte, beklagte sich Moria, Rowan scheure ihr absichtlich die Haut von den Füßen. Der Zwischenfall beendete den Ausflug und war, wie Lusena eine Woche später im Rückblick sah, der Anfang der Scherereien.

Wenn Moria auch ein wenig besänftigt wurde, als Turian sie in die Arme nahm und mit ihr zur Schaluppe zurückschoß, so war es doch wenig hilfreich, daß er sie als dumme, gedankenlose Halbwüchsige behandelte. Noch mehr Salz auf ihren verwundeten Stolz war es, daß er Rowan für ihre Geistesgegenwart und den rechten Gebrauch der Erste-Hilfe-Maßnahmen lobte.

Lusena nahm wahr, daß Rowan von Lob, woher es auch kam, überrascht war und es mit einem Achselzucken hinnahm, doch sie bemerkte auch, daß es dem Mädchen angenehm war. Leider bemerkte das auch

Moria, und sie zeterte ein bißchen, als Turian mit besorgter Miene Salbe auf die langen, schmalen Stachelstriemen rieb. Ebenso unglücklicherweise erwies sich Moria als eine von den neun Promille Menschen, die allergisch auf Stacheltoxine reagierten, und Turian warf den Motor an, um das Mädchen schleunigst in ein Krankenhaus zu bringen. Die anderen brachten abwechselnd Kompressen mit kaltem Meerwasser auf das böse angeschwollene Fleisch. Nun hatte Moria Grund zu stöhnen.

»Ich glaube, sie hat es absichtlich getan«, gestand Rowan abends, nachdem Moria behandelt worden war und dann ein Schlafmittel bekommen hatte, Pursa. »Ich weiß nicht, was sie beweisen will, außer daß sie echt dumm ist, denn der Frau, mit der Turian zusammenlebt, kann Moria nicht das Wasser reichen.«

Lusena war ein wenig überrascht, daß Rowan derart in Turians Gedanken gestochert hatte. Vielleicht hatte sie es aber gar nicht getan. Turian hatte ihr erlaubt, auf der Rückfahrt eine Zeitlang das Ruder der Schaluppe zu führen. Sie hatten sich ausgiebig unterhalten, und vielleicht nicht nur über die Mechanik der Motorschiffahrt. Rowan schien einem breiten Spektrum von Personen Information zu entlocken.

»Moria ist dumm«, bemerkte Rowan zum Pucha, »aber sie ist entschlossen, sich nicht auf Kinderkram zu beschränken. Vielleicht sollte ich Lusena warnen, daß sie aufpaßt. Nein? Du meinst, ich sollte nicht. Ja, ich denke, du hast recht. Lusena wird nicht viel verpassen, oder?« Und Rowan kicherte schläfrig, in diesem Augenblick ganz wie ein junges Mädchen.

Damit war der Monolog an jenem Abend zu Ende. Und Lusena war gewarnt worden. Tags darauf ging es Moria viel besser, aber sie war wirklich nicht auf viel Bewegung aus. Obwohl die Entzündung zurückgegangen war, waren die Striemen offen und rot. Moria bekam ihren Zustand bald satt, und Lusena schlug

Spiele vor. Wenn Moria gewann, wollte sie unbedingt weiterspielen, doch sobald sie verlor, wollte sie etwas anderes versuchen. Emer und Talba gingen darauf ein, und am Vormittag auch Rowan. Doch als nach dem Essen Moria und Emer in einem Computerspiel für zwei auf jeder Seite gegen Rowan und Talba verloren, beschuldigte Moria Rowan des Betrugs!

»Ihr könntet nicht mit soviel Punkten gewinnen, wenn du nicht irgendwie mogeln würdest. Talba hat von dem Spiel keine Ahnung, wie kommt es also, daß ihr gewonnen habt?« knurrte Moria so laut, daß Lusena sofort ins Zimmer kam.

Keins von den Mädchen wußte, daß Rowan *Talent* hatte. Das war einer der Gründe, warum Lusena Kinder ausgewählt hatte, die dem Mädchen zuvor nicht begegnet waren.

»Talba ist so eine gute Jägerpilotin«, erwiderte Rowan und legte tröstend einen Arm um das jüngere Mädchen. »Du kannst dich einfach nicht darauf einstellen, eine Partnerin zu haben: Du willst dominieren, und dieses Spiel ist damit nicht zu gewinnen.«

»Und doch hast du gemogelt! Du hast es getan!« schrie Moria, daß sie im Gesicht rot anlief und die Stachelmale sich plötzlich dunkel färbten. Talba starrte die beiden entsetzt an.

»Ach, du bist wirklich ganz dumm, weißt du«, sagte Rowan in einem Ton, der stark an den von Siglen erinnerte. »Man kann die Komponenten in diesem Programm nicht von außen manipulieren, und es ist vollkommen sinnlos, bei einem Kinderspiel zu mogeln.«

Moria starrte sie an, zu wütend, als daß sie mehr als nur stottern gekonnt hätte. Dann bekam sie sich abrupt unter Kontrolle, ihre Röte ließ nach, und sie beugte sich in bedrohlicher Haltung vor. »Woher weißt du, daß man ...« – und dann ahmte sie in Tonfall und Akzent die gelassenen Worte Rowans nach – »die

Komponenten in diesem Programm nicht von außen manipulieren kann, wenn du's nicht versucht hast?«

Rowan starrte sie voller Verachtung und Mitleid an, und dann nahm sie die bekümmerte Talba bei der Hand. »Komm, wir machen einen Spaziergang am Strand, bis sich gewisse Gemüter beruhigt haben.«

Lusena stellte fest, daß dieser Vorschlag von ihr selbst hätte stammen können, doch sie beschloß, sich jetzt mit Moria zu befassen und Emer zu trösten, die so verstört wie ihre Schwester war. »Rowan hat durchaus recht, Moria, es ist wirklich nicht möglich, bei ›Jägerpilot‹ zu schummeln. Es kommt auf Zusammenarbeit und schnelle Reflexe an.«

Möglicherweise, dachte Lusena optimistisch, hatten die Medikamente eine nachteilige Wirkung auf Moria, daß sie so sprunghaft reagierte. Vor dem Abendessen war sie reumütig und brachte eine anerkennenswerte Entschuldigung bei Rowan zustande. Rowan nahm die Entschuldigung an – leider fast zu beiläufig, denn Moria mochte partout nicht eingestehen, daß sie einer Jüngeren gegenüber im Unrecht sein könnte – und schien sich viel mehr für das Abendmenü zu interessieren.

Manchmal konnte Rowan ausgesprochen erwachsen sein und dann wieder in kindliche Gleichgültigkeit zurückfallen. Diesmal hätte sie mehr Einfühlungsvermögen für Moria aufbringen müssen, hatte es aber nicht getan. Lusena bemerkte Morias Gesichtsausdruck und blieb öfter dabei, wenn alle vier Mädchen beisammen waren.

Tags darauf konnte Moria schwimmen, und abends gingen sie alle in den Vergnügungspark. Zu den Attraktionen für junge Leute gehörte ein Karussell, von dem Rowan bezaubert war: Pferde und Biffs und Löwchen und Catarons und zwei wunderliche Meerwesen, die nicht einmal der Mann vom Personal identifizieren konnte. Aber die äußeren Ringe von Tieren hoben und senkten sich bei der Bewegung der Karussells, und wenn jemand zehn von den Messingringen erwischte, gewann er eine Freifahrt.

Moria wollte unbedingt direkt hinter Rowan fahren, die jeden Ring bekam, nach dem sie griff. Der Mechanismus lud nicht schnell genug nach, als daß Moria einen kriegen konnte. Bei der nächsten Fahrt wechselte sie den Platz, doch sie war nicht so flink wie Rowan. Inzwischen hatte Lusena die Spannung bemerkt und behielt beide Mädchen im Auge. Rowan benutzte nicht ihre telekinetische Fähigkeit, um Ringe zu fassen, dessen war sich Lusena sicher: Das Mädchen war einfach geschickter und ihr Timing exzellent, so daß es keine Rolle spielte, ob ihr Cataron gerade oben oder unten oder dazwischen war, Rowan holte bei jeder Runde einen Ring.

Alles wäre bestens gewesen, hätte nicht Moria darauf bestanden, daß sie zu einem anderen Karussell weitergehen sollten.

»Rowan hat genug Ringe für zwei Freifahrten.« Emer zeigte auf die Ringe, mit denen Rowan spielte, indem sie die Spitzen der Zeigefinger aneinandergelegt hatte und die Rolle von Ringen kreisen ließ.

»Oh, wenn ihr wollt, gehe ich weiter«, und damit ließ Rowan die Ringe in den Rückgabetrichter fallen. »Wohin gehen wir als nächstes?«

Wieso ihre Bereitwilligkeit Moria in Rage versetzte, konnte Lusena nicht verstehen. Der Rest des Ausflugs war von Morias kochender Wut gefärbt, die sich Emer und Talba mitteilte. Rowan schien nichts zu bemerken.

»Dem Mädchen fehlen Manieren«, erzählte abends Rowan Pursa. »Sie hat es fertiggebracht, daß sich Emer und Talba schlecht fühlten und Lusena sich Sorgen machte. Sollte ich herausfinden, was Moria zu schaffen macht? Nein? Schön, ich weiß, daß man das nicht tut, aber ich habe wirklich keine Lust, meine restlichen Ferien damit zuzubringen, diese alte Bousma zu beschwichtigen. Das muß ich schon andauend mit Siglen machen. Wenn ich einfach… Nein? Ich darf nicht? Auch nicht, damit unsere Ferien etwas freundlicher werden? Kann ich sie nicht einfach ein bißchen anstoßen, wenn sie besonders nervt? Bloß ein bißchen! Das würde es für alle viel leichter machen. Okay! Versprochen. Nur ein bißchen!«

Lusena verbrachte den größten Teil der Nacht schlaflos, als sie dieses Gespräch durchsah. Rowan hatte sichtlich Verständnis für *Talent*-Ethik gezeigt. Durch Anstoßen wurde sie eigentlich nicht verletzt, es war nicht einmal ein echtes Eindringen in die geistige Privatsphäre: Ein leichter Anstoß wirkte oft Wunder, und sie hatte Rowan gegenüber Gebrauch davon gemacht, als die noch klein war. Es war die geringfügigste Abweichung vom grundlegenden *Gesetz*, doch sie würde Rowan unter Beobachtung halten. *Talente*, besonders Primen, mußten sich bei der Wechselwirkung mit anderen so vorsehen.

Am nächsten Morgen gab Rowan Moria tatsächlich beim ersten Anzeichen von Bockigkeit einen *Anstoß*. Sie tat es geschickt, dachte Lusena, und zweifellos besserte sich dadurch die Atmosphäre am Frühstückstisch. Den Vormittag verbrachten sie angenehm mit Schwimmen an ihrem Privatstrand. Rowan achtete darauf, ihre Bräune ein wenig schwächer als Morias zu halten, und bemerkte mit Bedauern, sie würde nie den hübschen Farbton kriegen, zu dem es Moria gebracht hatte.

Am Abend nahm Lusena sie alle zu einem Konzert im Freilicht-Amphitheater mit, die Nachschöpfung eines antiken Baus mit brillanter Akustik. Das Programm war abwechslungsreich, es wurde vielen Geschmäckern des Urlauber-Publikums gerecht. Am Ende wurde mitgeteilt, daß die letzte Gruppe Tanzmusik im Regency spielen werde.

Natürlich bettelte Moria, hingehen zu dürfen.

»Wozu denn einen Partner? Dann sind bestimmt ein paar Jungen ohne Begleitung, die tanzen wollen. Ich weiß es einfach. Im Publikum waren Hunderte. Oh, bitte, Lusena. Die anderen können dasitzen und zuhören. Emer hört diese Gruppe sowieso gern. Sie hätte nichts dagegen. Und wenn Rowan noch nie tanzen gewesen ist, wäre es eine Einführung für sie. Bitte, bitte.«

Moria mochte zwar aus einem Haus mit feiner Lebensart kommen, doch Lusena glaubte nicht, daß ihre Eltern ihre Teilnahme an einem Hotel-Tanzvergnügen billigen würden, wie sehr das Kind auch bettelte. Also sagte sie klipp und klar nein und ging mit den Kindern nach Hause, wobei Moria immer neue Gründe anführte, warum sie hingehen sollten. Lusena war ihr Gequengel so leid, daß sie beinahe selber das Kind angestoßen hätte und sich wunderte, warum Rowan es nicht tat.

So war denn Lusena überrascht, als Rowan zwei Stunden darauf an ihre Tür klopfte.

»Sie ist weg!«

»Wer ist weg?« rief Lusena begriffsstutzig. »Wieso? Hast du spioniert?«

»Brauchte ich nicht bei dem Krach, den sie gemacht hat, als sie am Spalier runtergeklettert ist«, sagte Rowan. Dann blickte sie Lusena direkt ins Auge und fuhr fort: »Außerdem hat sie so laut gesendet, als ob sie *Talent* hätte. Sie kann mich nicht leiden, weißt du.«

»Moria ist in einem sehr schwierigen Stadium des Erwachsenwerdens«, fühlte sich Lusena bemüßigt zu erklären.

»Na ja, sie ist eben *nicht* erwachsen. Sie ist viel zu dumm, und im Regency könnte sie eine Menge Schwierigkeiten kriegen. Die Jungen, auf die sie scharf ist, haben beim Konzert Stoff geschluckt. Die blicken inzwischen nicht mehr durch.« Rowan machte eine Pause, konzentrierte sich mit finstrer Miene. »Tun sie nicht. Sie kriegt großen Ärger, wenn sie ihnen begegnet. Die wollen was mit ihr machen. Ich weiß nicht genau, was. Sie hat dünne Kleider an ...«

»Wieviel Vorsprung hat sie?« Lusena schlüpfte in die erstbesten Sachen.

»Du müßtest sie auf der Hauptstraße erwischen. Falls nicht jemand sie mitnimmt, aber ich sehe kein Fahrzeug auf dieser Straße in ihrer Richtung fahren.«

Als sie zurückgebracht wurde, war Moria sehr mißmutig. Sie beschuldigte durchaus zu Recht Rowan, sie verpetzt zu haben, worauf Lusena sich größte Mühe gab, ihre Gedanken auf ihren Ungehorsam zu richten, und die Folgen solch unvernünftigen Benehmens ausmalte. Moria gab auf die Vorhaltungen altkluge Antworten, als Lusena freilich erwähnte, daß die Jungen beim Konzert Stoff genommen hatten, hielt das Mädchen nachdenklich inne.

»Ich bin nicht deine Mutter, Moria«, sagte Lusena ernst, »aber ich habe die Verantwortung, und du hast Hausarrest!«

Als Moria den Kopf hob, um diese Autorität in Frage zu stellen, gab Lusena ihr einen *Anstoß*, und Moria riß überrascht die Augen auf.

»Du bist ein *Talent!*«

»Das liegt in der Familie«, bemerkte Lusena trocken. »Oder erwähnt dein Vater nie, daß er auch welches hat?« Moria starrte Lusena an, als wären ihr Flügel oder Hörner gewachsen. »Um so dümmer von ihm«, murmelte Lusena und schickte Moria mit einer entschiedenen Handbewegung in ihr Zimmer. »Morgen bleibst du da!«

Da sie diese Strafe verschärfen wollte, mußten die ursprünglichen Pläne für den folgenden Tag geändert werden. Lusena sagte, Moria werde in ihrem Zimmer bleiben, und weder Emer noch Talba, die nicht das geringste von der nächtlichen Episode wußten, stellten das in Frage. Rowan erklärte, sie würde gern schwimmen gehen, da die Wellen kräftig genug zum Surfen aussähen.

Lusena schloß sich ihnen später an, nachdem sie sich vergewissert hatte, daß Moria noch tief schlief. Sie hielt Kontakt zu den Gedanken des Mädchens, als sie schließlich aufwachte, und hörte sich das Jammern und Schimpfen an, mit dem Moria das für sie zurückgelassene Frühstück aß und gelangweilt durchs Zimmer streifte. Lusena sah sie kurz auf dem Balkon, wie sie die anderen unten am Strand betrachtete, und dann verschwand das Mädchen wieder, von überaus unfreundlichen Gedanken und Groll gegen Rowan erfüllt. Lusena fragte sich, ob sie wohl Moria vorzeitig nach Hause schicken müßte. Der Urlaub war zum Wohle Rowans arrangiert worden, nicht Morias.

Sie ritten alle auf dem Kamm derselben großen Welle, als Lusena Rowan schrecklich aufschreien hörte. In ihrem Gesicht lag Ausdruck solch heftigen Schmerzes, daß Lusena sondierte, um die Ursache festzustellen. Doch der Schmerz war seelisch. Rowan kämpfte sich fieberhaft durch die Wellen, torkelte ans Ufer und begann zum Haus zu rennen, dabei sandte sie solch einen lauten Gedankenschrei aus, daß Lusena fast taub wurde.

Nein! Du sollst nicht! Du darfst nicht! Du bringst sie um!

Nun kamen aus einer anderen Quelle spitze Schreie – von Moria!

Rowan! Du sollst, du darfst dich nicht auf ihr Niveau herablassen! Lusena versuchte sich aus der Welle zu befreien, wurde grob herumgeworfen und kam nach Luft schnappend auf die Füße. Sie war nicht telekinetisch, doch irgendwie fand sie sich auf dem Weg, ohne sich erinnern zu können, wie sie hingelangt war, und rannte so schnell sie konnte auf das Haus zu. Sie sah Rowan auf dem Balkon vor ihrem Zimmer, dann ein letzter Aufschrei von... Lusena konnte die Quelle

71

nicht sofort bestimmen, doch der Schmerz kam von einer gequälten Seele.

Vor Erschöpfung keuchend erreichte sie schließlich das Zimmer Rowans. Moria saß zusammengekauert in einer Ecke, die Knie bis zum Kopf hochgezogen, die Arme um ihn geschlungen, und wimmerte in abgehackten kleinen Schreien. Rowan stand mitten in ihrem Zimmer, das Gesicht in Trauer erstarrt, in unvorstellbarem Gram, so stand sie da und umklammerte Pursas Kopf, dessen Fell in Fetzen herunterhing, dessen abgerissene Glieder in viele Teile zerschnitten waren.

Eine Kraft hinderte Lusena daran, ins Zimmer zu treten, und sie sank gegen die Barriere, suchte nach einer Möglichkeit, Rowan zu trösten, und wußte, daß es keine gab. Dann, als sie nach der Anstrengung wieder zu Atem kam, blinzelte sie, um klar sehen zu können, und dachte zunächst, daß Schweiß ihr den Blick trübte. Doch nein, die zerrissenen Teile des Pucha sammelten sich, wurden telekinetisch zusammengesetzt, auf eine Weise, die Lusena kaum jemandem außer einer potentiellen Prima zugetraut hätte. Rowan kniete da, brachte den Kopf des Pucha an die Stelle, wo sich der Rest des Körpers wieder anfügen konnte. Sie kniete da und streichelte das Wesen der Länge nach, redete leise auf es ein.

»Pursa? Pursa? Bitte, rede mit mir. Sag, daß es wieder gut ist! Pursa? Pursa! Bitte, ich bin Rowan. Ich brauche dich! Red mit mir!«

Lusena senkte den Kopf, Tränen strömten über salzbedeckte Wangen, und sie wußte, daß der Zauber, und mit ihm die Kindheit Rowans, vorbei war.

»Ich hatte entschieden den Eindruck, dieser Urlaub würde das Kind aufmuntern«, sagte Siglen und ließ ihr Halsband von großen blauen Perlen irritierend rasseln. Ihr grobes Gesicht hatte sie in bedauernde Falten gelegt. Sie hörte nicht gern, daß die Großherzigkeit, mit der sie Rowan solch einen beispiellosen Urlaub gewährt hatte, kein voller Erfolg gewesen war.

»Leider«, begann Lusena unsicher, »habe ich mich in der Auswahl der anderen Mädchen geirrt. Zwischen einem von ihnen und Rowan ist es zu einer ernsten Konfrontation gekommen. Bis zu dem Zeitpunkt hatte Rowan den Urlaub durchweg genossen. Meine Nichte ist in einem sehr schwierigen Alter...« Sie verstummte.

»Ein Zank unter Kindern? Der zu vier Tagen Melancholie führt?« Siglen war unangenehm berührt.

»Wenn Mädchen in die Pubertät kommen, sind sie so verletzlich, so leicht verstimmt. Und«, fuhr Lusena rasch fort, denn Siglen Gesicht zeigte, daß sie zu einer Predigt ansetzte, »lächerliche Dinge können mitunter viel stärker aufgebauscht werden, als ihnen in Wahrheit zukommt. Rowan ist, wie Sie wissen, im Grunde ein junges Mädchen mit zugänglichem und ausgewogenem Charakter. Aber...« – und hier verstummte Lusena abermals. Siglen hatte die Abhängigkeit Rowans von dem Pucha immer mißbilligt. Siglens Finger erzeugten mit den hohlen Perlen das rhythmische Rasseln von Ungeduld. Lusena holte tief Luft und gab sich einen Ruck – »... die mutwillige Zerstörung des Pucha war eine Katastrophe.«

Siglen verdrehte angewidert die Augen. Ihre Finger packten das Halsband so fest, daß Lusena fürchtete, die Kette könnte reißen.

»Ich habe Ihnen gesagt, daß dieser Pucha längst abgeschafft gehörte. Jetzt sehen Sie, wohin es führt, wenn man meinen Ratschlag mißachtet! Ich werde von Rowan keine Launen mehr hinnehmen. Morgen hat sie zur üblichen Zeit im Tower ihren Dienst anzutreten. Ich werde Disziplinlosigkeit nicht mehr dulden. Schon gar nicht aus so einem fadenscheinigen Grund. Wie die Dinge liegen, werde ich Reidinger über ihr Pflichtversäumnis Meldung machen müssen. Primen *müssen* verantwortungsbewußt sein. Die Pflicht geht vor! Persönliche Erwägungen kommen viel später. Versuchen Sie also, das Ihrer Schutzbefohlenen klar zu machen. Oder ...« – und Siglen richtete drohend den Finger auf Lusena – »Sie werden abgelöst.«

Zitternd vor Wut über die Dickfelligkeit der Frau tappte Lusena die Rampe von Siglens Tower hinab. Sie war so ärgerlich, daß sie beinahe Gerolamans »psst!« überhört hätte. Er schaute unbehaglich drein – nein, verschwörerisch, denn in seinen Augen lag ein entschieden spitzbübisches Funkeln. Neugierig geworden, folgte sie ihm in einen kleinen Nebenraum.

»Schau, es ist kein Pucha, Lusena, aber mit ein bißchen Glück wird es ihr helfen«, sagte der Stationsmeister und ließ den Deckel einer Tragekiste aufschnappen.

Vor Überraschung und plötzlich keimender Hoffnung schrie Lusena auf. »Eine Barkkatze? Wen hast du bestochen, um eine zu kriegen? Die sind nicht für Geld und gute Worte zu haben!« Sie schaute hinein zu dem gesprenkelten Bündel des zusammengerollten Kätzchens und zog die Hand zurück, die es unbedingt streicheln wollte. »Von allerliebster Farbe«, sagte sie voller Bewunderung für das Muster von goldbraunen Fellspitzen und dem satt crèmefarbenen Untergrund, der die Zeichnung hervorhob. »Wie hast du eine gefunden, die Pursas Fell so ähnlich ist? Himmel« – und Lusena fiel wieder in Sorge. »Vielleicht wäre das gerade jetzt kein so guter Einfall.«

»Ich habe selber an diesen Gesichtspunkt gedacht, aber es war das einzige Kätzchen, das übrig war, und nur, weil ich es für Rowan haben wollte, habe ich die Gelegenheit bekommen. Natürlich muß ich ihn zurückgeben, wenn er Rowan nicht mag.«

»Wird es sich an das Leben auf einem Planeten gewöhnen?« fragte Lusena und mußte die Hände fest hinterm Rücken halten, um das übermächtige

Verlangen zu bezähmen, das schlafende Tier zu streicheln. Barkkatzen hatten diese Wirkung auf Menschen.

»Keine Angst. Es ist eine Kreuzerzucht, so daß es besser als die meisten an Schwerkraft gewöhnt ist, aber es wird die Wohnung Rowans nicht verlassen dürfen. Erstens ist die Mutation auf Atair nie genehmigt worden, und zweitens dürfen sie sich auf keinen Fall mit anderen kreuzen. Ich mußte einen heiligen Eid schwören, ihn kastrieren zu lassen, wenn er sechs Monate alt ist, nur für den Fall, daß er doch entwischt. Er hat ein sauberes tierärztliches Zeugnis, weil der Rest des Wurfes von der Mayotte noch in Quarantäne war und darauf wartete, verteilt zu werden. Sie werden gerade entwöhnt.«

»Du bist wirklich ein Schatz, Gerry. Ich war schon ganz verzweifelt. Sie sitzt einfach nur da und schaut mit tränenüberströmtem Gesicht die Stücke von Pursa an. Sie hat seit der Rückkehr kein Wort gesagt. Ich habe es sogar mit ein paar ziemlich schwergewichtigen Metaphern versucht, die sie normalerweise wieder ins Lot bringen, aber diesmal haben sie sie nicht aus der Depression geholt.«

»Und sie?« Gerolaman deutete mit dem Daumen über die Schulter nach Siglens Tower.

»Siglen würde ein Gefühl nicht einmal spüren, wenn es ihr auf die Füße fällt. Sie hat mich tüchtig runtergemacht, weil der Urlaub meine Idee war.«

»Du brauchst dir keine Vorwürfe zu machen, Lusena.«

»Tu ich aber. Ich hab mir eingebildet, ich kenne mich in Charakteren und wer zu wem paßt aus. Ausgerechnet meine eigene Nichte!«

»Das Problem ist, Rowan hat zu selten mit jemandem in ihrem Alter zu tun ...«

»Rowan hat sich sehr anständig und vernünftig verhalten. Meine Nichte ist verdorben, egozentrisch, arrogant, neidisch und will unbedingt das letzte Wort haben. Es war *nicht* die Schuld Rowans.«

Gerolaman klopfte Lusena auf die Schulter. »Natürlich nicht.«

Lusena stöhnte und schüttelte den Kopf. »Und Siglen meldet das *Pflichtversäumnis*« – sie verzog das Gesicht bei dem Wort – »Rowans an Reidinger!«

Gerolaman zog eine Braue hoch und schnaufte amüsiert. »Das könnte sich sogar als nützlich erweisen, weißt du. Reidinger ist vernünftiger als Siglen. War er schon immer. Deswegen ist er der Erd-Primus. Du weißt doch sicherlich, daß Siglen sich selber in der Position gesehen hat? Nun ja, sie hat sie nicht gekriegt, und das wurmt sie. Laß sie's ruhig Reidinger erzählen.« Er gab Lusena einen letzten Klaps auf den Rücken, ehe er ihr die zugedeckte Kiste der Barkkatze überreichte. »Versuch es damit und sieh zu, was herauskommt. Wenn das Tierchen sie nicht annimmt, werden wir's früh genug merken.« Er winkte. »Ich glaub nicht, daß ich es zur *Mayotte* zurückbringen muß.«

Sehr vorsichtig mit der Kiste eilte Lusena die Korridore entlang zur Wohnung Rowans. Allermindestens würde Rowan die Ehre zu schätzen wissen, daß sie Gelegenheit bekam, eine kostbare Barkkatze zu erwerben.

Sie waren so eigentümlich wie Puchas, nur lebendig und so ungebunden wie die Luchse, aus denen sie in den hundert Jahren Raumfahrt durch Mutation entstanden waren. Manche meinten, sie hätten sich von jenen frühen Katzenartigen soweit fortentwickelt wie der Mensch vom Affen – und mit entsprechender Zunahme der Intelligenz. Weit verbreitet war die Ansicht, Barkkatzen seien telepathisch, doch kein *Talent* hatte jemals mit ihnen kommunizieren können, nicht einmal die mit starker Empathie gegenüber Tieren. Barkkatzen fühlten sich in Schwerelosigkeit und Schwerkraft gleichermaßen wohl. Am hervorstechendsten war ihre Fähigkeit, sich an plötzliche Veränderungen anzupassen. Es hatte Fälle gegeben, in den Barkkatzen Raumschiffhavarien überlebt hatten, bei denen alle Menschen an Bord umgekommen waren.

Kundschafter oder kleine Besatzungen bestanden darauf, bei allen Fahrten über die Reichweite einer Primärstation hinaus eine Barkkatze an Bord zu haben. Manche verglichen sie mit den Kanarienvögeln, die Bergleute früher tief in die Gruben mitgenommen hatten, denn die Barkkatzen bemerkten untrüglich Druckschwankungen, die für menschliche Sinne wie für Meßgeräte zu gering waren. Es hieß, wegen dieser Fähigkeit sei ihnen die Rettung von Tausenden von Menschenleben zu verdanken, und sie könnten Reparaturtrupps unfehlbar zu einem Leck, Sprung oder Riß führen. Traditionsgemäß lebten sie von dem Ungeziefer, das sich in jeder Art Schiff einnistete, kaum daß es in Dienst gestellt wurde, doch tatsächlich waren sie die ersten, die in der Kombüse gefüttert wurden. Ihre Fortpflanzung wurde von ihren Besatzungen sorgfältig beobachtet und jeder Stammbaum gründlich festgehalten. Auf die Zuteilung von Barkkatzenjungen wurden ebensoviel Zeit, Erörterungen und Machtkämpfe verwendet, wie einst auf die Ehen gekrönter Häupter.

Dessen ungeachtet machten erwachsene Barkkatzen, was sie wollten, und gewährten Zuneigung und Gunst ganz nach Laune. Von einer Barkkatze akzeptiert zu werden, galt als Auszeichnung.

Während sie zur Wohnung Rowans eilte, ging Lusena eine Sorge durch den Kopf. Es könnte verletzend wirken, wenn die Barkkatze Rowan nicht akzeptierte. Möglicherweise verstärkte es die Melancholie Rowans noch, wenn sie so kurz nach Morias Eskapade abermals zurückgestoßen wurde. Es mußte etwas geschehen, um ihre Abkapselung zu durchbrechen. Und das Mädchen wußte um die Eigenheiten von Barkkatzen gut Bescheid.

»Es ist das Risiko wert«, murmelte Lusena vor sich

hin und berührte die Tür. Sie ging auf, und Lusena mußte blinzeln, um ihre Augen an das Dämmerlicht zu gewöhnen. Wieder hatte Rowan die Beleuchtung heruntergedreht, daß es zu einem Begräbnis gepaßt hätte. Rigoros drehte Lusena den Regler auf helles Tageslicht. »Rowan? Komm sofort aus dem Schlafzimmer! Ich muß dir etwas zeigen!« Lusena legte nebulöse Andeutungen von Überraschung und Vorfreude in Gedanken und Stimme. Rowan war noch jung genug, um über eine unersättliche Neugier zu verfügen.

Sie stellte die Kiste auf den niedrigen Tisch inmitten der Haupt-Sitzgruppe und ließ sich mit einem Seufzer der Erleichterung in den Sessel gegenüber dem Zimmer Rowans fallen. Sie ließ ihr Vergnügen über die Überraschung durch ihre Gedanken sickern, während sie wartete. Teilweise war sie mit Siglen einer Meinung, daß diese Melancholie nun schon lange genug dauerte. Verluste werden nach unterschiedlichen persönlichen Maßstäben gemessen, doch zweifellos war es ein Verlust gewesen, den Rowan mit der Vernichtung Pursas erlitten hatte.

Lusena wartete länger als gedacht, bis die Tür aufging und eine matte Rowan erschien.

»Gerolaman hat für dich seine Seele verkauft«, sagte Lusena zu ihrer Schutzbefohlenen im Plauderton. »Es ist seine Sache« – und sie zeigte zu der Kiste –, »ob es dich mag oder nicht. Vor allem, wo du momentan nicht wirklich du selbst bist. Ich weiß also nicht, ob ich dir damit einen Gefallen tue.«

Lusena sah mit Befriedigung, daß sie das Interesse Rowans geweckt hatte, wenn schon nicht Begeisterung. Das Mädchen kam mit langsamen Schritten ins Zimmer, hob leicht den Kopf, um über die Rücklehne des Sofas zu spähen, was da auf dem Tisch stand. Lusena wartete, bis Rowan herumgekommen war, ehe sie ihr mit einer Handbewegung bedeutete, sie solle sich setzen. Mit den Bewegungen eines schlecht geschmierten Androiden sank Rowan in den Sessel. Sie schaute auf die Kiste und dann auf Lusena, die den ersten Druck einer Frage auf ihre Gedanken spürte.

Lusena klappte den Deckel zurück, und die Reaktion Rowans entsprach ganz Lusenas Wünschen: Freude und ungläubiges Staunen.

»Ist es wirklich eine Barkkatze?« fragte sie, und ihr Blick huschte zu Lusenas Gesicht hoch, zum erstenmal seit jenem Morgen in Favor Bay mit einem Funkeln darin. Impulsiv streckte sie die Hände aus, preßte sie aber sogleich gegen den Brustkasten, denn sie wußte, daß man den Schlaf einer Barkkatze besser nicht störte.

»Ein richtiges lebendiges Barkkätzchen. Sogar wenn du ihm nicht gefallen solltest, darfst du nicht vergessen, Gerolaman dankbar zu sein, daß er dir die Gelegenheit gegeben hat.«

»Oh, es ist so wunderschön! Ich habe noch nie ein Fell gesehen, das so ausgefallen gemustert war und so glänzte. Goldbraune Spitzen und crèmefarbener Untergrund und so ein ungewöhnliches Muster in den Spitzen! Im Galaktischen Tierindex gab es sowas nicht. Es ist einfach das reizendste Geschöpf, das ich je gesehen habe.« Wieder huschten ihre Hände über der Tragekiste hin und her. »Lusena, wann wird es aufwachen? Was geben wir ihm zu fressen? Wie können wir es vor *ihr* verstecken?«

»Ich weiß nicht, es ist ein Allesfresser, und sie kommt nie in deine Räume.« Lusena beantwortete alle Fragen in einem Atemzug, außerordentlich erleichtert, daß das Mädchen wieder zu sich gefunden hatte. »Solange es also nicht wegläuft, wird Siglen kaum erfahren, daß es hier ist.« Sogar wenn sie das Kätzchen zurückgeben müßten, hatte seine Anwesenheit Rowan dazu gebracht, etwas außer ihrem Verlust zur Kenntnis zu nehmen.

»Oh, schau, es räkelt sich. Was soll ich jetzt machen, 'Sena? Was, wenn es uns nicht mag?« Plötzlich verfin-

80

sterte sich ihre Miene wieder. »Pursa mußte mich gernhaben, aber das Kätzchen muß nicht ...«

»Tja, dann können wir nur hoffen, daß es dich würdig findet, was?« Lusena war sicher, daß sie bei ihrer Antwort genau den richtigen Ton getroffen hatte. Bei all ihrem *Talent*, bei all ihren Fähigkeiten und trotz öfter auftretenden Anzeichen von Reife war Rowan noch Kind genug, um Unterstützung und Bestätigung zu brauchen. Konnte ein winziges Fellbündel dieses Bedürfnis stillen?

Es regte sich. Das winzige Mäulchen öffnete sich, und die weißen Eckzähne waren zu beiden Seiten einer rosa Zunge zu sehen, die sich in einem Gähnen ringelte. Die zierlichen sieben Zehen an jeder Vorderpfote streckten die winzigen stumpfen Krallen aus. Sein Rücken krümmte sich, und es zuckte mit dem buschigen gestreiften Schwanz, ehe es sich auf den Bauch drehte. Dann öffnete es die silberblauen Augen, die Pupillen im hellen Zimmer zu schmalen Schlitzen verengt.

Es bedachte Lusena mit einem kurzen abschätzigen Blick, dann wandte es den edlen Kopf Rowan zu. Mit einem der schrillen Schreie, für die diese Rasse berühmt war, stand es auf und trottete sehr bedächtig zu dem Mädchen hin. Es legte die Vorderpfoten auf den Kistenrand und reckte ihr forschend den Kopf entgegen.

»Ach, du Liebes!« flüsterte Rowan und streckte langsam einen Finger aus, damit die Barkkatze daran schnüffeln konnte. Das tat sie, und dann stukte sie prompt mit dem Kopf dagegen, drehte ihn ein bißchen, daß Rowan hinter dem zierlichen Ohr kraulen konnte. »Lusena, ich habe nie sowas Weiches gefühlt. Nicht einmal ...« Sie brach ab, doch mehr, weil die Barkkatze nach ausgiebigem Streicheln verlangte, als daß sie den Satz nicht zu Ende sprechen konnte. »Es will trinken. Wasser.« Rowan blinzelte.

»Es hat doch nicht etwa zu dir *gesprochen?*« Lusena staunte.

Rasch schüttelte Rowan den Kopf. »Nein, es hat nicht zu mir gesprochen. Ich habe überhaupt keine gedankliche Berührung gespürt. Aber ich weiß ganz bestimmt, daß es Durst hat, daß es besonders Wasser will.«

»Gut!« Und Lusena schlug sich mit beiden Händen auf die Knie und stand auf. »Wenn es das ist, was dieser Gauner will, dann soll er Wasser kriegen.« Sie versuchte, ihr Hochgefühl in Grenzen zu halten, während sie zur Kochnische ging.

»Ich war schrecklich, nicht wahr, Luse?« fragte Rowan in leisem, entschuldigendem Ton.

»Nicht schrecklich, aber vom Verlust Pursas fürchterlich mitgenommen.«

»Also dumm. Über den Verlust eines leblosen Gegenstandes zu trauern.«

Lusena kam mit einer Schüssel Wasser zurück, die sie Rowan gab. »In deinen Augen ist Pursa nie ein lebloser Gegenstand gewesen.«

Gerade, als Rowan die Schüssel in die Tragekiste stellte, wurde kurz an die Tür geklopft. Sie hatte den Deckel gerade geschlossen, als die Tür aufging und Bralla mit sorgenvoller Miene eintrat.

»Ich war mir so sicher, eins zu haben, daß ich nie daran dachte, wirklich nachzuschauen … entschuldigt, daß ich so hereinplatze, aber sie ist in so einer Verfassung …« Bralla blickte von einem Gesicht zum anderen, und ihre Körperhaltung drückte eine flehentliche Bitte aus.

»Wovon redest du, Bralla?« fragte Lusena, denn die T4 vergaß oft, sich mitzuteilen.

»Hast *du* ein neues Hologramm von Rowan? Hast du doch, Lusena? Bestimmt hast du in Favor Bay welche aufgenommen?«

»Hab ich, aber warum die Aufregung?« Mühelos

fand Lusena die Hologramme, die sie noch nicht einmal ausgepackt hatte. Es waren ein paar sehr gute von Rowan darunter. Lusena suchte eins davon heraus, wie sie allein am Heck des Bootes stand, ihr silbernes Haar wie ein heller, gezackter Wimpel im Wind flatternd.

»Oh, Gott sei Dank.« Für einen Augenblick beruhigte sich Bralla. »Reidinger will unbedingt ein neues Hologramm von dir haben, Rowan. Es muß sofort abgeschickt werden, und ich kann dir sagen, Siglen ist deswegen auch außer sich. Oh, das ist. aber sehr hübsch!« Sie warf Rowan ein zufriedenes Lächeln zu, die so unauffällig wie möglich versuchte, die Barkkatze daran zu hindern, ausgerechnet jetzt mit dem Kopf den Deckel hochzudrücken. »Das ist perfekt. Obwohl ich nicht weiß, ob du es je zurückbekommst. Soll ich es erst kopieren?«

»Ja, wenn du …« Lusena war sich nicht sicher, ob Bralla die Antwort gehört hatte, denn sie war durch die Tür verschwunden wie wegteleportiert.

»Wozu braucht Reidinger ein neues Hologramm von mir?« fragte Rowan und klappte eilig den Deckel über der jetzt sehr unruhigen Barkkatze hoch. Das Tier dachte nicht im mindesten daran, seine Kiste zu verlassen, hatte aber offensichtlich etwas dagegen, wenn der Deckel zu war. Nachdem es sich kurz im Raum umgeschaut hatte, trank es wieder.

»Ich weiß nicht recht«, sagte Lusena und verbarg ihre Gedanken, denn sie wußte genau, warum Reidinger eins haben wollte: Dann konnte er seine Gedanken direkt auf Rowan fokussieren. Himmel! Würde sie dieser Art von haarscharf sondierendem Gespräch gewachsen sein, für die Reidinger berühmt war? Lusena blickte zu ihrem Schützling hinab, sah, daß Rowan völlig von der Barkkatze gefesselt war, und seufzte im stillen erleichtert auf. Wenn Reidinger ihr auch nur die Spur einer Chance gab …

Als das Kätzchen mit Trinken fertig war und ein wenig in Milch getunktes Brot gefressen hatte, putzte es sich kurz und rollte sich dann nach dieser Anstrengung wieder zu einem Nickerchen zusammen. Sobald sein Atem gleichmäßig geworden war, ging Rowan zur Tastatur und holte Informationen über Barkkatzen in Natur und Kunst ein.

»Was er fressen sollte«, sagte sie, indem sie Lusena die ersten paar Seiten in die Hand drückte, »und was er vermutlich fressen will. Ich möchte Gerolaman noch erreichen, ehe er heute nach Hause geht. Bin gleich wieder da.«

Sie war zur Tür hinaus, ehe Lusena protestieren konnte. Gott, wie spät war es auf der Erde? Lusena knirschte mit den Zähnen. Sie wollte bei Rowan sein, wenn – und falls – Reidinger direkten Kontakt zu ihr aufnahm.

Gegen Abend blieb kein Zweifel mehr, daß Gauner Rowan akzeptiert hatte. Von seinem zweiten Nickerchen erwacht, hatte das Kätzchen sich nach einem Katzenklo umgesehen (denn Lusena hatte daran gedacht, ein Provisorium zu beschaffen) und war dann ihren Arm hinaufgeklettert, hatte es sich auf ihrer Schulter gemütlich gemacht, die Krallen in den Stoff ihrer Bluse geschlagen.

»Laß gut sein, Luse«, sagte Rowan zu ihr, »er dringt nicht tief ein mit den Krallen.« Sie kicherte und schüttelte sich komisch. »Aber sein Schnurrbart kitzelt. Also nun, Gauner.«

Obwohl sich das Kätzchen auf ein längeres Verweilen einzurichten schien, sprang es plötzlich von Rowans Schulter auf die Rückenlehne des Sofas und rannte darauf entlang bis ans andere Ende. Dann drehte es sich um und starrte das Mädchen vorwurfsvoll an.

»Was hab ich denn gemacht?«

»Warum ...«, begann Lusena überrascht, dann sah sie, wie sich Rowan straffte und gerade saß.

»Ja. Primus Reidinger?«

Ich wollte mich direkt an dich wenden, Rowan, sagte die tiefe Stimme so deutlich, als säße er neben ihr auf dem Sofa und spräche hörbar. *Sogar ich – und Reidinger kicherte – brauche einen Talisman, auf den ich mich fokussieren kann, und ich habe dein Hologramm denen auf meiner Sonderliste hinzugefügt. Ich habe übrigens Siglen mitgeteilt, daß du immer Ferien haben wirst, wenn es im regulären Schulsystem von Atair vorgesehen ist. Mit sich selber kann sie verfahren, wie sie will, doch für minderjährige Kinder gibt es Regeln, die beachtet werden müssen.*

Es hat mir nichts ausgemacht, Primus Reidinger. Es gibt eine Menge zu lernen ...

Ein loyales Kind also. Die Diskussion, die ich eben mit Siglen geführt habe, sollte einige Mißverständnisse ihrerseits bereinigt haben. Auch, was deine künftige Ausbildung betrifft. Um es auch dir klipp und klar zu sagen, Rowan: Du hast das Recht, jederzeit mit jeder Frage, die du hast, Direktkontakt mit mir aufzunehmen. Ein geeignetes Hologramm ist unterwegs zu dir, um diesen Kontakt leichter zu machen. Du hast genug Reichweite. Rowan hörte das Lächeln in seiner Stimme. *Nutze sie. Du solltest auch Hologramme von David von Beteigeuze und von Capella bekommen. Es kann nicht schaden, wenn du von Zeit zu Zeit Gedankenverbindung zu ihnen aufnimmst. Es wäre auch eine gute Übung. Sie haben beide bei Siglen gelernt.*

Rowan erfaßte die trockene Note in seinem Gedankenton und wunderte sich darüber.

Noch etwas: Gerolaman wird einen Tower-Grundkurs durchführen, und ich möchte, daß du dich seinen Schülern anschließt. Der Betrieb eines Towers ist keine reine Gedankensache, weißt du. Es folgte eine merkliche Pause, und Rowan war sich nicht sicher, ob sie sich nun für sein Eingreifen bedanken oder was sie sonst tun sollte. *Du*

85

*hast ein Barkkätzchen? Schön, meine junge Dame, darauf
kannst du stolz sein.*

*Ja, Sir, das denke ich auch. Und danke für die Ferien und
den Grundkurs und ... und alles.*

*Nur keine Angst, Rowan. Ich werde mich zu einem späte-
ren Zeitpunkt schadlos halten.*

Dann war der Raum, den er in ihrem Geist eingenommen hatte, plötzlich leer, und Rowan blinzelte
überrascht.

»Rowan?« fragte Lusena vorsichtig und beugte sich
über den Tisch, um ihre Hand zu berühren.

»Erdprimus Reidinger hat mit mir gesprochen«, er-
widerte sie, und dann schaute sie ans andere Ende des
Sofas zu dem goldbraunen Kätzchen. »Er wußte von
Gauner«, fügte sie verwundert hinzu.

»Bei Reidinger war das zu erwarten«, bemerkte Lusena bissig und warf einen raschen Blick auf das Kätzchen, das nun auf der Sofalehne wieder zu Rowan kam.

»Wie kann er?«

Lusena hob die Schultern. »Die Reidingers haben
immer ungewöhnliche *Talente* und Wahrnehmungen
gehabt. Sie sind schon seit Jahrhunderten *Talente*. Was
hat er noch gesagt?«

Rowan grinste verschmitzt. »Ich soll dieselben Ferien haben wie alle Schulmädchen hier. Und ich soll an
Gerolamans Kursus über die Grundlagen des Towerbe-
triebs teilnehmen.«

Lusena stutzte. »Ich wußte nicht, daß er einen hält.«

Rowan lachte. »Reidinger sagt, er tut es.«

»Dann tut er's.«

Als Gerolaman spät abends kam, um nachzuschauen,
wie sich das Kätzchen eingelebt hatte, wirkte er sehr
zufrieden mit sich selbst. Er nahm das Getränk an, das
ihm Lusena anbot, und setzte sich Rowan gegenüber,
deren Schoß von einem faustgroßen Fellknäuel belegt
war. Er hob das Glas zu ihr hin.

»Ich dachte mir, daß du die Probe bestehen würdest. Ich werde es in offizielle Bahnen leiten, und du bekommst die Papiere direkt vom Kapitän der *Mayotte*. Er läßt dir ausrichten, daß Gauner von echten Klasseeltern abstammt.«

»Das seh ich«, erwiderte Rowan mit einem albernen Lächeln zu dem Schläfer hin. Sie hatte mit keinem Muskel gezuckt, seit sich Gauner nach seinem Abendessen zusammengerollt hatte.

»Das war ein guter Tag«, sagte Gerolaman und dehnte sich behaglich. »Eine Barkkatze untergebracht und die Nachricht erhalten, daß nächste Woche eine komplett zusammengestellte Klasse von jungen T4s und T5s von der Erde eintrifft, um zu lernen, was man über Verwaltung und Betrieb eines Towers wissen muß. Siglen sagt, es sei ein Zeichen für *ihren* Stand bei VT&T, daß Atair dafür ausgewählt worden ist.« Gerolaman blinzelte Lusena zu, die kicherte. »Du bist dabei, Rowan. Ich soll es dir selber mitteilen. Vormittags wirst du wie üblich im Tower sein, aber nachmittags und abends wirst du an meinem Unterricht teilnehmen. In Ordnung?«

Rowan nickte zur Bestätigung, und Lusena zollte ihr im stillen Beifall für ihre Diskretion.

»Ich habe dir bei weitem noch nicht alles beigebracht, was ich weiß, aber jetzt tue ich es offiziell. Sieh dich mit diesen importierten *Talenten* vor, Mädchen. Es ist eine gemischte Truppe, Vierer, Fünfer, Telekineten, Empathen und ein paar Mechaniker, aber nur ein echter Telepath. Trotzdem wirst du mehr Einblick in einige andere Erscheinungsformen von *Talent* gewinnen. Und vielleicht ein, zwei Freunde in deinem Alter.«

»Wie viele sind es?« fragte Lusena, die die plötzliche Skepsis Rowans bemerkt hatte.

»Acht, heißt es.«

»So viele? Sicherlich wird Siglen nicht erlauben, daß die alle in der Station wohnen?«

»Nicht *in* der Station. Gegenüber im Gästehaus«, erwiderte Gerolaman mit einem wissenden Grinsen. »Meine Frau zieht dorthin, um sie unter Kontrolle zu haben. Samella entgeht kaum etwas, obwohl sie nur eine T6 ist. Starke Empathie, vor allem für Teenager-Unfug. Sie wittert's, ehe es passiert.« Er trank sein Glas aus und stand auf. »Ich habe 'ne Menge zu organisieren, ehe sie ankommen, also empfehle ich mich jetzt. Ach ja, und auf dem Heimweg werde ich euch beschaffen, was ihr für das Kätzchen braucht. Der Kapitän von der *Mayotte* hat mir eine Liste gegeben. Ich bring's morgen mit.«

Rowan brachte nochmals ihre große Dankbarkeit für die Barkkatze zum Ausdruck.

»Ich hätte viel früher dran denken sollen, dir eine zu beschaffen, Rowan«, sagte Gerolaman mit schroffer Stimme, und mit einem knappen Kopfnicken zu Lusena ging er.

Tags darauf stellte Rowan fest, daß Siglen durchaus nicht angetan war von dem Gedanken, daß *ihre* Station als Ausbildungsplatz dienen sollte. Doch das nahm sie so in Anspruch, daß sie alles andere vergaß, einschließlich Rowans Verhalten jüngst. Siglen bombardierte Bralla und Gerolaman mit Anweisungen, und Rowan beobachtete, wie diese beiden vorgaben, wegen der ›Invasion‹ verstimmt zu sein. Sie hatten Siglen so viele Beschwerden zu unterbreiten – wegen geeigneter Unterkünfte, einen Unterrichtsraum, welcher Teil des großen Landefeldes jenseits des Towers weit genug entfernt wäre, um Störungen durch die lahmhirnigen Holzköpfe zu vermeiden, die sie bemuttern und belehren müßten. Gegen Mittag war Siglen so wuschig, daß sie Bralla anfuhr.

»Wenn Erdprimus Reidinger Atair für diesen Kursus ausgewählt hat, müssen wir auf jede mögliche Art mit ihm zusammenarbeiten, und ich bin es gründlich satt, mir euer Gejammer anzuhören. Primus Reidinger weiß genau, was er tut. Und basta.«

Rowan konnte nicht umhin, das heimliche gerissene Funkeln in Brallas Augen wahrzunehmen: die Strategie war aufgegangen, sie hatten Siglen dazu gebracht, von sich aus Reidingers Entscheidung gutzuheißen. Rowan begann sich auf die Gesellschaft beim Unterricht zu freuen.

Als sie später Gerolaman fragte, gab er ihr die Personaldatei seiner künftigen Schüler.

»Fakten und Zahlen und Hologramme«, sagte er lächelnd zu ihr. »Mach dich ein bißchen mit ihnen bekannt. Sie wissen nicht, daß du zu einem anderen Niveau gehörst als sie selber – Anordnung von Reidinger«, fügte er hinzu, als sie ihn erstaunt anstarrte. »Deswegen sind keine hiesigen *Talente* in dem Kursus. Das machte es dir leichter, dich in die Gruppe einzufügen.«

Sie nahm die Datei mit in ihre Wohnung und ließ sie laufen. Jeder Eintrag umfaßte ein Hologramm, den Bildungsgang und verschlüsselte Daten, die Privatsachen vor neugierigen Blicken schützten, doch die zugängliche Information beruhigte Rowan. Drei Jungen und ein Mädchen waren auf der Erde geboren, das Zwillingspärchen – Bruder und Schwester, die nur ein paar Monate jünger waren als sie selbst – kam vom Prokyon, die beiden anderen Mädchen von Capella.

Sie rief die Hologramme auf und saß lange Zeit da, betrachtete die Bilder und versuchte sich die Persönlichkeiten vorzustellen. Am längsten starrte sie einen der Erdenjungen an, denn Barinow sah gut aus wie ein Tri-D-Darsteller, seine blonden Locken trug er bis auf den nackten Schultern fallend: er war in Badehose holographiert worden. Durchaus zu Recht. Er war so muskulös und prächtig wie Turian. Und nur drei Jahre älter als sie. Es war doch gut, daß Moria kein *Talent* besaß. Dann vollführte Gauner einen seiner unglaublichen Sprünge von ihrem Regal auf ihre Schulter und verlangte Zuwendung, da er nun von seinem Nickerchen erwacht war.

Die Schüler trafen alle mit derselben offiziellen Passagierfähre ein, wo Rowan und Gerolaman sie abholten. Sie hatten offensichtlich Gelegenheit gehabt, sich während der kurzen Reise miteinander bekannt zu machen. Sie waren aufgekratzt, als sie durch die Tür strömten, lachten und rissen Witze, während die hinter ihnen her schaukelnden Reisetaschen ihr telekinetisches Geschick zeigten. Dann bemerkte einer der Jungen Gerolaman und Rowan, und zwei von den Taschen knallten zu Boden.

»Tss, tss«, machte Gerolaman und grinste zur Begrüßung. »Stationsmeister Gerolaman, T5, und euer Ausbilder bei diesem Kursus.« Er stieß unauffällig Rowan an, die Barinow anstarrte. In Fleisch und Blut sah er sogar noch besser aus, wenngleich das Fleisch von legerer Kleidung bedeckt war.

»Ich heiße Rowan«, sagte sie. »Ich hoffe, es wird euch hier auf Atair gefallen.« Sie schalt sich selbst wegen ihres Fauxpas und lächelte alle ohne Unterschied an. Sie spürte zwei, nein, vier deutliche Gedankenberührungen, eher wie ein Händeschütteln als ein Eindringen. Sie ließ sie ihre Begeisterung sehen, neue *Talente* zu treffen, und schirmte sich dann ab.

»Garantiert besser als die düstre alte Erde«, sagte einer von den Jungen und hob die Hand zum Gruß. Rowan erkannte ihn nach dem Hologramm als Ray Loftus, geboren in der südafrikanischen Megapolis. Er schirmte die Augen mit einer Hand ab, während er über das flache Landefeld zur niedrigen Silhouette des Hafens blickte und pfiff. »Ist das alles, was ihr hier an Stadt habt?« fragte er und fügte einen tiefen Pfiff der Verzweiflung hinzu.

»Laß gut sein, Ray«, sagte Patsy Kearn lachend. »Laß

nicht zu, daß er sich über deine Stadt lustig macht, Rowan. Weiter kennt er nichts als Städte.«

»Keine Städte, Pat, sondern die Stadt, eine richtige Wolkenkratzer-Hightech-Stadt«, sagte Joe Toglia und deutete mit wirbelnden Armen die Silhouetten hoher Gebäude an. »Ich bin genauso ein Stadtmensch wie er, obwohl meine Leute am Rande von Midwestmetro leben. Grüß dich, Rowan.«

Rowan erwiderte die freundliche Wärme, die von den beiden Prokyonern, Mauli und Mick, ausstrahlte, den empathischen Zwillingen. Ihr *Talent* war merkwürdig, weil es eine Echowirkung hatte: Der eine verstärkte, was der andere projizierte. Sie versuchten nicht einmal, sich abzuschirmen, so daß jeder sie hören konnte.

Es weiß niemand so recht, was mit dem Trick anzufangen ist, sagte Mauli zu Rowan.

Sie wüßten es aber sehr gern, sprach Mick fast simultan. *Sie sind überzeugt, daß er äußerst nützlich sein kann.*

Wenn sie nur rauskriegen können, wo, wie, warum.

»Genug davon«, sagte Gerolaman und runzelte mit gespieltem Unmut über die drei die Stirn. »Nicht alle von uns sind Telepathen. Aber ihr alle wißt euch doch zu benehmen, nicht wahr? Also, wer von euch telekinetisch ist, bringt das Gepäck mit, und wir bringen euch unter Dach und Fach.« Er scheuchte sie zu dem großen Passagierfahrzeug.

Rowan stieg als letzte ein und setzte sich neben die hochgewachsene, schlanke, dunkelhaarige Capellanerin, Goswina, die sehr verschlossen wirkte. Ihre Haut hatte einen ganz schwachen Schimmer von Grün. Auch ihre Augen waren grünlich, doch mehr zum Gelb hin. Seth und Barinow schienen eine Diskussion weiterzuführen, doch Barinow schaute Rowan geradewegs an und zwinkerte. Sie wußte nicht recht, was sie tun sollte. Jedenfalls würde sie nicht Morias Koketterie nachahmen.

»Atair ist ein schöner Planet«, sagte Goswina mit sanfter Stimme, und Rowan war für die Unterbrechung dankbar. »Capella ist ein sehr rauher Ort. Sind das wirklich Bäume?« Sie zeigte auf die bewaldeten Anhöhen hinter Port Atair.

»O ja.«

»Und man kann hingehen?«

»O ja« – obwohl Rowan bewußt wurde, daß sie noch nie in einem Wald gewesen war. Eine unangenehme Erinnerung stieg in ihr hoch, aber der Gedanke verlor sich, als sie den verzückten Ausdruck von Goswinas Gesicht sah, die noch immer in jene Richtung starrte.

»Werden wir den Wald besuchen dürfen?«

»Ich wüßte nicht, was dagegen spräche. Du bist achtzehn und alt genug, um ohne Begleitung überall hingehen zu können.«

»Ihr habt keine Probleme mit Divi-Banden?« Goswina wirkte etwas erleichtert.

Rowan holte sich die Erklärung für dieses Phänomen aus dem allgemein zugänglichen Teil von Goswinas Gedanken: *divi* bedeutete dienstverpflichtet, und auf Capella kam es oft vor, daß sich Dienstverpflichtete kriminell betätigten, wenn ihre Arbeitszeit vorüber war.

»Nicht auf Atair. Wir haben hier noch nicht so viele Dienstverpflichtete.«

»Da habt ihr Glück! Wo es viele davon gibt, demonstrieren sie das einzige Talent, das sie haben: den Hang zur Gewalt.«

Dann hielt das Fahrzeug vor dem Gästehaus, und wieder pfiff Ray Loftus, diesmal anerkennend.

»He, nicht übel! Gar nicht übel. Ich bin froh, daß ich gekommen bin!« Er grinste breit und sprang aus dem Fahrzeug, um als erster im Haus zu sein.

Samella erwartete sie, und Rays Grinsen ließ etwas nach, als er an ihr die Haltung einer Aufpasserin bemerkte.

Rowan blieb während der einführenden Worte von Gerolaman wie auch von Samella – wer welche Rechte hatte, welches Verhalten von den Schülern erwartet wurde – und während die Stundenpläne ausgeteilt wurden. Dann wurde jedem ein Zimmer zugeteilt, und man sagte ihnen, daß sie bis zum Abendessen frei hätten.

»Bleibst du nicht hier, Rowan?« fragte Goswina, als sie sich umwandte, um Gerolaman zu folgen.

»Ich muß im Tower bleiben, aber nach dem Abendessen komme ich wieder.«

Rowan unterdrückte das heftige Verlangen, sich zu teleportieren, weil Barinow gerade in ihre Richtung schaute. Doch gerade noch rechtzeitig fiel ihr Gerolamans Warnung ein. Eine vierzehnjährige T4 wäre noch nicht imstande, diese Nummer abzuziehen. Unter anderen *Talenten* brauchte sie nicht ganz so vorsichtig mit dem Gebrauch ihrer Fähigkeiten umzugehen, aber es wäre dumm gewesen anzugeben. Obwohl sie sich bei ihrem Gespräch mit Reidinger ganz ungezwungen gefühlt hatte, hatte sie den Eindruck, daß alle anderen seine Anordnungen peinlich genau befolgten und sie es lieber auch tun sollte. Wenn er wollte, daß sie sich nicht mit mehr *Talent* als eine T4 verhielt, würde sie dem nachkommen.

Sie war dann ein wenig überrascht, als Gerolaman sie beim Ellbogen nahm und zurück zum Fahrzeug führte. Er war ihr nicht böse, sein Gedankenmuster hatte das übliche ruhige Blau mit gelben Strähnen von Lachen, und das *Bukett* lag normal hoch.

»Keine Mätzchen, Rowan. Das gehört hier nicht her. Anordnung von Reidinger! Vor allem zerquetscht man ja ein Insekt nicht mit 'nem Vorschlaghammer, Mädchen«, murmelte er und grinste zu ihr herab. Aber er zauste ihr das Haar, ehe sie ins Fahrzeug stieg.

»Alles klar!«

Und die nächsten zwei Monate über hielt sie sich

diesen Rat strikt in Erinnerung. Morgens, wenn sie Siglen dabei assistierte, Versorgungsgüter auf die abgelegenen Landlose zu teleportieren, ließ Gerolaman die anderen Übungen machen, die sie längst hinter sich hatte. Sie hörte hin, und ab und zu, wenn Rays Ungeschicklichkeit oder Seths Unvermögen ihr besonders auf den Magen schlugen, gab sie den Dingen unauffällig einen kleinen Stups. Sie glaubte nicht, daß Gerolaman ihre winzigen Eingriffe bemerkte.

Abends schloß sie sich ihnen an, um Gerolamans Vorlesungen zu hören, die jeden mechanischen Aspekt des Towers umfaßten, einschließlich des Zerlegens und Wiederzusammensetzens jedes einzelnen Teils der Ausrüstung und der Diagnosetests, um eine Fehlfunktion zu lokalisieren. Barinow und Seth waren die mechanisch begabten *Talente*. Gerolaman spannte sie paarweise mit Ray und Goswina zusammen und ließ sie das zeitgenaue Zusammensetzen üben. Patsy Kearns Spezialität war Mikrokinetik, also bildete sie mit Joe Toglia ein Team für Computerreparaturen. Dann mußte jeder Schüler nachmachen, was andere getan hatten. Rowan hatte nie zuvor im Mikrobereich arbeiten müssen und fand die Übung viel anstrengender, als Siglen zu assistieren. Doch sie fand es auch aufregend.

Dann arrangierte Gerolaman Situationen, die Fehlfunktionen hervorriefen, und alle Schüler mußten aufschreiben (»und nicht in fremde Köpfe schielen, während ihr schreibt«, warnte Gerolaman), was sie davon hielten und wie es zu reparieren wäre.

Es ärgerte Rowan, daß entweder Barinow oder Seth als erster fertig war und lässig wartete, bis die anderen das Problem durchdacht hatten, doch sie hatte öfter als die beiden die richtige Lösung.

»Schnell zur falschen Lösung zu kommen, kann für einen in seiner Funktion eingeschränkten Tower einen größeren Rückschlag bedeuten, als wenn es ein bißchen länger dauert und dann stimmt«, sagte Gerolaman stirnrunzelnd zu den beiden. »Ihr beide geltet als die Mechanik-*Talente*, aber Rowan hat im Schnitt mehr richtige Antworten. Erklär der Klasse genau, was dich auf den Gedanken gebracht hat, daß dieses Problem von defekten Schaltkreisen verursacht wurde, Rowan.«

Zuerst geriet sie bei ihrer Erklärung ins Stottern, weil sich Barinows attraktives Gesicht bei der Zurechtweisung verdüstert hatte. Seth machte es nicht soviel aus, doch nicht er war es, auf den Rowan Eindruck machen wollte. Später in ihrer Wohnung konnte sie nichts recht anfangen, nicht einmal mit Gauner spielen, der in munterer Laune war und Kissen und Teppiche attackierte, als seien es Feinde. Normalerweise hätten seine Eskapaden sie amüsiert. Sie ging schlafen und sah noch immer Barinows finsteres Gesicht vor sich.

Zu ihrer völligen Überraschung begegnete ihr der junge Mann am nächsten Nachmittag mit einem breiten Lächeln. Sie war in Versuchung, ihn zu 'pathieren, um herauszufinden, was den plötzlichen Wechsel verursacht hatte, doch Siglens Schule war zu stark. Und halb hatte Rowan auch Angst, etwas Unangenehmes zu erfahren. Es reichte, daß er sie angelächelt hatte.

Sie vermied den direkten Wettbewerb mit ihm, indem sie vorgab, sie hätte beim Problem des Tages die Ermüdung des Metalls nicht in Betracht gezogen. Gerolamans Überraschung entging ihr nicht, und sie beschloß, sich lieber nicht ganz so offensichtlich zu verstellen. Als sich jedoch Barinow beim Abendessen freundlich lächelnd neben sie setzte, hatte sie den Eindruck, sich diskret verhalten zu haben.

»Hör mal, wir wollen alle in den Hafen zu einem Konzert. Die Zwillinge dürfen mit, also müßtest du auch mitkommen dürfen. Und wir haben Goswina überredet, sich hinauszuwagen, also wärst du die einzige, die nicht mitmacht. Du hast doch keinen Hausarrest oder sowas?« fügte er hinzu, als er ihr Zögern bemerkte. Sie spürte auch, wie sein Geist gegen ihren drängte, und ließ ihn sehen, daß sie sehr gern mitkommen wollte. »Also frage Samella. Sie hat mir erlaubt, den Wagen zu fahren.«

»Ich sehe nichts, was dagegen spräche«, sagte Samella achselzuckend. »Es ist ein Gruppenausflug.«

Rowan mußte ihr Hochgefühl zügeln und war ziemlich ärgerlich, daß ihr keine Zeit blieb, noch einmal zum Tower zu gehen – es sei denn, sie hätte sich teleportiert, und Samellas wissender Blick schloß diese Möglichkeit aus. Sogar, wenn sie noch Kleidung zum Wechseln aus ihrer Garderobe in einen Toilettenraum ›rüberholte‹, würde es Fragen geben. Doch sie war Frau genug, um sich frisch machen zu wollen.

»Verspäte dich nicht«, rief ihr Barinow nach. »Du siehst gut aus, so wie du bist.«

Sie wunderte sich darüber, als sie im Toilettenspiegel die Flecken auf ihrem Gesicht und an der Händen sah. Unparteiisch musterte sie sich: ihr verflixtes Haar. Es war einfach nicht logisch, mit vierzehn Silberhaar zu haben, wenngleich es andere Mutationen gab, die weniger bizarr wirkten, und niemand verlor ein Wort darüber. Ihr Gesicht war viel zu dünn, schmal, mit spitzem Kinn. Ihre sehr dünnen hochgeschwungenen Augenbrauen waren wenigstens modern, doch ihre Augen waren zu groß für ihr Gesicht. Aber sie hatte inzwischen Figur: nicht viel Busen, doch ein großer hätte sie oberlastig aussehen lassen. Warum hatte Barinow sie angelächelt? Vor allem nach den Ereignissen von gestern? Vielleicht wollte er rauskriegen, wie sie es schaffte, mehr richtige Antworten zu finden. Nun ja, zwei Jahre in einem Tower mit Hochbetrieb unter Siglens Anleitung waren nicht vergebens gewesen, auch wenn Siglen sie immer noch mit Kinderkram beschäftigte. Wenn sie diesen Kursus gut abschloß, würde ihr Siglen vielleicht mehr Verantwortung übertragen.

Das Konzert war wirklich gut, mit drei Bands und einigen außerordentlich cleveren Licht- und Klangvariationen, viel raffinierter als der Abend in Favor Bay. Während des ersten Teils saß Barinow sehr dicht bei ihr, daß sein muskulöser Oberschenkel gegen ihren drückte. Seine Energie war rostbraun, was sie überraschte, und sein Aroma undefinierbar, nicht direkt unangenehm, aber er vermittelte kein Gefühl von Sicherheit.

Was ihr wirklich nicht gefiel, war die Art, wie er gegen ihre Gedanken tastete, hier und da stocherte, einen Weg hinein suchte. Erstens war das sehr schlechtes Benehmen, und zweitens gefiel ihr diese Hartnäckigkeit nicht. Seine Vorstöße wurden stärker, als Licht, Musik, Bühnenshow und Texte sich zu erotischer Anzüglichkeit vereinten – nicht hocherotisch, gerade genug, um positive Reaktionen, Gejohle und Pfiffe, im Publikum zu erzeugen. Sie saßen ziemlich weit oben in dem Amphitheater, so daß ihr nicht entgehen konnte, wie sich manche Pärchen und etliche Gruppen in die dunklen Außenkorridore absetzten. Sie wußte, daß sowas vorkam, denn Lusena hatte ihr alles mitgeteilt, was sie über Sexualität und Sinnlichkeit wissen mußte, doch nun sah sie es zum erstenmal in der Öffentlichkeit. An ihrer anderen Seite zappelte Goswina nervös. Dieses verstohlene Verschwinden irritierte sie.

Rowan sandte vorsichtig eine beruhigende Empathie aus, um es Goswina leichter zu machen, und das schien zu helfen.

Das Finale des Konzerts war jedoch unmißverständlich lustbetont angelegt, es endete mit einem triumphierenden Getöse, spektakulären Lichteffekten, und alle auf der Bühne hatten unverhüllt sinnliche Haltungen eingenommen. Goswina stand auf – um zu gehen, nicht um zu applaudieren und Zustimmung zu rufen. Rowan folgte, denn sie hatte die unterdrückten Schreckensrufe des Mädchens mitbekommen.

»'Wina! Es ist doch nur eine Show!« sagte Rowan, als sie sie auf dem überfüllten Parkplatz eingeholt hatte.

»Warum müssen sie so … so widerlich vulgär sein? Solche eindeutigen Darstellungen werden auf Capella in der Öffentlichkeit einfach nicht geduldet.« Goswinas sprach mit leiser und vor Widerwillen gepreßter Stimme, und sie zitterte tatsächlich vor Zorn. »Ich hasse es, wenn es derart offensichtlich ist. Es soll eine sehr intime, wundervolle Erfahrung sein. Nicht billig, schmierig und … und öffentlich.«

Ohne spionieren zu wollen, ›wußte‹ Rowan, daß Goswina eine Beziehung hatte, die tief und ernst war und die sie wegen dieses Kursus hatte zurücklassen müssen. Daß sie die Abwesenheit ihres Freundes mit einer Intensität empfand, die Rowan überraschte, denn sie hielt Goswina für zu jung, um eine lebenslange Bindung einzugehen. Zum Glück war Goswina zu sehr mit ihren eigenen Gefühlen beschäftigt, um zu bemerken, wie Rowan kurz durch ihren Geist streifte. Und Rowan war damit beschäftigt, ihre Gedanken wieder zurückzuziehen, so daß sie die Umgebung weniger genau wahrnahm, als sie es gekonnt hätte.

Sich regende Schatten wurden zu festen Gestalten mit eindeutigen Absichten. Goswina stieß einen kleinen Schrei aus, ehe man ihr den Mund zuhielt und ihr die Arme fest an die Seiten preßte, genauso, wie auch Rowan sich angegriffen fand.

»O nein, das nicht!« Sie knurrte laut, doch mit dem Geist schlug sie zu, telekinetisch nach allen Seiten, denn sie wußte nicht genau, wie viele Angreifer es waren. Ohne Unterschiede ließ sie alle von sich und Goswina fortwirbeln. Sie machte sich nicht die Mühe, ihren Impuls zu zügeln, und hörte mit heftiger Genugtuung, wie weiche Körper mit ziemlich großer Gewalt gegen harte Gegenstände prallten, daß sie Schmerz und Verletzungen erlitten. Rigoros verschloß sie ihren Geist und ersparte sich die Qualen der anderen und vorerst jedes unmittelbare Schuldgefühl, daß sie ein anderes menschliches Wesen verletzt hatte.

»Rowan!« Ihre Begleiterin schnappte nach Luft. »Was hast du getan?«

»Nur, was sie verdient haben. Laß uns hier weggehen«, und Rowan packte Goswina und zog sie aus dem Schatten auf den heller erleuchteten Parkplatz. »Am Eingang wird es Taxis geben.«

»Aber …«

»Kein Aber, keine Erklärungen, und sag ja nicht, du hättest sowas durchmachen wollen!«

»O nein! Nein! Himmel! Wir hätten bei den anderen bleiben sollen.«

»Hätten wir, sind wir aber nicht.« Rowan verlor allmählich die Geduld mit Goswina. *Ray, Goswina bringt mich nach Hause. Mir ist nicht wohl.* Ray Loftus würde sich wohl weniger wundern, eine 'pathische Nachricht von ihr zu bekommen. Und gerade jetzt wollte sie nichts mit Barinows neugierigem Interesse zu schaffen haben. »Ich habe Ray gesagt, daß wir allein zurückfahren. Also nun komm. Es gibt genug Wagen.«

Goswina war durchaus gewillt, dem jüngeren Mädchen die Initiative zu überlassen. Sie ließ sich in eine Ecke des Wagens fallen, der sich monoton nach dem Fahrziel erkundigte.

»Zum Tower.«

»Der Tower ist Sperrgebiet.«

»Ich bin Rowan.«

Der Wagen reagierte, indem er von der Straße aufstieg und weich nach Südosten einschwenkte, wobei er rasch an Höhe gewann und auf die nun sichtbare Anordnung von Lichtern beim Towerkomplex zu eilte.

»Du bist keine T4, nicht wahr, Rowan?« fragte Goswina mit ruhiger Stimme.

»Nein, bin ich nicht.«

Da seufzte Goswina, und Erleichterung und Befriedigung gingen von ihr aus. »Also bist du der Grund, warum dieser Kursus auf Atair stattfindet. Du bist eine potentielle Prima, also kannst du nicht reisen.«

»Ich weiß nicht, ob ich der Grund bin ...«

Goswina schnaufte ungläubig. »Du wirst eine Stationsmannschaft brauchen. Du brauchst Menschen, denen du vertrauen kannst und mit denen du dich empathisch verstehst. Eine Mannschaft aufzubauen, erfordert eine Menge Zeit und Versuche. Ich weiß es. Meine Eltern sind auf Capella Hilfspersonal. Darum haben sie mich hierher geschickt, in der Hoffnung, ich wäre annehmbar ... für dich, wenn du deine Station bekommst.«

Rowan fand nicht gleich eine Antwort. Doch Goswinas Erklärung hatte viel für sich. Wie viele von dieser Gruppe hatten den Zweck erraten? Und ihre tatsächliche *Talent*-Klasse. Barinow? Das war plausibler, als daß er sich wirklich zu einer merkwürdig aussehenden Halbwüchsigen hingezogen fühlte.

»Bitte, Rowan. Ich mag dich sehr und ich bin dir sehr dankbar, aber wir würden nicht gut zusammenarbeiten. Ich ... ich kriege schnell Angst, und du bist sehr stark. Das ist gut«, sagte Goswina hastig und berührte Rowan leicht am Arm, und die konnte ihr sanftes Lächeln wahrnehmen, »für dich. Du *mußt* stark sein. Ehrlich gesagt, ich glaube nicht, daß ich in einen Tower gehöre. Aber meine Eltern wollten, daß ich die Chance bekäme. Mein kleiner Bruder, Afra, der ist erst sechs, aber er zeigt schon beachtliche Anlagen. Mindestens T4, sowohl 'path als auch 'port. Er geht wahnsinnig gern mit meinem Vater in den Tower, und Capella neckt ihn immer, daß er Vaters Arbeit übernehmen wird.«

Rowan kicherte und schloß kurz ihre Hand um Goswinas Finger, um ihre Wertschätzung und Freundschaft zu unterstreichen. Goswina war zartblau und blumig fein.

»Ich denke, wir sollten uns lieber mit der Gegenwart befassen, Goswina. Also wenn wir zurückkommen, wirst du nichts sagen, außer daß ich mich nicht wohl gefühlt habe. Es war da so laut und stickig ...«

»Es war im Freien, Rowan ...«

»Der Lärm! Und von all den Blitzen habe ich Kopfschmerzen gekriegt. Das ist es, was du sagen sollst.«

»Aber diese ...«

»Schlägertypen?« fügte Rowan trocken ein.

»Die wissen doch, daß man gegen sie vorgegangen ist. Und du hast sie verletzt.«

»Sollen sie erklären, warum – wenn sie jemandem Gelegenheit geben, danach zu fragen.« Rowan dachte nicht daran nachzugeben. Sie ärgerte sich darüber, daß sie, nachdem sie Goswina versichert hatte, wie ungefährlich Port Atair sei, tatsächlich überfallen worden waren. Und auch Goswina, deren Empathie sie am wenigsten befähigte, mit Bösartigkeit fertigzuwerden.

»Du warst viel tapferer, als ich gewesen wäre.«

Rowan knurrte. »Nicht tapfer. Wütend. Wir sind da.«

»Bewohner: Identifizieren Sie sich.«

»Hier sind Rowan und Goswina von Capella«, und der Wagen durfte durch das Sicherheitsnetz.

»Also du bringst mich jetzt zum Tower, Goswina, und dann bringt dich der Wagen in deine Wohnung. Auf die Weise halten wir uns an die Geschichte«, sagte Rowan und gab die nötigen Anweisungen. »Vergiß es nicht, Goswina«, sagte sie, als sie am Eingang zum Tower ausstieg. »Und wenn er alt genug ist, werde ich dafür sorgen, daß Afra auch an dem Kursus hier teilnimmt.«

»Oh, wirklich?«

Rowan erzählte Lusena etwas von ihren Kopfschmerzen wegen der blendenden, flackernden Lichter und erklärte sich geduldig bereit, am nächsten Tag ihre Augen untersuchen zu lassen. Während sich Barinow auf das Problem konzentrierte, das Gerolaman ihnen zu lösen gegeben hatte, hatte sie keine Skrupel, hinter seine öffentlichen Gedanken zu schauen. Sie fand nicht heraus, woher er es wußte, doch es wurde ihr klar, daß

Barinow die Beziehung zu ihr absichtlich pflegte, weil er erfahren hatte, daß sie eine potentielle Prima war. Daraufhin zögerte sie nicht mehr, mit ihm zu konkurrieren, auch nicht mit einem von den anderen. Eine Primär-*Talent* leitete die Station, Gefühlsduselei gehörte nicht zu seinem Führungsstil.

So führte sie in der letzten Woche des Kursus Barinow sehr geschickt an der Nase herum, auf eine Art, daß die sanfte Goswina gelegentlich errötete.

Die nächsten vier Jahre über hielt Gerolaman weitere Kurse auf Atair ab, an denen Rowan nicht unbedingt teilzunehmen brauchte. Sie gesellte sich oft dazu, wenn es ums Beheben von Störungen ging: Sie maß sich gern mit den anderen Schülern, erlaubte sich aber nie, allzu enge Freundschaft mit einem von ihnen zu schließen. Wenn ihr zufällig Anschuldigungen zu Ohr kamen, sie sei kalt, unnahbar, zu hochmütig, eingebildet, hochnäsig, so ignorierte sie sie. Sie war hinreichend freundlich gegenüber jedermann, auch zu denen, die sie wirklich gut leiden konnte, doch diese Vorlieben behielt sie für sich. Manchmal lud Gerolaman sie in sein Büro ein, um zwanglos mit ihr über ihre Meinung zu diesem oder jenem Schüler zu reden.

Zu einem bestimmten Zeitpunkt, nachdem jeder Kursus zu Ende war, nahm Reidinger Verbindung zu ihr auf, um sich mit ihr zu unterhalten und verschiedene Aspekte des behandelten Stoffes und der angebotenen und gelösten Probleme zu erörtern.

Rowan sagte zu Lusena, sie habe den Eindruck, als lege sie ein Abschluß-Fernexamen ab.

»Also ich würde sagen, du hast Glück, mein Fräulein, daß er sich persönlich für dich interessiert. Bralla sagt« – und hier grinste Lusena etwas spitzbübisch –, »daß er monatlich Bericht von Siglen über deine Fortschritte verlangt.«

»Oh, darf ich deswegen plötzlich die Erzsonden selber verschicken?« Rowan war über diese lästige Pflicht nicht allzu glücklich, denn es handelte sich meistens um ganz gewöhnliche Verlagerungen. »Wieviel Jahre soll ich mich mit leblosen Gegenständen befassen, bis ich richtige Arbeit tun darf?«

Lusena wußte keinen passenden Trost. Statt dessen schaffte sie es, gestützt auf Reidingers Autorität, daß Rowan ab und zu von Tower frei bekam. Wenn der Towerbetrieb sehr gering war, fuhren sie lange Wochenenden über an Atairs malerischen Oststrand zelten und mehrmals in die Große Südliche Ödnis, die, wie der Führer ihnen zeigte, von allen möglichen Insekten und wirbellosen Lebensformen wimmelte, von phantastischen Blumen, die nachts oder in den Stunden der Morgendämmerung blühten und die welkten und starben, sobald das gleißende Zentralgestirn die Äquatorregionen des Planeten ausdörrte. Rowan mochte Wassersport am liebsten, so daß das Gästehaus in Favor Bay häufiges Urlaubsziel war, wobei Bardy mit ihrem Mann oder Finnan mit Frau und Kindern sich ihnen zugesellte.

Der Sommer ihres sechsten Jahrs im Tower fiel mit einem stärker als üblich belegten Kursus zusammen, manche von den Teilnehmern waren älteres Personal von planetaren wie auch von örtlichen Stationen, die den Kursus zur Auffrischung besuchten. Mittlerweile wußten die meisten Schüler, daß Rowan ungewöhnlich stark in Telepathie und Teleportation war; wahrscheinlich würde sie es zur Prima bringen.

Wo in der Neun-Sterne-Liga – das war das eigentliche Dilemma. Jedenfalls würde es nicht Atair sein, denn Siglen führte ihren Tower mit unverändert sicherer Hand; David hatte sich auf Beteigeuze festgesetzt, Capella in ihrer Station. Prokyons Guzman kam in die Jahre, war aber noch weit davon entfernt, in Rente zu gehen. Es war ausgeschlossen, daß sie die Prima der Erde wurde, doch die Gerüchte verdichteten sich, daß

103

Reidinger ihr etliche seiner lästigeren Pflichten übertragen würde. Oder daß der Rat der Liga vielleicht eine Station auf Deneb in Betracht zog, einer der neuesten Kolonien, doch das war äußerst unwahrscheinlich. Eine Kolonie mußte sowohl Exporte als auch die Credits für Importe von Liga-Mitgliedern haben, dazu einen hinreichend entwickelten interplanetaren Nachrichtenverkehr oder eine Handelsroute, um den Aufwand zu rechtfertigen, den die Einrichtung einer Station erforderte. Momentan hatte Deneb weder an Material noch an Credits einen Überschuß.

»Ich habe Reidinger gesagt«, meinte an dem Abend, bevor die neue Gruppe eintreffen sollte, Gerolaman zu Lusena, »daß man etwas für Rowan unternehmen muß. Sie wird fad werden, überdrüssig, und solange sie ein vernünftiges Kind ist, sollte man sie nicht aufs Däumchendrehen beschränken. Sie weiß viel mehr über Stationsmechanik und Betriebsabläufe, als Siglen je gewußt hat. Sie wäre auf der Stelle imstande, die Pflichten einer Prima zu übernehmen, und dabei hat sie noch nicht einmal ihre volle Stärke erreicht.« Er schüttelte besorgt den Kopf. »Und diese Frau gibt ihr niemals *richtige* Arbeit.«

»Hm. Sie ist neidisch auf das Kind, und das weißt du so gut wie Bralla und ich.«

»In Siglen Wortgebrauch wird sie immer ein *Kind* sein. Ich frage mich oft« – und Gerolaman kratzte sich am Kinn –, »ob es nicht besser gewesen wäre, dem Kind Beruhigungsmittel zu geben und es zur Erde zu bringen, als ihr die Gelegenheit hattet.«

»O nein«, sagte Lusena und straffte sich, ganz Widerspruch. »Du warst nicht dabei. Du hast nicht das Entsetzen auf ihrem Gesicht gesehen, als wir versuchten, sie an Bord der Fähre zu kriegen. Und ihr Geist war ein Chaos von Angst. Deswegen hat sich Siglen eingeschaltet. Sonst hätte sie es nicht getan, versichere ich dir. Es war das einzige Mal, daß ich erlebt habe, wie sich Siglen um jemand anders als um sich selbst sorgte! Und du weißt, daß Primärtalente Höhenangst haben. Sieh doch, welchen Zusammenbruch David von Beteigeuze durchgemacht hat. Und Capella! Sie hatten beide schreckliche Reisen zu ihren Stationen durchzumachen.«

Gerolaman kratzte sich gedankenversunken am Kopf. »Na ja, Siglen ging es wirklich sehr schlecht. Ich bin mit demselben Schiff gekommen, und da war mehr medizinisches als Stationspersonal, den ganzen Weg vom Mond her. Obwohl ich damals dachte, sie hoffte, man würde sie nicht zum Atair schicken. Sie war so sicher gewesen, Erdprima zu werden, wenn sie nur einfach lange genug im Blundell-Gebäude herumsaß«, sagte er mit mißmutigem Knurren. Dann nahm er ein Bündel von Ausdrucken in die Hand, die Daten der Gruppe, die erwartet wurde. »Ich denke aber, es wird bald etwas geschehen. Sieh mal, alle, die den Kursus wiederholen, sind welche, mit denen Rowan früher gut zusammengearbeitet hat. Ray Loftus, Joe Toglia: die sind von Capella mit hervorragenden Einstufungen hergeschickt worden. Reidinger hat mir drei bezeichnet, die auf ihre Eignung als Stationsmeister überprüft werden sollen. Das hat er früher nie getan. Verschlagen, der Mann. Durch und durch verschlagen.«

»Wenn er es Rowan wenigstens sagen würde, dann würde sie sich vielleicht nicht so viel Sorgen machen.«

»Du nimmst sie mit nach Favor Bay, ganz wie du's geplant hast. Sie soll mal richtig ausspannen und rechtzeitig wieder da sein, wenn es an die Fehlersuche geht, daß sie diesen Lahmhirnen zeigt, was eine Harke ist.«

Lusena begann über den Reiz von Gerolamans boshafter Vorstellung zu lächeln, dann seufzte sie. »Wenn sie bei ihren Berichtigungen bloß ein bißchen feinfühliger wäre, ein bißchen weniger nachdrücklich mit ihren Ansichten ...«

Gerolaman schaute überrascht auf und drohte ihr

mit dem Finger. »Stationsbesatzungen passen sich ihrem Primus an, wie du weißt, Lusena. Das ist der ganze Witz. Sie unterstützen den Primus, sie assistieren dem Primus, und der Primus sagt, wo's langgeht. In puncto Popularität liegen Primärtalente nicht eben vorn. Sie müssen hart gegen jedermann sein und für gewöhnlich noch härter gegen sich selbst.« Er machte mit den Händen eine schneidende Bewegung. »So muß es sein, oder die VT&T fallen auseinander. Das braucht bloß zu geschehen, dann hätte die Liga einen Vorwand, sie unter ihre Kontrolle zu bringen. Als Bürokratie würden VT&T nicht halb so gut funktionieren, wenn mal dieses, mal jenes System sich stark macht und alle möglichen Bevorzugungen verlangt. Bei VT&T geht's strikt nach der Regel: Wer zuerst kommt, mahlt zuerst – da sind Hoch und Niedrig ganz gleich.«

»Weiß ich.« Lusena seufzte bedauernd. »Aber ich vergesse nicht, daß sie ein einsames Kind ist und immer eins war.«

»Es aber nicht immer sein *wird*. Yegrani hat's versprochen.«

»Ein Versprechen, dessen Erfüllung sich Zeit läßt.« Damit verließ Lusena das Büro des Stationsmeisters. »Und ich habe den Hüter gehütet«, murmelte sie mit merklicher Befriedigung vor sich hin.

Favor Bay mitten im Frühling war großartig, und Lusena bemerkte, daß sich die Stimmung Rowans aufheiterte, sobald sie aus dem Wagen stieg.

»Der einzige Nachteil hier ist«, sagte Rowan, während sie sich umschaute und sich dann das windzerzauste Silberhaar aus dem Gesicht strich, »daß ich Gauner nicht mitnehmen kann.«

»Es scheint ihm nichts auszumachen, bei Gerry zu bleiben«, erwiderte Lusena.

»Ein reines Bratkartoffelverhältnis«, sagte Rowan

mit spöttischem Grinsen. »Solange du mich fütterst, liebe ich dich.«

Lusena lachte. »Zum Teil, aber er mag dich und läuft immer zur Tür, wenn er dich kommen hört. Mich nimmt er nie zur Kenntnis, nicht einmal, wenn ich ihn füttere, und Gerolaman toleriert er nur.«

Rowan krächzte skeptisch und machte sich daran, erst Lusenas Gepäck und dann ihr eigenes in die jeweiligen Zimmer zu teleportieren. »Es wäre schön, wenn irgendwann mal etwas *mich* lieben würde! Nicht die Prima Rowan, nicht die Lieferantin, sondern *mich!* Oder nicht etwas, sondern möglichst *jemand*.«

Lusena erwiderte im selben sachlichen Ton: »Du bist jetzt achtzehn ...«

»Wissen wir das genau?«

»Medizinisch ja«, sagte Lusena mit etwas schroffer Stimme. Rowan sehnte sich noch danach, die Kleinigkeiten zu entdecken, mit deren Kenntnis die meisten Menschen aufwuchsen – Geburtsdatum, Familienname, wer zu ihrer Familie gehört hatte.

»Hier in Favor Bay wissen nicht viele, daß du *Talent* hast, erst recht nicht, daß du Atairs begehrte junge Prima bist. Du bist durchaus alt genug, dich privat ein bißchen umzutun.«

Rowan riß die Augen auf und bedachte Lusena mit einem Lächeln. »Siglen würde der Schlag treffen, wenn sie das von dir hören würde! ›Personen mit unseren *Talenten* und Pflichten dürfen sich nicht mit plumpen körperlichen Aktivitäten abgeben.‹« Die Imitation war verheerend exakt.

»Plump körperlich, in der Tat.« Lusena lachte. »Oh, ich sollte mich nicht über sie lustig machen, aber wirklich, Rowan, Siglen ist weder ihrem Temperament noch ihrer körperlichen Verfassung nach dafür geschaffen, sich der ›schöneren Gefühle im Leben‹ zu erfreuen ...«

»Nicht einmal, wenn sie sie erkennen würde ...«

»Wohingegen du eine schlanke junge ...«

107

»Elfisch – war es das nicht, wie mich im Kursus voriges Jahr dieser rothaarige Kinet von der Erde genannt hat?« Rowan warf Lusena einen herausfordernden Blick zu.

»Elfisch bedeutet attraktiv.« Lusena weigerte sich, von dieser Interpretation abzugehen.

Nun waren sie im Haus, und Rowan betrachtete sich im Spiegel des Foyers. »Ich könnte mir die Haare färben!«

»Warum nicht?«

»Wirklich, warum nicht?«

Sie probierten mehrere Farbtöne, doch obwohl Rowan am liebsten lange schwarze Locken getragen hätte, paßte ihr Teint nicht zu dunklem Haar. Sie blieben also bei Mittelblond. Für den Sommer entschied sich Rowan auch für kurzes lockiges Haar, und das Ergebnis gefiel beiden.

»Besser so?« wollte Rowan wissen und drehte eine Locke so, daß sie ihr in die Stirn fiel.

»Pikant! Ziemlich modisch. Also, viel Spaß. Die Farbe ist garantiert sonnen- und wasserecht.«

»Ich geh dann mal schwimmen und mich ein bißchen sonnen – um sicher zu gehen, daß das wirklich stimmt. Kommst du mit?«

»Heute nicht.« Und Lusena scheuchte Rowan weg. Es gab allerlei für die Speisebereitungs-Einheit zu bestellen. Manche Besucher machten sich nicht die Mühe, die Vorräte aufzufüllen, wenn sie abreisten.

Ein bißchen gemächliches Schwimmen und Zeit, ihren Teint auf eine dezente Bräunung einzustellen, verbesserten die Laune Rowans nachhaltig. Sie und Lusena aßen außerhalb, und etliche Männer warfen bewundernde Blicke in ihre Richtung.

»Du bist sicher, daß hier niemand weiß, wer ich bin?«

»Kaum. Außerdem müßte sogar Gerolaman zweimal hinsehen, um dich momentan zu erkennen. Oh« – Lusena zuckte mit den Achseln –, »man nimmt an, daß du gewisses *Talent* hast, aber schließlich kann ein Drittel der Planetenbevölkerung von sich behaupten, das eine oder andere kleine *Talent* zu besitzen.«

»Es wäre sogar schöner, wenn ich ich selbst sein könnte und mich um derlei überhaupt nicht zu kümmern brauchte.«

Lusena war sich nicht sicher, ob Rowan diesen wehmütigen Satz laut ausgesprochen hatte oder nicht. Im Laufe der Jahre hatte Lusena gelegentlich rein gedankliche Bemerkungen ›mitgehört‹, es aber nie erwähnt, um Rowan jede Peinlichkeit zu ersparen, belauscht worden zu sein. Andererseits war es ein Zeichen, daß ihr das Mädchen restlos vertraute. Lusena hatte die letzten fünfzehn Jahre nie bereut, obwohl sich sowohl Bardy als auch Finnan gelegentlich mißbilligend über ihre Aufopferung äußerten.

Als zwei Tage später Bardys Mann, Jedder Haley, anrief, weil bei ihrer Tochter frühe Wehen eingesetzt hatten, fühlte sich Lusena daher verpflichtet, sofort zur Haleys Land am Ostrand der Großen Südlichen Ödnis aufzubrechen.

»Wenn ich mich dranhänge, wird sich Bardy ärgern«, sagte Rowan entschieden zu ihr. »Bardy braucht dich allein. Du hast gesagt, ich bin alt genug, um allein klar zu kommen. Und du hast auch gesagt«, fuhr sie fort und überging Lusenas Einwände, »daß niemand genau weiß, wer oder was ich bin, so daß mir nichts passieren kann. Offen gesagt, mir ist es recht, ein paar Tage allein zu sein. Die meisten Kinder sind mit sechzehn auf sich selbst angewiesen. Ich kann nicht mein Leben lang vakuumverpackt bleiben.« Rowan hatte mit einem einzigen raschen Vorstoß tief genug gelesen, um Lusenas sämtliche Vorbehalte und ihren Zwiespalt wegen der Tochter wahrzunehmen. »Es ist nicht so, daß ich nicht an mich halten könnte, liebe Lusena. Ich werde mich gut betragen. Ich bin nicht Moria!«

»Wahrlich nicht!« Lusena hatte ihrer Nichte nie verziehen, obwohl ihr Bruder nicht erfahren hatte, warum der Urlaub einige Tage kürzer ausgefallen war.

»Wir könnten eigentlich auch Carmellas Shuttle benutzen, wenn es schon auf dem Flugplatz für uns bereitsteht. Du würdest ohne Zeitverlust hinkommen«, fuhr Rowan fort, während sie Lusenas Reisegepäck rasch, aber ordentlich mit Dingen aus deren Schubladen füllte. »Du wirst in zehn Minuten unterwegs sein. Mehr kann sich Bardy nicht wünschen!«

»Du meine Güte!« Lusenas lebhaftes Gesicht ließ Bedauern erkennen.

»Unsinn, liebste Freundin« – und Rowan umarmte sie, hüllte Lusena in Liebe, Zuneigung und Verständnis ein. »Ich habe dich für mich allein mit Beschlag belegt, und du weißt das. Bardy hat gute Gründe, in tiefster Seele Abneigung gegen mich zu empfinden, doch sie war so großzügig, mir niemals laut einen Vorwurf deswegen zu machen. Ich habe dich viel mehr gebraucht als sie. Bis jetzt. Jetzt braucht sie dich.«

Als Rowan auf der Veranda stand, empfand sie ein sonderbares Hochgefühl: eine merkwürdige Art von Erleichterung, obwohl Lusena sich immer auf zurückhaltende und feinfühlige Art um Rowan gekümmert hatte, so daß nie Grund gewesen war, die Aufsicht als unangenehm zu empfinden. Doch sie war allein – zum erstenmal seit fünfzehn Jahren allein, seit sie seinerzeit auf wunderbare Weise dem Tode entronnen war. Nicht einmal einen Pucha hatte sie dabei.

Sie machte auf dem Absatz kehrt und ging ins Haus zurück, schlug mit der Hand gegen die Tür, ließ die Finger am Tisch entlang streifen, schnippte gegen die Vase mit den frischen Frühlingsblumen, wirbelte ins Wohnzimmer und streichelte das polierte Holz, den Brokat des Sessels, wie um ihre Intimität zu bestätigen, und daß sie die einzige Menschenseele im Hause war. Sie drehte eine wilde Pirouette und ließ

sich dann aufs Sofa fallen, über die eigene Verrückt-
heit lachend.

Welch ein wunderbares Gefühl. Allein zu sein! Sich
selbst überlassen zu sein! Endlich!

Sie streckte Fühler nach Lusenas Geist aus: Die arme
Frau hatte immer noch Zweifel, ob es klug war, ihre
Schutzbefohlene ganz allein zu lassen, doch sie mußte
ja wirklich Bardys Ruf folgen. Sachte und sanft wischte
Rowan die Sorge aus Lusenas Gedanken und sorgte
dafür, daß Lusenas Gedanken jedesmal, wenn sie sich
Sorgen um Rowan zu machen begänne, abgelenkt
würde, denn sie gedachte, diesen ersten echten Ferien-
tag von ihrer bisherigen Lebensweise ausgiebig zu genießen.

Favor Bay gewann einen zauberhaften Glanz, den es
nie zuvor für Rowan gehabt hatte. Sie aß nur, wenn sie
Hunger hatte, ohne daß Lusena sie an die ›normalen‹
Essenszeiten gemahnt hätte. Vor allem, ohne daß
Siglen sie ermuntert hätte, dies zu essen oder mehr von
jenem zu nehmen, oder sie gebeten hätte, ihr Mahl auf-
zuessen, wo es doch so viele Menschen auf der Welt
gebe, die von derart großartiger Küche nicht einmal
träumen konnten. Als sie schließlich Hunger verspürte, war es richtiger Heißhunger, und sie fuhr mit
einem der Fahrräder in die Stadt, immer der Nase nach
zum besten der vielen Gerüche, die im leichten Früh-
lingswind wehten.

Sie stellte das Rad in den Ständer vor einer Grillbar
und sah die handgemalte Speisekarte durch, die von
der Decke herabhing. Der Geruch von gebratenem
Fisch machte sie so gierig, daß sie sich neben den anderen Kunden in der Bar setzte. Ein zweiter diskreter
Blick auf sein Profil, dazu eine schwache Berührung
seines Geistes, und sie erkannte Turian, ihren Kapitän
und Führer damals beim ersten Ausflug in Favor Bay.

»Was machen sie hier am besten? Es riecht alles so
gut«, fragte sie.

»Ich habe das Sandwich mit Rotfischsteak bestellt«, sagte er und lächelte zu ihr herab. *Hübsches kleines Ding*, sagten seine Gedanken, *kann keine Studentin sein, weil noch nicht Ferien sind. Zur Kur hier? Sieht müde aus. Hübsche Augen.*

Rowan wußte nicht, ob sie sich freuen oder ärgern sollte, daß er sie nicht wiedererkannte. Nun ja, er mußte in einem einzigen Sommer Hunderte von Kunden haben. Warum sollte er sich an ein bestimmtes halbwüchsiges Mädchen erinnern?

»Sind sie alle mit Rotfisch?« fragte sie.

»Nein, aber der ist am frischesten«, erwiderte Turian. »Ich habe gesehen, wie er vor einer halben Stunde im Hafen ausgeladen worden ist.«

»Dann nehm ich den.«

Als die Bedienung sie also fragte, zeigte sie, was sie wollte, und mußte sich anstrengen, nicht auf Turians Bewußtseinsstrom zu lauschen. Er ging in Gedanken eine Liste von nötigen Dingen durch, um sein Schiff wieder seetüchtig zu machen, und fragte sich, ob seine Mittel reichen würden, die Sache ordentlich zu machen, oder wo er ein Auge zudrücken konnte, ohne die Sicherheit seiner Kunden und seines Schiffs aufs Spiel zu setzen. Er war hungrig, nachdem er den Vormittag über die Rußschicht des Winters vom Schiffsrumpf geschrubbt hatte, und der Duft des Essens ließ ihm den Speichel zusammenlaufen. Oder war es die Nähe des hübschen Mädchens? Die konnte jedem Mann den Mund wäßrig machen. Ein bißchen dünn: So braun wie sie war, war sie mindestens schon ein paar Tage hier. Seltsam, ihr Gesicht kam ihm sonderbar bekannt vor. Nein. Er mußte sich irren: Er hatte sie noch nie hier in Favor Bay gesehen.

»Sind Sie hier aus der Gegend?« fragte er, um die Zeit zu überbrücken, während ihr Fischsteak briet.

»Nein. Aus Port.«

»Im Urlaub?«

»Ja, ich mußte ihn dieses Jahr früh nehmen. Bei der Büroplanung können es sich die jüngeren Mitarbeiter selten aussuchen.« Damit müßten seine Fragen beantwortet sein. »Und Sie?«

»Ich bin dabei, mein Schiff für den Sommer klar zu machen.«

»Oh, was für eine Art Schiff haben Sie?« Sie konnte ja auch ganz von vorn mit ihm anfangen. So würde er sich erst recht nicht an die Einzelheiten ihrer früheren Begegnung erinnern – und wie alt sie wirklich war.

Er grinste. »Durchstreifen Sie die Seegärten! Schwimmen Sie mit den Bewohnern der Tiefe! Und derlei Zeug.« *Wenn ich im Sommer genug verdiene, kann ich den ganzen Winter über mit dem Schiff fahren, wohin es mir paßt*, fügte er im stillen hinzu.

»Immer in Favor Bay?« Sie erinnerte sich nicht, ihn voriges Jahr gesehen zu haben, freilich hatte sie nicht nach ihm Ausschau gehalten und auch nicht wieder die Seegärten besucht.

»Nicht immer. Atair hat ein paar prächtige Häfen. Ich ziehe 'ne Menge rum, aber im Sommer ist das hier ein guter Platz.«

Die Bedienung stellte ihre Mahlzeiten auf die Theke und verlangte Bezahlung, und als Rowan in die Taschen ihrer leichten Jacke langte, wurde sie rot vor Verlegenheit, als ihre Finger nur drei kleine Creditstücke fanden. Wie konnte sie derart dumm sein? Sie hatte immer Lusena gehabt, daß sie sie daran erinnerte. Gleich beim ersten Mal, wo sie allein ausging, vergaß sie die primitivsten Notwendigkeiten. Sie nahm heraus, was sie hatte, für das Essen reichte es nicht.

»Oh!« Sie bedachte die Bedienung und Turian mit einem entschuldigenden Grinsen und dachte angestrengt nach, wo im Hause sie die Börse gelassen hatte. Sie konnte genug in die Taschen ihrer Shorts 'portieren ...

»Lassen Sie mich das machen«, sagte Turian mit

einem Lächeln. *Ich hab keine Lust, allein zu essen, und sie ist nicht darauf aus, sich aushalten zu lassen. Die nicht.*

Das erleichterte Lächeln Rowans galt mehr seinen hilfsbereiten Gedanken als der Tatsache, daß er ihr das Essen bezahlte.

»Ich bestehe darauf, daß ich es zurückzahlen darf«, sagte sie, als er zu einem freien Platz ging, von wo aus man die Bucht überschauen konnte. »Ich habe meine Credits zu Hause gelassen. Pure Urlaubs-Gedankenlosigkeit.«

»Wissen Sie was? Ich geb Ihnen das Sandwich für ein paar Stunden nicht besonders schwere Arbeit. Wenn Ihre Leute nichts dagegen haben.«

»Es ist mein Urlaub«, sagte sie. »Aber sicherlich gibt es genug ...« Sie zeigte auf die Männer und Frauen, die draußen die Straße auf und ab gingen.

»Die haben alle zu tun, ihre eigenen Sachen in Ordnung zu bringen. Hauptsächlich brauche ich ein zusätzliches Paar Hände und jemanden, der einfache Anweisung ausführen kann.« Sein Grinsen ließ erkennen, daß sie mehr als geeignet war. »Ich werde Ihnen beibringen, wie man ein Schiff takelt. Eine Fertigkeit, die Ihnen garantiert von Nutzen sein wird – irgendwann im Leben!«

Rowan wußte bestens, daß er nichts weiter als das vorhatte. Wie vor vier Jahren war Turian immer noch ein aufrichtiger und ehrlicher Mann.

»Abgemacht! Ein bißchen harte Arbeit wird mir guttun, eine hübsche Abwechslung, statt immer nur im Büro auf meinen vier Buchstaben zu sitzen. Wo soll ich mich morgen früh zur Arbeit melden, Sir?« Und sie ließ die Hand in einer Art seemännischem Gruß hochzucken.

»Cenders Bootswerft. Dort unten! Meins ist die Schaluppe mit der fünfzehn-Meter-Takelage und dem blauen Rumpf.«

Mit einem Grinsen nahm sie ihr Sandwich und biß

in das knusprige Brot und den heißen Fisch. Die pikante Soße, die sie über den Fisch gegossen hatte, rann ihr übers Kinn hinab. Sie wischte sie mit einem Finger weg und leckte ihn ab. Turian tat dasselbe, und sein Grinsen signalisierte Kameradschaft.

Als sie mit dem Essen fertig waren, bestand er drauf, ihre Rechnung mit ihm um Nachspeisen zu erweitern: eine halbe Melone voll frischer weicher Frühjahrsfrüchte und eine Tasse des örtlichen Gebräus. Dann bat er sie, 7.00 Uhr zur Stelle zu sein, so daß sie mit der schweren Arbeit fertig wären, ehe die Sonne hoch stand, und verabschiedete sich höflich von ihr.

Im Weggehen redete er sich aus, mit so einem jungen Ding irgend etwas anzufangen. Er hatte den Sommer vor sich und für gewöhnlich viele Gelegenheiten.

Ein wenig pikiert radelte Rowan zurück und fragte sich, wie sie ihm wohl beweisen könnte, daß sie *so* jung nun auch wieder nicht war. Er war ein guter Mensch, ehrlich und einfühlsam, ein tüchtiger Seemann und ein interessanter Führer.

Wieder im Hause, beschloß sie, sich mit den kommenden Aufgaben vertraut zu machen. Sie holte sich Information über Takelage, überhaupt über das Seemannshandwerk, und verweilte lange genug bei den Abschnitten über das Klarmachen eines Schiffs nach der Winterruhe, um alle verfügbaren Informationen aufzunehmen. Primärtalente waren generell mit eidetischem Gedächtnis gesegnet, da perfektes Erinnerungsvermögen von Vorteil für die Entscheidungen war, die oft in Sekundenbruchteilen zu treffen ihre Pflichten erforderten. Nicht alle, die dieselben grundlegenden *Talente* wie Rowan hatten, wären als Prima geeignet gewesen.

Sie nahm auch Einsicht in die Akten des Seemannsamtes bezüglich der Zeugnisse eines gewissen Turian Negayon Salik, und mit Hilfe ihres Stations-Paßwortes sah sie seine Personalakte durch, ohne etwas Unangenehmes zu finden. Turian war zweiunddreißig Standardjahre alt. Die wettergegerbte Haut ließ ihn etwas älter erschienen. (Den Bemerkungen mancher Teilnehmerinnen verschiedener Kurse zufolge galten ältere Männer als aufmerksamer.) Er war ledig, hatte nie auch nur die Absicht einer Eheschließung angemeldet, geschweige denn eine Kurzzeit-Elternvereinbarung. Er hatte zahlreiche Geschwister und nahe Verwandte, die meisten waren in der Seefahrt beschäftigt.

Als ihr eine merkwürdige Lücke in der Dokumentation über ihn und andere Mitglieder seiner Familie zu Bewußtsein kam, mußte Rowan eine Zeitlang überlegen, was da eigentlich fehlte. Dann dämmerte es ihr: Weder er noch irgend jemand von seinen Angehörigen hatte jemals einen *Talent*-Test abgelegt. Das war äußerst ungewöhnlich, da die meisten Familien leidenschaftlich nach Anzeichen für solche Fähigkeiten unter ihrem Nachwuchs ausspähten, seien sie groß oder klein. Erkennbares, meßbares *Talent* bedeutete eine bevorzugte Ausbildung, oft Zuwendungen für die ganze Familie. Die waren auf einem reichen, fruchtbaren, größtenteils unbesiedelten Planeten wie Atair vielleicht nicht so nötig, aber doch eine willkommene Aufbesserung des Einkommens. Es gab kein Gesetz, das den Besuch eines *Talent*-Testzentrums vorschrieb, aber das Versäumnis war doch ziemlich seltsam.

Sie sah bei seinem Schiff nach, der *Miraki*, und ließ sich ihre Fahrten während der letzten vier Jahre darstellen, so daß sie wußte, wo er gefahren war, wo er geankert hatte, wer seine Passagiere gewesen waren. Sie erfuhr, daß er nach Beendigung seiner Lehrzeit bei einem Onkel mütterlicherseits einen Teil der Mittel bekommen hatte, die er für die Schaluppe brauchte, das Darlehen abgearbeitet hatte und nun schuldenfreier Eigentümer war. Die *Miraki* war für Charterfahrten, für Fischfang und Erkundungen lizensiert und hatte in den acht Jahren, seit er sie erworben hatte, praktisch jeden Dienst getan, den ihre Größe erlaubte. Die Aufzeichnungen über ihre Seetüchtigkeit waren sorgfältig auf dem Stand gehalten worden, und sie hatte keine Strafen, Beschränkungen oder Schäden zu verzeichnen.

Rowan erwachte um sechs, aß ein herzhaftes Frühstück und wäre fast zu spät zu Cenders Bootswerft gekommen, weil sie so viel Zeit auf die Auswahl passender Kleidung verwendet hatte. Das heißt, Kleidung, die zu dem Endergebnis paßte, das sie jetzt anstrebte. Sie war im Begriff, gegen Dreiviertel sieben aufzubrechen – die Bootswerft lag unterhalb des Hauses – als ihr aufging, daß Turian die Annäherungsversuche vieler Mädchen, die sich bei der Art Flirt besser auskannten als sie, vermieden oder umgangen hatte. Er betrachtete sie als nettes junges Mädchen, ein bißchen zu dünn. Schön, damit würde sie anfangen. Und zwar nach allen Regeln der Kunst.

Also erschien sie, genau als es in dem Tri-D, das aus dem Fenster der Bootswerftbüros plärrte, sieben schlug, in fraulicher Kleidung auf der Werft, etwas zum Wechseln auf den Gepäckträger des Fahrrads geschnallt. Ihre Erkundigungen am Abend zuvor hatten deutlich gemacht, daß sie wahrscheinlich naß und schmutzig werden würde. In die Taschen ihrer Wechselhose hatte sie auch eine gute Handvoll Credits gestopft.

»Haben Sie jemals ein Schiff aufgetakelt?« fragte Turian, als der Vormittag halb vorbei und sie wieder auf eine Unterweisung gefaßt war.

»Jein. Segeln hat mich immer fasziniert, also habe ich den Umgang mit Segeln gepaukt. Mit einer guten höheren Schulbildung lernt man, herauszufinden, was man nicht weiß.«

»Eins kann ich Ihnen sagen: Sie stellen sich geschickt an, wenn Theorie in Praxis umzusetzen ist. Intelligente

Helfer sind für jede Art Arbeit schwer zu kriegen. Was machen Sie denn so?«

»Ach, langweiliges Zeug, In- und Exportgüter versenden.« Und sie fügte ein zaghaftes Achselzucken hinzu. »Aber die Bezahlung ist anständig, und die Vergünstigungen sind nicht übel. Um halbwegs weiterzukommen, bräuchte ich eine Ausbildung außerwelt. Ich komme mit allen gut aus, bis sie merken, daß ich gern vorankommen würde.«

Die hat das Herz auf dem rechten Fleck, war Turians Gedanke. Er war ein geradliniger Mensch, so daß sie praktisch nicht in seine Privatsphäre eindrang: Es lag alles an der Oberfläche, wie ein stummer Monolog.

Als die Sonne am glasklaren wolkenlosen Himmel den Zenit erreicht hatte, verkündete er eine Pause und schlug vor, am Ende des Kais der Bootswerft mal kurz reinzuspringen, um sich vor dem Mittagessen abzukühlen. Sie zog sich bis aufs Badezeug aus und war vor ihm im Wasser, lachte und spritzte nach ihm. Er hatte noch immer einen wohlgeformten, kräftigen Körper, den der tiefe Bronzeton seiner Haut noch beeindruckender wirken ließ.

Nach dem Schwimmen erfrischt, kletterten sie wieder auf den Kai zurück und setzten sich in den Schatten trocknender Schleppnetze.

»Sie arbeiten so gut, ich spendier Ihnen das Mittagessen«, sagte er dankbar.

»Einmal können Sie bezahlen, zweimal in vierundzwanzig Stunden ist nicht drin: Ich habe genug für uns beide dabei.«

Um seine meerhellen Augen kräuselten sich die Wetterfältchen, wie er so tropfnaß dastand, die Hände in die Hüften gestemmt, und auf sie herabschaute. »Sie sind 'n Fuchs, was?«

»Das ist nur fair. Sie haben mir aus einer Klemme geholfen, ich habe meine Schuld zurückgezahlt. Jetzt möchte ich mich revanchieren, und der Preis ist eine

Fahrt, wenn die *Miraki* wieder seeklar ist. Abgemacht?«

Sie schlugen ein, Turian lachte, während er in Gedanken ihre Unabhängigkeit bewunderte. Sie wünschte, er würde nicht ganz so laut denken: Es verschaffte ihr einen unredlichen Vorteil ihm gegenüber. Trotzdem, sie schien alles richtig zu machen, um zu beweisen, daß sie nicht so jung war, wie sie aussah.

Sie brauchten noch drei Tage, um sicher zu sein, daß die *Miraki* seetüchtig war, wobei Rowan an seiner Seite arbeitete und versuchte, gedachte Anweisung nicht allzu oft auszuführen, ehe er sie aussprach. In der abendlichen Kühle, während er erledigte Arbeiten auf seiner Liste abhakte, erzählte er ihr, was sie am nächsten Tag tun würden. Wenn sie etwas nachschlagen mußte – Firnissen erforderte keinerlei geistige Anstrengung, doch die körperliche Anstrengung, vor allem in den Schultern, erwies sich als ziemlich bemerkenswerte Erfahrung für sie –, tat sie es vor dem Schlafengehen. Sie schlief viel besser als seit vielen Monaten.

Als Turian jeden Zoll der *Miraki* – Rumpf, Deck, Bilge, Baum, Mast, Schoten, Takelage, Maschinen, Plicht, Kombüse und Kajüten – klar hatte, ließ er den Besichtigungsingenieur von Favor Bay kommen und ihr Klassenzertifikat erneuern. Sie bestand die Prüfung, und Rowan konnte sich einen Triumphschrei nicht verkneifen, hielt sie das doch für eine persönliche Leistung.

»Also, kriege ich meine Fahrt?« wollte sie wissen, als Turian, der den Ingenieur zurück zum Kai begleitet hatte, wiederkam. »Der Wetterbericht sagt, morgen wird es klar, mit einer Brise von fünfzehn Knoten Nordnordost.«

Turian gluckste und langte nach ihrem Kopf, um ihr die Locken zu zausen. Sie unterdrückte die Woge heftiger sexueller Wahrnehmung, die diese beiläufige Zärtlichkeit auslöste. Sie durfte auf eine freundschaftliche

Berührung nicht überreagieren. Doch seine liebevolle, halb übermütige Geste hatte sie weniger an sich überrascht, als weil körperliche Berührungen unter *Talenten* selten waren und den Augenblicken vorbehalten blieben, da geistige Bande gefestigt werden sollten. Sie wollte nicht vor der Zeit ihre Pläne preisgeben, die sie bezüglich eines gewissen Kapitän Turian hegte, der sie trotz allen Versuchen, ihn umzuerziehen, noch immer für ein ›kleines‹ Mädchen hielt.

»Ja, Sie kriegen Ihre Fahrt. Schaffen Sie 'nen ganzen Tag?«

»Ich bin schon früher Schiff gefahren, Kapitän Turian«, sagte sie schelmisch, »und ich habe einen gußeisernen Magen.«

»Ich werde für Vorräte sorgen, wenn Sie sich um die Kombüse kümmern«, schlug er vor. »Und bringen Sie Kleidung zum Wechseln und eine solide Windjacke mit.« Er blickte abschätzend zum Himmel hoch, blinzelte vor Helligkeit mit den Augen, kniff sie zusammen. »Schätze, wir kriegen heute noch anderes Wetter.«

»Wirklich?« Sie lachte über seine Selbstsicherheit. »Die Meteorologie ist ziemlich weit heutzutage.«

Er öffnete die Lippen zu einem weisen Lächeln, das weiße, doch ein wenig schiefe Zähne zeigte, und nickte. »Können Sie früh um vier hier sein, daß wir mit der Ebbe auslaufen können?«

»Aye aye, Käpt'n« – und sie salutierte mit dreister Flüchtigkeit, ehe sie ihr Fahrrad bestieg und vom Kai rollte.

Als sie wieder im Haus war, ließ sie als erstes die neueste Wetterkarte kommen. Sie wußte, daß er nicht an den Geräten des Schiffs gewesen war, und war daher verwundert, als sie eine neue Tiefdruckzone entdeckte, die sich in der Arktis bildete. Wie in aller Heiligen Namen hatte er von etwas *wissen* können, das Tausende von Kilometern entfernt geschah? Und seine Familie hatte sich nie auf *Talent* untersuchen lassen? Äußerst merkwürdig! Rowan packte ihren Rucksack für die Fahrt und stopfte Regenkleidung und noch ein paar Zugaben hinein, die sich als nützlich erweisen konnten.

Den Rucksack auf dem Rücken, radelte sie im schwachen Lichtschein der Morgendämmerung bergab, dankbar, daß sie inzwischen jeden Huckel und jedes Loch auf dem Wege zum Hauptkai kannte. Als sie zur *Miraki* hinüberrief, die vorschiffs und achtern am Kai vertäut war und sich sacht in der Ebbe wiegte, wirkte ihre Stimme übermäßig laut.

»Verstauen Sie das Rad und machen Sie die Achterleine los, Mister«, sagte Turian, der aus der Kabine kam und zur Plicht ging. »Jetzt übernehmen Sie die Vorderleine, und wir legen ab.«

Lachend, weil Turian auf einmal so seemännisch sprach, tat Rowan, wie ihr geheißen, und sprang flink aufs Deck, um die Vorderleine einzuholen, als die Schraube der *Miraki* griff und sie vom Kai wegschob.

»Verstauen Sie ihre Sachen, Mister, und holen Sie uns beiden 'ne Tasse Kaffee«, sagte er, »während wir auslaufen.«

Als sie gutgelaunt seinen Wunsch erfüllte, war sie sicher, daß es ein prächtiger Tag werden würde, gewiß ein Höhepunkt im Jahr. Ihr *Talent* umfaßte kein Deutchen Voraussicht, doch es gab Momente – und das war so einer –, wo man kein Hellseher zu sein brauchte, um zu wissen, daß die Vorzeichen günstig standen.

Als sie den Hafen und die Fischerboote, die langsamer zu ihrem Tagewerk hinaustuckerten, hinter sich gelassen hatten, ordnete Turian an, Segel zu setzen. Das Hochgefühl, in einer steifen Brise auf dem Meer zu segeln, überwältigte Rowan, und sie sah Turian gutmütig grinsen, daß sie sich ihrer Empfindung derart hingab.

»Ich denke, Sie haben gesagt, Sie wären schon früher

Schiff gefahren«, sagte er halb spöttisch, als sie in der Plicht saßen, Turian mit einer seiner kräftigen Hände auf der Ruderpinne.

»Hab ich, aber niemals so wie jetzt. Immer nur ›Ausflüge‹, kein Abenteuer wie dieses.«

Turian warf mit einem schallenden Lachen den Kopf zurück. »Also wenn eine gewöhnliche Fahrt, um wieder in Gang zu kommen, für Sie ein ›Abenteuer‹ ist, dann bin ich froh, Ihnen diese seltene Gelegenheit geboten zu haben.« *Armes Mädel*, dachte er dabei, obwohl er sie mit freundlichem Blick betrachtete, *wenn sie weiter nie mehr an Abenteuer hatte.*

Jedenfalls wollte er sie nicht zu kurz kommen lassen, und darüber vergaß er seine eigene Wettervorhersage. Er hatte einen Tagesausflug zu Islay vorgesehen, der größten der nahe vor der Küste gelegenen Inseln, doch sie machten so gute Fahrt, daß er beschloß, mit dem Südlichen Strom weiterzufahren. Der konnte sie hübsch bis zur Südspitze von Yona tragen, dann würden sie nach Nordwest abdrehen und die Küste entlang nach Favor Bay zurückkommen. Dann hätte sie mehr von dem Abenteuer.

Inzwischen machte es ihm große Freude, das Mädchen derart eifrig und lebhaft zu sehen: Sie entspannte sich kaum, und obwohl er ihren Fleiß zu schätzen wußte, ging sie viel zu ernst an die einfachsten Dinge heran. Ein, zwei Mal hatte sie mit einem Nachdruck und einer Reife gesprochen, die ihn überraschten, doch andere Male wieder wirkte sie noch jünger, als sie aussah.

Die purpurnen Berge von Islay, und Yona südlich davon, lagen am Horizont, als Turian sie nach hinten zu ihren Pflichten in der Kombüse schickte. Als sie ihren von der Seeluft verstärkten Hunger gestillt hatten, hatte er das Schiff nahe genug herangesteuert, daß die Ansiedlung auf Islay zu sehen war. Sie erwischten die Strömung, und mit großen Augen sah das Mäd-

122

chen, welchen Weg die *Miraki* nun nahm, während Gischt vom Bug spritzte. Er ließ sie den Klüver einholen und holte das Großsegel dicht. Gerade, als sie wieder nach hinten zu ihm in die Plicht kam, hörte er den Wetteralarm losrasseln.

»Bringen Sie doch bitte den Ausdruck mit, Rowan«, sagte Turian, »und holen Sie uns was Warmes zu trinken.« Er drehte den Kopf herum, doch es waren noch nicht viel Wolken am nördlichen Horizont.

»Sie hatten recht, was den Wetterumschwung betrifft«, sagte sie, als sie mit dampfenden Kaffeepötten in den Händen wieder an Deck kam. »Aus der Arktis kommt eine Tiefdruckfront herunter, die Isobaren dicht an dicht, so daß der Wind wahrscheinlich orkanartig wird.« Sie zog das ausgedruckte Blatt aus der Tasche und gab es ihm. »Aber Sie wußten gestern schon von der Änderung.«

Er lachte, während er den Wetterbericht las und ihn dann in die Tasche stopfte, um den Kaffeepott in die freie Hand zu nehmen. »Meine Familie fährt seit Jahrhunderten zur See. Wir haben eine Art Instinkt fürs Wetter entwickelt.«

»Sie sind Wetter-*Talente?*«

Er warf ihr einen sehr sonderbaren Blick zu. »Nein, nichts dergleichen Formales.«

»Woher wissen Sie das? Haben Sie sich testen lassen?«

»Wozu? In meiner Familie haben alle Männer das Gespür für Wetter. Wir brauchen uns nicht testen zu lassen.« Er zuckte die Achseln und nippte vorsichtig an dem heißen Gebräu in seinem Topf.

»Aber ... aber die meisten Leute wollen *Talent* haben.«

»Die meisten Leute wollen mehr, als sie brauchen«, erwiderte er. »Solange ich ein Schiff habe und einen Ozean, auf dem ich fahren kann, dazu genug Geld, um es seetüchtig zu halten, bin ich zufrieden.«

Rowan starrte ihn an, über seine Philosophie verwundert.

»Es ist ein gutes Leben, Rowan«, sagte er mit einer nachdrücklichen Kopfbewegung. Dann lächelte er sie an. »Es muß auf jeder Welt ein paar von unsrer Sorte geben, die mit dem zufrieden sind, was sie haben, und sich nicht den ganzen Tag langweilen, weil sie auf ihren vier Buchstaben in einem Büro sitzen und Papier hin und her schieben.«

In seinen Gedanken entdeckte sie Übereinstimmung mit jenem Bewußtsein, das alles andere als Mangel an Ehrgeiz war – vielmehr eine völlig andere Lebensart. Es war Teil seiner grundlegenden Ehrlichkeit und Ethik. Für einen Moment beneidete sie ihn um seine Sicherheit. Sie wußte nichts dagegen einzuwenden, obwohl sie niemals hätte so leben dürfen, wie er es vermochte. Das tat ihr beinahe leid. Von dem Augenblick an, als man sie aus dem Hopper gerettet hatte, hatte es für sie keinen alternativen Weg gegeben.

»Sie sind ein glücklicher Mann, Kapitän Turian«, sagte sie und lächelte neidvoll und ein wenig verkrampft.

»Wie kommt es, Rowan, daß Sie manchmal Jahrzehnte älter wirken, als Sie sein können?«

»Manchmal, Kapitän Turian, bin ich Jahrzehnte älter, als ich sein sollte.«

Das versetzte ihn in Erstaunen, und sie lächelte in sich hinein. Wenn sonst nichts half, dann vielleicht, wenn sie sich rätselhaft gab.

»Wir werden nun doch unsere Pläne ändern müssen«, sagte er, holte das Blatt wieder hervor und betrachtete es abermals. »Wir haben keine Chance, es bis zurück nach Favor Bay zu schaffen, ehe diese Winde hier sind. Und ich möchte nicht auf dieser Seite der Inseln erwischt werden. Wir haben die Wahl, und ich werde sie Ihnen überlassen, Mister« – er warf ihr einen herausfordernden Blick zu. »Wir können durch die

Meerenge fahren« – er zeigte voraus zum Ende von Islay, das rasch näher kam –, »und auf der Leeseite von Yona Zuflucht suchen. Bei Yonas Schwanz gibt es eine hübsche kleine Bucht. Dort sind wir in Sicherheit, und morgen können wir uns auf den Rückweg machen. Oder wir fahren zurück nach Islaytown, vertäuen sie gegen den Wind und gehen über Nacht an Land.«

»Sie sind der Kapitän.«

»Die Fahrt durch die Meerenge kann bei Hochwasser eine haarige Sache sein, und Hochwasser haben wir.«

»Aber die *Miraki* wäre doch auf der Leeseite der Insel besser in Sicherheit, nicht wahr?« Seine Antwort war ein Lächeln. »Dann also die Meerenge.« Mit einem Grinsen beantwortete sie die Herausforderung.

Turian zögerte noch einen Augenblick. Die Islay-Enge war bei Hochwasser schwer zu befahren. Sie war vielleicht in den Ferien ein bißchen Schiff gefahren, würde aber kaum brodelnden Querströmungen und hohem Seegang begegnet sein. Er selbst hatte es mit der *Miraki* oft genug getan und vertraute seinem seemännischen Wissen und Geschick vollends. Sie wollte ein Abenteuer – sie war im Begriff, eins zu kriegen.

Als die *Miraki* die Bauchfelsen umschiffte, ordnete er also an, daß sie ihr Wetterzeug und die Schwimmweste anlegte, und kam jedem Widerspruch zuvor, indem er selbst das gleiche tat.

»Fertigmachen zum Kreuzen, Mister«, brüllte er über die Brandung hinweg, die gegen die Bauchfelsen schlug.

Als sie fertig war, bekam Rowan zum erstenmal die Brandung zu sehen, die in der Meerenge brodelte.

»*Da* wollen wir durch?« wollte sie wissen, und er bewunderte die Art, wie sie ihre plötzlich aufkommende Angst überspielte.

»Sie sagten, Sie haben einen gußeisernen Magen. Ich werd's nachprüfen.«

Als sie zurück in die Plicht ging, grinste er, als er bemerkte, wie fest sie sich an die Reling klammerte und wie hübsch sie mit ihren bloßen Füßen gegen das Rollen der *Miraki* balancierte.

Bei sich dachte Turian, daß das vielleicht nicht die beste Art gewesen war, ihre seemännischen Qualitäten zu testen, doch er war auch stolz auf ihren Mut. Sie wirkte unverzagt, bis sie die Mitte der Enge erreichten und die *Miraki* plötzlich eine hohe Welle hinanstieg und mit einen Heftigkeit zurückfiel, daß sich einem der Magen umdrehte, im Wellental schaukelte und von der nächsten Welle emporgehoben wurde.

Das Mädchen neben ihm schrie auf, und er warf einen Blick auf sie: Ihr Gesicht war kreidebleich, die Augen starrten geradeaus ins Leere, von schierem Entsetzen gepackt. Er löste eine Hand von der Ruderpinne, gerade lange genug, um sie so dicht an sich zu pressen, wie die Pinne zwischen ihnen es erlaubte. Er packte ihre steife Hand und legte sie unter seine auf das Holz. Dann schlang er sein linkes Bein um ihr rechtes und neigte seinen Körper, so daß er ihren an so vielen Stellen berührte, wie die stürmische Fahrt nur erlaubte.

Und es war nicht das Meer, das ihr Schrecken einjagte. Er fragte sich nicht, woher er das wußte. Es war ein alter Schrecken, irgendwie von der gegenwärtigen Situation heraufbeschworen. Sie kämpfte gegen ihre Ängste an, kämpfte mit jedem Gramm ihres Körpers. Er hielt den Kontakt so eng wie möglich, wohl wissend, daß sie von seinem Druck blaue Flecke an der Hand bekommen würde, doch er konnte weiter nichts tun, um sie zu beruhigen.

Zum Glück war die Meerenge bei all ihrer Gefahr nicht lang, und obwohl unter diesen Bedingungen die Durchfahrt unangemessen lange zu dauern schien, konnte er schon bald in viel ruhigeres Wasser abdrehen.

»Rowan?« Er ließ die Ruderpinne lange genug los, um sie auf seine Knie herüberzuziehen, und preßte sie fest an sich, während er nach einer Leine angelte, um die Ruderpinne auf dem neuen Kurs festzuzurren. Er drehte die Winde in der Plicht, um das Großsegel richtig zu stellen, dann hatte er Gelegenheit, das zitternde Mädchen zu trösten. Sacht streifte er ihr die nassen Locken aus der Stirn. »Rowan, was hat dir solche Angst gemacht?«

Ich konnte nichts dagegen machen! Es war nicht die See. Es war die Art, wie das Schiff sprang und rollte und fiel. Genau wie der Hopper. Ich war drei. Meine Mutter hatte mich im Hopper zurückgelassen, und er wurde von der Schlammflut erfaßt, genauso herumgeschleudert. Tagelang. Niemand kam. Ich hatte Hunger und Durst und Angst, und ich fror.

»Es ist schon wieder gut, Mädchen. Wir sind dran vorbei. Von jetzt an geht's glatt weiter. Ich versprech's!«

Sie versuchte, ihn wegzudrücken, doch Turian wußte, daß sie noch längst nicht den Schock jenes wiedererstandenen Schreckens überwunden hatte, und er preßte sie weiter sanft, doch fest an sich. Er warf einen seemännischen Blick auf Wind und Wasser, auf die See zwischen der *Miraki* und dem Strand und war mit ihrem gegenwärtigen Kurs zufrieden. Er hob Rowan, die leicht war und in seinem Armen zitterte, hoch, brachte sie sorgsam in die Kabine hinunter und legte sie auf die Koje. Er setzte Wasser auf, ehe er ihr die Schwimmweste und das nasse Zeug auszog. Ihre Haut unter seinen Händen war frostig, also wickelte er sie gut in eine Decke, ehe er das belebende Getränk machte. Nachdem er einen gehörigen Schuß Hochprozentigen hinzugegeben hatte, reichte er es ihr.

»Trink das runter«, befahl er in einem autoritären Ton, der ihr ein leichtes Lächeln abrang, als sie der Anweisung folgte. Dann zog er sein eigenes Wetterzeug aus, rieb Haar und Schultern trocken, ehe er für sich selbst ein ähnliches Getränk zubereitete. Er setzte sich auf die Koje gegenüber und wartete, bis ihr nach Reden zumute war.

»Das Schiff?« fragte sie zwischen zwei kleinen Schlucken, da sie den Schiffsrumpf durchs Wasser gleiten hörte.

»Darum brauchst du dir keine Sorgen zu machen.«

Ihr Lächeln wurde sicherer. »Um mich brauchst du dir dann auch keine Sorgen zu machen. Ich hatte diesen speziellen Alptraum seit Jahren nicht mehr. Aber die Bewegung …«

»Seltsam, was alles eine böse Erinnerung heraufbeschwören kann«, sagte er leichthin. »Erwischt einen unerwartet aus heiterem Himmel. Ich war mal verdammt nahe dran, in einer Meerenge wie dieser Schiff und Leben zu verlieren. Hab mir vor Angst in die Hosen gemacht, und kein Paar saubere und trockene im Schrank. Man könnte sagen«, und er zog den Kopf ein bißchen ein, als sei es ihm peinlich, »daß ich mich wohl öfter in der Islay-Enge versuche, bloß um zu beweisen, daß ich keine Angst mehr kriegen kann.«

»Ich bin nicht sicher«, sagte sie langsam – doch ihr Gesicht hatte wieder Farbe bekommen –, »ob ich sowas wie heute noch einmal durchmachen möchte. wenn du nichts dagegen hast.«

»Würde sowieso nicht gehen«, sagte er lachend und nahm ihr den leeren Kaffeetopf ab. »Für die Durchfahrt nach Westen laufen die Gezeiten grade in die falsche Richtung.«

»Ist das nicht ein Jammer?«

Mit Bewunderung für ihre unverwüstliche Natur deutete er einen Puff mit der Faust an und warf ihr dann ein trockenes Handtuch zu. »Trockne dich ab, zieh dich um und komm wieder an Deck. Du hast die Wache bis zu Yonas Schwanz.«

Etwas zu tun, sagte er sich, als er nach oben ging, war viel besser für sie, als der alten Furcht Raum zu geben. Rowan stimmte dem vollauf zu, konnte sich aber nicht recht von ihrer Reaktion auf die Art freimachen, wie er in den Tiefen des erneuerten Schreckens unverzüglich zur Seite gestanden hatte. Er hätte sich über ihren Mangel an Mut lustig machen können, ebensogut hätte er sie als Feigling ignorieren können, doch er hatte sie richtig eingeschätzt und ihr genau die körperliche Beruhigung gegeben, die sie brauchte – und damals als dreijähriges Kind gebraucht hatte.

Alte Schrecken konnten einen tatsächlich im unerwartetsten Augenblick packen: Dies war das erste Mal, daß soviel an den Blockaden vorbei hochgekommen war, mit denen sie diese entsetzliche Erfahrung abgeschirmt hatten. Ihrem Geist war es vielleicht verwehrt, sich zu erinnern, nicht aber ihrem Körper. Diesmal war jemand dagewesen, um sie bei der Hand zu halten.

Sie zog die trockenen Sachen an, die sie zum Wechseln mitgebracht hatte, den warmen Pullover gegen die durchdringende Kälte, die nicht einmal das heiße Getränk vertrieben hatte. Während sie sich das Haar trockenrubbelte, registrierte sie mit spöttischem Vergnügen, daß Turian nicht bemerkt hatte, wie sie ihm ihr Entsetzen erklärt hatte, ohne die Stimme zu gebrauchen. Freilich, bei so großer körperlicher Nähe brauchte er nicht einmal ein Empath zu sein, daß sie 'pathisch zu ihm sprechen konnte.

Sein Gesicht hellte sich auf, als er sie auf Deck kommen sah. Sie erwiderte sein Lächeln.

»Das Ruder gehört dir.« Er zeigte auf die Kompaßeinstellung. »Ich werde den Klüver setzen. So kommen wir zum Ankern, ehe es dunkel wird. Ich habe der Seewache unsere voraussichtliche Ankunftszeit gemeldet, so daß sie nicht in Panik geraten, aber willst du jemanden in Favor Bay benachrichtigen, daß du zu Mittag nicht zurück sein wirst?«

Sie schüttelte den Kopf, durchaus im Bewußtsein seiner offensichtlichen Gedanken, daß ihm die Verlängerung der Fahrt keineswegs ungelegen kam. Da war auch noch eine Spur Zorn auf Leute, die irgendwie ein dreijähriges Kind solch einer Gefahr ausgesetzt hatten. Turian fing an, sie nicht mehr nur als weiteres paar Hände zu betrachten, als Mitarbeiterin, sondern als interessante Einzelpersönlichkeit.

Sie beobachtete seinen geschmeidigen Körper, als er den Klüver aufzog, ein paar Taue zusammenrollte, die bei der stürmischen Durchfahrt in Unordnung gekommen waren, und überhaupt Back- und Steuerbord kontrollierte, als er zurück in die Plicht kam. Als er sich in die Ecke der Bank setzte, blinzelte er nach dem Kompaß und dann zur Küstenlinie hinüber.

»Rudergänger, setzen Sie neuen Kurs, zehn Strich Steuerbord.« Er hob den Arm und zeigte nach der fernen Kuppe von Yona. »Wir werden bei Yonas Schwanz vor Anker gehen. Morgen früh können wir direkten Kurs auf Favor Bay nehmen.«

»Aye aye, Sir. Zehn Strich Steuerbord mit Kurs auf Yonas Schwanz. Und ich bitte den Käpt'n fragen zu dürfen, ob er genug Verpflegung für einen hungrigen Matrosen mitgenommen hat.«

»An Bord der *Miraki* braucht niemand zu hungern«, sagte er mit zustimmendem Kichern. »Sie dürfen soviel Fisch fangen, wie Sie essen können, Mister, und es gibt 'ne Menge Garnierung dazu.«

Dicke Wolken begannen den Himmel zu verdüstern, ehe sie den Ankerplatz erreichten, eine hübsche halbmondförmige Bucht mit feinem Sandstrand. Yona war ein beliebtes Ferienziel mit Hunderten solcher Strände am Ostufer. Sie waren das einzige Schiff in diesen stillen Gewässern, denn die Segelboote in ihren Ablaufschlitten und die Bungalows an der Küste waren noch winterfest verpackt. Sobald die Segel ein- und alle Leinen aufgerollt waren und die Positions- und Kabinenlichter brannten, holte Turian Angelzeug hervor.

»Ohne Köder?«

Er grinste. »Wirf deine Schnur über Bord und paß auf, was passiert.«

»Unglaublich!« rief sie aus, als ein flacher Fisch an den Haken zu springen schien, sobald der im Wasser war.

»Ist die richtige Jahreszeit dafür. Gibt immer 'ne Menge davon in dieser Bucht. Also, fünf Minuten vom Meer auf den Teller, und iß, soviel du kannst.«

Das tat Rowan, denn sie hatte noch nie solchen Hunger gehabt noch eine Mahlzeit so sehr zu schätzen gewußt. Als sie nach dem Essen Teller, Pfannen und Trinkpötte abwusch, war sie von einem ungewohnten Gefühl der Zufriedenheit erfüllt. Sie war auch müde, eine Mattigkeit des Körpers, nicht des Geistes, die gleichermaßen beruhigend und einschläfernd wirkte.

»He, Sie schlafen ja im Stehen ein, Mister«, sagte Turian, die Stimme voll warmherziger Belustigung, doch die Stirn leicht sorgenvoll gerunzelt.

»Mir geht es gut, jetzt, wirklich, Turian. Du warst vorhin großartig. Wenn du mit mir in dem Hopper gewesen wärst, hätte ich nicht solche Angst gehabt.« Sie gewahrte den Zorn in seinem Gesicht und hob die Hand. »Es war niemandes Schuld. Eigentlich habe ich überlebt, weil ich in dem Hopper war. Als einzige.« Dann fragte sie sich, ob sie mehr verraten hatte, als sie wollte. Wenn man Siglen so reden hörte, hatte jedermann auf dem Planeten ihre Angst gespürt. Vielleicht war er auf See gewesen. Unempfänglich war er gewiß nicht.

»Du hast keine Familie?« Irgendwie störte das Turian am meisten.

»Ich habe sehr gute Freunde, die besser als eine Familie für mich gesorgt haben.«

Er schüttelte den Kopf. »Familie ist am besten. Auf die Familie kann man immer zählen. Sicherlich hast du irgendwo noch Verwandte?«

Rowan zuckte mit den Achseln. »Man vermißt nicht,

was man nie hatte, weißt du.« Sie bemerkte, daß ihn das tief bekümmerte – einen Mann, der jeden einzelnen von seinen Blutsverwandten kannte und für den Familienbande heilig waren. »Eines Tages werde ich selber eine Familie haben«, sagte sie, zugleich ein Trost für ihn und ein Versprechen für sie selbst. Vielleicht wollte Reidinger deshalb soviel über die Kursusteilnehmer wissen: die Jungen schienen ihn mehr zu interessieren als die Mädchen. Von Primärtalenten wurde erwartet, daß sie sich mit anderen *Talenten* zusammentaten, und zwar möglichst hochklassigen, um ihre eigenen Fähigkeiten zu vererben. War der Erdprimus auch Heiratsvermittler?

Wie ihr dies durch den Kopf ging, war sie nicht auf Turians Umarmung gefaßt. Sie bremste ihre Gefühle stark ab, als seine Arme sie umfingen und er sie sacht an sich zog. Sie gab sich dem Behagen hin, Zärtlichkeit zu empfangen, der Empfindung eines warmen, starken Körpers, der sich gegen ihren preßte, sanften Händen, die ihren Kopf streichelten, ihren Rücken hoch und runter fuhren. Sie legte den Kopf an seine Brust, hörte den etwas beschleunigten Herzschlag und wußte, daß Turian aus Mitgefühl mit ihrem Zustand als Waisenkind handelte.

Und plötzlich wurde Rowan bewußt, daß es nun Zeit für eine Entscheidung war: Unbeabsichtigt hatte sie die gewünschte Wirkung auf Turian erreicht. Sie brauchte ihm nur noch einen winzigen gedanklichen Anstoß zu geben ...

Sie brauchte nichts zu entscheiden. Turian tat es für sie. Eine Woge von Zärtlichkeit, nur leicht von Mitgefühl gefärbt, hauptsächlich aber von Anerkennung für ihren Mut und ihre Standhaftigkeit, ging von dem Mann aus. Nie hatte sie sich so bestätigt gefühlt, so umsorgt – und so erwünscht. Von der Intensität seines Gefühls überrascht, schaute sie auf und empfing seinen sanften, doch nachdrücklichen Kuß.

Rowan blieb keine Zeit für mehr als den Versuch, die Woge ihrer Gefühlsreaktion auf ein annehmbares Niveau zu dämpfen. Die letzten paar Stunden hatten viele Emotionen geweckt, die lange unter strikter Kontrolle gewesen waren. Sie alle zurückzuhalten, hätte ernste Auswirkungen gehabt. Sie hatte genug davon, und ebenso der nichtsahnende Turian, wenn sie sich nicht vorsah. Und einmal im Leben *wollte* sie sich nicht vorsehen. In Geist, Herz und Körper flammte die Sinnlichkeit auf, und als Turian reagierte, empfing sie seine Liebkosungen mit voller Aufrichtigkeit.

Er hatte nicht erwartet, sie unberührt zu finden, und sie spürte sowohl Zorn über ihre Täuschung als auch sein Unvermögen, das glühende Verlangen zurückzudrängen, das ihn nun verzehrte. Also ermutigte sie ihn mit Körper und Geist, mit ihren Händen und ihren Lippen. Der Schmerz war geringfügig gegen die aufflammende Leidenschaft, die ihn übermannte und die sie in seinem Geist und in seinen Berührungen wahrnahm. Sie verfluchte ihre eigene Unbeholfenheit, die sie daran hinderte, mit ihm Schritt zu halten, doch das Hochgefühl, das sie erwartete, als sie sich das nächste Mal liebten, grub sich tief in ihren Geist ein.

Rowan erwachte plötzlich, im Bewußtsein, daß Turians behaglicher, warmer Körper auf der schmalen Koje fehlte, wo sie eingeschlafen war. Es war nicht das sanfte Plätschern der Wellen gegen die Bordwand der *Miraki*, das sie geweckt hatte. Es war Turians geistiges Unbehagen. Er litt unter starken Schuldgefühlen, machte sich Vorwürfe, daß er die Beherrschung verloren und dadurch ein Mädchen entjungfert hatte, er empfand Zorn auf sie wegen des vermeintlich sorgfältig geplanten Versuchs, ihn zu verführen, und schreckliches Verlangen, den Liebesakt zu wiederholen, dessen Intensität ihn überwältigt hatte.

Rowan hatte wegen seiner seelischen Verfassung

heftige Gewissensbisse. Was für sie halb als Spiel, halb als Herausforderung begonnen hatte, war mit verheerender Wirkung auf einen ehrlichen Mann zurückgeschlagen, der mit seiner Arbeit und seiner Lebensweise zufrieden gewesen war. Sie war nicht viel besser als Moria!

Sie stand auf, zog sich schnell an, doch die Kälte war durchdringend, so daß sie die Decke fest um sich wickelte, als sie rasch zwei Pötte dampfenden Getränks zubereitete. Die Decke mit einer Hand festhaltend, während sie in der anderen die beiden Pötte balancierte und dabei geistig ein bißchen nachhalf, ging sie nach oben. Turian hockte mit einem seelischen Tief in der Plicht und zitterte geistig und körperlich vor einer Kälte von verheerendem Ausmaß. Seine Gedanken kehrten unablässig zu der intensiven Sexualität ihrer spontanen Vereinigung zurück und zu seinem Unvermögen, Herr der Lage zu bleiben.

»Wir müssen miteinander reden, Turian«, sagte sie zu seiner Verwunderung ruhig. Sie reichte ihm einen Pott, warf ihm ein Stück von der Decke über die Schultern und setzte sich absichtlich dicht neben ihn. »Du hast überhaupt keinen Grund, dich wegen letzter Nacht schuldig zu fühlen.«

Er warf ihr einen wütenden Blick zu. »Woher weißt du, wie ich mich fühle?«

»Warum solltest du sonst hier auf dem eiskalten Deck sitzen und aussehen, als hättest du ein Kapitalverbrechen verübt? Trink, du brauchst die Wärme.« Sie benutzte den entschiedenen Ton, den Lusena ihr gegenüber oft gebrauchte, und er nahm vorsichtig einen Schluck.

»Also«, sagte sie mit fester Stimme und unterstützte es mit einem geistigen Akzent, »laß uns etwas klarstellen. Ich hatte mir nicht vorgenommen, mich von dir verführen zu lassen.« Er schnaubte ungläubig und zog sich die Decke um die rechte Schulter, rückte mit seinem durchfrorenen Körper aber nicht von ihrer Wärme ab. »Ich wollte aber, daß du mich nicht mehr als Kind betrachtest, als ein junges Ding, eine Unperson. Ich wollte sehr, daß du *mich* siehst! Mich, Rowan!«

Langsam drehte er den Kopf zu ihr, und das Weiße in seinen Augen trat in der Dunkelheit deutlicher hervor, als er sie beim Wiedererkennen erstaunt aufriß.

»Ich erinnere mich an den Namen. Ich bin dir also doch früher begegnet. Ich wußte, daß mir das Gesicht irgendwie bekannt vorkam.«

»Ich war mit vier anderen zusammen, drei Mädchen und meiner Betreuerin, vor vier Sommern. Du bist mit uns herumgefahren. In den Seegärten ist eins der Mädchen, die schrecklich aufs Flirten aus war, schlimm gestochen worden, weil sie nicht auf deine Warnung gehört hat.«

»Und du hattest drauf gehört und hast das kleine Miststück behandelt.« Dann reckte er ein wenig den Kopf vor. »Wie alt bist du wirklich, Rowan?«

»Ich bin achtzehn«, sagte sie und fügte spöttisch hinzu: »und gehe auf die Achtzig zu. Ich bin also alt genug, um eine Affäre zu haben und zu wissen, wann es gut für mich ist. Aber ehrlich, es ist einfach passiert. Es hat mir Spaß gemacht, dir zu helfen, die *Miraki* klar zu machen. Das ist so ganz anders als die Art Arbeit, die ich das ganze Jahr lang mache. Schon allein deswegen wird das der bemerkenswerteste Urlaub sein, den ich je hatte, Turian, und der gestrige Abend war der reinste Glücksfall. Sowas kommt bei mir nicht oft vor, versichere ich dir.«

Sie erreichte ihn mit ihrer ruhigen Erklärung, denn im Grunde war er ein empfindsamer Mann. Eine Hand, warm von dem Pott, den er darin gehalten hatte, legte sich auf ihre. Sie spürte in diesem Kontakt die Verkrampfung von Körper und Geist und versuchte in seinen Gedanken einen Schlüssel zu finden, um diese Spannung zu mildern. Er dachte immer noch im Kreis, der von ihrer Jugend zur Erotik der letzten Stunden führte.

»Ich habe eine Menge Frauen geliebt, seit ich gelernt habe, wie das geht, aber es war niemals so wie bei dir!« Er atmete schwer aus. »Nie zuvor!« Seine Gedanken verharrten abermals bei dieser unerwartet grellen Intensität, die ihn bei der Erinnerung daran durch und durch erschütterte. »Du hast mich so ziemlich für jede andere verdorben.« Das tat ihm leid. Er mochte es, wenn seine Affären kurz und süß und unkompliziert waren, Affären, in denen er immer der dominante Partner war und alles unter Kontrolle hatte – nicht wie diesmal.

»Ich? Das Kind verdirbt dich, Kapitän Turian?« fragte sie skeptisch. »Das bezweifle ich, obwohl du mir damit ein ziemlich großes Kompliment machst. Ich hatte keine Ahnung, was ich zu erwarten hatte, als es losgegangen war. Du bist ein wunderbar zärtlicher Liebhaber. Obwohl mir der Vergleich fehlt, habe ich das zu schätzen gewußt. Und ich kenne dich als ehrlichen, anständigen, einfühlsamen Mann. Aber verdorben? Äußerst unwahrscheinlich. Du könntest dich nie an eine Frau binden, an einen Hafen oder ein Gebiet von Atairs Meeren. Wenn du mich fragst« – und das mußte sie sorgsam formulieren, wenn sie nicht ihre illegalen Blicke in seine Personalakten verraten wollte –, »sehe ich dich nicht als Familienvater, obwohl dir deine Leute viel bedeuten. Aber ich kann mir einfach nicht vorstellen, daß du an Land bleibst, um Kinder großzuziehen. Die *Miraki* bedeutet dir Frau und Kinder. Habe ich nicht recht?« Sie hoffte sehr, ihre Überredungskunst würde funktionieren, und spürte mit riesiger Erleichterung, wie sich seine Gedanken auf ihre offenen Worte hin wandelten. »Sogar, wenn wir eine Chance für irgend eine Art Verbindung hätten, würde dieses Schiff letztes Endes siegen, und ich würde auf dem Trockenen sitzenbleiben.«

Er lachte sarkastisch. Sie wußte, daß er drauf und dran war, die Hand zu heben und ihr in jener Geste ungezwungener Zuneigung das Haar zu zausen, doch sein seelischer Zustand hinderte ihn noch daran. Sie nahm seine Hand und legte ihre Wange daran, damit ein Balsam von Achtung und unveränderter Freundschaft durch die Berührung hindurchsickerte.

»Ich werde nie vergessen, wie du mich getröstet hast, Turian, als wir durch die Meerenge kamen, und daß du wußtest, daß ich Trost brauchte. Das war so großherzig von dir und eine Freundlichkeit, die ich überhaupt nicht gewohnt bin. Du hast mich völlig entwaffnet, weißt du.«

Er nickte und verstand auf mehreren Ebenen seines Geistes, was sie ihm mitteilen wollte.

»Wer bist du wirklich, Rowan?«

»Ich bin eine Waise, ich bin achtzehn, ich bin ein *Talent*, und ich tue Dienst im Tower von Atair.«

Er hörte ihn jäh Luft holen und spürte, wie Ehrfurcht sein geistiges Bild von ihr färbte.

»Wie Prima Siglen?« Denn obwohl er wußte, was Towerpersonal tat und wie es das bewerkstelligte, konnte er seine Gefährtin nicht recht damit in Zusammenhang bringen.

»Na ja, ich bin keine Prima«, sagte sie lachend und überspielte die Halbwahrheit. »Aber es ist eine einsame Arbeit, und ich muß mich von den Menschen isolieren, mit denen ich zusammenarbeite. Ich kann nicht die Art lockerer Kapitän wie du sein. Deine Mannschaft zu sein, war an sich schon so eine wunderbare Erfahrung. Mit dir zusammen die *Miraki* seeklar zu machen, war so weit von meinem Leben im Tower entfernt, wie nur irgendwas. Ich hatte noch nie so eine wundervolle Woche. Ich hatte gewiß nicht vor, dir deine Freundschaft mit sexueller Aufdringlichkeit zu vergelten.«

»Aufdringlichkeit?« Er schrie sie beinahe an, und sie

wußte, daß sie genau den rechten Nerv getroffen hatte. »Ich habe schon viele Bezeichnungen dafür gehört, aber noch nie ›Aufdringlichkeit‹!« Er lachte laut auf, und plötzlich wichen all die Spannung und Bestürzung aus seinen Gedanken. »Aufdringlichkeit, also wirklich!«

»Also dann«, begann sie mit zahmer Stimme, obwohl sein wiedergewonnenes Gleichgewicht sie ermutigte, »ohne Vorurteile und angesichts der Tatsache, daß diese einmalige Gelegenheit wohl nicht wiederkehren wird, könnten wir uns einander noch einmal aufdrängen?«

»Wenn du auch nur die Spur *Talent* hast, Rowan« – und sein Gesicht drückte dasselbe Verlangen aus wie seine Gedanken –, »dann weißt du, daß ich auf der Stelle nichts lieber möchte.« Dann lächelte er, zauste ihr das Haar und fügte hinzu: »Außer vielleicht ein Frühstück, damit wir beide die Energie kriegen, die wir brauchen werden.«

Es war spät am Nachmittag, als sie den Kai in Favor Bay erreichten. Rowan konnte dafür sorgen – und hatte es getan –, daß auf der Rückfahrt zwischen ihnen unbefangene Kameradschaft aufgekommen war. Er hatte viel von früheren Fahrten rund um den Planeten gesprochen, über seine vielen Beziehungen, und während sie so dicht wie möglich neben ihm saß, hatte sie mehr über ihren Heimatplaneten erfahren, als sie jemals zu wissen geglaubt hatte.

Sie schwiegen beide, als sie das Schiff vertäuten und die letzten Arbeiten erledigten, klar Schiff machten, die Kombüse aufräumten, aber es gab nicht mehr viel – oder zu viel – zu sagen. Sie stopfte ihre salzgetränkte Kleidung in den Rucksack, kletterte auf den Kai hinauf und ging ihr Fahrrad holen. Turian stand einen langen Augenblick auf ihrem Weg, und sie wußte, daß ihm das Ende der Idylle ebenso leid tat.

»Ich muß fort, Turian. Klaren Himmel und gute Fahrt.«

»Viel Glück, Rowan«, sagte er leise, Herz und Gedanken zu ihr hingewendet, doch er trat beiseite, und sie radelte an ihm vorbei. Sie fühlte sein Bedauern so stark wie ihr eigenes.

Als sie die lange Steigung vom Ankerplatz heraufgefahren war, schwitzte sie, so daß es keine Rolle spielte, ob bei dem Wasser, das ihr die Wangen hinabbrann, womöglich auch Tränen waren. Es war ein wunderbares Zwischenspiel gewesen. Lusena hatte recht gehabt, so etwas vorzuschlagen, und sei es indirekt. Würde Lusena erfahren, was geschehen war? Lusena wußte sonst so ziemlich alles über sie. Solch ein zauberhaftes Ereignis vor dem Adlerauge ihrer Betreuerin zu verbergen, würde viel Mühe kosten. Wollte sie es wirklich für sich behalten? Würde sich Lusena nicht freuen, daß sie solch einen netten Liebhaber getroffen hatte?

Sie hatte das Haus betreten, ihren Rucksack den Flur entlang in die Wäschekammer geschickt, als der Anrufbeantworter in ihr selbstvergessenes Bewußtsein drang. Da war ein langer Streifen Mitteilungen, der sich aus dem Apparat zum Fußboden ringelte. So viele in nur sechsunddreißig Stunden?

»Was ist denn?« Rowan hatte keine Lust, in die Zwänge zurückzukehren, die sie hatten vergessen können. Sie riß das letzte Blatt ab und stapelte das ganze Papier zusammen, setzte sich erst einmal, ehe sie etwas las.

Die erste Nachricht, von Lusena, war eingetroffen, kurz nachdem sie das Haus zur Fahrt auf der *Miraki* verlassen hatte, und sie vermeldete die triumphale Ankunft zweier Mädchen und die ärztliche Prognose, daß sich ihre Mutter von der langen und schweren Geburt rasch erholen werde. Die zweite, auch von Lusena, bestätigte Lusenas Ansicht, daß beide Babies bei der Geburt ausgeprägte Anlagen von *Talent* hatten erkennen

139

lassen. Die dritte handelte von ihrer Freude, daß Finnan gekommen war, um sich seine beiden Nichten anzuschauen, und es ein wunderbares Familientreffen gegeben hatte. In der vierten fragte Gerolaman an, warum sie nicht auf die Nachrichten reagierte. Die fünfte, die am Abend zuvor eingegangen war, enthielt eine Anweisung von Siglen, unverzüglich Verbindung zum Tower aufzunehmen. Die sechste – und gleich bei den ersten Worten wünschte sich Rowan sehnlichst, sie hätte Turians Beistand – ließen die Idylle platzen wie eine Seifenblase.

MUSS DIR MITTEILEN, DASS LUSENA SHEV ALLOWAY BEI FAHRZEUGKOLLISION TÖDLICH VERUNGLÜCKT. MELDE DICH UNVERZÜGLICH. SIGLEN.

Die Zeit der Nachricht war heute 12.20 Uhr, als die *Miraki* unter vollen Segeln den Südlichen Strom durchpflügt hatte, wo die See nach den Stürmen der letzten Nacht noch unruhig war. Sie und Turian hatten Seite an Seite in der Plicht gesessen und sich an ihrer Nähe und ihrer Liebe gewärmt.

Die Tränen strömten Rowan übers Gesicht. »Muß dir mitteilen«, murmelte sie. »Kein Bedauern, Siglen? Überhaupt kein Bedauern, daß diese feine, liebevolle Frau nicht mehr lebt?«

Dann ließ sie sich von der Trauer überwältigen, suchte vergebens die geistige Berührung, die sie für immer verloren hatte, verloren wie auch den Trost der Frau, die mit solcher Hingabe für sie gesorgt hatte. Der Schmerz breitete sich aus, schnürte ihr die Kehle zu, stieß in ihren Leib hinab, drängte hinauf in ihr Hirn, ein Druck hinter den Augen. Tränen flossen, und Schluchzen schüttelte ihren Körper. Turian würde sie trösten. Gewiß hatte sie das Recht, das von ihm zu verlangen. Doch wozu ihn in eine private Trauer hineinziehen? Das war etwas, das man durchmachen und

140

überstehen mußte: der Schmerz im Herzen, die frucht-
lose Suche der Seele nach einem Ausweg und die
Kümmernis des Geistes. Lusena! Lusena! Lusena!

Rücksichtslos drängte sich das durchdringende Pie-
pen des Komgeräts in ihre Gedanken. Fahrig 'portierte
sie die Verbindung ein, und der Bildschirm wurde hell.
Zum Glück erschien darauf ein besorgter Gerolaman.

»Rowan! Wo warst du?«

»Ich war mit dem Schiff unterwegs. Vergangene
Nacht mußten wir an einem verlassenen Ankerplatz
das Nachlassen des Sturms abwarten. Ich bin eben erst
heimgekommen. Was ist los mit …?«

»Siglen hatte einen Anfall, als der Unfallbericht eintraf. Sie war sicher, daß du mit Lusena unterwegs
warst, und sie war außer sich.«

»Dachte, sie ist mich los, was?«

Gerolamans Knurren brachte sie wieder ins Lot.
»Wir waren alle besorgt, Rowan. Vor allem, nachdem
Finnan sagte, du seist nicht bei ihr gewesen.«

»Bardy brauchte ihre Mutter. Es hatte keinen Sinn,
wenn ich da auch noch rumgesessen hätte, und mit
achtzehn kann ich ein paar Ferientage lang selber auf
mich aufpassen.« Sie wußte, daß das störrisch klang,
doch sie konnte nichts dagegen machen. »O Gerolaman, Lusena war …« Und sie schlug die Hände vors
Gesicht und weinte bitterlich.

»Ich weiß, Liebe, ich weiß. Das kommt nicht wieder.
Es ist einfach …, daß wir nicht wußten, wo du warst.
Und du mußtest es erfahren.«

»Siglen selbst hat es mich wissen lassen.«

»Du mußt ihr Recht geschehen lassen, Rowan.« Gerolamans Stimme war rauh. »Sie war auch beunruhigt.
Erst recht, als sie dachte, du wärst vielleicht umgekommen. Staatssekretärin Carmella regelt, was zu regeln
ist, das ist sehr dankenswert. Jetzt, nachdem ich weiß,
wo du bist, werde ich dich holen kommen.«

Rowan wischte sich mit beiden Händen die Tränen

vom Gesicht. »Das ist gut gemeint, Gerry, aber nicht nötig. Ich werde zur Stelle sein, sobald ich hier zumachen kann.« Sie unterbrach die Verbindung, ehe er protestieren konnte.

Sie ignorierte das Komgerät, während sie ihre Siebensachen zusammensuchte, sich duschte und anzog und den Verwalter anrief, um ihm zu sagen, daß sie auszog. Von der Veranda konnte sie die *Miraki* sehen, am Kai vertäut. Wenigstens diese Erinnerung blieb ihr!

Dann 'portierte sie sich zum erstenmal direkt in ihre Wohnung im Tower. Sie besaß schon seit etlichen Jahren die Kraft und die Reichweite dazu, doch das war das erste Mal, daß sie Gelegenheit hatte, die Fähigkeit zu gebrauchen. Gauner sprang vom Bücherregal auf sie und schnurrte ihr Vorwürfe zu, während er sich an ihr festklammerte. Sie drehte den Kopf, um ihr Gesicht in das weiche Fell zu drücken, und fühlte wieder Tränen hochschießen. Sie biß sich auf die Lippe und ging in die Küche, um ihn für sein Willkommen zu bewirten. Sie brachte es nicht fertig, den Korridor entlang zu Lusenas leerem Zimmer zu schauen.

Das Komgerät klingelte gebieterisch. »Ich bin wieder da, Gerry«, sagte sie.

»Hier ist nicht Gerolaman«, meldete sich Siglens breite Stimme. »Wo warst du, du verantwortungsloses Kind? Stell dich wohin, wo ich dich sehen kann. Augenblicklich.«

»Gleich, Prima, ich bin momentan indisponiert.« Rowan streichelte Gauner, der freudig sein Futter mampfte, ehe sie der Aufforderung nachkam.

»Wo bist du ...« Siglens vorstehende Augen traten noch weiter heraus, als sie das veränderte Äußere Rowans wahrnahm. »Deine Haare? Du hast dir die Haare abgeschnitten? Und die Farbe ist falsch! Was hast du gemacht? Wo bist du gewesen? Ist dir denn nicht klar, daß Lusena heute beerdigt wird und du anständigerweise dabeisein mußt.«

»Ich gehe, sobald ich mich umgezogen habe und weiß, wo die Trauerfeier stattfindet.«

»Staatssekretärin Carmella vertritt den Rat, und du wirst dich beeilen müssen, um fertig zu werden. Und wirklich, du mußt was an deinem Haar machen, ehe du zu einem Begräbnis gehst.«

»Warum? Das mit dem Haar war Lusenas Idee. Entschuldigen Sie mich, Prima. Wenn Eile angesagt ist, habe ich jetzt zu tun.«

»Und sobald du zurück bist, wirst du dich bei mir melden, hörst du, Rowan? Du hast meine Geduld über alle Maßen strapaziert ...«

Außerstande, derlei Unterstellungen hinzunehmen, schaltete Rowan die Verbindung ab. *Gerry, sag mir wo. Ich werde selber hinkommen!*

Gerolaman war kein Sender, doch sie fühlte, wie er ihre Botschaft empfing, und wußte, daß er demgemäß handeln würde. Sie brauchte kein zweites Mal unter die Dusche, doch als sie etwas zu der traurigen Pflicht Passendes angezogen hatte, wusch sie sich das Gesicht mit kaltem Wasser ab, bis er eintraf. Gauner knurrte bei seinem Eintreten eine Warnung.

Im Gesicht des Stationsmeisters stand großes Mitleid mit ihr, und seine eigene Trauer um den Verlust einer lieben und geschätzten Kollegin.

»Kann ich irgendwas sagen, das dir hilft, Rowan?« fragte er, die offenen Hände in einer Geste der Hilflosigkeit ausgebreitet. Er war mit angemessener Nüchternheit gekleidet, das üblicherweise ungekämmmte Haar gescheitelt und glatt anliegend. Auch seine Augen waren rot.

Sie schüttelte den Kopf. »Du kommst mit?«

»Die Staatssekretärin für Inneres ...«

»Carmella wird in Tränen aufgelöst sein, Lusena stand ihr sehr nahe ...« Selbst den Namen auszusprechen tat weh. »Noch mehr emotionale Rückschläge halte ich nicht aus, nicht auf dem ganzen Weg zur Bestattung. Wenn wir in dein Büro kommen, wo ich ein Gesamt verwenden kann, bringe ich uns beide hin. Ich will auch Bardy und Finnan sehen. Wenigstens war sie zur Stelle, als Bardy sie brauchte.«

»Moment mal, Rowan, du kannst doch das Gesamt nicht ohne Siglens Erlaubnis anzapfen?«

»Hast du Angst, daß ich uns falsch springen lasse?«

»Nein, aber ich versuche, dich zu vernünftigem Handeln zu bewegen!«

»An Trauer ist nichts vernünftig«, fuhr sie ihn an. Dann verzog sie das Gesicht und fügte in liebevollem Ton hinzu, eine Hand an der Stirn: »Ich bin vor Gram außer mir. Ich weiß nicht recht, was ich tue. Kommst du mit?«

»Sollte ich wohl lieber!« Er wandte sich um und ging den Korridor entlang voran zu seinem Büro. Sie folgte.

Als sie drin waren, legte sie ihm beide Hände auf die Schultern. »Ist momentan irgendwas Mittelgroßes in den T-Lagern?«

»Nein. Momentan nicht. Siglen ist irritiert, weißt du.« Sein grimmiger Gesichtsausdruck überraschte Rowan. Gerolamans Loyalität gehörte verschiedenen Dingen, doch der Tower kam zuerst. »Sie hat heute nicht gut gearbeitet.«

»Das seh ich«, bemerkte Rowan lakonisch, während sie zusah, wie die Generatoren fast leer liefen. »Wo sind die Koordinaten?«

Gerolaman zögerte, doch sie krallte sich an ihm fest, und er sagte sie ihr mit kratzender Stimme. Sie stützte sich auf die Kraft der hochfahrenden Generatoren des Towers, wie sie es in den letzten drei Jahren immer wieder getan hatte, und nachdem sie sich vergewissert hatte, daß sie Gerolaman fest im Griff hielt, 'portierte sie sie beide.

Sie lachte fast angesichts der Erleichterung im Gesicht des Stationsmeisters, als sie vor dem einzigen Gebäude der Stadtverwaltung in Claimtown ankamen

144

und bei der Landung gerade mal ein bißchen stolperten.

ROWAN! Wie kannst du es wagen! brüllte Siglen in ihrem Geist.

Lassen Sie mich in Ruhe jetzt, Siglen. Sie können mir alle relevanten Regeln und Vorschriften, die ich gerade verletzt habe, erläutern, wenn ich wieder im Tower bin.

Auf derart aufsässige Unverschämtheit hatte Siglen keine Antwort, doch Rowan wurde am Rande kochende Wut gewahr.

Rowan ignorierte das, wie auch Gerolamans besorgten Gesichtsausdruck. »Komm. Zu Bardys Haus geht's da lang.«

»Lusena wird da drin sein.« Gerolaman zeigte auf das Gebäude.

»Von meiner Lusena ist da drin nichts. Ich werde sie in Erinnerung behalten, wie sie aus Favor Bay abgereist ist. Aber ich kann Bardy helfen.«

In Wirklichkeit hatte Rowan beinahe Angst vor der Begegnung mit ihrer Stiefschwester. Sie hatte so viel von Lusenas Leben mit Beschlag belegt, wenngleich Lusena die Aufgabe freiwillig übernommen hatte. Bardy war sorgsam und freundlich zu dem Waisenkind gewesen, doch es hatte Zeiten gegeben, da sowohl Bardy als auch Finnan bedauert hatten, daß ihre Mutter vollauf mit ihr beschäftigt war. Wie sollten sie auch nicht?

Darum wollte sie Gerolaman bei sich haben, wenn sie ihren Stiefgeschwistern entgegentrat, um alle Vorwürfe abzulenken.

Es gab keine Vorwürfe. Statt dessen tröstete Bardy, ganz die Tochter ihrer großherzigen Mutter, Rowan, die bei ihrem Anblick in Tränen ausbrach. Finnan schlang die Arme um die beiden Frauen und tröstete sie zusammen mit Gerolaman. Dann mußten die Zwillinge bewundert werden, und eine von ihnen schien ein winziges Ebenbild ihrer Großmutter zu sein, was zugleich aufmunterte und traurig stimmte.

So gingen sie als Familie, in ihrer Trauer vereint, gemeinsam zur Bestattung. Die Staatssekretärin für Inneres war da, sichtlich erleichtert, Rowan teilnehmen zu sehen. Es war ein Zeichen der Hochachtung, daß die Staatssekretärin selbst den Nachruf sprach, doch Rowan ›hörte‹ mehr als die aufrichtigen Worte: Sie ›hörte‹ viel von den anderen, die hier versammelt waren, und manches davon war unfreundlich, unwahr und fadenscheinig. Sie blendete diese Gedanken aus und konzentrierte sich auf die gesprochenen Worte. Noch immer rannen ihr die Tränen in die Hände. Dann wurde ihr ein großes Taschentuch von Finnan gereicht, und Bardys Hand, die in der Form so sehr Lusenas glich, legte sich fest um Rowans. Durch diesen Kontakt war sie für kurze Zeit eins mit ihr.

Wie es auf Atair Brauch war, dauerte die Trauerfeier nicht lange. Anschließend bestand die Staatssekretärin fest, doch freundlich darauf, daß Rowan und Gerolaman sie in ihrem schnellen Shuttle zurück nach Port Atair begleiteten. Von der heftigen Empfindung ihres Verlustes abgestumpft, fügte sich Rowan. Bardy und Finnan sagten, sie würden Kontakt zu ihr halten; sie betrachteten sie immer noch als ihre kleine Schwester. Doch auf dem Rückflug waren die Gefühle Rowans derart überstrapaziert, daß sie sich auf einem Sitz zusammenrollte und sogar das stillschweigende verständnisvolle Mitgefühl der Staatssekretärin und Gerolamans ausblendete. Als Balsam zwang sie ihre Gedanken, nur bei der friedvollen Rückfahrt der *Miraki* zu verweilen, wie sie das glasklare Wasser durchschnitt, beim strahlenden Weiß des Segels an jenem blendend hellen Morgen, bei der Empfindung des Windes auf ihrem Gesicht, der Sonne auf ihrem Körper, bis der monotone Rhythmus des Meeres sie in einen Schlag der Erschöpfung wiegte.

Spät am nächsten Morgen erwachte sie in ihrem Bett; Gauner schnurrte neben ihrem Kopf auf dem Kissen.

Rowan? Sie erkannte die behutsame Stimme Brallas. *Reidinger läßt ausrichten, du sollst mit ihm in Verbindung treten, sobald du aufgewacht bist.*

Reidinger? Kann Siglen mich nicht selber zur Schnecke machen?

Ich versichere dir, Rowan – und Brallas Stimme klang düpiert –, *daß Siglen durchaus Verständnis für deinen Zustand gestern hatte und nichts mehr davon hören will. Wir fühlen alle mit dir bei deinem schrecklichen Verlust. Aber Reidinger hat sehr nachdrücklich eine sofortige Verbindung verlangt.*

Er kann laut genug sprechen, um mich zu wecken.

Niemand hatte vor, dich zu wecken, Rowan. Wieder lag ein Tadel in Brallas Worten.

Entschuldigung, Bralla.

Schon gut, Liebe. Und Brallas Ton war gleich viel freundlicher.

Ich mach mir was zu trinken und werde sofort mit dem Erdprimus sprechen.

Gauner klammerte sich an ihr fest, unangenehm in ihre neuen Locken verkrallt, als sie aufstand, sich einen Morgenmantel umwarf und ein belebendes Getränk kochen ging. In dem Stapel auf Bardys Tisch war ein Beileidsschreiben von Reidinger gewesen. Nun ja, er verdankte ihr eine Menge.

Sie nahm das Hologramm Reidingers, das er ihr geschickt hatte, um es als Brennpunkt zu verwenden. Üblicherweise war er es, der mit ihr Verbindung aufnahm. Sie nahm einen großen Schluck von dem heißen Getränk und machte sich bereit für den langen geistigen Sprung zur Erde. Reidingers Hologramm zeigte ihn in einem Sessel sitzend, die Arme auf den Lehnen, die Hände entspannt – eine Position der Ruhe, die er, wie sie insgeheim fühlte, nur für die Aufnahme eingenommen hatte. Und sogar dabei ließen sein wachsames, scharfgeschnittenes Gesicht, die aufrechte Körperhaltung die enormen Energien und Fähigkeiten des Mannes ahnen. Seine tiefblauen Augen schienen Funken zu sprühen – ein Effekt des Holographen –, als ob er selbst über die Lichtjahre hinweg, die zwischen ihnen lagen, sich ihrer, Rowan, vollauf bewußt sei.

Reidinger! Sie richtete ihren Geist auf jene großen, hellen Augen aus. Sie war im Begriff, den Ruf mit mehr Nachdruck zu wiederholen, als sie seine Berührung spürte.

Aufgewacht? Er hätte im Nebenzimmer sein können, so stark war der Kontakt.

Habe ich Sie geweckt? Man hat mir gesagt, ich sollte so bald wie möglich Verbindung mit Ihnen aufnehmen.

Es wäre nicht das erste Mal, und ich pflege nicht viel zu schlafen. Gerolaman sagt mir, du hast noch nicht bei dem laufenden Kursus reingeschaut. Ehe sie eine Erwiderung zustande brachte, fuhr er fort: *Ich möchte, daß du dich dazusetzt und aussortierst, mit wem du gut zurechtkommst, mit Blick auf eine Towerbelegschaft von mindestens zwanzig Leuten. Gerolaman versichert mir, daß dein Urteilsvermögen gut ist. Es ist viel einfacher* – und nun klang er spöttisch –, *wenn wir einen neuen Tower mit gut integriertem Personal anfangen können, sonst leidet die Effizienz. Also nimm dir Zeit bei der Auswahl.*

Rowan fuhr im Sessel hoch. *Ein neuer Tower?*

Schnell geschaltet. Ja, ein neuer Tower. Auf der Kallisto, also eine terraformte Station. VT&T teilen meine Ansicht, daß Kallisto eine Menge von dem Zeug befördern kann, das ins System hereinkommen muß, ehe es weitergeleitet wird. Du wirst mir eine Menge Probleme ersparen und mir Zeit geben, mir andere zuzulegen, die nur der Erdprimus lösen kann. Du bist jung, ich weiß, aber du wirst unter meiner Aufsicht stehen, und wenn du denkst, daß Siglen hart mit dir umgesprungen ist, wirst du bald merken, daß sie das kleinere Übel war. Sobald du eine Belegschaft zusammengestellt hast, werden du und deine Leute direkt zur Kallisto abreisen. Melde dich morgen exakt 9.00 Uhr Erdzeit bei mir.

Die Lücke, die sein Verschwinden hinterließ, war in dem stillen Zimmer fast mit Händen zu greifen.

»Ein neuer Tower«, murmelte sie frappiert. »Auf der Kallisto?« Das war einer der Jupitermonde. Warum dort? Warum nicht auf dem Erdenmond? Nach all dem Terraformen, das zur Verbesserung dieses Trabanten durchgeführt worden war, wäre das sicherlich machbar gewesen. »Ich soll eine Mannschaft zusammenstellen? Ich soll … Ich soll Prima werden!«

Gerolaman, Reidinger hat mir den Kallisto-Tower zugeteilt!

Ich kann nicht sagen, daß du solch eine bemerkenswerte Ehre verdient hast, junge Frau, antwortete ihr Siglen. Wenigstens wirst du unter seiner direkten Aufsicht sein, und nach dem, was gestern passiert ist, muß ich sagen, daß du genau da hingehörst!

Ganz recht, Siglen, ganz recht. Nicht einmal Siglen würde ihr die Hochstimmung verderben.

Lusena hätte gejubelt! Rowan schloß die Augen unter dem Schmerz, den dieser beiläufige Gedanke weckte. Lusena würde nie erfahren, daß ihr Schützling den Status einer Prima erreicht hatte. Und Rowan konnte nicht die bitteren Tränen unterdrücken, die sie rasch wegwischte, als sie das Klopfen an der Tür hörte.

Gerolaman trat ein, sein Lächeln war zurückhaltend, bis er es sie tapfer erwidern sah. »So ist's recht. Weg mit der Gram. Sie wäre stolz gewesen, kein Zweifel, wie ich es jetzt bin, aber …« – und er schüttelte den Stapel Papier, den er bei sich hatte –, »wir haben jetzt ernsthaft zu arbeiten, Prima Rowan. Ich habe die Ehre und das Vergnügen zu assistieren.«

Arbeit half tatsächlich: Erst mußte sie sich auf die Akten konzentrieren und sie dann zu den Leuten im Kursus in Beziehung setzen. Ein halbes Dutzendmal ging ihr durch den Kopf, sie müsse Lusena dies oder

149

jenes erzählen, und die Trauer überkam sie jedesmal, bis sie sie entschieden zurückdrängte. Das war das Gestern: das Heute gehörte ihrer Zukunft, die Zukunft, die Lusena für sie angestrebt hatte – ihrer eigenen Station und dem Titel einer Prima.

Obwohl vier Jahre vergangen waren, gefielen ihr immer noch Ray Loftus und Joe Toglia als Techniker und Wartungspersonal. Gerolaman stimmte ihr zu, denn sie hatten gute Beurteilungen als Assistenten auf ihrem Gebiet und hatten auf Prokyon, Beteigeuze und der Erde gearbeitet. Mauli und Mick waren für eine neue Arbeit verfügbar, und sie hatten schon immer Rowans Interesse geweckt. Von den neuen Leuten in diesem Kursus wählte sie einen gewissen Bill Powers als Superkargo aus, sowohl aufgrund seiner Akten als auch wegen seiner ruhigen, beharrlichen Art und des zögernden Lächelns.

»Auch kein schlechter Grund«, bemerkte Gerolaman, »wenn man bedenkt, daß du dieses Gesicht ziemlich oft sehen wirst.«

Eine ältere Frau, eine Capellanerin namens Cardia Ren Hafter, könnte eine gute Stationsmeisterin abgeben. Sie hatte auf Beteigeuze aushilfsweise in dieser Stellung gearbeitet, und Primus David empfahl sie. Nicht ganz sicher war sie sich bei dem fünfzigjährigen Geistleser, Zabe Talumet: Er hatte solide Qualifikationen, war aber anscheinend viel herumgereist. Doch seine beruflichen Zeugnisse waren gut.

»Du mußt damit rechnen, daß der eine oder andere quer liegt, ehe sich alles eingespielt hat, Rowan«, versicherte ihr Gerolaman. »Die Persönlichkeiten müssen sich aneinander abschleifen, und das kostet Zeit, erfordert Versuche und bringt oft Irrtümer. Was für eine Mannschaft du dir auch zusammenstellst, du kannst sie nicht für immer in Plexiglas gießen, weißt du. Es hat fast sechs Jahre gedauert, bis Siglen zufrieden war, und manchmal haben Bralla und ich uns gewundert, wen sie sich aussuchte, aber wir alle arbeiten gut, wenn's drauf ankommt.«

Reidinger schickte vier weitere T4- und T5-Leute aus seinem Bereich, und als sie keinen guten Manager für die Lebenserhaltungssysteme finden konnte, setzte er jemandem vom Mond solange unter Druck, bis der mit einer Beförderung und der Versetzung ins Kallisto-System einverstanden war.

Drei Tage später forderte Bralla Rowan ernsthaft auf, mit Siglen zu Abend zu essen.

»Die Sache mit Lusena ist ihr wirklich an die Nieren gegangen. Und sie hatte schreckliche Angst, du könntest auch verunglückt sein. Sie brauchte eine halbe Stunde voll Nervosität, bis sie das Wrack geortet hatte, und sie hat die Beamten vor Ort mit einer direkten Konsultation fast in den Wahnsinn getrieben. Sie ist wirklich froh über deine Beförderung, Rowan, ist sie echt.«

Rowan erlaubte sich leisen Zweifel, was Siglens Freude über ihre plötzliche Beförderung durch Reidinger betraf. Die Prima Atairs hatte immer die Ansicht vertreten, Rowan würde noch jahrelang außerstande sein, Verantwortung zu übernehmen. Freilich war Rowan nicht für ihre Unverfrorenheit und ihr direktes Handeln gegen Siglens Anweisungen zur Verantwortung gezogen worden. Es hatte wenig Sinn, böses Blut zwischen sich und Atairs Prima zu pflegen.

Also kaufte Rowan ein einfach geschnittenes, fließendes Dinnerkleid in Hellgrau – so ziemlich die einzige Farbe, die sich mit den grellen Farben in Siglens Eßzimmer vertragen würde, mit einem randlosen Damenhütchen in Silber, um unaufdringlich ihr Erwachsensein zu betonen. Sie fand sich in Siglens Suite ein und wurde von Bralla empfangen, die sie mit einem bestätigenden Kopfnicken in die Empfangsräume bat.

Siglen hatte schon unübersehbare Lücken in die Appetithappen geschlagen, die es zu den Aperitifs gab. Es war an drei Stellen am Tisch eingedeckt, also würde auch Bralla teilnehmen, was Rowan Sicherheit verlieh.

Siglen eröffnete die Konversation mit einer langen Erklärung über Systemmodernisierungen, die Reidinger mit ihr ausführlich erörtert hatte. Rowan hörte die ersten drei Gänge über – von denen sie soviel aß, wie der Anstand erforderte – höflich zu.

»Ist wirklich zu gemein von Reidinger, dich zu versetzen, wo Atair gerade modernisiert wird. So könntest du soviel über die neue Ausrüstung lernen, wenn du wenigstens noch ein paar Monate hierbleiben würdest, so daß ich dich unterweisen könnte.«

»Wenn es ganz neue Ausrüstung ist, Siglen, dann werden Sie den Umgang damit auch lernen, nicht wahr?« lautete die logische Erwiderung Rowans.

Sie bemerkte einen Anflug von Mißmut im Gesicht der Prima, konnte aber keine Bresche in der Gedanken-Abschirmung der Frau finden. Der Anflug verschob sich leicht zu einem schwachen Lächeln.

»Ich wünschte wirklich, du würdest ordentlich essen, meine Liebe. Ich habe mir über die Speisen dieses Abends eine Menge Gedanken gemacht. Du bist so dünn, und was soll man denn von mir denken« – ein juwelenberingter Daumen wurde dramatisch gegen Siglens üppigen Busen gepreßt –, »und wie ich für dich gesorgt habe.«

»Die Ärzte sagen, ich habe einen hyperaktiven Metabolismus, Siglen, und ich werde wohl kaum noch Gewicht zulegen.«

»Aber du wirst es brauchen, meine Liebe, damit du durchhältst.« Siglens schwammiges Gesicht drückte nun größte Sorge aus.

»Damit ich nicht schlappmache? Ich denke, die Hydroponieeinheiten bei der Kallisto-Station sind auf dem neuesten Stand und können jede bekannte Art Frucht und Gemüse liefern.«

»Ich werde mir keine Sorgen um dein Wohlbefinden mehr machen, wenn du erst einmal auf der Kallisto bist.« In Siglens satter Stimme schwang die bedrohliche Andeutung einer unmittelbar bevorstehenden Katastrophe mit.

»Natürlich wird es mir auf Kallisto wohlergehen.«

»Ja, aber du mußt hinkommen!«

Und da brach zum völligen Erstaunen Rowans Siglen in Tränen aus und bedeckte ihr Gesicht mit der Serviette. Sie streckte die Hand aus, um nach der Rowans zu fassen, und es bestand kein Zweifel, daß die Frau Sorge und Bekümmernis empfand. Das Mädchen schaute Bralla an, um eine Erklärung zu finden. Entsetzen pulsierte durch Siglens Finger zu Rowan hinüber, die ihre Hand frei machte, die von diesem speziellen Gefühl, so indirekt es auch sein mochte, nichts wahrnehmen wollte. Bralla schaute ebenso bestürzt drein, ihr Mund zuckte.

»Wovon reden Sie, Siglen?«

Siglen rieb sich die Augen und warf Rowan einen einzigen Blick voll Bedauern zu, ehe sie ihre schweren Arme beide auf den Tisch fallen ließ und wieder laut zu schluchzen begann.

»Es ist der Raum, meine Liebe«, sagte Bralla finster.

»Was meinst du?«

»Du weißt doch, wie sich Reisen durch den Weltraum auf Primärtalente auswirken, Rowan«, sagte Bralla ernsten Tones, als sei damit alles erklärt. »David hat Todesqualen ausgestanden, als er nach Beteigeuze abreiste. Er war so leichtsinnig zu glauben, ein männliches Primärtalent würde nicht betroffen sein. Capella brauchte drei Monate, ehe sie sich von ihren Orientierungsstörungen erholte.«

»Ich habe mich ganz ohne Orientierungsstörungen von Favor Bay nach Bardys Haus 'portiert ...«

»Aber du bist auf dem Planeten geblieben, im heimatlichen Schwerefeld ...«, gab Bralla zu bedenken.

»Und ich bin in Shuttles kreuz und quer über ganz Atair geflogen.«

»Shuttles sind ganz was anderes, als 'portiert zu werden«, sagte Siglen streitbar. »Oh, ich habe das vom ersten Augenblick an befürchtet, als ich Gerüchte über die Kallisto-Station hörte. Ich habe Reidinger gebeten, T2s in Erwägung zu ziehen, jede beliebige Kombination, nur nicht dich, Rowan. Ich konnte dich, noch das reinste Kind, so kurz nach deinem schrecklichen Verlust nicht dieses Grauen durchmachen lassen. Jetzt hast du nicht einmal Lusena, um dir in deiner schwersten Stunde beizustehen.«

Rowan hatte nicht an jenen gescheiterten Versuch gedacht, sie als dreijähriges Kind zur Ausbildung auf die Erde zu schicken. Doch sie erinnerte sich tatsächlich an den dunklen Gang in dem Transporter: einen engen geschlossenen Raum. Die stürmische Fahrt der *Miraki* durch die Meerenge hatte diesen alten Schrecken viel zu deutlich wieder heraufbeschworen.

»Unsinn. Es wird mir bestens gehen. Ich war ein Kind, und keiner hatte mir etwas erklärt. Sie sagten einfach, ich müßte ...« – und sie riß die Augen weit auf, um nicht das riesige furchteinflößende Maul zu sehen, in das man sie hatte schicken wollen. »Ich würde wirklich wünschen, Siglen, daß Sie nicht aus einer Mücke einen Elefanten machen. Es wird mir bestens gehen.«

»Das hat David auch gesagt, als ich ihn vor den kosmischen Orientierungsstörungen gewarnt habe. Capella hat mir geglaubt und für den Weg starke Beruhigungsmittel genommen, trotzdem brauchte sie drei Monate, ehe sie die Orientierung wiedererlangt hatte. Ich wünschte, ich könnte dir das ersparen, wo du vor so kurzer Zeit deine Bezugsperson verloren hast. In Gerolamans Kursus ist kein T4, der dir irgend nützlich sein könnte. Das meint Bralla auch.«

Bralla nickte energisch, und Rowan beherrschte mit Mühe ihren aufsteigenden Ärger.

»Wenn ich in dieser Gruppe keinen T4 finde, dann gibt es garantiert eine Menge, die gern die Beförderung in einen neuen Tower annehmen. Also hört bitte auf, aus einer gewöhnlichen 'portation ein Drama zu machen. Ich weiß, daß Sie es mit Ihrem üblichen Geschick erledigen werden, Siglen, also mache ich mir überhaupt keine Sorgen.«

Sie blieb nur solange, wie die Höflichkeit unbedingt vorschrieb, und ging dann Gerolaman suchen.

»Na ja, das mit David und Capella ist ja wahr, sie ist völlig unter Drogen und in einer speziellen Antischock-Kapsel gereist«, sagte Gerolaman. »Ich weiß, daß sich Siglen furchtbar schlecht fühlte und fünf Kilo abgenommen hat. Und ich habe noch nie von einem Primärtalent gehört, das imstande gewesen wäre, sich selbst durch den Weltraum zu 'portieren. Reidinger war einmal auf dem Mond und hat danach nie wieder den Planeten verlassen.«

»Ich bin die jüngste Prima, jung, gut in Form ...«

»Das glatte Gegenteil der anderen«, beendete Gerolaman den Satz mit einem boshaften Funkeln in den Augen. »Ich werd auf dich setzen, Mädchen. Also, was hältst du von diesem T4, Forrie Tay?«

»Der gefällt mir gar nicht. Er guckt mich genauso an wie Siglen ein besonders sahniges Éclair, und er schaut mir nicht in die Augen. Sogar gegen die höflichste Anfrage knallt er die Abschirmungen zu. Mit so einem verschlossenen Geist könnte ich niemals zusammenarbeiten.«

»Prokyon schickt eine weibliche T4 rüber.«

»Ich arbeite besser mit einem männlichen Partner.«

»Hm, das wäre Siglen auch lieber gewesen, aber Bralla war die einzige, die ihr jemals genügt hat.«

»Gerolaman, ich muß dich daran erinnern, daß ich nicht im entferntesten wie Siglen bin.«

»Nein, bist du nicht, Rowan, aber wir müssen trotzdem den Kern einer funktionsfähigen Mannschaft bilden, bevor du auf der Kallisto eintriffst!«

»Ich versuch's mit der Frau.«

Channi hätte kein größerer Gegensatz zu Rowan sein können, wenn ein verrückter Genetiker sie beide mit diesem Ziel entworfen hätte. Sie war einen halben Meter größer als Rowan, grobknochig, eine Frau, die sich vorsichtig bewegte (wahrscheinlich aus Furcht, jemand Kleineren zu verletzen), und obwohl sie als T4 in Telepathie wie auch in Teleportation eingestuft war, brachte Rowan keinerlei Rückkopplung mit ihr zustande.

Während Gerolaman ihr immerzu versicherte, daß sie zweifellos bald die nach Fähigkeiten und *Talenten* passenden Partner finden würde, kam Bralla immer wieder mit Vorschlägen von Siglen, die sich unweigerlich als völlig nutzlos erwiesen. Der Zeitpunkt, auf den Rowans Abreise festgelegt war, rückte näher, und sie machte sich mehr Sorgen, gleich richtig anzufangen.

ROWAN! Reidingers unverwechselbarer Ton dröhnte in ihrem Schädel. *Hör auf mit dem Gezappel. Mit den sieben Leuten, die du ausgesucht hast, und den zehn, die dich auf der Kallisto erwarten, hast du genug, um einen Tower zu betreiben. Du mußt dich ausruhen. Ich will nicht, daß du fix und fertig bist, wenn du an Bord gehst.*

Und wie gut schätzen Sie die Chancen ein, daß ich's überlebe? fragte sie bissig.

Was für Chancen? Die echte Überraschung in seinem Tonfall beruhigte sie mehr als die Tirade, die er vom Stapel ließ, als er begriffen hatte, worum es ging.

Mauli und Mick kamen, um ihr beim Einpacken der Dinge zu helfen, die sie auf die Kallisto mitnehmen wollte. Ihre Gesellschaft half ihr, den unvermeidlichen Schmerz zu überwinden, der sich angesichts von Geschenken einstellte, die Lusena ihr vor Jahren gegeben hatte. Aus seinem speziellen Tragkorb heraus wechselte Gauner zwischen giftigen Bemerkungen über seine Gefangenschaft und flehentlichen Bitten, herausgelassen zu werden, doch er hatte sich als gar zu lästig erwiesen, als er sich in Kisten versteckte oder Mauli ansprang. Als alles hübsch im Container verstaut war, 'portierte ihn Rowan mit Mauli und Mick an seinen Platz in der Transportkapsel, die in ihrem Lager auf den Start am nächsten Morgen wartete.

»Und du bist sicher, daß du nicht im Gästehaus schlafen willst?« fragte Mauli, während sie sich in dem Zimmer umblickte, das bis auf Gauners Korb leer war.

»Ich komme schon klar. Ich werde mir ein paar Sachen aus den Lagerhallen holen«, beruhigte sie Rowan und brachte sie zur Tür.

Sie stellte Gauners Korb sorgsam in den Küchenbereich, das einzige Zimmer, das sie mit Lusena nicht neu eingerichtet hatte. Dann tapezierte und malerte Rowan in höchstem Tempo die Zimmer und richtete sie genauso her, wie sie sie bei ihrem Einzug in den Tower vorgefunden hatte. Die eine Nacht würde sie es schon aushalten, auf dem gespenstisch rosa und orangefarbenem Bett zu schlafen. Sie war müde genug, es nicht einmal zu bemerken. Gauner aber bemerkte es, und er brauchte lange, bis er mit seinen abfälligen Kommentaren fertig war.

Hätte Rowan die Abschiedsrituale vermeiden können, dann hätte sie es getan. Sie hatte auf dem tückisch weichen Bett nicht gut geschlafen, und Formalitäten stießen sie immer ab. Alle Staatssekretäre waren zugegen, jeder hatte ihr etwas zur Ermunterung zu sagen und ein kleines Geschenk, um ihre neue Wohnung zu verschönern. Staatssekretärin Carmella schwankte zwischen strahlendem Lächeln und Tränen im Gesicht. Siglen weinte mitleidend an Brallas Schulter, beklagte die unmittelbar bevorstehende Heimsuchung und daß niemand auf sie hören und sich richtig um ihre kleine

Schülerin kümmern wollte, die beste, die sie je ausgebildet hatte, und ertragen zu müssen, was vor ihr
lag ...

Als sie an der Spitze ihrer Towerbelegschaft die
Gangway hinauf in die große und hell erleuchtete
Transportkapsel ging, ignorierte sie die Erinnerung an
den Tag, als es Pursa gewesen war, nicht Gauner, den
sie die Rampe hinauf bei sich trug. Sie wandte sich um
und winkte den Versammelten ein letztes Mal zu, dann
folgte sie dem Steward vertrauensvoll in ihre Kabine.

»Sie haben eine Barkkatze?« rief der Mann, als er
ihre Last bemerkte.

»Gauner. Die *Mayotte* hat ihn mir vor vier Jahren
überlassen. Er ist ein wunderbarer Freund.«

»Ach so, die *Mayotte*? Sie gelten was, Prima. Sie müssen wirklich was Besonderes sein, wenn die *Mayotte*
Ihnen eine Barkkatze zuerkennt.«

»Was haben Sie an Bord?« Und die anregende Unterhaltung ging weiter, bis er die Tür ihrer Kabine
zurückschob, dabei erklärte, sie sei größer als üblich,
und ihr die Einrichtung zeigte.

Rowan heuchelte Interesse, mußte aber andauernd
schlucken und geriet in Schweiß, noch ehe sie dem ge-
schwätzigen Steward dankte und ihn endlich zur Tür
hinausmanövrieren konnte. Die Kabine war *sehr* klein.
Sie war in Duschkabinen gewesen, die größer waren.
Aber sie würde ja nicht lange drin bleiben müssen.

*Also mach dir bitte keine Sorgen, Liebe. Wirklich, es gibt
wirklich nichts zu befürchten.* Siglens bekümmerte Töne
erblühten in ihrem Geist. *Es ist nicht die Art geistverren-
kende Reise, die ich auf mich nehmen mußte, um das erste
Mal hierher zu kommen, weißt du, ehe der Atair-Tower in
Betrieb war.*

Siglens Gedanken waren von Furcht um Rowan getrübt. Das Mädchen konnte sich leicht den Brocken
von Frau vorstellen, auf ihrer Liege ausgestreckt, den
Blick auf die Koordinaten des Schiffes am Decken-

schirm gerichtet, die Finger immer wieder dabei, den Gesamt-Impuls zu überprüfen, der für den Start benötigt wurde. Es war eine Szene, die sie viele Male gesehen hatte, doch nie auf dieser Seite des Vorgangs. Bralla würde im Hintergrund hocken.

Ich hoffe, bei dir geht alles glatt, Liebe, fuhr Siglen fort, und ihre Sorge nahm zu. *Ich hab's überprüft und noch mal überprüft, und alles ist in bester Bereitschaft. Ich wünschte nur, nicht gerade ich müßte es tun ...*

Rowan biß die Zähne zusammen. Daß Siglen von ihren Leiden auf der Reise von der Erde zum Atair anfing, hatte ihr gerade noch gefehlt. Dabei meinte die Frau es gut.

Rowan brachte die Startsirene in Gang, die den unmittelbar bevorstehenden Start anzeigte. Ins Mensch-Maschine-Gesamt eingefügt, konnte Siglen keinen Gedankenmüll übertragen. Was hielt die Frau davon ab, den Start zu vollziehen?

Oh, oh, Bralla, und Siglens weit offener Geist heulte wie einst das Rowan-Kind. *Wie kann ich ihr das antun?*

Rowan versuchte, eine plötzlich aufkommende wirbelnde, gedankenverwirrende Orientierungsstörung auszublenden.

Los, Siglen! Jetzt ist keine Zeit zum Trödeln! Bring mich vom Planeten hoch, JETZT! schrie Rowan, nicht gewillt, weitere Verzögerungen hinzunehmen, die von den überkommenen Ängsten einer feigen alten Frau gefärbt waren.

Rowan lehnte sich zurück an die Tür und schloß ihren Geist gegen Siglens Stöhnen ab. Siglen selbst war zum Fürchten. Rowan hatte überhaupt keine Angst, obwohl sich die Kabine plötzlich zusammenzuziehen schien. Die Kabine auf der *Miraki* war klein gewesen, doch die *Miraki* hatte sich auf dem Meer befunden, das rings um Atair wiegte. Überall war frische Luft. Sie nahm tiefe Züge davon, und die Luft hatte den richtigen Geschmack. Sie wußte aus der Kenntnis der Stan-

159

dardprozeduren, daß die Luft zwischen Reisen ausgetauscht wurde, es war also keine verbrauchte, aufbereitete Luft, die sie atmete.

Die Passagierkapsel war keine von den großen: Siglen bewegte viel größere Massen, ohne einen Gedanken daran zu verschwenden. Sie hatte nur das Schiff über die halbe Strecke zum Ziel zu 'portieren, wo Reidinger als Erdprimus es auffangen und sacht ins Sonnensystem holen würde. Wenn es sich dem Jupiter näherte, würde das Schiff in die richtige Flugbahn eintreten, um auf der Oberfläche der Kallisto zu landen.

Wenn der Tower erst voll in Betrieb war, würde es Rowan sein, der die ankommende 'porte auffangen und sie fein säuberlich im dafür vorgesehenen T-Lager auf der Kallisto landen lassen würde. Rowan konzentrierte ihre Gedanken auf ihre Zukunft, auf den eigenen Tower, den sie betreiben würde, für immer frei von Siglens pingeligem Getue.

Die Sirene erklang. Rowan fand es sonderbar schwierig, sich von der Tür zur Koje zu begeben. Komisch sogar, aber sie legte sich hin. Sie dürfte eigentlich keinerlei Bewegung spüren. Siglen war eine erfahrene Prima. Es würde keine Bewegung geben, überhaupt nichts von der Art, als die *Miraki* durch die Meerenge fuhr, kein Stampfen, Rollen, Schlingern.

O mein liebes Kind, wappne dich! Wappne dich! Siglen brachte es sogar fertig, die Abschirmung Rowans zu durchdringen, aber sie hatte ja auch das Gesamt, das ihre Telepathie verstärkte.

Doch Rowan wußte, wann der 'port begann: Sie wußte es, weil das Mark ihrer Knochen mit dem Gesamt der Generatoren vibrierte.

O Bralla, wie in aller Welt kann ich das dem Kind antun? Wie? Oh, wie sie jetzt leiden wird!

Rowan konnte Siglens kummervollem Wehklagen nicht entgehen. Auch dachte Siglen nicht daran, sie

sich selbst zu überlassen, in ihrer unnötigen Hilfsbe-
reitschaft entschlossen, ihrer ehemaligen Schülerin
durch diese Prüfung zu helfen.

Und dann, ganz wie Siglen es vorausgesagt hatte,
drehte sich plötzlich alles in ihrem Kopf: Sie war
weder oben noch unten noch auf der Seite, sondern
wirbelte in einer verzweifelten Spirale ins Nirgendwo,
und sie schrie und schrie und schrie und hörte Gauner
in ebensolcher Panik schreien. Dann fiel sie in Hände,
Hände, die sie packten und niederhielten, sie in den
Strudel drückten, der zugriff, um sie einzuhüllen, und
sie sank haltlos hinab in die schreckliche kreisende,
den Geist verrenkende Dunkelheit.

TEIL ZWEI

Kallisto

Als Rowan an jenem Morgen in die Kallisto-Station gestürmt kam, duckte sich die Belegschaft geistig und buchstäblich. Geistig, weil sie imstande war, ihre Abschirmung zu vergessen. Buchstäblich, weil Rowan dafür bekannt war, das Mobiliar herumzuschleudern, wenn sie aufgebracht war. Heute allerdings hatte sie sich gut unter Kontrolle und stapfte nur die Treppe in den Tower hinauf. Ein unklares Grummeln lauter Gedanken lag für ein paar Minuten über dem Erdgeschoß der Station, aber das Personal an den Computern und der Analog-Elektronik ignorierte die deprimierende Wirkung mit der Dankbarkeit von Leuten, denen Schlimmeres erspart geblieben war.

Im Widerhall nach ihrem Durchgang spürte Brian Ackerman, der Stationsmeister, den Eindruck intensiver purpurfabener Frustration. Er war im Grunde nur ein T9, doch lange Zusammenarbeit mit Rowan hatte sein Wahrnehmungsvermögen erweitert. Ackerman wußte diese Nebenwirkung seiner Stellung zu schätzen – vorausgesetzt, er befand sich nicht gerade in der Station.

Anfangs, kurz nachdem Rowan für Kallisto eingeteilt worden war, hatte er erfolglos versucht, sich versetzen zu lassen. Die Vereinte Telepathen und Telekineten AG hatte eine feste Routine eingerichtet, mit der sie auf seine andauernden Gesuche reagierte. Das erste pro Quartal wurde jeweils ignoriert; das zweite erbrachte eine geschickt formulierte Antwort, wie sensitiv und maßgeblich die Stellung sei, die er in der Kallisto-Station innehatte; das dritte – oft eine entschiedene Forderung – bescherte ihm eine Extrasendung Scotch; das vierte – oft ein erbärmliches Heulen – ließ den Sektionsdirektor zu einem Gespräch unter vier Augen anrücken und erst dann ein paar diskrete Worte an die Adresse Rowans abgehen.

Ackerman war sich ziemlich sicher, daß sie jedesmal die ganze Geschichte wußte, ehe der Direktor an sie herantrat. Es gefiel ihr, schwierig zu sein, doch das eine Mal, als Ackerman die dienstlichen Gepflogenheiten mißachtet und zurückgebrüllt hatte, hatte sie sich ein ganzes Quartal lang zusammengerissen. Mit einiger Verspätung hatte es Ackerman gedämmert, daß sie ihn wohl gut leiden konnte, und seither hatte er sich dieses Wissen zunutze gemacht. Er war allmählich auch stolz, einer der am längsten im Dienst stehenden Mitarbeiter der Kallisto-Belegschaft zu sein.

Auf allen dreiundzwanzig Stellen für das Stationspersonal waren in ähnlicher Weise Mitarbeiter ausgewechselt worden, bis Rowan sie akzeptierte. Es bedurfte einer sehr fein ausgewogenen Zusammensetzung von geistigem Talent, Persönlichkeit und technischem Geschick, um das richtige Gesamt zu bilden, das zum Bewegen von riesigen Passagierschiffen und Tausende Tonnen von Fracht benötigt wurde. Die Vereinten Tel und Tel besaßen nur sechs Primärtalente – sechs T1 –, allesamt strategisch plaziert, um die bestmögliche Übertragung von Handelsgütern und Verkehr in der ganzen sich ausbreitenden Neun-Sterne-Liga zu gewährleisten. Es war der Traum der VT&T, eines Tages die sofortige Beförderung jeden Objekts zu jeder Zeit an jeden Ort bieten zu können. Bis es soweit war, gingen die VT&T mit den fünf T1 behutsam um und stellten sich auf deren Schrullen ein, wie es so viele Besitzer goldener Gänse tun. Wenn man, um Rowan bei Laune zu halten, das Hilfspersonal zweimal täglich hätte auswechseln müssen, wäre das wahrscheinlich geschehen. Die gegenwärtige Belegschaft war trotz den Exzentrizitäten Rowans seit über zwei Jahren beisammen.

Diesmal war Rowan schon seit einer Woche gereizt,

und alle begannen darunter zu leiden. Bisher wußte niemand, was sie so aufbrachte – wenn sie es selbst überhaupt wußte. Fairerweise muß man zugeben, dachte Ackerman, daß sie für gewöhnlich ihre Gründe hat.

Alles bereit für das Linienschiff! Der Gedanke traf so durchdringend, daß Ackerman sicher war, jeder in dem Schiff, das draußen wartete, müsse sie gehört haben. Aber er schaltete das Interkom zum Kapitän des Schiffs ein.

»Hab's gehört«, sagte der Kapitän trocken. »Gebt mir einen Fünfer-Countdown, und dann los!«

Ackerman hielt es nicht für nötig, die Nachricht an Rowan weiterzugeben. Bei ihrer Stimmung würde sie die ganze Strecke bis Capella und zurück hören. Das Schaltpult für die Generatoren leuchtete hell und zeigte verschiedene farbige Ausdrucke und Bildschirmmeldungen, als die Belegschaft das Boosterfeld hochfuhr, während Rowan ungeduldig die Starteinheiten auf Touren brachte. Sie lag ein gutes Stück vor dem Zeitplan, und die angestaute Energie schien durch die Station zu heulen. Der Countdown kam rasch, während das Energieniveau die erträglichen Grenzen durchstieß.

Rowan, keine Tricks, sagte Ackerman.

Er hörte sie in Gedanken lachen und rief dem Kapitän eine Warnung zu. Er hoffte, daß der Mann sie gehört hatte, denn Rowan erreichte Null, ehe er fertig war, und binnen Sekunden war das Schiff aus dem System verschwunden und jenseits der Kom-Reichweite.

Das Heulen der Dynamos verlor nur einen Moment lang etwas von seiner Schärfe, dann hatten sie wieder die Leistungsspitze erreicht. Der Inhalt der Startlager schnellte in den Raum hinaus, so schnell sie nur nachgefüllt werden konnten. Dann kamen Frachten von anderen Primärstationen ins Empfangsgebiet geschossen, und das Bodenpersonal hatte zu tun, sie weiterzuleiten und Ordnung zu halten. Der Klang der Energieeinheiten sank auf ein erträgliches Maß herab, als Rowan ihre Laune abreagiert hatte, ohne etwas von der Leistung und Genauigkeit einzubüßen, die sie zum besten Primärtalent der VT&T machten.

Die Kallisto-Mondbasis war keine große Anlage, lag aber in einer kritischen Position. Die meisten Fracht- und Passagierschiffe aus dem Herzen des Systems mußten per Teleport aus dem System hinausbefördert werden, ehe die Sonden- oder Hyperantriebe gefahrlos aktiviert werden konnten. Wie bei solchen Basen üblich, ließ es sich luxuriös darin leben – wenn man sich erst einmal daran gewöhnt hatte, daß einem Jupiter über dem Kopf hing oder seine Masse am Horizont aufragte. Das Terraformen des Mondes mit Bäumen und grünen Wiesen und blühenden Sträuchern und Pflanzen unter der Hauptkuppel gab den Arbeitern während des Arbeits-›Tages‹ psychische Sicherheit.

Für das Personal mit 24-Stunden-Dienst gab es angenehme Unterkünfte mit Gärten, obwohl die meisten Angestellten, wenn Rowan einverstanden war, in ihr Zuhause auf der Erde oder in den erdnahen Orbitalstationen zurückkehrten. Ihrem Status als VT&T-Prima gemäß kam Rowan in den Genuß einer besonderen, mit doppelter Kuppel versehenen Wohnung mit Gärten und einem Schwimmbecken und von kleinen Bäumen und Sträuchern eingerahmt, um ihre Privatsphäre abzuschirmen. Es hieß, ihre Wohnung sei voller unbezahlbarer Einrichtungsgegenstände, von vielen Planeten zusammengeholt, doch niemand wußte es sicher, denn sie hütete ihre Privatsphäre noch mehr, als die VT&T sie hüteten. Die Anlagen auf Kallisto waren die Glanzleistung irdischer Wissenschaft und Technik gewesen, nun aber Gemeingut, da der technische Fortschritt sie überholt hatte, als die Menschheit neuere und noch exotischere Planeten in noch viel ferneren Sternensystemen erreicht hatte.

Jemand vom Bodenpersonal schaltete für alle Terminals den gelben Bereitschaftsstatus ein, dann Rot, als zehn Tonnen Fracht von der Erde im Eil-Landelager eintrafen. Der Frachtschein lautete auf Deneb VIII, eine der neuesten Kolonien, die an der äußersten Reichweite Rowans lag. Aber die Ladung war als *Äußerst Dringende Notsendung / Absolut Wichtig* gekennzeichnet und reichlich mit *Med*-Siegeln und ›Vorsicht‹-Aufdrucken versehen. Der Frachtschein deklarierte die Ladung als Antikörper gegen eine akute Seuche und verlangte direkten Versand.

Also, wo sind meine Koordinaten und mein Zielfoto? blaffte Rowan. *Ich kann das nicht blind losschicken, und früher haben wir Fracht nach Deneb VIII immer über eine Zwischenstation versandt.*

Bill Powers scrollte durch den Stardex, den Rowan plötzlich schnell vorwärtslaufen ließ, daß das gesuchte Foto gleichzeitig auf allen Bildschirmen erschien.

Ja-a! Muß ich die ganze Masse dort selber landen?

Nein, Lahmhirn, ich nehm sie bei 24.578.82 in Empfang, erklang schleppend die satte Baritonstimme in jedermanns Kopf, *bei dem netten kleinen Schwarzen Zwerg, der so bequem auf halbem Wege liegt. Du brauchst keine einzige Nervenzelle in deinem hübschen kleinen Kopf besonders anzustrengen.*

Es trat Totenstille ein.

Gut, ich werde …, kam es von Rowan.

Natürlich wirst du, Herzchen – schick einfach das hübsche kleine Päckchen an mich ab. Oder ist das zuviel für dich? Die Stimme klang eher besorgt als kränkend.

Du kriegst dein Päckchen! erwiderte Rowan, und die Dynamos heulten ein einziges Mal durchdringend auf, als die zehn Tonnen aus dem T-Lager verschwanden.

Also, du kleines Biest … langsamer, oder ich zieh dir die Ohren lang!

Komm, fang! Das Gelächter Rowans brach ab, Über-

169

raschung füllte die Lücke, und dann spürte Ackerman, wie sie die geistige Abschirmung zuknallen ließ.

Ich möchte das Zeug im Ganzen haben, nicht als millimeterdicke Schicht über den Planeten verteilt, meine Liebe, sagte die Stimme streng. *Okay. Ich hab's. Danke! Wir brauchen's.*

He, wer, zum Kuckuck, bist du? Wo befindest du dich?

Deneb VIII, Liebste, und momentan ziemlich beschäftigt. Tschüß!

Die Stille wurde nur vom Jaulen der Dynamos durchbrochen, die in schnurrenden Leerlauf zurückfielen.

Von den Gedanken Rowans drang jetzt keine Spur mehr nach außen, doch Ackerman spürte eine Aura von Ungläubigkeit, Schock, Rätselraten und Befriedigung, die die Gedanken aller anderen in der Station durchzog. Nun war Rowan baff! Niemand außer einem T1 hätte so weit senden können. Niemand hatte gehört, daß ein neuer T1 bei VT&T unter Vertrag genommen worden wäre, und soviel Ackerman wußte, hatten die VT&T unwiderruflich die erste Wahl bei T1-Kineten. Hatte der Deneb-Planet, erst jüngst besiedelt, schon ein derartiges Talent hervorgebracht?

»He, Leute«, sagte Ackerman, »schiebt die Abschirmung hoch. Ihr wird nicht gefallen, was ihr so denkt.«

Die Aura wurde pflichtgemäß gedämpft, doch das Grinsen blieb, und Powers begann vergnügt zu pfeifen.

Auf der Atair-Route flammte wieder ein gelbes Signal auf, und der Frachtschein lautete *Lebende Fracht für Beteigeuze.* Die Dynamos heulten auf, und dann war das Lager leer. Was immer Rowan gerade durch den Kopf gehen mochte, sie tat ihre Arbeit.

Alles in allem war es ein sonderbarer Tag, und Ackerman wußte nicht, ob er froh sein sollte oder nicht, daß sich Rowan keinerlei Ärger anmerken ließ. Sie erledigte mit sorgloser Leichtigkeit ihr Tagewerk.

Als Jupiters Masse das Firmament soweit bedeckte, daß sie den Verkehr nach außerhalb des Systems abschnitt, war der Kallisto-Tag fast vorüber, und Rowan hatte kein Gran ihrer Energie eingebüßt. Ackerman fuhr die Anlagen herunter. Die Computer-Anzeigen erloschen, und die Dynamos verstummten – doch Rowan kam nicht vom Tower herunter.

Ray Loftus und Afra, der T4 von Capella, kamen zu Ackerman rüber und setzten sich auf seinen Schreibtisch. Sie holten die Flasche Selbstgebrautes heraus und ließen sie kreisen. Wie üblich hielt sich Afra zurück und holte ein halb fertig gefaltetes Origami aus der Gürteltasche, seine besondere Art der Entspannung.

»Eigentlich wollte ich Ihre Hoheit bitten, mich nach Hause zu ’portieren‹«, sagte Ray Loftus, »aber nun weiß ich nicht. Ich hab’ ne Verabredung mit …«

Er verschwand. Einen Augenblick später erblickte ihn Ackerman neben einem Passagiermodul. Er war nicht nur sanft abgesetzt worden, sondern aus dem Nichts schwebten auch etliche kleine Gebrauchsgegenstände einschließlich einer Reisetasche herbei und bildeten einen ordentlichen Stapel im Modul. Ray erhielt ein wenig Zeit, um sich zu fassen, ehe sich die Luke schloß und er weg war.

Powers gesellte sich zu Afra und Ackerman.

»Sie ist in einer ganz komischen Stimmung«, sagte er.

Wenn Rowan gereizt war, bat kaum jemand in der Station darum, zur Erde befördert zu werden. Sie war psychologisch planetengebunden und ärgerte sich über die Tatsache, daß geringere *Talente* durch den Weltraum geschickt werden konnten, ohne auch nur die Spur eines Schocks zu empfinden.

Noch jemand?

Adler und Toglia meldeten sich und verschwanden prompt. Ackerman und Powers wechselten Blicke, die

sie hastig unterdrückten, als Rowan vor ihnen auf-
tauchte. Sie lächelte. Es war seit zwei Wochen das erste
Mal, daß dieser bezaubernde und willkommene Ausdruck auf ihrem Gesicht erschien.

Das Lächeln ließ einem klarwerden, dachte Ackerman sehr, sehr leise im tiefsten Teil seines Hirns, was
für eine liebenswerte Frau sie sein konnte. Sie war
schmal, eher dünn als schlank, und bewegte sich
manchmal wie ein Strichmännchen im Zeichentrick.
Sie war nicht das, was er sich unter ›fraulich‹ vorstellte – lauter Ecken und kaum Busen –, und dennoch,
wenn sie einen manchmal aus den Augenwinkeln
ansah, einen Anflug jenes Lächelns auf dem ziemlich
sinnlichen Mund, konnte es einem Mann schon den
Atem benehmen … vor Staunen. Und beim Gedanken
an Dinge, die kein verheirateter Mann – und kein T9 –
auch nur im Kopfe in Erwägung zu ziehen hatte. Vielleicht war es ihr weißes Haar – manche sagten, sie
hatte es, seit sie aus dem Erdrutsch auf Atair herausge-
holt worden war, andere meinten, es kennzeichne sie
als teilweise nichtmenschlich. Rowan sah anders aus,
weil sie – und das wußte Ackerman sicher – wirklich
anders war!

Sie lächelte jetzt, nicht direkt verschmitzt, sondern
wachsam, und sagte nichts. Sie nahm einen Schluck
aus der Flasche, verzog das Gesicht und gab sie mit
einem Dank zurück. Bei all ihren Marotten verhielt
sich Rowan im persönlichen Kontakt korrekt. Sie war
mit ihren Fertigkeiten aufgewachsen und von der alten
Siglen auf Atair sorgfältig ausgebildet worden. Gewisse Formen der Höflichkeit waren ihr eingeimpft
worden: Durch unpassenden Gebrauch von *Talent*
konnten die weniger Begabten abgestoßen werden.
Während man Rowan nachsehen konnte, wenn sie sich
in der Arbeitszeit Freiheiten erlaubte, achtete sie zu anderen Zeiten auf normales Verhalten.

»Hat jemand was von dem Kumpel auf Deneb

172

gehört?« fragte sie mit genau der richtigen Lässigkeit in der Stimme.

Ackerman schüttelte den Kopf. »Diese Planeten sind erst seit kurzem besiedelt. Keine Ahnung, wo der herkommt.«

»VT&T haben nicht mal eine Station auf Deneb vorgesehen. Sie versuchen immer noch, *Talente* für nähere Systeme zu finden.«

»Und sie geben sich wahrlich Mühe«, sagte Afra.

»Ein wildes *Talent?*«

»Auf Primär-Niveau? Unwahrscheinlich.« Sie schüttelte den Kopf. »Aus dem Zentrum erfahre ich nur, daß sie eine dringende Nachricht vor einem hereinkommenden Händler erhalten haben, bei der Bekämpfung einer planetenweiten Virusseuche zu helfen, einschließlich einer Beschreibung des Syndroms und der Symptome. Das Labor hat ein Serum entwickelt, hergestellt und verpackt. Man hat ihnen versichert, es würde jemand an Ort und Stelle sein, der die Sendung bei 24.578.82 in Empfang nehmen und den Rest der Strecke transportieren könnte, wenn ein Primärtalent sie bis dahin brächte. Bis heute morgen ist das bißchen Fracht nach Deneb mit einer automatischen Sonde oder über Zwischenstationen verschickt worden. Und weiter weiß man nichts.« Dann fügte sie nachdenklich hinzu: »Deneb VIII ist keine sehr große Kolonie.«

Oh, wir sind groß genug, Herzchen, unterbrach sie die schleppende Stimme. *Tut mir leid, daß du unseretwegen Überstunden machen mußt, Liebste, aber ich kenne auf der Erde wirklich weiter niemanden, an den ich rankomme, und ich hab gehört, wie du Stimmung gemacht hast.*

Stimmt was nicht? fragte Rowan. *Hast du nach all dem stolzen Gerede euer Serum zertöppert?*

Zertöppert, verdammt! Getrunken hab ich's. Nein, Liebchen. Wir haben gerade entdeckt, daß wir außerplanetare Besucher haben, die denken, sie könnten uns ausrotten. Wir haben drei UFOs geortet, die viertausend Meilen über uns hängen. Die Ladung Serum, die du mir rübergeschickt hast, war für die sechste Seuche, die sie uns in den letzten zwei Wochen verpaßt haben, es ist also klar, daß das kein Zufall ist. Jemand versucht uns zu erledigen. Man kann sich praktisch an den Fingern abzählen, wann die nächste Gemeinheit kommt. Wir haben schon fünfundzwanzig Prozent unserer Bevölkerung verloren, und dieses letzte Virus ist ein Prachtexemplar. Ich möchte hier vor Ort zwei Mikrobenspürer haben und, sagen wir, zwei Flottengeschwader. Ich glaube kaum, daß unsere Freunde sich noch lange mit dem Ausstreuen von Viren abgeben werden. Sie haben uns schon ziemlich weich gekriegt. Sie kommen jetzt näher, und wenn sie erst mal in Schußposition sind, werden sie sehr bald anfangen, uns zu durchlöchern. Also sag dem Flotten-Hauptquartier Bescheid, bitte, Herzchen, daß sie für uns eine Flotte für einen ernsthaften Gegenschlag mobilisieren sollen.

Ich werd's weitergeben. Aber warum hast du nicht direkt Verbindung zu ihnen aufgenommen?

Verbindung zu wem? Wozu? Ich kenne eure Organisation auf der Erde nicht. Du bist die einzige, die ich hören kann.

Nicht mehr lange, wie ich meine Chefs kenne.

Du kennst vielleicht deine Chefs, aber mich kennst du nicht.

Das läßt sich jederzeit einrichten.

Jetzt ist keine Zeit zum Flirten. Sei ein braves Mädchen und gib die Nachricht für mich weiter.

Was für eine Nachricht?

Die ich dir gerade gegeben habe.

Die alte? Sie sagen, du kannst morgen früh, sobald wir aus dem Jupiter-Schatten sind, zwei Mikrobenspürer kriegen. Aber keine Geschwader, sagt die Erde. Keinen bewaffneten Angriff.

Du kannst gleichzeitig mit zwei Leuten reden, was? Du hast Talent. Aber morgen früh nützt uns nichts. Wir brauchen sie jetzt. Wir müssen so viele gesunde Körper wie möglich haben. Kannst du nicht die Medikamente rüber-

174

schicken ... nein, kannst du nicht, solange die Masse des Ju-
piters dazwischen ist, oder? Entschuldige, ich hab gerade die
Daten über eure Station gefunden. Unter Diverse Rauman-
lagen. Aber schau mal, wenn sechs Viren kein bewaffneter
Angriff sind, was ist dann einer?

Geschosse sind ein bewaffneter Angriff, sagte Rowan
entschieden.

Ehrlich gesagt, mir wären Geschosse lieber. Die kann ich
sehen. Ich brauche diese Mikrobenspürer sofort. Kannst du
mit deinem hübschen Köpfchen keine Lösung finden?

Wie du schon sagtest, erst in ein paar Stunden.

Beim Pferdekopf, Frau! Aus der schleppenden Stimme
wurde ein scharfes gedankliches Brüllen. *Meine Familie,*
meine Freunde, mein Planet liegen im Sterben.

Sieh mal, in ein paar Stunden bedeutet hier, daß wir hin-
ter dem Jupiter sind. Aber ... warte! Wie groß ist deine
Reichweite?

Weiß ich wirklich nicht. Und der entschiedene Ton der
Gedanken verlor etwas an Sicherheit.

»Ackerman!« Rowan wandte sich ihrem Stationsmeister zu.

»Ich habe mitgehört.«

Bleib dran, Deneb, mir ist etwas eingefallen. Ich kann dir
deine Mikrobenspürer schicken. Sei in einer halben Stunde
wieder kontaktbereit.

Rowan wirbelte zu Ackerman herum. »Ich will
meine Kapsel haben.« Ihre Augen funkelten, und das
Gesicht brannte. »Afra!«

Der nach ihr Ranghöchste in der Station, der gutaus-
sehende gelbäugige T4 von Capella, erhob sich aus
dem Sessel, aus dem er sie still betrachtet hatte.

»Ja, Rowan?«

Sie ließ den Blick über die Männer in dem Raum
schweifen und jeden in dem wundersamen Lächeln
baden, das den empfindsamen Ackerman so durchein-
anderbrachte.

»Ihr müßt mir alle helfen. Ich muß langsam über den

Horizont Jupiters gehoben werden«, sagte sie zu Afra. Ackerman war schon dabei, die Dynamos einzuschalten, und Bill Powers tippte die nötigen Befehle ein, damit ihre Spezialkapsel ins Startlager gebracht wurde. »Richtig langsam, Afra. Und dann muß es schnell gehen.« Sie holte tief Luft.

Wie alle Primärtalente, war sie außerstande, sich selbst durch den Weltraum zu 'portieren. Ihre Reise vom Atair zur Kallisto hatte sie schwer mitgenommen. Primärtalente litten unter besonders schwerer Platzangst. Viele konnten auch keine Höhe ertragen. Manche sagten, Rowan sei schon sehr tüchtig, daß sie die Treppe zu ihrem Tower hinaufsteigen konnte. Während die sich bedrohlich auftürmende Masse des Jupiter bei anderen ›Fallpsychosen‹ hervorrief, verlieh sie ihr paradoxerweise Sicherheit. Wenn der Planet im Wege war, konnte sie nicht weit in die grenzenlose Leere des Raumes ›fallen‹.

Eine der notwendigen Sicherheitsmaßnahmen – für den Fall eines Meteoritenregens auf der Kallisto – war es, daß Rowan eine persönliche Kapsel hatte, undurchsichtig und speziell eingerichtet, gepolstert und programmiert, um die lähmende Empfindung von ›Bewegung‹ einzuschränken. Mit harter Selbstdisziplin hatte sich Rowan daran gewöhnt, kurze Notausflüge zu üben.

Sobald sie sah, daß sich die Kapsel ins T-Lager senkte, holte sie abermals tief Luft und verschwand aus der Station, um neben dem Transportmittel wieder aufzutauchen. Sie ließ sich behutsam auf die Schock-Liege der Kapsel sinken. Sobald das Pfeifen der Schleuse verstummte, ›wußte‹ sie, daß Afra sie sacht, sacht über die Kallisto hob. Sie verspürte nicht die geringste Bewegung. Dennoch klammerte sie sich fest an Afras beruhigende gedankliche Berührung. Erst als die Kapsel ihre Position über dem gewaltigen Rund des Jupiters eingenommen hatte, antwortete sie auf den dringlichen Ruf aus der Erdzentrale.

Was, zum Kuckuck, treibst du denn da, Rowan? Reidingers Baßstimme knisterte in ihrem Schädel. *Hast du den Rest deines kostbaren Verstandes verloren?*

Sie tut mir einen Gefallen, sagte Deneb, der sich ihnen unvermittelt zugesellte.

Wer, zum Teufel, sind Sie? wollte Reidinger wissen. Dann, völlig überrascht: *Deneb? Wie sind Sie hierhergekommen?*

Durch Wunschdenken. He, reichen Sie meiner hübschen Freundin hier diese Mikrobenspürer rüber, ja?

Also, Moment mal! Sie gehen ein bißchen zu weit, Deneb. Sie können nicht meine beste Prima mit so einer ungestützten Sendung ausbrennen.

Oh, ich werd das Zeug auf halbem Wege auffangen. Wie die Antibiotika heute morgen.

Deneb, was ist mit diesen Antibiotika und Mikrobenspürern los? Was brüten Sie dort in diesem Nest aus?

Oh, wir bekämpfen bloß mit der einen Hand ein paar Seuchen und halten uns mit der anderen drei fiese Aliens weiter oben vom Halse. Deneb ließ sie an seinem Blick auf ein riesiges Hospital teilhaben, auf einen ständigen Strom eintreffender Rettungsflüge, finster dreinblickende Schwestern und Ärzte in überfüllten Krankenzimmern und Berge von reglosen Gestalten in Leichentüchern. Dann folgte ein Bildschirm mit der Anordnung von Leuchtpunkten auf einer Umlaufbahn. *Wir hatten weder Zeit noch Technik, um sie zu identifizieren, aber unser Sicherheitschef sagt, daß er sowas noch nie gesehen hat.*

Hm, das war mir nicht klar. Gut, ihr könnt alles kriegen, was ihr wollt – in vernünftigen Grenzen. Aber ich will einen kompletten Bericht.

Und Patrouillengeschwader?

Reidingers Ton wurde ungeduldig. *Sie haben offensichtlich eine übertriebene Vorstellung vom Einfluß der VT&T. Wir sind die Post, nicht die Kavallerie. Ich kann nicht einfach so Patrouillengeschwader mobilisieren!* Es folgte ein gedankliches Fingerschnipsen.

Würden Sie vielleicht ein paar Takte in das zuständige Ohr sagen? Diese Aliens können heute nacht Deneb aufrollen und sich morgen an Terra machen.

Natürlich schicke ich einen Bericht ab, aber ihr Siedler habt euch auf die Risiken eingelassen, als ihr euch beworben habt!

Sie sind zu gütig, sagte Deneb.

Einen Moment lang schwieg Reidinger. Dann sagte er: *Mikrobenspürer verpackt, Rowan. Übernimm sie und wirf sie raus.* Und der Gedankenkontakt zu ihm brach ab.

Rowan – das ist'n hübscher Name, sagte Deneb.

Danke, sagte sie geistesabwesend. Sie hatte Reidingers Startimpuls verfolgt und nahm die beiden Passagiermodule in Empfang, als sie sich neben ihrer Kapsel materialisierten. Sie legte sich in die Dynamos der Station und sammelte Kraft. Die Generatoren heulten auf, und sie gab Schub. Die Module verschwanden.

Sie kommen, Rowan. Vielen Dank.

Ein leidenschaftlicher und zärtlicher Kuß wurde ihr über die trennenden Lichtjahre hinweg zugeworfen. Sie versuchte, die Module zu verfolgen und wieder mit ihm in Berührung zu kommen, doch er war nicht mehr auf Empfang.

Sie ließ sich auf die Liege zurücksinken. Denebs plötzliches Auftauchen war unermeßlich verwirrend gewesen. Die Kraft, die Vitalität seines Geistes übte eine magnetische Anziehung aus. Es war, als sei er bei ihr in der Kapsel gewesen und hätte sie mit seinem Humor und seiner Wärme angefüllt. Das war es! Er war warmherzig zu ihr gewesen, und sie hatte sich in dieser Empfindung geaalt wie in der Sonne. Seit Turian, an den sie oft wehmütig zurückdachte, hatte sie nie eine derart unvermittelte Reaktion auf jemanden zustande gebracht.

Oh, sie hatte immer Rückkopplung, Kontakt mit anderen gehabt. Im Grunde mit jedem, mit dem sie wollte, doch bei jedem, dessen Fähigkeiten unter ihren eigenen lagen, hatte es immer eine Unbeholfenheit gegeben, ein Zögern, das ihr ein Näherkommen verwehrte. Siglen hatte jedenfalls ihre privatesten Gedanken strikt abgeschirmt und das gönnerhaft damit erklärt, daß es nicht nötig sei, ›alte Sorgen auf junge Schultern zu packen‹. Bis zum heutigen Tage betrachtete Siglen Rowan immer noch als ›nur ein Kind‹, obwohl sie nun seit fast zehn Jahren Kallisto-Prima war.

Es kam immer noch vor, daß Rowan wünschte, Lusena wäre noch am Leben und bei ihr. Sie hatte ihr so viel Trost gegeben, so viel Unterstützung, und sie hatte so fest an ihre Zukunft geglaubt, an die von Yegrani verheißene Zukunft: ein kurzlebiges Versprechen. Und so hatte sich Rowan bemüht, sich selbst zu verstehen, wie sie sich zuvor um die perfekte Kontrolle ihres *Talents* bemüht hatte.

»Wir, die wir mit außergewöhnlichen Kräften gesegnet sind«, hatte Siglen gern trübsinnigen Tones erklärt, »können keine gewöhnlichen Freuden erwarten. Wir haben die Verpflichtung, unser *Talent* zum Wohle der ganzen Menschheit zu nutzen! Es ist unser Schicksal, ausgesondert und allein zu sein, um uns um so mehr auf unsere Pflichten zu konzentrieren.«

Nur Turian hatte sich als Ausnahme erwiesen. Das jedoch war nun zehn lange Jahre her. Und männliche Primärtalente hatten keine Schwierigkeiten, geeignete Partnerinnen zu finden.

Reidinger hatte eine Schar Kinder mit unterschiedlichen Graden an Fähigkeiten. David von Beteigeuze war abgöttisch in seine T2-Frau verliebt und konzentrierte sich auf die Pflicht, sein System mit so viel hochtalentiertem Nachwuchs zu versorgen, wie seine Frau duldete. Rowan empfand keinerlei persönliche Zuneigung zu David, obwohl sie zufriedenstellend mit ihm zusammenarbeiten konnte. Capella war so exzentrisch, wie Siglen konservativ war, und ihre Persönlichkeit lag

Rowan nicht. Bei all der geistigen Rückkopplung, die Rowan mit anderen Primärtalenten hatte, war keiner von ihnen wirklich ›offen‹ für sie. Reidinger hatte für gewöhnlich wenigstens Verständnis für manche von ihren Problemen, doch er mußte jederzeit für die unzähligen Probleme des VT&T-Systems zur Verfügung stehen. Und Rowan empfand die Einsamkeit, die Yegrani vorhergesagt hatte, ganz ohne Abstriche.

Als Rowan gerade in die Kallisto-Basis versetzt worden war, hatte sie geglaubt, die Worte der Prophezeiung hätten sich darauf bezogen, denn sie war ein Brennpunkt. Nach ein paar Monaten Routine war Rowan schwer desillusioniert. Sie war nützlich, ja, sogar wesentlich für den reibungslosen Fluß von Material und Nachrichten zwischen den Hauptstädten der Liga, doch jedes andere Primärtalent hätte das ebensogut erledigt.

Als ihre Begeisterung abgeflaut war, zog sie sich auf Siglens dogmatisches Training zurück und gab sich größte Mühe, Befriedigung, wenn nicht Erfüllung, darin zu finden, daß sie eine schwierige und anstrengende Arbeit gut erledigte, und sie unterdrückte ihre zunehmende Empfindung der Isolation. Reidinger, der um ihre verheerende Einsamkeit wohl wußte, hatte die Neun-Sterne-Liga nach starken männlichen *Talenten* durchkämmt, T3s und T4s wie Afra, doch sie war nie mit einem davon warm geworden.

Sie konnte Afra gut leiden, und nicht nur wegen des Versprechens, das sie seiner Schwester Goswina gegeben hatte, aber doch nicht allzu gut. Der erste männliche T2, der in der Neun-Sterne-Liga entdeckt worden war, war entschieden homosexuell gewesen. Und nun war auf Deneb ein T1 aus dem Nichts aufgetaucht – und so ungeheuer weit entfernt.

Afra, hol mich jetzt zurück, sagte sie, als sie plötzlich körperliche und seelische Erschöpfung verspürte.

Afra landete die Kapsel mit grenzenloser Sorgfalt.

Nachdem die anderen die Station verlassen hatten, blieb Rowan lange in dem persönlichen Modul liegen. Mit ihrer niemals schlafenden Wahrnehmung wußte sie, daß Ackerman und die anderen in ihre Wohnungen gegangen waren, bis die Kallisto wieder hinter Jupiters Masse hervortrat. Alle hatten einen Ort, wo sie hingehen konnten, jemanden, der sie erwartete – außer Rowan, die das alles ermöglichte. Die bittere, schneidende Einsamkeit, die in ihren freien Stunden über sie kam, stieg hoch – die Frustration, daß sie nicht über Afras scharf abgegrenzte Reichweite hinaus den Mond verlassen konnte, allein, allein mit ihrem zweischneidigen *Talent.* Trübes Grün und Schwarz überfluteten ihren Geist, bis sie sich an den ihr zugeworfenen Kuß erinnerte. Plötzlich und vollständig fiel sie zum erstenmal seit zwei Wochen in ruhigen Schlaf.

Rowan. Es war Denebs Berührung, die sie weckte. *Rowan, bitte wach auf.*

Hmmm? Sie reagierte langsam, denn der Schlaf war tief und nötig gewesen.

Unsere Gäste werden rabiater ... Nachdem die Mikrobenspürer ... ein Breitband-Antibiotikum produziert haben ... dachten wir ..., sie würden aufgeben ... Keine Spur. Sie ... belegen uns ... mit Geschossen ... Bestell das ... deinem Freund, dem ... Weltraum-Advokaten ... Reidinger.

Du spielst Tennis mit Geschossen? Rowan war nun hellwach und alarmiert. Sie spürte, wie Denebs Kontakt kam und ging: Er mußte damit beschäftigt sein, das Bombardement abzulenken.

Ich brauch Unterstützung, Herzchen, welche wie dich und ... alle Zwillingsschwestern, die du gerade ... zur Hand hast. Spring hier ... rüber, ja?

Rüberspringen? Was? Ich kann nicht!

Warum nicht?

Ich kann nicht! Ich bin nicht imstande! Rowan stöhnte und warf sich gegen das Gewebe der Liege.

Aber ich muß ... Hilfe ... kriegen, sagte er und ging unter.

Reidinger! Der Ruf Rowans war ein Schrei.

Rowan, es ist mir egal, ob du eine T1 bist. Meine Geduld hat ihre Grenzen, und du hast, verdammt noch mal, jede einzelne davon strapaziert, du kleine weißhaarige Äffin!

Sie zuckte zusammen. Sie blockte automatisch ab, hielt den Kontakt mit ihm aber fest. *Jemand muß Deneb helfen!* schrie sie und übermittelte den Notruf.

Was? Er macht Witze!

Wie könnte er – nach sowas?

Hast du die Geschosse gesehen? Hat er dir gezeigt, was er wirklich tat?

Nein, aber ich habe gespürt, wie er sie wegstieß. Und seit wann mißtraut einer von uns dem anderen, wenn der um Hilfe bittet?

Seit Eva Adam eine rosige runde Frucht gegeben und »Iß das« gesagt hat. Reidingers zynische Erwiderung knisterte durch den Raum. *Und genauer gesagt, seit Deneb nicht ins Primär-Netz integriert ist. Wir können nicht sicher sein, wer oder was er ist – noch, wo genau er sich befindet. Ich kann ihm jedenfalls nicht blindlings glauben. Also gut. Versuche eine Verbindung herzustellen, so daß ich ihn selber hören kann.*

Ich kann ihn nicht erreichen. Er hat zuviel zu tun, Geschosse in den Weltraum zu schnipsen.

Das glaub ich, wenn ich sie seh. Zunächst mal, wenn er so gut ist, wie er behauptet, braucht er bloß alles andere Talent-Potential auf seinem Planeten einzuspannen. Weiter braucht er keine Hilfe.

Aber ...

Kein Aber, und laß mich in Ruhe. Ich habe jetzt genug Amor gespielt. Zwischendurch habe ich noch ein Unternehmen – und sieben Systeme – beisammen zu halten. Mit dieser schneidenden Zurückweisung unterbrach Reidinger den Kontakt.

Rowan lag auf ihrer Liege, von Reidingers Erwiderung verblüfft. Er war immer beschäftigt, immer schroff. Aber er war nie dumm und unvernünftig gewesen. Während da draußen Deneb schwächer wurde. Sie verließ die Kapsel und eilte zum Tower. Sie müßte imstande sein, etwas zu unternehmen, sobald Kallisto aus dem Jupiterschatten getreten und die Station betriebsbereit war. Doch als die eintreffende Fracht sich in den T-Lagern zu stapeln begann, waren darunter keine Flotteneinheiten, die nach Deneb verschickt werden sollten.

»Es muß möglich sein, etwas für ihn zu tun, Afra. Es muß!« sagte Rowan, und irrationale Furcht preßte ihr die Kehle zusammen. »Mir ist egal, was Reidinger gesagt hat: Deneb ist echt in Gefahr, und *Talente* helfen einander!«

Afra betrachtete sie betrübt und mitfühlend, im Begriff, ihr auf die schmale Schulter zu klopfen.

»Welche Hilfe haben wir zu bieten, Rowan? Nicht einmal du kannst die ganze Strecke bis zu ihm überbrücken. Und Reidinger ist nicht befugt, Patrouillengeschwader anzufordern. Wie wäre es, wenn alle anderen *Talente* auf seinem Planeten gebündelt werden? Er kann doch nicht der einzige sein!«

»Er braucht die Hilfe eines Primärtalents, und ...« Niedergeschlagen senkte sie den Kopf.

»Und du kommst gerade mal über den Kallisto-Horizont«, beendete Afra an ihrer Stelle den Satz. »Und das ist mehr, als andere Primen schaffen.«

Himmel! Geschoß im Anflug! Ackermans Gedankenruf überraschte sie beide.

Sofort kontaktierte Rowan den Stationsmeister und sah durch seine Augen den kaum benutzten Raumüberwachungsschirm, der jetzt hektisch piepste. Rowan ortete und tastete dann in den Raum hinaus. Der Eindringling, ein kompliziert gebautes Geschoß, das tödliche Strahlung verströmte, kam von jenseits des Uranus herangeschossen. Sie errötete schuldbewußt, denn sie hätte es früher als der Schirm entdecken müssen. Es blieb keine Zeit, die leerlaufenden Dynamos hochzufahren. Das Geschoß näherte sich zu schnell. Deneb war zweifellos dabei, Reidinger seine Notlage zu beweisen! Sie staunte über seine Dreistigkeit, das Geschoß der Aliens ins Zentralsystem zu schicken.

Jeder auf diesem Mond soll seinen Geist offenhalten! Die Botschaft Rowans konnte niemand überhören. *Mauli! Mick! Legt los!* Sie fühlte die Kraft heranfluten, als achtundvierzig *Talente* auf Kallisto, einschließlich Ackermans zehnjährigem Sohn, verstärkt von den Zwillingen, ihrer Aufforderung folgten. Sie nahm ihre Energie auf – vom geringsten Zwölfer bis zu Afras kerniger 4 – und schleuderte sie der fremden Bombe entgegen. Einen Moment lang mußte sie sich mit deren ganz andersartiger Konstruktion und Zusammensetzung abgeben. Mit dem gesammelten Potential der Verschmelzung fiel es ihr recht leicht, den Mechanismus zu deaktivieren und das spaltbare Material des Sprengkopfes in die kochende Masse des Jupiter zu werfen.

Sie gab jene, die mit ihr verschmolzen waren, frei und ließ sich auf die Liege zurücksinken.

»Wie, zum Teufel, hat Deneb das gemacht?« fragte Afra aus seinem Sessel. »Reidinger wird fuchsteufelswild sein!«

Sie schüttelte müde den Kopf. »Nein, aber es beweist, daß Denebs Problem echt ist!«

Ohne die Dynamos hatte es kein Gesamt gegeben, um als Trägerwelle für ihre Anstrengung zu wirken. Sogar mit Hilfe der anderen – und sie alle zusammen kamen nicht auf ein Drittel der Stärke eines weiteren Primärtalents – war es ermüdend gewesen. Sie dachte daran, wie Deneb – allein, ohne VT&T-Station oder geschultes Hilfspersonal – das wieder und wieder tat, und immer wieder – und ihr Herz krampfte sich zusammen.

Laß die Dynamos warmlaufen, Brian. Wahrscheinlich kommen noch mehr von diesen Geschossen.

Afra schaute verwundert auf.

»Um zu illustrieren, was Deneb deutlich machen will, Afra.« *Hier ist Prima Rowan von Kallisto, Alarm für Erdprimus und alle anderen Primen! Vorbereiten auf möglichen Angriff von Geschossen mit Nuklearsprengköpfen außerirdischer Herkunft. Alarmiert alle Raumstationen und Patrouillenkräfte.* Sie kam von ihrem ruhig-offiziellen Ton ab und fügte wütend hinzu: *Wir müssen jetzt Deneb helfen – wir müssen! Das ist keine vereinzelte Aggression gegen eine vorgeschobene Kolonie mehr. Es ist ein gezielter Angriff auf unsere Zentralwelt!*

Rowan! Ehe Reidinger mehr als ihren Namen übermitteln konnte, öffnete sie sich ihm und zeigte die fünf neuen Geschosse, die sich Kallisto näherten. *Heiliger Bimbam!* Reidingers Geist strahlte Ungläubigkeit aus. *Was hat uns unser kleiner Mann da eingebrockt?*

Wollen wir's herausfinden? fragte Rowan in tödlich süßem Ton.

Reidinger sendete Ungeduld, Wut, Kummer und dann Erschrecken, als er ihre Absicht erfaßte. *Der Plan wird nicht funktionieren. Es ist unmöglich. Wir können nicht verschmelzen, um zu kämpfen. Wir alle sind zu egozentrisch. Zu labil. Wir würden uns gegenseitig bekämpfen und ausbrennen.*

Sie, ich, Atair, Beteigeuze, Prokyon und Capella. Wir können es schaffen. Wenn ich eins von diesen verdammten Geschossen mit nur achtundvierzig minderen Talenten und keinem Gesamt deaktivieren konnte, müßten sechs Primen plus volle Energie imstande sein, jede Art von Geschoß wegzufegen. Dann können wir mit Deneb verschmelzen, um ihm zu helfen, dann sind wir zu siebt. Ich möchte die Aliens sehen, die so einem Angriff widerstehen können!

Sieh mal, Mädchen, erwiderte Reidinger fast bittend, *wir kennen sein Maß nicht. Wir können nicht einfach verschmelzen – er könnte uns auseinandersprengen oder wir ihn ausbrennen. Wir kennen ihn nicht. Wir können keinen Telepathen von unbekannter Fähigkeit ausloten.*

Sie sollten lieber das Geschoß abfangen, das auf Sie zukommt, sagte sie ruhig. *Ich kann nicht mehr als zehn gleichzeitig erledigen und dabei noch ein vernünftiges Gespräch führen.* Sie spürte, wie Reidingers Widerstand gegen ihren Plan erlahmte. Sie hakte nach. *Wenn Deneb allein mit einem planetenweiten Bombardement fertig wird, zeigt das sehr gut seine Stärke. Ich werde die Ego-Verschmelzung durchführen, weil ich es verdammt heftig will. Außerdem bleibt uns jetzt kein anderer Weg, oder?*

Wir könnten Patrouillengeschwader hinschicken.

Das hätte geschehen müssen, als er zum erstenmal darum bat. Jetzt ist es zu spät.

Ihr Gespräch hatte nur ein paar Sekunden gedauert, doch noch mehr Geschosse näherten sich. Die Erde selbst wurde angegriffen!

In Ordnung, sagte Reidinger wütend und resigniert zugleich und nahm Kontakt zu den anderen Primen auf.

Nein, nein, nein! Ihr werdet sie ausbrennen — sie ausbrennen, die Ärmste! brabbelte die alte Siglen von Atair aufgeregt. *Laßt uns bei unserm Leisten bleiben — wir dürfen uns nicht in den Vordergrund stellen, nein, nein, nein! Dann würden die Aliens uns angreifen.*

Sei still, Eisenhose, sagte David.

Es ist unsere Pflicht, Siglen, du weißt das! Wir müssen einfach! schaltete sich Capella giftig ein. *Gleich hart zuschlagen, das ist am sichersten!*

Siglen hat recht, Rowan ..., sagte Reidinger. *Er könnte dich ausbrennen.*

Das will ich riskieren.

Zum Teufel mit Deneb, daß er das alles angefangen hat! Reidinger gab sich keine besondere Mühe, seinen Unmut abzuschirmen.

Wir müssen es tun. Und zwar jetzt!

Zuerst zögernd und dann mit erstaunlich wachsender Kraft sprudelte die geballte Energie der fünf anderen VT&T-Primen, unterstützt von der mechanischen

Leistung von sechs großen Stationsaggregaten, in Rowan. Sie wuchs, wuchs und gewahrte nur vage, wie der mickrige Bombenschwarm der Aliens wie ein paar Mücken weggefegt wurde. Sie wuchs, wuchs, bis sie sich als Koloß fühlte, größer als der bedrohliche Jupiter. Langsam, vorsichtig, zögernd, denn die massive Kraft wurde nur von ihrer bewußten Kontrolle gebremst, griff sie nach Deneb aus.

Sie wirbelte großartig weiter, erstaunt, welch eine grenzenlose Kraft sie geworden war. Sie kam an dem kleinen Schwarzen Zwerg vorbei, der auf halbem Wege lag. Dann spürte sie den Geist, nach dem sie suchte – er war müde, am Ende, fast taub vor Erschöpfung, führte aber unbeirrbar seine fast automatischen Reaktionen fort.

O Deneb, Deneb! Sie war so erleichtert, so dankbar, ihn bei seinem verzweifelten Kampf zu finden, daß sie verschmolzen, noch ehe ihr Ego Widerstand auch nur andeuten konnte. Sie gab die am besten gehüteten Teile ihres Ich für ihn auf, und damit floß die massierte Kraft, die in ihr lag, in ihn. Der müde Geist des Mannes wuchs, heilte, wurde stark und blühte auf, bis sie nur noch ein Bruchteil war, in seinem immensen geistigen Ganzen aufging. Plötzlich sah sie mit seinen Augen, hörte mit seinen Ohren, fühlte mit seinem Gefühl, war in den titanischen Kampf einbezogen.

Der grünliche Himmel über ihnen war mit Pilzwölkchen gesprenkelt, und die Hügel ringsum waren von Kratern von jenen Geschossen zerrissen, die er von ihren Zielen abgelenkt hatte. Nun schleuderte er das Bombardement aus drei immensen Raumschiffen mit Leichtigkeit fort.

Laßt uns da raufgehen und sehen, was das für welche sind, sagte das Reidinger-Segment. *Jetzt!*

Deneb näherte sich den drei riesigen marodierenden Schiffen. Der Gesamtgeist gewann einen unauslöschlichen Eindruck von den Eindringlingen, Spinnengestal-

ten, die in Innenräumen herumkrabbelten, welche an komplizierte Netze erinnerten. Dann zerschlug Deneb im Handumdrehen die Schiffshüllen von zweien und verstreute den Inhalt in den Raum. Den Insassen des überlebenden Schiffs vermittelte er einen nachhaltigen Eindruck von den Primen und der Unzerstörbarkeit der Welten in diesem Teil der Galaxis. Mit einem einzigen großen Impuls schleuderte er das Schiff von seinem erschöpften Planeten fort, ließ es weiter weg trudeln, als es hergekommen war, in die endlose schwarze Leere.

Er dankte den Primen für die unvergleichliche Vervollkommnung, die die Verschmelzung gebracht hatte, und übermittelte in einer Millisekunde die ergriffene Dankbarkeit eines ganzen Planeten, der so knapp der Vernichtung entgangen war. Diese unglaubliche Schlacht konnte niemals in Vergessenheit geraten, und künftige Generationen würden den unvergleichlichen Sieg feiern.

Rowan spürte, wie sich die Verbindungen auflösten, als ihn die anderen Primen mit gemurmelten Höflichkeiten verließen. Deneb nahm ihren Geist eng an seinen und hielt ihn da. Dann waren sie allein, er öffnete ihr alle seine Gedanken, so daß sie ihn ebenso intim kannte, wie er sie.

Liebe Rowan. Schau dich um. Es wird eine Weile dauern, bis Deneb wieder schön ist, doch wir werden ihn wunderbarer machen als je zuvor. Komm und lebe mit mir, meine Liebste.

Der gequälte Protestschrei Rowans vibrierte grausam durch ihrer beider bloßliegenden Geist.

Ich kann nicht. Ich bin dazu nicht imstande! Sie schreckte vor ihrem eigenen Ausbruch zurück und schloß ihr Innerstes ab, so daß er den betrüblichen Grund nicht sehen konnte. Geist und Herz waren mehr als willig, schwaches Fleisch hielt sie im Bann. Im Augenblick seiner Verwirrung zog sie sich in jenen verräterischen Körper zurück, in der Qual der Zurückweisung aufgebäumt. Dann krümmte sie sich zu einem festen Knoten zusammen, ihr Körper zitterte von den Nachwirkungen der Anstrengung und der Verleugnung.

Rowan! erklang sein Schrei. *Rowan! Ich liebe dich!*

Sie stumpfte den äußeren Rand ihrer Wahrnehmung gegen alles ab, in ihrem Sessel vorgekrümmt. Afra, der geduldig bei ihr gewacht hatte, während ihr Geist weit entfernt war, berührte ihre Schulter.

O Afra! So nahe und so weit weg zu sein. Unser Geist war eins. Unsere Körper sind für immer getrennt. Deneb! Deneb!

Rowan zwang ihrem ramponierten Ich das Vergessen des Schlafes auf. Afra hob sie sacht auf und trug sie zur Liege in ihrem Zimmer. Er schloß die Tür und ging still hinab. Er stellte einen Stuhl so, daß er die Füße auf die Fußstrebe legen konnte, und machte sich ans Warten, das hübsche Gesicht von Sorge umdüstert, während die gelben Augen Feuchtigkeit wegblinzelten.

Afra und Ackerman kamen zur einzig möglichen Schlußfolgerung: Rowan hatte sich ausgebrannt. Sie würden es Reidinger sagen müssen. Es war achtundvierzig Stunden her, seit sie den letzten Kontakt zu ihrem Geist hatten. Ihre zögernden Bitten um Unterstützung hatte sie nicht gehört oder ignoriert. Afra und Ackerman konnten mit Hilfe der Generatoren einen Teil der Routinefracht erledigen, aber es waren zwei Passagierschiffe angekündigt, und das ging nicht ohne sie. Sie lebte, aber das war auch alles: Ihr Geist zeigte sich gegenüber jeder Berührung leer. Zuerst hatte Ackerman angenommen, daß sie im Begriff war, sich zu erholen. Afra hatte es besser gewußt und jene achtundvierzig Stunden hindurch inständig gehofft, sie würde ihre trostlose Situation akzeptieren.

»Ich werde es Reidinger sagen müssen«, sagte Ackerman zögernd zu Afra.

Also, wo ist Rowan? fragte Reidinger. Ein Augenblick des Kontakts mit Afra, und er wußte es. Auch er seufzte. *Wir müssen sie einfach irgendwie wieder auf die Beine kriegen. Sie ist nicht ausgebrannt, wenigstens etwas Gutes.*

Ist es das? erwiderte Afra bitter. *Wenn Sie gleich auf sie gehört hätten ...*

Ja, gewiß, schnitt ihm Reidinger brüsk das Wort ab. *Wenn ich ihrem Herzallerliebsten die Patrouillengeschwader besorgt hätte, wie sie es wollte, hätte sie nicht an eine Verschmelzung mit ihm gedacht. Ich habe soviel Druck auf sie ausgeübt, wie ich wagen konnte. Aber als dieser junge Laffe auf Deneb anfing, uns mit abgelenkten Geschossen zu belegen ... Nun ja, mit dieser Entwicklung hatte ich nicht gerechnet. Wenigstens haben wir sie zum Handeln anspornen können. Noch dazu außerhalb des Planeten.* Er seufzte. *Ich hatte gehofft, die Liebe könne wenigstens einer Prima Flügel verleihen.*

Waaas?! brüllte Afra. *Soll das heißen, diese Schlacht war inszeniert?*

Schwerlich. Wie gesagt, wir hatten die Aliens nicht vorausgesehen. Wir hatten angenommen, Deneb habe es nur mit einer mutierten Virusseuche zu tun. Nicht mit Aliens.

Sie haben also nichts davon gewußt?

Natürlich nicht! Reidinger klang empört. *Oh, daß Deneb sich um biologische Unterstützung an uns wandte, war zunächst reiner Zufall. Ich habe es als einen Wink der Vorsehung genommen, eine Gelegenheit, um zu sehen, ob ich nicht die Platzangst-Psychose durchbrechen könnte, die wir alle haben. Rowan ist die jüngste von uns. Wenn ich sie hätte dazu bringen können, zu ihm zu gehen, körperlich – aber es ist mir mißlungen.* Reidingers Resignation stimmte auch Afra traurig. Man betrachtete den Zentral-Primus nicht als fehlbaren Menschen. *Die Liebe ist nicht so stark, wie ich dachte. Und wo ich neue Primen her-*

nehmen soll, wenn ich keine züchten kann, weiß ich nicht. Ich hatte gehofft, daß Rowan und Deneb ...

Als Kuppler ...

Ja, ich sollte es sein lassen ...

Afra brach den Kontakt abrupt ab, als die Tür zum Tower aufging und Rowan – eine schwache, blasse, sehr stille Rowan – herabkam.

Sie lächelte entschuldigend. »Ich hab lange geschlafen.«

»Du hattest einen anstrengenden Tag«, sagte Afra sanft, »vorgestern.«

Sie blinzelte und lächelte dann, um Afra zu beruhigen. »Ich bin noch ein bißchen durcheinander.« Dann runzelte sie die Stirn. »Habe ich euch beide gerade mit Reidinger reden hören?«

»Wir haben uns Sorgen gemacht«, erwiderte Ackerman. »Es sollen zwei Passagierschiffe ankommen, und für Afra und mich ist der Umgang mit menschlicher Fracht einfach nichts, weißt du.«

Rowan lächelte bedauernd. »Ich weiß. Bin schon fertig.« Langsam ging sie zurück in den Tower.

Ackerman schüttelte traurig den Kopf. »Es hat sie wirklich schwer getroffen.«

Ihre gezügelte Haltung brachte nicht die Erleichterung, die ihr Personal sich einst davon erhofft hatte. Die Arbeit verlief an diesem Tag in monotoner Effizienz, ganz ohne das Drumherum und die Launen, die sie früher in Trab gehalten hatten. Die Leute gingen wie Automaten umher, angesichts so einer tragischen Rowan niedergeschlagen. Das war vielleicht der Grund, warum niemand besonders Notiz von einem Besucher nahm. Erst als Ackerman hinter seinem Schreibtisch aufstand, um neuen Kaffee zu holen, bemerkte er den jungen Mann in einfacher Reisekleidung, der still dasaß.

»Sie sind mit dem letzten Shuttle gekommen?«

»Hm, sozusagen.« Er sprach mit bescheidener

Zurückhaltung und stand auf. »Ich möchte mit Rowan sprechen. Reidinger hat mich heute vormittag in seinem Büro eingestellt.« Dann lächelte er.

Flüchtig fühlte sich Ackerman an das Wunder erinnert, wenn Rowan plötzlich lächelte, daß es einem warm ums Herz wurde. Das Lächeln dieses Mannes war voll ungebremster magnetischer Kraft, während in seinen strahlend blauen Augen gute Laune und Freundlichkeit funkelten. Ackerman ertappte sich dabei, daß er wie ein Idiot zurückgrinste und vortrat, um dem Mann kräftig die Hand zu schütteln.

»Sehr schön, Sie kennenzulernen. Wie heißen Sie?«

»Jeff Raven. Ich bin gerade von ...«

»He, Afra, mach dich mit Jeff Raven bekannt. Hier, nehmen Sie 'ne Tasse Kaffee. Ist ein etwas holpriger Weg vom Startgelände hier rauf, was? Waren Sie schon mal in 'ner Primärstation?«

»Also eigentlich ...«

Toglia und Loftus schauten von ihren Computern herüber, um sich den Adressaten solch ungewöhnlicher Herzlichkeit anzusehen. Sogleich waren sie ebenso eifrig, diesen charismatischen Fremden zu begrüßen. Raven nahm mit freundlichem Dank die Tasse Kaffee von Ackerman an, der dann seine besonders begehrten Pfefferkuchen anbot, die seine Frau vorzüglich herzustellen verstand. Der Stationsmeister hatte das Gefühl, er müssen diesem prächtigen Kerl noch etwas geben, es war so ein Vergnügen gewesen, ihn mit Kaffee zu versorgen.

Afra betrachtete den Fremden still, die ruhigen gelben Augen ein wenig überschattet. »Hallo«, murmelte er bekümmert in seltsamem Tonfall.

Jeff Ravens Lächeln veränderte sich unmerklich. »Hallo«, erwiderte er, und zwischen den beiden Männern wurde mehr ausgetauscht als nur ein Gruß.

Ehe jemand in der Station richtig erfaßt hatte, was vor sich ging, waren alle von ihrem Arbeitsplatz aufgestanden und hatten sich um den Ankömmling versammelt, plapperten und grinsten, nahmen den simpelsten Vorwand, um seine Hand oder Schulter zu berühren. Er war aufrichtig an allem interessiert, was man ihm sagte, und obwohl sich dreiundzwanzig Leute abmühten, seine Aufmerksamkeit mit Beschlag zu belegen, kam sich keiner vernachlässigt vor. Sein Empfang schien sie alle einzuschließen.

Was, zum Teufel, ist da unten los? fragte Rowan mit einem Anflug ihrer vertrauten Ungehaltenheit. *Warum ...?*

Im Gegensatz zu all ihren früheren geheiligten Prinzipien erschien sie plötzlich mitten im Raum und schaute sich wild um. Raven trat auf sie zu und berührte sacht ihre Hand.

»Deneb?« Ihr Körper beugte sich vor, um das erstaunte Wispern zu übermitteln. »*Deneb?* Aber du bist ... du bist hier! *Du bist hier!*«

Er lächelte zärtlich und ließ seine Hand über ihr schimmerndes Haar gleiten, um sie dann an der Schulter zu fassen. Rowan klappte der Kiefer herunter, und sie brach in Lachen aus, das Lachen eines zutiefst glücklichen, sorglosen Mädchens. Dann brach ihr Lachen ab, und schieres Entsetzen trat an seine Stelle.

WIE bist du hergekommen?

Einfach gekommen. Du kannst das auch, weißt du.

Nein! Nein. Ich kann nicht! Kein T1 ist dazu imstande. Rowan versuchte sich von dem Griff zu befreien, als wäre er plötzlich abstoßend.

Und doch hab ich's getan. Seine sanfte Bestimmtheit duldete keinen Widerspruch. *Eben bist du vom Tower auf diese Etage gesprungen. Wenn du das kannst, wieso sollte die Entfernung eine Rolle spielen?*

O nein! Nein!

»Wußtest du«, sagte Raven im Plauderton und grinste vor sich hin, »daß Siglen von Atair schon beim Treppensteigen schlecht wird?« Er sah Rowan in die

Augen. »Du hast bei ihr gewohnt, du müßtest es wissen. Alles auf einer Ebene, nirgends eine Stufe? Diese lange gepolsterte Rampe zu ihrem Tower, die derart von dichtbelaubten Bäumen umrahmt ist, daß jeder Blick nach draußen versperrt ist. Ich weiß, sie hat dir alles über diese grauenhafte, schlimme, gespenstische, fast tödliche Reise von der Erde zum Atair in einem Raumschiff, diesem Folterinstrument, erzählt. Vor allem, wo sie vorhatte, auf der Erde zu bleiben und deren Prima zu werden? Enttäuschung kann auf manche Persönlichkeiten sonderbare Auswirkungen haben, weißt du.«

Rowan schüttelte den Kopf, die Augen vor Staunen aufgerissen.

»Es hat nie jemand gefragt, warum sie auf einen Weltraumflug wirklich recht ungewöhnlich reagierte, nicht wahr? Ich schon. Es kam mir ziemlich blöd vor, als Reidinger mir das Problem ›erklärte‹.« Er machte eine Pause und hielt die Zuhörer gespannt, sein Lächeln wurde boshaft. »Siglen hat eine schwere nervliche Störung im Innerohr, eine ziemlich ernste Behinderung, die Reisen schwierig macht. Sie hat sich bei ihrer ersten Raumreise derart elend gefühlt, daß sie bezüglich jeder Art von Reise ein Trauma entwickelte, ohne den wahren Grund zu entdecken. Das schlimmste war, daß sie dann dieses Trauma auf alle übertrug, die sie ausbildete. Natürlich ist weder ihr noch sonst jemandem jemals aufgegangen, daß das nicht zu dem ›Preis, den die *Talente* zahlen müssen‹, gehört.« Er griff sich dramatisch an die Kehle und ahmte Siglen so geschickt nach, daß Afra sich das Lachen verbeißen mußte. Dann warf er der entsetzten Rowan ein spitzbübisches Grinsen zu.

»Siglen … O Deneb, nein!«

Raven lachte. »O Kallisto, ja. Sie hat das Trauma an jeden von euch weitergegeben. Das ist der Beweis, daß sie mich *nicht* ausgebildet hat.« Er öffnete weit die

Arme. »Und ich, bei Gott, bin mit eigener Kraft hergekommen. Der Fluch des *Talents!*« Wieder ahmte er Siglens Kontraalt nach. »Der Große Wirrwarr! Du hast keine Gleichgewichtsstörung im Innerohr, du ›denkst‹ nur, daß du Platzangst hast. Der Gedanke ist schlimm genug, um sich lange zu halten, schon wahr, aber du brauchst so eine bescheuerte Behinderung nicht hinzunehmen, Liebste.« Wärme und Trost flossen zwischen ihnen, und die Augen Rowans begannen zu leuchten.

Also, komm mit mir und sei meine Liebste, Rowan. Reidinger sagt, daß du jeden Tag zwischen hier und Deneb pendeln kannst.

Pendeln? Sie sagte es laut, baß erstaunt. Und starrte ihn verwundert an.

»Gewiß«, sagte Jeff aufmunternd. »Du bist immer noch als T1 bei VT&T angestellt. Und ich auch, Liebste.«

»Ich kenne doch meine Chefs, nicht wahr?« sagte sie mit leisem Lächeln.

»Nun ja, die Bedingungen waren fair. Reidinger hat keine Sekunde gefeilscht, als ich heute vormittag um elf in sein privates Büro spaziert kam.«

»Aber zwischen Deneb und Kallisto pendeln?« wiederholte Rowan benommen.

»Ist hier für heute alles fertig?« fragte Raven Ackerman, der nach einem Blick auf die Startplätze den Kopf schüttelte.

»Na los, Mädchen! Nimm mich mit in deinen Elfenbeinturm, und wir erledigen das ruck-zuck. Dann werden wir drüber reden. Ich will dich nicht drängen oder so, aber ich habe einen Planeten in Ordnung zu bringen.« *Und ein paar Millionen Dinge mit dir zu besprechen …*

Jeff Raven lächelte Rowan schelmisch zu und preßte in der jahrhundertealten Höflichkeitsgeste ihre Hand an seine Lippen. Das Lächeln Rowans erwiderte seins mit strahlender Freude.

Die anderen schwiegen respektvoll, als die beiden *Talente* die Stufen zu dem einst einsamen Tower hinanschritten.

Afra brach den Bann, indem er einen Pfefferkuchen aus der Schachtel in Ackermans regloser Hand nahm. In dem Pfefferkuchen war nichts, das seine Augen so feucht hätte machen können.

»Nicht, daß dieses Pärchen viel Hilfe von uns braucht, Leute«, sagte er, »aber wir können ein bißchen Schwung beisteuern und die Dinge beschleunigen.«

Das Heulen der Generatoren verebbte, und die Stille war zunächst angenehm, als die beiden *Talente* die Anspannung ihrer Arbeit von sich abfallen ließen.

Jeff Raven brach das Schweigen, indem er mit einem tiefen Grunzen das Kinn an die Brust legte, um Hals- und Schultermuskeln zu dehnen. Er hatte in einem Drehstuhl am Pult gesessen, also nicht wie Rowan den ganzen Körper auf eine Liege stützen können. Jetzt drehte er den Stuhl zu ihr herum.

»Ich kenne dich«, sagte Rowan schüchtern, von seiner Anwesenheit und dem Ende der vertrauten Routinen plötzlich verwirrt, »und auch wieder nicht.«

Da spürte sie sanft die federleichte Berührung seines Geistes in ihrem, die ebenso sanft wieder zurückgenommen wurde, aber einen süßen, würzigen Geschmack hinterließ. Das war Rowan bei all ihren geistigen Begegnungen nie zuvor widerfahren, und sie brauchte einen Moment, um die Empfindung zu verarbeiten.

»Es gibt eine Menge, was wir übereinander *wissen* müssen.« Jeff Raven begann zu lächeln, ein Lächeln, das ebenfalls den Anflug schüchterner Unsicherheit hatte. Er fuhr sich mit den Fingern durch den schwarzen Haarschopf. »Und weiß Gott, Frau, wir haben ein Leben lang Zeit, es herauszufinden.« Sein Lächeln wurde breiter, er reckte ein wenig den Kopf zu ihr vor und betrachtete sie mit einem warmen Blick voller Zuneigung, der tiefere, fest im Zaum gehaltene Gefühle erahnen ließ.

»Schau«, sagte er in ganz anderem Ton und lehnte sich auf seinem Stuhl nach vorn, die Ellbogen auf den Knien, »wir beide haben ein paar rauhe Wochen hinter uns, und jetzt, da wir uns getroffen haben, brauchen wir nichts zu überstürzen. Tatsächlich«, sagte er mit einem ausgiebigen Gähnen, »will ich ganz offen und unromantisch sein und zugeben, daß ich kaputt bin. Seit der Ankunft dieser Aliens bin ich im Stress gewesen.« Er lächelte ihr gewinnend zu. »Diese ziemlich romantische Geste von mir, uns beide zum Deneb zu bringen, geht total über meine Kräfte. Ich bin am Verhungern, ich brauche ein Bad und ungefähr zwanzig Jahre Schlaf!«

Rowan begann zu lachen, eher glucksend als kichernd, da nun praktische Erwägungen Zurückhaltung und Zweifel erübrigt hatten. Sie stand auf und streckte ihm die Hand entgegen. Die seine war warm, schwielig, und die körperliche Berührung verstärkte nur noch die von Geist und Stimme. »Dann kommst du heute nacht mit zu mir!«

Zärtlich zog Jeff sie an sich. *Du bist so 'ne Kleine!* Er schob ihren Kopf unter sein Kinn und preßte sie an sich. Sie schlang versuchsweise und leicht die Arme um ihn. Sein Körper war fest. Es gefiel ihr. *Das ist gut!* Sie spürte auch die Müdigkeit, die Muskeln, Sehnen, Blut und Knochen durchdrang.

»Komm!« sagte sie und sprang mit ihm ins Hauptzimmer ihrer Wohnung.

»Ziemlich was Besonderes«, sagte Jeff, während er sich anerkennend in dem geräumigen Zimmer umsah. »Ich denke, Siglens dumme Konditionierung abzuschütteln wird dir leichter fallen, als du glaubst. Schau, überall Stufen.« Er zeigte auf die verschiedenen Höhenniveaus, denn die Wohnung war in Kallistos steinige Landschaft eingefügt worden.

199

»Ich habe das selber entworfen.« Sie sagte es mit Stolz und spürte seine schmeichelhafte Zustimmung, als sie seinem Blick folgte – von der kleinen Gesprächsecke an dem altertümlichen Kamin mit imitiertem Feuer zur Eßebene, von wo man nach drei Seiten auf die Gärten und das Wäldchen blickte, zur Klangbildwand und zu dem Korridor, der in den Flügel führte.

»Gut gemacht! Sehr gut gemacht! Und es beweist mir schlüssig, daß deine Platzangst von Siglen in dich eingepflanzt worden ist. Sie hat nirgends Stufen geduldet. Wie du ja wissen mußt.« Dann gähnte er krampfhaft. »Du hast dir vielleicht einen Liebhaber ausgesucht!«

»Du kriegst dein Bad.« Und sie schob ihn in Richtung des Badezimmers. »Ich werde was zu essen machen, was garantiert alle bekannten Energieniveaus hebt. Dann kannst du schlafen, solange es nötig ist.«

Sie ›sah‹ ihn, wie er sich auszog; sehr insgeheim verglich sie ihn mit dem kräftigen Körperbau Turians und dem tieferen Braun des Kapitäns. Dann kam sie zu dem Schluß, daß sie seine hagere Figur, den schlanken, muskulösen Rücken und die schmalen Hüften mochte; dicke Menschen irritierten sie.

Mit gutem Grund, bemerkte Jeff, als er in das dampfende Wasser stieg. Sie hatte halb erwartet, er würde hineinspringen, denn tief genug war es, und hörte ihn ablehnend kichern. *Ein andermal,* sagte er zu ihr und seufzte total entspannt, während er sich treiben ließ. *Mach das Essen, Liebste, oder ich verhungere im Schlaf.*

Sie schickte ihm das Wasserkissen, um seinen Kopf zu stützen, und fühlte einen Kuß auf ihren Lippen. Lächelnd holte sie die notwendigen Nahrungsmittel zusammen. Siglen mochte das Essen um seiner selbst willen vergöttert haben, aber Rowan hatte die Grundlagen guter Ernährung und den Wert gut zubereiteten und servierten Essens gelernt.

»Was werden die Leute von mir denken, wenn sie sehen, wie dünn du bist, Rowan? Iß mehr! Es ist wirklich köstlich. Wenn du dich nur zwingen würdest zu essen ...« Siglens schmeichelnder Tonfall klang Rowan in den Ohren.

Es war indes noch viel befriedigender, etwas für Jeff Raven zuzubereiten. Sie war so sehr damit beschäftigt, sicherzustellen, daß alle nahrhaften Bestandteile schmackhaft ausbalanciert waren, daß Rowan erstaunt war, als sie den Rhythmus tiefen Schlafes von ihrem Geliebten ausgehen fühlte. Es gab ihr einen kurzen Stich, doch sie tröstete sich damit, daß sie wirklich alle Zeit der Welt haben würde, um sich als Köchin zu beweisen. Jetzt sollte sie ihn lieber davor bewahren, versehentlich unterzugehen. Überraschenderweise verspürte sie nach den Aufregungen des Tages eine gewisse Mattigkeit.

Sacht hob sie die reglose Gestalt ihres Geliebten aus dem Wasser, hüllte ihn in warme, weiche, duftende Badetücher und beförderte ihn in ihr breites Bett. Für telekinetische Fähigkeiten fanden sich diesmal praktische Anwendungen, die sie bisher nicht in Betracht gezogen hatte, dachte sie, während sie zärtlich auf sein schlafendes Gesicht hinabblickte. All die Falten von Stress und Ermüdung glätteten sich, und Jeff Raven wirkte jünger.

Es war eigentlich kein hübsches Gesicht: Unbeweglich wirkten die rauhen Züge unerbittlich, die Nase ragte hervor und ging von breiten und hohen Brauen aus. Seine Augen lagen viel tiefer, als ihr bewußt geworden war. Er hatte einen sehr kräftigen Unterkiefer – diesem Mann konnte man nicht mit langem Wenn und Aber kommen. Sie fragte sich, ob er wohl das Kinn vorrecken würde, wenn er sich ärgerte. Auch seine Lippen zeigten Festigkeit, denn sie waren wohlgeformt, aber ein bißchen dünn; doch er hatte so oft gelächelt, daß ihr die Einzelheiten entgangen waren.

Alles in allem ein starkes, lebhaftes Gesicht und außerordentlich attraktiv für sie.

Entschieden unterdrückte sie ungewöhnliche Aufwallungen von Körper und Blut. Mit achtzehn hatte Rowan vielleicht versucht, Kapitän Turian herauszufordern, doch sie wäre niemals so dumm, es bei Jeff Raven zu wagen. Sie stellte Wasser, Fruchtsaft und eine Heizhülle mit dem ›Abendessen‹, das sie für ihn bereitet hatte, in Reichweite auf den Tisch am Bett.

Wie würden ihre Kinder sein? Obwohl sie allein war, errötete sie plötzlich. Als sie Turian erst einmal sein schlechtes Gewissen ausgeredet hatte, hatten sie sich ausgiebig miteinander vergnügt. Doch seither hatte niemand sie gewinnen können. Nicht einmal die hochgradigen *Talente*, die Reidinger immer wieder zu Gerolamans Kursen oder mit fadenscheinigen Aufträgen in den Kallisto-Tower geschickt hatte.

Lange Zeit war Rowan fest überzeugt gewesen, daß, wenn erst einmal ihre lange Ausbildung beendet wäre, ihre ›Reise‹ alle ihre Probleme lösen würde. Statt dessen war sie aus einem einsamen Tower in den anderen gekommen. Yegranis ›langer und einsamer Weg‹ hatte eine lange und einsame Zeit vor ihr gelegen. Sogar die geheimnisvolle Prophezeiung schien eingetroffen zu sein. Sie war der Brennpunkt gewesen. War Jeff Raven ihr Lohn? Würde sie nun mit ihm ›reisen‹?

Er regte sich ein wenig, als reagiere er auf ihre Gedanken; das Herz schlug ihr bis zum Halse. Dann sank er mit einem Lächeln tiefer in den so nötigen Schlaf. Sie rollte sich neben ihm auf dem breiten Bett zusammen, brauchte ihn nicht zu berühren, zufrieden mit seiner Anwesenheit. Und dann überwältigte die Erschöpfung all ihre neuen Empfindungen und Überlegungen.

Die Verwunderung, daß man sie küßte, ließ Rowan jäh erwachen, und sie brauchte einen Augenblick, um sich der außergewöhnlichen Ereignisse des Vortags zu erinnern.

»Schätzchen, ich bin todtraurig, daß ich dich wecken muß, aber die Pflicht ruft!« In Jeffs Stimme und Gesichtsausdruck lag Bedauern – und auch in der anhaltenden Berührung seines Geistes in ihrem.

»Wieso?« – ›Pflicht‹ widerstrebte ihr mit einer Intensität, daß es ihr aus jeder Pore drang.

»Mach's halblang, Mädchen. Als wir so munter diese Alien-Schiffe zerstört haben, sind eine Menge Trümmer in einer Entfernung zurückgeblieben, die für kosmische Verhältnisse fürs Wohl meines armen Planeten zu riskant ist.« Sie sah in seinem offenen Geist das Bild von Deneb. »Manches davon wird nach den Berechnungen in bewohnten Gebieten runterkommen. Meine Leute sind gut, so gut aber wieder nicht.«

»Kann ich helfen?«

»Kannst du in der Tat, und ich zähle darauf. Reidinger hat die Erde dazu gebracht, unserer Kolonie eine Menge dringend benötigter Güter zu überlassen, und ich brauche dich, daß du sie an mich weiterschickst, ohne daß etwas zu Bruch geht. Das Oberkommando möchte auch Proben von dem haben, was wir so indiskret in Einzelteile zerlegt haben.«

»Aber Jeff, was wird mit *uns*?« In ihrem Schrei klang das blanke Entsetzen angesichts neuerlicher Einsamkeit.

Er nahm sie in die Arme und schob abermals ihren Kopf unter sein Kinn. Er wiegte sie langsam und hüllte sie in so tiefe und zärtliche Zuneigung, daß ihr wirklich klar wurde: Die körperliche Trennung war kein Hindernis für ihren Kontakt. Dann hob er ihr Kinn an und küßte ihren Mund, eine Berührung, die durch ihre geistige Verbindung und die von ihm projizierten Szenen, wie sie sich lieben würden, wenn die ›Pflicht‹ es erlaubte, noch verstärkt wurde. Sie vibrierte vor Sinnlichkeit, als er mit einer intimen geistigen Berührung den Schlußpunkt setzte, und sie schmiegte sich staunend und erleichtert an ihn. Er lächelte zu ihr herab, zufrieden mit seiner Wirkung auf sie.

»Die Chemie zwischen uns stimmt, Liebste, und ich kann warten, bis ich es wieder und wieder und wieder beweise. Jedenfalls ...« – und seine Art änderte sich, als er sie mit tiefem geistigen und körperlichen Bedauern losließ – »solltest du, während ich weg bin, hart daran arbeiten, Siglens Prägung zu überwinden. Ich komme wieder, sobald ich die Trümmergefahr beseitigt habe. Wir werden einiges verdammt sonderbares Zeug transportieren. An deiner Stelle würde ich es mir gründlich ansehen, wenn es bei Kallisto vorbeikommt, Schatz. Wenn es eine Gruppe von raumfahrenden Feinden gibt, kann es auch mehr davon geben.« Er löste ihre körperliche Berührung und begleitete sie zur Tür. »Wir werden diese Zeit überstehen. Einfach ein paar Augenblicke mehr.«

Sie paßte sich seinem Schritt an und nahm auf dem Weg zum Tower weiter nichts wahr als die Berührung seiner Hüfte und seiner Schenkel an ihren, seine Finger, in ihre verschränkt. Diesmal bemerkte sie nicht einmal das Heulen der hochfahrenden Generatoren.

»Wer war Pursa?« fragte er plötzlich und schaute zu ihr herab.

Die Frage war zu diesem Zeitpunkt so unerwartet, daß sie aus dem Tritt kam. Sie hatte sich Sorgen gemacht, er könnte Zugang zu ihren Erinnerungen an Turian gefunden haben. Vielleicht hatte er das und es nicht für nötig gehalten, etwas dazu zu sagen. Schließlich war das Vergangenheit.

»Pursa war mein Pucha«, und immer noch krampfte sich ihr bei der lebhaften Erinnerung an Trauer und Wut die Kehle zusammen. *Man wird gezwungen, die Dinge der Kindheit aufzugeben.*

Ach, Liebste – und Zärtlichkeit, süß und sanft, strömte über sie –, *ich glaube nicht, daß du ein* Kind *sein durftest. Wir werden dafür sorgen, daß unsere eigenen dieses Privileg haben.* Dann fügte er mit einer verschmitzten Note in der Stimme hinzu: »Und ich werde beweisen, daß ein Raven ein viel einfallsreicherer Gefährte als ein Pucha ist.«

Seine Augen waren von intensivem Blau, und ein teuflisches Lächeln lag auf seinen Lippen, und plötzlich nahm sie ungewöhnliche Empfindungen wahr, die sie durchströmten, ungewöhnliche Reaktionen auslösten, bis plötzlich aus ihren Lenden eine unglaubliche Wärme zu lustvollem Schmerz anwuchs.

Und das ist nur eine Kostprobe, meine Liebste. Nur eine Kostprobe! Jeffs Stimme schien ein Teil der Empfindung zu sein, und sie mußte sich an ihn schmiegen, um auf den Füßen zu bleiben.

Dann waren sie in dem Tunnel, der zur Garage führte. Mit einiger Mühe nahm sie ihre Gedanken zusammen, wohl bewußt, daß Jeff sehr zufrieden mit seiner Wirkung auf sie war. Sie war dankbar für die Ablenkung, die ein fremdes Passagiermodul im Startlager bot, auf dem Bug das Emblem der Zentralwelten, die Farbe von Jeff Ravens Kennung noch frisch.

»Neues Modell, was?« Sie ließ zögernd die Finger über den Rumpf gleiten. Er hatte noch nicht die statische Aufladung oft benutzter Module.

»Für die Neuesten nur das Beste, Liebste«, erwiderte Jeff leicht spöttisch, obwohl kein Funkeln in seinen tiefblauen Augen lag. Er nahm sie in die Arme und küßte sie lange und fest. Sie erwiderte den Kuß, so heftig sie nur konnte. Nun funkelten seine Augen wieder. Schnell setzte er sich in das Modul. Das Heulen der Generatoren stieg auf Startintensität an. »Bis bald, Liebste!«

Für jedermann im Tower war es erstaunlich, Jeffs Modul zu starten. Er half, lachte, als Rowan ihm sagte, er solle seine Kraft für das Tagewerk sparen, frozzelte beiläufig mit Afra und Ackerman – und dann hatte er sich abrupt von ihnen getrennt.

Rowan bekam viel zuviel zu tun, als daß sie sofort

ihre Gefühle hätte analysieren können. Es war nahezu eine Invasion von Sonden, Automatenschiffen und mittelgroßen Passagiermodulen, mit der der Erdprimus sie zur Weiterleitung zum Deneb bombardierte: Experten aller Fachgebiete, die die Trümmer der Invasoren untersuchen sollten, um die wichtigsten Materialien für eine Tiefenanalyse zu beschaffen und sie zurück an die Hauptlabors auf dem Mond zu schicken. Jede Art Information über diesen Angriff mußte gesammelt, analysiert und für künftige Nachforschungen ordentlich katalogisiert werden.

Jedesmal, wenn Fracht für Deneb von Kallisto abging, tauschten Jeff und Rowan Küsse und andere Zärtlichkeiten, daß sie froh war, allein im Tower zu sein. Bei der intensiven geistigen Anstrengung war es eine unerwartete Aufmunterung.

Und gemäß seinem Wunsch sah sie sich manches von dem ungewöhnlicheren Treibgut, das sie weiterleitete, näher an: Rumpfbögen wie die Segmente von Früchten, Packen merkwürdiger Vorräte (Nahrung?), Fetzen von Metallfolien (Kleidung?), manche gefrorenen Körperteile von Aliens. Sie erinnerte sich an ihr Aussehen, wie sie im Brennpunkt der verschmolzenen Primen sie und ihre Schiffe zerlegt hatte. Ganz und gar nicht menschenähnlich, eher eine Art Käfer mit Chitinschalen oder -flügeln, mehrfachen Beinen, starren Gelenken. Manche von den Wesen, die aufrecht an ihren Steuergeräten gestanden hatten, waren etwa zwei Meter lang. Jene in den runden Verbindungsröhren überall in den Raumschiffen waren kleiner gewesen und auf sechs von ihren zehn Beinen umhergeeilt. Es hatte einen schwer bewachten Zentralbereich mit unreifen Wesen gegeben, einer erstaunlichen Anzahl von Eikammern und dem größten Exemplar. Ein Generationenschiff? Vielleicht ein Anzeichen für eine Reise von unglaublicher Dauer quer durch die Galaxis?

Was da ankam, gab wahrlich Anlaß zu ausgefallenen

Spekulationen und zu überwältigender Erleichterung, daß die Primen imstande gewesen waren, solch eine fremde Bedrohung zu vernichten. Und zu einiger dummer Hysterie seitens der Nervösen.

Es gab nicht nur den ungewöhnlich starken Verkehr mit Deneb, sondern Rowan wurde im Laufe der nächsten Tage auch damit betraut, Spähschiffe der Flotte am Rande der Einflußsphäre der Zentralwelten zu positionieren. Erhebliche Mengen an Personal und Ausrüstung wurden in der Panik, die auf den Deneb-Zwischenfall folgte, hin und her verlagert. Reidinger beschloß, den Anteil an *Talenten* in den Primärstationen zu erhöhen, um nicht nachlassende Wachsamkeit zu sichern und Frühwarnbojen, die jenseits des Randbereichs lagen, auf den neuesten Stand zu bringen. In der Folge mangelte es ihm an erfahrenem Personal und daher auch an guter Laune.

»Die Berichte über den Zwischenfall sind ziemlich zurückhaltend formuliert«, sagte Ackerman zur erschöpften Rowan am Ende des vierten chaotischen Tages. »Die öffentlichen Berichte«, fügte er hinzu, als ihn Rowan verständnislos anblinzelte. Er kam zu dem Schluß, daß sie nur halb bei der Sache war. »Sie haben Größe und Leistungsvermögen der Schiffe, die Bewaffnung und die potentielle Gefahr heruntergespielt.«

»Wenn man bedenkt, mit was für Zeug wir es zu tun hatten, würde ich sagen, daß das klug von ihnen war«, bemerkte Afra bissig, während seine Finger emsig dabei waren, eine Papierfigur zu formen, die den vernichteten Aliens bemerkenswert ähnelte. Dann knüllte er das Origami achtlos zusammen.

Afra unterschied sich erheblich von seiner Schwester, der sanften Goswina. Und der Tag hatte sie müde gemacht.

Mich auch, sagte Jeff leise in ihrem Kopf. *Ich habe grade noch genug Energie, um in mein einsames Bett zu kriechen und mich zu erinnern, wie großartig es war, neben dir zu liegen. Die ganze Nacht über zu wissen, daß du da bist.*

Als Rowan bewußt wurde, daß sie dümmlich grinste, sagte sie geheimnisvoll »Jeff!«, und beide Männer nickten verstehend.

Loftus brachte einen Stapel Computerausdrucke herein. »Morgen sollen wir uns wieder den Arsch aufreißen!« Er schüttelte den Stapel, daß sich die ellenlangen Ankündigungen der vorgesehenen Frachten auffalteten. »Und ein Riesending von Schlachtschiff, komplett mit Admiral. Wo war der, als er gebraucht wurde?«

»Denkst du, er wird gebraucht?« fragte Ackerman, plötzlich besorgt.

Afra prustete. »Bei all den Monitoren, Detektoren, Fernsteuerungen und dem ganzen Kram, den wir rausgeschickt haben? Höchst unwahrscheinlich.«

»Es geht doch nichts drüber, den Brunnen zuzudecken, wenn das Kind hineingefallen ist!« sagte Loftus.

»Was, um alles in der Welt, meint ihr damit?« fragte Rowan. Es klang wie etwas, womit Siglen herausgekommen wäre.

»Alte Redensart! Wer zu spät kommt, den bestraft das Leben! Da, Ackerman. Überleg dir lieber, wie du *das* alles rüberkriegen willst!«

Ich seh dich jetzt, drang Jeffs liebevolle Stimme in ihren Geist, *wie du dich im Tower unterhältst. Warum gehst du nicht nach Hause, so daß ich dich in deiner Wohnung sehen und beim Einschlafen wissen kann, wo du bist?*

In einer Art Trance entschuldigte sich Rowan und ließ die drei Männer auf die Stelle starren, die sie eben verlassen hatte.

»Ich nehme an, wir werden uns dran gewöhnen müssen, daß sie andauernd ins Leere starrt und so wie eben verschwindet«, sagte Brian mit einem Anflug von Neid.

»Ist sie zum Deneb gegangen?« fragte Loftus und machte große Augen.

»So weit ist sie noch nicht, denke ich«, erwiderte Afra und schob den halbleeren Kaffeepott weg. »Ich hoffe, es wird nicht mehr lange dauern.«

Als der großgewachsene Capellaner an seinen Arbeitsplatz zurückging, war er unerklärlich niedergeschlagen. Er nahm es Jeff Raven in keiner Weise übel, daß er Rowan für sich gewonnen hatte. Afra hatte längst schon seine zögerliche und unerwiderte Liebe zu dem quecksilbrigen Mädchen begraben. Er hatte gehofft, sie könnte sich ihm eines Tages aus purem Mangel an anderen zuwenden, denn er betete sie auf seine Weise an. Seit dem Tag, da er sich als sehr nervöser Achtzehnjähriger auf der Kallisto zum Dienst gemeldet hatte, hatten sie ein enges Verhältnis gehabt, das im Laufe der Jahre stärker geworden war, eng genug, daß er nicht eigentlich auf Jeff Raven eifersüchtig war. Eher machte er sich Sorgen um die beiden.

Irgendwie hätten sie in jener ersten Nacht beide zum Deneb gehen müssen. Er war überrascht gewesen, daß sie es nicht getan hatten. Und seine Sorge wuchs – obwohl es ihn nichts anging –, als er spürte, daß ihre Vereinigung nicht vollzogen worden war. Er an Jeff Ravens Stelle … Schön, wie Deneb bei seiner Verführung Rowans vorging, ging Afra, den T4 von Capella, wirklich nichts an. Rowan ließ kein Bedauern erkennen, warum sollte er dann welches empfinden?

Während er durchaus die Notwendigkeit verstand, Menschen und Material zu den anderen Primen und den Flotteneinheiten abzuziehen, und was sonst noch auf dem Frachtplan für morgen stand, warum hatte Reidinger nicht ein paar T2s oder etliche gut integrierte T3-Teams losgeschickt, damit sie Deneb unterstützten? Warum konnten die VT&T Rowan und Jeff nicht ein paar Tage beieinander gönnen? Trickste Reidinger immer noch wegen Rowans Raumangst herum?

Es mochte durchaus sein, daß Reidingers Strategie auf ihn selbst zurückschlug.

Obwohl Afra nur wenig hellseherische Fähigkeiten besaß, hatte er ein belastendes, beklemmendes Gefühl, daß Reidinger etwas falsch machte. Das Problem mit unvollkommener prophetischer Gabe war, daß sie so verdammt nebulös blieb. Er hatte vor, dran zu bleiben, bis sich etwas klärte. Gefahr erkannt, Gefahr gebannt. Oder?

Er war so müde, daß er, in seiner Wohnung angekommen, etwas Patentnahrung trank und unverzüglich zu Bett ging.

Rowan, Liebste!

Jeffs volltönende Stimme war zärtlich und weich, sanft weckte sie sie aus dem Schlaf. Phantomlippen drückten auf die ihren, und eine Phantomberührung streichelte sie liebevoll an anderen Stellen.

So sehr sehnte sie sich nach seiner Anwesenheit, war sie überzeugt, er sei irgendwie zurückgekehrt, daß sie, als sie sich noch immer allein im Bett fand, fast weinte.

O Rowan, Liebste. Es tut mir so leid! Ich wünschte so innig, wirklich bei dir zu sein. Und sie erhaschte einen Eindruck von seiner eigenen sexuellen Spannung und war ein wenig bestürzt über deren Intensität.

Fallen noch Trümmer?

Sie spürte die Verbissenheit – und die Erschöpfung – in seinem Geist. *Der reinste Regen!* Auch er war verstimmt. *Wenn jemand von uns in der Verschmelzung eine Spur Vernunft gehabt hätte, hätten wir dafür gesorgt, diese Wracks zur Sonne hin zu schleudern!*

Ein Versehen!

Und ein Verdenken. Wenigstens haben wir jetzt Ausrüstung, um fallende Teile zu überwachen. Das Geschwader ist rund um die Uhr im Dienst, um die großen Brocken einzufangen und sie in Sonden für die Rückfracht zu verpacken. Wenn wir denken, daß wir jetzt müde sind, dann warte nur ab. Sie spürte Galgenhumor. *Ein Korb ist ganz voll Eier.*

Eier?

Eier, sagte ich. *Unsere Biologen meinen, daß die Käfer a) sich für eine Generationsreise fortgepflanzt haben, b) kurzlebige Arbeiter ständig ersetzen mußten oder c) sich für eine Bevölkerungsexplosion auf unserem Planeten bevorratet haben. Sie wollen den Lebenszyklus eingehend erforschen und kalkulieren. Also mach kein Rührei.*

Nicht mit gefrosteten Eiern, Jeff! Wäre es nicht viel einfacher und arbeits- und kostensparender, alles vor Ort zu untersuchen? Allein der Gedanke an die aufgebrachte Mühe machte Rowan müde. Warnte Jeff sie, oder beklagte er sich?

Sie ›sagen‹, sie müssen es in den großen Mondlabors machen – um Ansteckung zu vermeiden oder so. Ich meinerseits denke, sie wollen nicht, daß Deneb so früh in seiner Laufbahn als Kolonie so einen saftigen Vertrag kriegt. Wir könnten unseren Startkredit an die Zentralwelten zurückzahlen, wenn wir diese Art Forschungsarbeit hier hätten.

Rowan dachte darüber nach. Die Streitkräfte, Flotte und Armee, begegneten *Talenten* mit tiefem Mißtrauen – da, allgemein gesagt, Leute mit einer Veranlagung für Kriegsführung zu prosaisch waren, um Geister zu verstehen, denen physische Gewalt ein Greuel war. Natürlich nur, rief sie sich in Erinnerung, wenn sie nicht gerade ein ganzes Geschwader an einen fernen Ort in der Galaxis verlegen mußten. *Dann* fiel ihnen *Talent* durchaus ein! Sie traute auch der Bürokratie nicht, doch Regeln und Vorschriften verringerten tatsächlich das Chaos auf den Stand gewöhnlicher Verwirrung. Sie hatte gelernt, Vorschriften zu respektieren; Verbote würde sie nie hinnehmen. Da sie von Natur nicht auf Erwerb eingestellt war, verstand sie auch nicht die damit verbundene Ökonomie: sie besaß alles, was sie brauchte, sie konnte – in vernünftigen Grenzen – erwerben, was immer ihr gefiel, und sie war nicht begehrlich.

Mit Jeff war es etwas anderes. Und das alles widerfuhr Jeff.

Wie groß sind die Schulden eurer Kolonie bei den Zentralwelten? Und wie hatten eure Gouverneure vor, sie zurückzuzahlen?

Der Planet ist reich an Mineralien: Wir sind Bergleute und Ingenieure und genug Bauern dazwischen, um uns selbst versorgen zu können.

Rowan verharrte eine Weile und ließ die Randinformation, die sie bei jener Verschmelzung erworben hatte, in ihren Geist dringen. Sie *wußte*, daß er ein Ingenieur aus einer Bauernfamilie war. Sie *wußte*, daß er sechs Brüder und vier Schwestern hatte, da das Bevölkerungswachstum von Deneb eine ebenso wichtige Beschäftigung wie nur irgend etwas war. Sie *wußte*, daß sein ältester Bruder und die beiden älteren Schwestern mit ihren Familien von den Aliens umgebracht worden waren, ebenso sein Vater und die beiden jüngsten Geschwister, daß zwei jüngere Brüder zum medizinischen Personal gehörten, daß seine Mutter bald ein nachgeborenes Kind zur Welt bringen würde. Er hatte Onkel, Tanten, Vettern und Basen bis zum dritten Grad, und die Hälfte davon hatte etwas *Talent*. Aber Deneb, dessen Aufnahme als Vollmitglied der Vereinten Welten für die nächsten hundert Jahre ebensowenig vorgesehen war, wie die Entsendung eines Primärtalents, hatte seine *Talente* nicht organisiert, und erst die akute Invasion hatte sie zur Reife gedrängt.

Ja, du hast 'ne Menge über uns aufgeschnappt, was, Süße? Jeff klang zufrieden, und sie fühlte, wie er sich dehnte, wie jemand, der schmerzende, verspannte Muskeln lockert. Sie schickte tröstende Impulse, Phantomhände, die kneteten und streichelten. Viel lieber hätte sie echtes warmes Fleisch und ebenso echte Finger aus Fleisch und Blut gehabt. *Ich auch.* Die Sehnsucht in Jeffs Ton ging so tief wie ihre eigene.

So kann das nicht weitergehen!

Wahrlich nicht, aber ich kann Deneb auch nicht verlassen.
In Jeffs Ton schwang irritierte Resignation. *Ich kann mir einfach keine Zeit für mich privat erlauben, wenn meine Abwesenheit zu noch mehr Zerstörung führt. Wie eben jetzt. Bis gleich!*

Seine Anwesenheit in ihrem Geist war verschwunden, nicht einmal ein Echo blieb zurück. Sie fühlte sich ärmer als je zuvor, zutiefst unzufrieden. So sehr sie seine Prinzipien billigte, so sehr versetzten sie die Begleitumstände in Rage. Was sie zum Kern des Problems brachte: der von Siglen eingeimpften Platzangst. Wenn Jeff nicht in Ehren Deneb in diesem kritischen Augenblick verlassen konnte, war es an ihr, ihren eigenen Widerstand gegen Raumreisen niederzuringen.

Afra!

Augenblicklich stand die geistige Berührung des Capellaners zu ihrer Verfügung. Wie immer, wurde ihr bewußt. Afra war wie ein Schatten – ein liebender Schatten, wie sie mit ihrer nunmehr erweiterten Wahrnehmung für Liebe und Fürsorge feststellte. Sie drängte die Beobachtung zurück, um Afras Einfühlung zu schonen.

Ich muß mit meiner Kapsel trainieren.

Nicht mitten in der Nacht, Rowan, entgegnete er ohne einen Versuch, seine Verzweiflung zu bemänteln. *Glaub mir, ich bin der erste, wenn es darum geht, wahrer Liebe den Weg zu ebnen, aber es ist unvernünftig, ein so lange eingeschliffenes Trauma knacken zu wollen, wenn du erschöpft bist – und ich auch. Morgen früh. Wir haben ein paar Stunden Zeit, ehe die Kallisto hinter dem Jupiter hervortritt und die Fracht von der Erde eintrifft. Dieser bescheidene T4 hier braucht alle Erholung, die er kriegen kann, um an den besten Tagen mit dir Schritt zu halten, und heute ist keiner davon! Geh schlafen, Rowan! Ich hab's auch nötig.*

Es kam so selten vor, daß Afra unbeugsam war, daß Rowan folgsam den Kontakt abbrach. Er hatte recht. Es

213

wäre wahnsinnig, in ihrer geistigen Verfassung etwas zu versuchen.

Geistige Verfassung! Wie hatte es Siglen fertiggebracht, sie derart gründlich zu konditionieren? Warum hatte niemand es bemerkt? Lusena war allgemein so einfühlsam gewesen, warum hatte sie die Neurose nicht entdeckt?

Weil Siglen so oft darauf herumritt, über den Fluch der Primen stöhnte, daß niemand daran dachte, es in Zweifel zu ziehen. Und sowohl David als auch Capella hatten auf ihren Flügen schwer zu leiden gehabt. Wer hätte es gewagt, Atairs wertvollstes Gut in Zweifel zu ziehen?

Gut war sie auch, dachte Rowan, als sie Abweichungen aufspürte, die Siglens Behauptungen widerlegten. Sie war immer imstande gewesen, sich in der Gegend der Stadt und des Towers zu teleportieren. Nie hatte sie Platzangst verspürt. Sich auf einem Planeten zu teleportieren, funktionierte nicht anders als von einem Planeten zum anderen. Rowan ärgerte sich. *Jahre* hatte sie wegen Siglens dummer Innerohrstörung verloren!

Und dennoch erinnerte sich Rowan deutlich an ihr eigenes Entsetzen, als Lusena sie, ein sehr kleines Mädchen, in den Transportbehälter brachte, der sie zur Erde befördern sollte. Der Anblick jenes Portals hatte sie derart geängstigt, daß sie sogar Pursa fallen gelassen hatte, um sich an den einzigen sicheren Ort zu teleportieren, den sie kannte. Siglen hatte dann von den Schrecken der Raumfahrt schwadroniert, und daß man dem armen Kind jeden weiteren Schrecken ersparen müsse. Genauso wie bei der Gelegenheit, als sie Rowan zur Kallisto teleportiert hatte! Rowan schauderte, als sie sich an jenen Alptraum erinnerte: Warum mußten *Talente* auch ein derart perfektes Erinnerungsvermögen haben?

David von Beteigeuze konnte sich deutlich erinnern, wie er an der Brust seiner Mutter gestillt worden war.

Capella schwor, sie erinnere sich an ihr Geburtstrauma. Was, wie David bissig bemerkte, der Grund von Eisenhoses Weigerung war, einen Partner zu nehmen, da sie nicht gewillt war, einem Kind aus ihrem Schoß solche Schrecken aufzuerlegen. Das war jedenfalls Siglens Ausrede.

Wieder einmal versuchte Rowan, ihre Erinnerung zurück in die Zeit vor jener mißglückten Abreise zu zwingen. Alles, was sie über ihre frühe Kindheit wußte, hatte man ihr *erzählt:* daß ihre Eltern in einem Erdrutsch umgekommen seien, daß sie die einzige Überlebende der Rowan-Katastrophe war. Sie hatte diese Tatsachen nie in Frage gestellt. Sie hatte inniglich gewünscht, etwas über ihre Herkunft zu wissen: ihren wahren Namen, wie ihre Familie gewesen war, ob sie Brüder und Schwestern gehabt hatte. Erst in Gesellschaft Turians war ihr bewußt geworden, was ihr möglicherweise entgangen war.

Sie erinnerte sich, wie man sie aus dem Hopper geholt und ihr sofort Beruhigungsmittel gegeben hatte. Sie erinnerte sich ganz deutlich, wie sie Siglen sagte, sie sei Rowan, weil ›die anderen‹ sie alle ›das Rowan-Kind‹ nannten.

Nun, da sie wußte, daß das ganze Trara um die Raumreisen von Primen eine ihr eingeimpfte Neurose war, befand sie sich schon auf dem halben Weg zur Besserung. So lautete zumindest die oft wiederholte Theorie. Sie besänftigte ihre Unruhe, fand eine bequeme Lage in ihrem halbleeren Bett und setzte ihr Schlafmuster in Gang.

Am nächsten Morgen wurde sie vom Rumpeln warmlaufender Generatoren geweckt.

Wir haben zwei Stunden, ehe wir hinter Jupiter hervorkommen, sagte Afra in seinem gewohnt trockenen Ton.

Ich weiß. Sonderbar, wie sie es eigentlich immer wußte. Die Umlaufbahn der Kallisto in bezug auf ihren Planeten war permanent in ihrem Bewußtsein veran-

215

kert. Sie zog sich rasch an, dachte daran, einen Nähr-
trunk zu trinken, und joggte den Gang zum Bunker
hinab, wo die Passagierkapseln geparkt waren, sah,
daß ihre nicht am Platz war, und ging zum Startlager,
wo die Kapsel nun ruhte.

Sie kam sich kein bißchen verändert gegenüber dem
letzten Mal vor, als sie auf der Liege gelegen hatte.
Sollte sie?

Fühlst du dich anders? fragte Afra und kicherte.

(Warum hatte sie nie bemerkt, das Afra von war-
mem Braun war, samtglatt und von schwachem Zitro-
nenaroma?)

Du selbst hast dich nicht verändert, fiel Afra wieder in
ihre private Betrachtung seiner Person ein. *Nur deine
Wahrnehmung des Vorgangs.*

*Hattest du jemals den Verdacht, daß es eine Psychose ist,
von Siglens Gleichgewichtsstörung geprägt?*

(Gedankliches Achselzucken.) *Ein T4 dringt nicht in die
erhabene Funktionsweise von Primen vor, meine Liebe.* Afra
schnaufte beim bloßen Gedanken an solch einen Frevel.

*Aber woran denkst du, oder Brian Ackerman, oder sonst
einer von denen, die ich zurück auf die Erde schnipse, wenn
ihr teleportiert werdet?*

Ich höre da nicht hin. Und Afra fügte eine Rüge hinzu.

Du sperrst dich. Also, sei objektiv. Woran denkst du?

*Während einer 'kinetischen Verlagerung? Hauptsächlich
konzentriere ich mich darauf, dahin zu kommen, wo ich hin
soll. Wohin willst du heute, Rowan?*

Am liebsten zum Deneb, erwiderte sie mit sanfter und
folgsamer Stimme.

*Nicht, wenn da nicht Jeff Raven ist, um dich in Empfang
zu nehmen, und der ist nicht da. Und sogar mit dem Gesamt
kann ich dich nicht so weit schicken. In der Beziehung kann
dir nichts passieren,* fügte er schnell hinzu, als er den ersten Anflug von Schrecken in ihrem Geist spürte. *Es
wird eine Zeit dauern, weißt du, um dich auf Raumreisen
einzustellen.*

Ich kann nicht einfach hier im Startlager hocken ...

Tust du ja auch nicht, sagte Afra sehr sacht. *Du hockst in der Umlaufbahn des Deimos überm Mars.*

WAS? In ihrer Angst sandte Rowan solch einen übermächtigen Schrei aus, daß Afra instinktiv, aber zwecklos die Hände auf die Ohren schlug.

Was, zum Teufel, tust du da, Rowan? erklang das Gebrüll des Erdprimus. *Afra, ich werde dir deine gelbe Haut abziehen und das Fleisch von deinen Knochen zum Trocknen aufhängen! Was machst du mit ihr?*

Lassen Sie ihn in Ruhe, Reidinger, lautete die prompte und ebenso aufgebrachte Antwort Rowans. *Afra folgt meinen Anweisungen und Ihren erklärten Wünschen – daß diese Prima lernt, durch der Raum zu reisen. Schluß mit dem Gezeter. Ich kreise jetzt um Deimos, und das ist weiter, als ich je zuvor gekommen bin. Aber* – und während sie sich zwang, den Anblick zu bewundern, stellte sie fest, daß sie strikt geradeaus ›schaute‹, außerstande/ungewillt, den Blick von der zerklüfteten Oberfläche des Deimos mit der roten/orange Masse des Mars dahinter zu lösen. Solange sie nur diesen Anblick hatte, an den sie sich halten konnte, wurde sie damit fertig. Deimos sah genau wie sein Hologramm aus.

Ich denke, das reicht erst einmal, fügte sie hinzu und setzte die Worte gemächlich, als könnte eins davon ihr den Kopf zerplatzen lassen, sie zwingen, mehr vom freien Raum rings um die Kapsel zu sehen, was das Vorspiel zu dem schrecklichen Wirbel sein konnte, den sie bei ihrer ersten Raumreise erlebt hatte. Sei still, Rowan, das hat Siglen dir eingeimpft. Trotzdem fühlte sie, wie ihr Schweiß übers Gesicht rann.

Du hast dich wacker gehalten, sagte Afra ruhig, und das nächste, was sie gewahrte, war, daß sie sich wieder im T-Lager befand.

Hast du mich wirklich das ganze Stück bis zum Deimos geschickt, Afra? Sie fühlte sich völlig schlaff und konnte keine Hand rühren, um den Schweiß wegzuwischen.

Gewiß hab ich das, und den Beobachtungsgeräten in der Kapsel zufolge hast du kein merkliches Trauma erlitten. Denk einfach nicht mehr an Siglen.

Afra brauchte nicht so glatt zu ›reden‹, dachte sie tief im Innern. Er hatte sie großartig hereingelegt, dieser heimtückische T4.

»Was macht die Kapsel Rowans hier draußen?« schrie Ray Loftus, und er hatte die Luke aufgerissen, ehe er sie drinnen liegen sah. »He – waaas?« Er starrte zu ihr herab, das Gesicht kreidebleich. »Geht es dir gut, Rowan?« Er schien nicht zu wissen, was er tun sollte, und fuchtelte hilflos mit einer Hand.

»Beruhige dich und reich mir die Hand«, sagte Rowan. »Ich bin zum Deimos und zurück gereist – leider!«

Ray half ihr bereitwillig aus der Kapsel und geleitete sie dann fast zu dienstbeflissen, denn sie war vom Erlebten ausgepumpt, zum Tower hinauf. Durch den körperlichen Kontakt wurden unweigerlich seine Ungläubigkeit und etliche sonderbare, ungeordnete flüchtige Emotionen zu ihr übertragen. Doch sie spürte auch Stolz und Erleichterung.

Afra drückte die Tür auf, nahm sie bei der Hand und erneuerte mit einem kurzen 'kinetischen Impuls ihre Energie. Ehe sie seinen Geist lesen konnte, hatte er sich schon wieder abgeschirmt.

Du brauchst das nicht als so ein gewöhnliches Ereignis behandeln, weißt du, fügte sie pikiert hinzu.

Warum denn nicht? Es sollte eins sein! – Au! Er wich dem Puff aus, den sie ihm gab.

Also, wenn wir jetzt für heute mit Spaß und Spiel fertig sind, können wir uns dann bitte das Programm für heute noch einmal ansehen? kam es bissig von Reidinger. *Es gibt ein paar Änderungen.*

Abends, als Rowan in ihrem doppelt einsamen Bett lag, ließ sie die Reise zum Deimos Revue passieren. Sie

218

hatte tatsächlich nichts gefühlt, nicht einmal das Wirbeln – nachdem sie den Gedanken daran aus ihrem Kopf verbannt hatte –, das sie bei der 'portation vom Atair zur Kallisto gepeinigt hatte. Aber war es im Licht ihres neu erworbenen Wissens ein Wunder, daß sie bei ihrer ersten Raumreise derart reagiert hatte? Hatte nicht Siglen geweint und gestöhnt und die Hände gerungen und getan, als würde sie Rowan in den Tod schicken? Und all diese vorbeugenden Spritzen und Medikamente, die, da ihr Innerohr überhaupt nicht geschädigt war, wahrscheinlich all die Übelkeit, Wirbeln und Schwindelgefühl hervorgerufen hatten, denn sie hatte sie nicht gebraucht. Siglen hatte ganze Arbeit geleistet, sie genau für die Reaktion zu konditionieren, die sie gezeigt hatte.

Sie würde sich morgen wieder von Afra zum Deimos bringen lassen, und diesmal würde sie ihn sich an- und sich umsehen. Es gab absolut keinen physischen oder psychischen Grund, warum Raumreisen ihr etwas ausmachen sollten.

Nein, gibt es nicht. Das mußt du dir immer wieder sagen, Schatz. Sag es, bis du es aus ganzem Herzen und mit allen Gedanken glaubst, erklang Jeffs Stimme sanft in ihrem Geist.

Oh, deine Berührung ist so schwach ... Sie machte sich Sorgen, daß seine Aufgaben über die unlängst erworbenen Fähigkeiten gingen.

Nein, überhaupt nicht, erwiderte er in kräftigerem Ton. *Ich wollte dich nicht erschrecken.*

Versuch mich nicht zu täuschen, Jeff Raven. Ich weiß, daß du erschöpft bist. In diesem Zustand solltest du nicht einmal versuchen, mit mir Kontakt aufzunehmen.

Bist du nicht froh, daß ich's getan habe? (Sein gedankliches Grinsen wurde von einem sehr sanften Streicheln begleitet.) *Wo immer du bist, egal, wie müde ich bin, ich werde immer zu dir finden. Obwohl* – und nun änderte sich sein Ton vielsagend – *es nichts nützt, wenn ich gerade versuche, etwas Ruhe zu finden. Schlaf gut, Liebste.*

Sie schickte ihm einen leichten Kuß auf die Wange, lachte dabei und versuchte, seinen Geist zum Schlafmuster zu führen.

Oma! Das kann ich selber machen!

So müde sie war, war sie selbst noch nicht ganz zum Schlaf bereit. Sie benutzte Schlaf so oft, um negative Geistesmuster oder unproduktives Denken im Kreis zu unterbrechen. Manchmal konnte sie in ein Problem eindringen, indem sie es wieder und wieder durchdachte – und am Morgen darauf mit der fertigen Lösung erwachte.

Diese Nacht erschien Pursa, nicht die Reste, die Moria übrig gelassen hatte, sondern das trostreiche Wesen, das ihr wichtigster Halt gewesen war. Rowan hielt inne und dachte an jene letzten Tage ihrer Kindheit zurück, an all die Gespräche, die sie mit Pursa geführt hatte, an die dummen Dinge, die sie erörtert hatten ... *Sie?* Rowan stutzte. Sie hatte in der Tat viele Jahre lang geglaubt, Pursa sei ein vernunftbegabtes Wesen, ungeachtet der unabweislichen Tatsache, daß Rowan *gewußt* hatte, daß dem *nicht* so war. Sie hatte viele Qualitäten und Eigenschaften in den Pucha hineingelegt, in das trostspendende ... Spielzeug, sag es, Rowan, Spielzeug! ... Nein, kein Spielzeug. Ein Gerät! Ein Beobachtungsgerät! Ein Ersatz! Der Pucha war gewiß der Adressat von mehr vertraulichen Mitteilungen gewesen, als irgendein menschliches Wesen, sogar von Dingen, die sie niemals mit Lusena hätte besprechen können. Dennoch erinnerte sich Rowan deutlich, daß Pursa ihr von Dingen abgeraten hatte, die sie, Rowan, besonders gern getan hätte. Wie konnte der Pucha derart aus eigenem Ermessen handeln?

Noch immer war der Verlust in Geist und Herz Rowans verwurzelt. Sie hatte sich einer tiefen Melancholie überlassen, die Lusena trotz metamorphischer Behandlung nicht hatte beheben können. Siglen war irritiert gewesen, nachdem ihr klar geworden war, wie sehr sie sich auf ihre Schülerin zu verlassen begann, doch sie hatte viel größere Angst, sich auch nur mit dem geringfügigsten Schnupfen anzustecken. Dann hatte Gerolaman die Barkkatze besorgt. Und dieser undankbare Frechdachs, den Rowan als Gefährten in ihrer Wohnung auf Kallisto gesehen hatte, hatte sich geweigert, das Passagierschiff *Dschibuti* zu verlassen – zur größten Freude der Besatzung. Sie hatte ihn zurücklassen müssen, über seine Abkehr eher wütend als betrübt.

»Als Kind habe ich mit Kinderkram gespielt!« Dieser Satz, der ihr in jener Zeit der Neuorientierung gründlich eingehämmert worden war, kam ihr jetzt in den Sinn.

Rowan wälzte sich ruhelos im Bett; sie haßte den Satz und all die Erinnerungen, die er heraufbeschwor.

Wieso kam ihr Pursa jetzt in den Sinn, heute nacht? Freilich hatte Jeff die Erinnerung in Frage gestellt. Jeff konnte einen Ersatz mehr als ersetzen –, abgesehen davon, daß er ihr nicht einmal persönlich den Hof machen konnte!

Warum Pursa? Warum nicht Gauner? Sie war wirklich aus dem Alter heraus, wo man zum Trost einen Ersatz brauchte. Oder etwa nicht?

Über derlei Gedanken schlief Rowan ein. Als sie am Morgen in ihren Gedanken beim Aufwachen nach einer Antwort suchte, fand sie keine. Statt dessen hatte sie ein überwältigendes Verlangen, zu Jeff Kontakt aufzunehmen. Und widerstand ihm. Sie hatte eine zusätzliche Uhr nach Deneb-Zeit gestellt, und er würde jetzt hart am Arbeiten sein. Sie hatte die Zeit, da sie normalerweise erwachte, verschlafen, aber der Jupiter würde die Kallisto erst in drei Stunden freigeben.

Lustlos stand sie auf, um sich der Tagesroutine zu stellen. Es mochte sein, daß sie und Jeff ein Leben lang

Zeit hatten, einander kennenzulernen, aber sie hätte gern richtig damit angefangen. Zum Teufel mit Reidinger! Wie konnte er! Sie hätte ihm gern ein paar Takte gesagt.

Von Angesicht zu Angesicht.

Vorsicht! hörte sie Afra die Stationsbelegschaft warnen. Sie wußte nicht recht, ob sie verärgert oder belustigt war, daß man sich vorsah. Sie drückte die Tür zum Tower auf und ließ sie hinter sich zusausen, als sie den wachsamen Ausdruck in den Gesichtern sah.

Ich glaube nicht, daß du schon bereit für einen Sprung zu Erde bist, sagte Afra. »Guten Morgen, Rowan. Wir haben etliches ziemlich schwere Zeug zu befördern.«

Sie schaute den Capellaner scharf an und wußte, daß er recht hatte. Und doch, wenn sie den Schritt nicht wagte, wann dann? Warum sollte sie nicht – wenn sie doch nur auf eine Konditionierung reagierte? Doch seine Vorsicht und seine sichtliche Sorge ließen ihren Elan verpuffen. Sie war sich ihrer neuen Einstellung doch nicht ganz so sicher – nicht nach einem einzigen Sprung zum Deimos. Ihr Blick war für jedermann ein Signal, sich lebhaft für Listen oder Tastaturen oder sonst eine Aufgabe zu interessieren, die einen aus ihrer unmittelbaren Nähe brachte.

»Also hört mal, Leute. Es sind zwei Stunden und fünfzig Minuten, ehe Kallisto hinter dem Jupiter hervortritt. Ihr wißt alles, wie ihr den Plan für heute ohne Afra und mich vorbereitet. Afra« – und sie verstärkte den Blick noch –, »ich möchte wieder zum Deimos. Jetzt!«

»Wie du wünschst«, kapitulierte er unerwartet rasch. Sie nahm ein sehr verdächtiges Funkeln in seinen gelben Augen wahr, ehe er den Kopf anwandte. Und seine Abschirmung war dicht wie der Verschluß einer Luftschleuse. Sie beschloß, sich nicht weiter um ihn zu kümmern, und marschierte wieder aus dem Tower und zum Startplatz hinunter.

223

Obwohl sie diesmal die Augen anstrengte, um eine Bewegung wahrzunehmen, verlagerte Afra sie so glatt, daß sie unvermittelt wieder die Masse des Deimos vor Augen hatte. Diesmal schaute sie sich um, und wenn sich ihr Atem beschleunigte, brachte sie ihn unter Kontrolle und beruhigte sich selbst. Der Anblick war recht bemerkenswert.

Ist die Erde von hier aus zu sehen? fragte sie Afra. Sie holte wieder tief Luft, und die Kapsel änderte die Richtung.

Schalte die Sichtvergrößerung ein. Das zweite Feld rechts auf dem Schaltpult, sagte Afra zu ihr.

Viermal mit dem Finger getippt, und die Menschenwelt war deutlich als Sichel zu sehen. Ihr Mond hing wie eine kleinere daneben, von der fernen Sonne voll erleuchtet. Es war ein ehrfurchtgebietender Gedanke, daß dieses unbedeutende Fleckchen im weiten Panorama von Weltraumschwärze jene hervorgebracht hatte, die nun die Planeten weit entfernter Sonnen bewohnten.

Plötzlich kam ihr die Schwärze ringsum sehr nachhaltig zu Bewußtsein: zuviel Dunkelheit, und sie in einem sehr kleinen Raum gefangen ... Und sie hatte nicht einmal Pursa als Trost!

Ganz ruhig, Rowan! Und abrupt befand sie sich wieder auf dem Startplatz auf der Kallisto, Afra entriegelte die Luke ihrer Passagierkapsel, die gelbe Haut fahl vor Sorge.

Zitternd streckte sie ihm die Arme entgegen. Er hob sie aus der Kapsel und lief mit ihr zurück in den Tower, wobei er mit Stimme und Gedanken nach einen belebenden Getränk schrie.

Schwärze! Warum Schwärze, Afra? Es ging mir gut, wirklich gut, bis ich an die Schwärze dachte ...

Und Klaustrophobie, fügte Afra hinzu. Er nahm das von Ray dargebotene Glas und brachte es an ihre Lippen. Sie zitterte zu sehr, um es selbst halten zu können.

224

Rowan! Jeffs besorgte Stimme ließ sie zusammenzucken.

Es geht mir gut, Jeff. Es geht mir gut.

Schwärze. Warum reagierst du auf Schwärze, Rowan?
Warum sehe ich in deinem Geist den Pucha?

Ich weiß nicht, Jeff, ich weiß nicht. Es geht mir gut. Afra
hat vor, mich heute früh am Tag betrunken zu machen. Sie
versuchte, ihrem Geist einen unbekümmerten Tonfall
zu geben; sie wollte sich, daß er sich beunruhigte, nur
weil sie für einen Moment in dumme Panik verfallen
war.

Du hast mich halb zu Tode erschreckt, wirklich! fuhr Jeff
fort, und sie nahm sein Herzklopfen ebenso wahr wie
ihres.

Jeff, es geht ihr gut, sagte Afra und begann mit metamorphischer Massage, um ihre Spannung zu verringern.

»Es war nicht der Raum. Es war die Schwärze. Die
schreckliche Schwärze.«

Verdammt! Jetzt reicht es mir! sagte Jeff Raven ko-
chend vor Wut.

Deneb! Reidingers Gebrüll ließ sogar der Raven den
Schädel vibrieren. Afra verdrehte in heftigem geistigen
Schmerz die Augen und faßte sich an den Kopf. *Primen*
haben keine Privilegien! Sie ist nur durcheinander. Und
Schluß mit diesen Experimenten, Rowan! Hast du gehört?

Sogar ich kann Sie hören, sagte David von Beteigeuze
mürrisch.

Ich denke, Sie sind ausgesprochen egoistisch, Reidinger,
ließ sich Capella vernehmen.

Ich habe euch doch gesagt, daß das schreckliche Folgen
haben kann, stöhnte Siglen.

Laßt mich in Ruhe! sagte Rowan, wütend, sich im
Mittelpunkt von soviel unnötiger Aufmerksamkeit zu
finden. *Geht weg und wieder an eure Arbeit. Reidinger hat*
gesagt, was er zu sagen hatte.

Der Phantomkuß, den Jeff ihr zum Abschied gab,

machte es Rowan nicht leichter, zum Tower und ihrer Liege hinanzusteigen und zu versuchen, ihre Gedanken auf das Tagewerk zu konzentrieren. Eine dampfende Tasse Kaffee tauchte auf, und sie griff dankbar danach. Tief in ihr war etwas Gefrorenes, etwas Schwarzes ... etwas unangenehm Riechendes? Ein Geruch, den sie nicht identifizieren konnte – ein Gestank, der mit der beängstigenden Schwärze zusammenhing. Nicht der Schwärze von heute, einer übelriechenden, scheppernden, *sich umwälzenden* Schwärze. Das war es, was ihre Panik ausgelöst hatte – herumzukreisen, daß sie die Erde sah ... Genauso, wie die stampfende *Miraki* sie in Panik versetzt hatte, als Turian damals durch die Meerenge gefahren war. Aber es war eine ›Drehbewegung‹ gewesen, die es bei ihrer ersten Raumreise auf der *Dschibuti* ausgelöst hatte.

Fracht im Anflug, sagte Afra und holte sie zu ihren Pflichten zurück.

Abermals brachte die Belegschaft des Kallisto-Towers mit stupider Tüchtigkeit das Tagewerk hinter sich, ohne den belebenden Humor oder auch nur die schlechte Laune, die für Rowan einen Tag außer der Reihe signalisierten.

Die Kallisto befand sich auf der sonnenabgewandten Seite des Jupiter, und empfing gerade die letzte ins System kommende Fracht, die weitergeleitet werden würde, wenn der Mond sich wieder auf der sonnenzugewandten Seite befand, als ein Alarmsignal für lebende Fracht auf dem Tableau erschien.

Lebende Fracht unterwegs, Rowan, warnte Brian Ackerman sie in seiner Funktion als Stationsmeister. Sie hatte spät am Nachmittag den exakten Zugriff verloren, was selten genug bei ihr vorkam, aber da die Sendungen nicht als zerbrechlich gekennzeichnet waren, hatte er keinen Einspruch erhoben.

Na und? wollte sie wissen, doch sie nahm die Kapsel vorsichtiger entgegen.

226

Irgend so ein Flottenbonze, nach der Kennung zu urteilen ..., begann Brian und verstummte abrupt.

Zuerst bemerkte Rowan nicht, wie still ihre Belegschaft war. Es war das Ende des Arbeitstages, und nach dieser verspäteten Kapsel fuhren die Generatoren brummend herunter. Sie ordnete den Stapel der Versand- und Transitscheine, als sie hörte, wie jemand die Treppe zum Tower heraufkam und zwei Stufen auf einmal nahm.

»TT-tt, ich dachte nicht, daß ich dich so leicht anführen könnte!« Und es war Jeff Raven, der die Tür weit aufschwingen ließ, in den strahlend blauen Augen Spott – und seine Liebe. »Ich glaube, du hast mich überhaupt nicht vermißt!«

Rowan machte sich nicht die Mühe, auf seine Frozzelei zu antworten. Sie packte ihn bei der Hand und versetzte sie beide in ihre Wohnung, in ihr Schlafzimmer, aus der Kleidung heraus, und zeigte auf jede erdenkliche Art, wie sehr er ihr gefehlt hatte und was sie am meisten an ihm vermißt hatte.

An mehreren Punkten hatten sie in dieser zauberhaften Nacht Gelegenheit, Worte statt emotionaler Extravaganzen zu tauschen.

»Ich habe einen neuen Bruder, weißt du«, sagte er und zog sie zärtlich an sich, ihren Kopf auf seiner Schulter, ihren Körper so eng wie möglich an ihn geschmiegt, ihre Beine um eins von seinen geschlungen. Mit einem Ohr an seiner Brust, konnte sie hören, wie seine Stimme vom Zwerchfell heraufrumpelte. »Und ich habe gerade Mutter gratuliert, als sie mich daran erinnerte, daß seit langem ein Ruhetag anstand. Also habe ich mit dem Ungestüm, für den ich auf Deneb bekannt bin, eine Auswahl verläßlicher Leute zusammengeholt, daß sie den Planeten wenigstens einen Tag lang vor Gefahren schützen, und bin zurückgekommen zu dem, was mir so schrecklich gefehlt hat!«

»Ich werde deine Mutter für immer segnen!«

»Sie ist mächtig neugierig auf dich, will ich mal sagen. Ich habe sie wissen lassen, daß die Hologramme dir nicht gerecht werden.«

»Hat sie *Talent?*«

»Oh, haufenweise, aber sie hat nie viel trainiert, daher hat es, wenn sie das Vorhandene benutzt, manchmal ziemlich verheerende Folgen.« Jeffs Lachen ging von der Stelle aus, wo ihre Hand auf seinem flachen Bauch lag. Er hatte, wie Rowan feststellte, kein Gramm überflüssiges Fleisch am Körper. Er war viel zu dünn. *Essen ist das letzte, woran ich denken kann, Liebste!* »Ich glaube nicht, daß ihre Kraft bis zur Kallisto reicht, aber wenn sie es sich in den Kopf setzt, könnte sie uns an jedem Ort in der Stadt oder auf dem Hof eine Botschaft schicken.« Sein Lachen klang bedauernd. »Hab nie was vor unserer Mutter verheimlichen können.«

»Ich habe meine Mutter nie gekannt!«

Jeffs Arme umfingen sie liebevoll. »Ich weiß, meine Liebe. Ich weiß.« Er rückte plötzlich ab, stützte sich auf einen Ellbogen und unterbrach die körperliche Nähe, die Rowan so genoß. »Warum hast du diese Pursa wieder im Kopf? Ich weiß, wozu ein Pucha dient, aber es ist keine Ersatzmutter!«

»Du dringst tief vor.«

»Nein.« Jeff runzelte leicht die Stirn, strich ihr sacht das Haar aus dem Gesicht und nahm eine Handvoll davon vom Kopfkissen, von seiner bleichen Farbe im schwachen Licht des Zimmers fasziniert. »Tue ich nicht. Nicht halb so tief, wie ich vorhabe. Und da wir gerade beim Vordringen sind, oder beim Eindringen ...«

Und damit hatte das Gespräch ein Ende, obwohl Rowan, als Jeff ihren Körper mit geschickten erotischen Zärtlichkeiten liebkoste, flüchtig registrierte, daß die Unterbrechung beabsichtigt war. Bald war sie auf zu vielen Ebenen eines auserlesenen Liebesspiels viel zu beschäftigt, um sich zu beklagen. Jeff war unglaublich und brachte sie immer wieder zu neuen Genüssen.

Als sie sich schließlich um ein, zwei Zentimeter voneinander trennten, ließ Jeffs Magen ein grollendes Knurren ertönen, das der Magen Rowans beantwortete.

»Mein Gott, sogar unsere Verdauung paßt zusammen.«

»Und du mußt aufgepäppelt werden. Kümmert sich denn auf Deneb niemand um dich?« wollte sie wissen, die Aufmerksamkeit halb darauf gerichtet, Nahrungsmittel aus dem Kühlschrank in die Mikrowelle zu 'portieren.

»Hast du hier oben sowas wie'n irdisches Beefsteak?« fragte er, während er ihre Bemühungen verfolgte. »Wir haben die meisten Schlachttiere in den Bombardements verloren, und richtig die Felder bestellen können wir erst, wenn wir die Metallobjekte weggeräumt haben. Es ist mir egal, wie nahrhaft das künstliche Zeug sein soll, es schmeckt grauenhaft. Oh« – er sog den Duft bratenden Fleisches ein, der ins Schlafzimmer wehte –, »und es hat nicht den richtigen Geruch. Was für eine begabte Frau ich gefunden habe!« Und er drückte seine Wertschätzung auf höchst angenehme Art aus.

»Jeff! Das Fleisch brennt an!«

»Oh, eine leichte Kohlekruste schadet nicht! Ich habe 'ne Menge Mist essen müssen, weißt du …«

»*Jeff!* Das ist das einzige anständige Stück Fleisch, was ich momentan im Hause habe!«

»Ja, wenn das so ist …« Und er ließ von ihr ab.

Nachdem sie heißhungrig und reichlich gegessen hatten – wobei Rowan immer wieder in die Speisekammer ging, um sie mit den proteinreichen Stoffen zu versorgen, die sie beide brauchten, um ihr Feuer in Gang zu halten – liebten sie sich wieder. Sie schliefen so fest, daß keiner von beiden Afras diskretes Klopfen hörte, auch nicht das Klingeln des Komsystems.

Ich bitte um Entschuldigung! Afra brachte den Satz höflich in ihrer beider Geist ein und wiederholte ihn mit wachsender gedanklicher Kraft, bis Rowan aufwachte.

Sie fühlte sich herrlich erholt, total zufrieden ...

Rowan! Du sendest ..., sagte Afra mit einem diskreten geistigen Räuspern.

Vor Staunen vollends zu Bewußtsein gekommen, fühlte Rowan sich unerwartet erröten. Afra würde nie ›schauen‹, trotzdem bedeckte sie sich mit einer Ecke der Wärmedecke. Jeff Raven grummelte schläfrig und tastete mit einer Hand nach ihr.

»Jeff! Wach auf! Wir haben verschlafen!«

»Unsinn. Heute ist mein freier Tag!« Er öffnete ein Auge.

»Ich denke, das war gestern, Jeff.«

Sie hast recht! Reidinger weiß nicht, daß Sie hier sind ...

Wieso nicht? Jeff setzte sich im Bett auf und zog dann Rowan wieder in seine Arme, streichelte sie sacht.

Er ist nicht ... Afra stockte. *Er hat 'ne ziemlich reizbare Stimmung.*

Das ist nichts Ungewöhnliches! Jeff wollte sich nicht einschüchtern lassen. *Er hat uns beide absichtlich zusammengebracht, und jetzt bin ich absichtlich hier, also soll er sehen, wie er damit zurechtkommt.*

Sag ihm die Wahrheit, Afra, fügte Rowan hinzu. *Ich habe verschlafen und werde zur Arbeit kommen, sobald ich anständig gefrühstückt habe.*

Im Bewußtsein, daß sie tatsächlich ihre Pflichten verletzt hatte, versuchte sich Rowan seinen Armen zu entwinden. Doch Jeff verstärkte einfach den Druck und hielt sie fest.

Das Problem mit Reidinger ist: Er sagt »spring!«, und jeder einzelne von euch fragt: »Wie hoch?« Also schön, dieser Kerl vom Deneb tut das nicht! »Haben wir noch irgendwas zu essen im Haus, Liebling?« Und als kümmerte ihn sonst nichts auf der Welt, lächelte er freundlich die Frau an, die er fest an sich gedrückt hielt.

Rowan schluckte, von Jeffs Lässigkeit abgestoßen und gleichzeitig voll Bewunderung dafür.

»Ich denke, Liebste, es ist nicht nur Siglens Konditionierung, die du abschütteln mußt.« Seine Stimme war leise, sehr sanft, doch es schwang eine Note darin, die sie Jeff Raven von Deneb aus völlig neuem Blickwinkel sehen ließ. »Diese VT&T haben dich so lange ausgebeutet, daß du nie auf den Gedanken gekommen bist, daß du als Prima *und* als Bürgerin der Zentralwelten gewisse unveräußerliche Rechte hast, die wahrzunehmen du nicht einmal versucht hast!« Er gab ihr einen zärtlichen Schmatz auf die Nasenspitze. »Und es ist Zeit, daß du sie wahrnimmst! Wer als letzter im Bassin ist, muß heute frei nehmen.« Er begann, sich von ihr und den Decken zu lösen.

Mit allem Respekt, Rowan, Raven, sagte Afra, der noch immer außerhalb der Wohnung stand, *gestern sind wir ganz gut zurechtgekommen, aber es ist ein Passagiermodul angekündigt, das die sanfte Berührung Rowans braucht.*

Dann muß es eine halbe Stunde im Lager bleiben, erwiderte Jeff, während sein Mund damit beschäftigt war, Stellen Rowans mit Küssen zu bedecken, die vorher irgendwie zu kurz gekommen waren. *Sagen Sie dem Kapitän, es gibt Schwierigkeiten mit den Generatoren. Bei mir auf Deneb hab ich das andauernd. Und keiner beklagt sich!*

»Aber, Jeff, nicht bei einem Passagierschiff. Das ist ein Vertragsbruch ...«, begann Rowan.

»Und den Vertrag zu brechen, den wir beide miteinander haben, ist in meinen Augen ein viel abscheulicheres Verbrechen.« Und er grinste sie anzüglich an, wobei ihm sein schwarzes Haar über die Augen fiel und ihm ein sehr piratenhaftes Aussehen verlieh. *So besonders lange wird es nicht dauern, Afra! Sagen Sie ihnen, daß sie wegen einer Eilfracht warten müssen. Meinetwegen. Und die ist noch nicht einmal startklar.*

Ihr Bad war weniger als rege und mehr als ausgedehnt, da es mit liebevollen Küssen und Zärtlichkeiten durchsetzt war. Schon die Berührung seiner Hände erregte Rowan, die körperlichen Kontakt so lange entbehrt hatte. Sie blieb in Berührung, als würde deren Verlust irgendwie ihrer beide unglaubliche Verbundenheit mindern.

Sie beide – denn Jeff wurde allmählich mit den Lager- und Kochvorrichtungen in ihrer Küche vertraut – hatten das Frühstück fertig, bis sie wieder angezogen waren.

Auf dem Weg zum Startfeld, wobei Jeff einen Arm um Rowan geschlungen hatte und sie fest an sich hielt, ließ Reidingers wütender Schrei sie zusammenzucken.

Sie brauchen nicht zu schreien, erwiderte Jeff Raven milde.

Was machen Sie da?

Ich verbringe meinen freien Tag ...

Ha!

Also, Reidinger, Ruhetage haben eine lange Tradition, und ich hatte noch keinen, und meine Rowan hatte gewiß auch noch keinen ... Jeff schaute zu ihr herab, sein Blick durch und durch spitzbübisch und ein breites Grinsen auf dem Gesicht. Er hielt Rowan zurück, die im gehorsamen Bemühen, den wütenden Erdprimus zu besänftigen, den Schritt beschleunigen wollte, und hielt sie bei seiner gemächlichen Gangart.

Sie haben einen Vertrag mit VT&T ...

Habe ich, und Sie auch, und Rowan, aber da steht nirgends, daß wir verpflichtet *sind, sieben Tage die Woche und vierundzwanzig oder sechsundzwanzig Stunden am Tage zu arbeiten.* Sein Ton änderte sich abrupt. *Und nun verpissen Sie sich, Reidinger. Sie dringen in unsere Privatsphäre ein. Und das ist jedenfalls ein Vertragsbruch!*

Eine Art Geräusch, begonnen und abrupt abgeschnitten, ähnlich dem Gurgeln purer Wut, hallte in ihren Köpfen wider. Jeff grinste, und Rowan sah besorgt aus.

»Schatz, laß dich nicht mehr von ihm ausbeuten. Wir können ohne ihn auskommen, aber er und die mächtigen VT&T nicht ohne uns! Vergiß das nicht. Nur nicht klein beigeben!« Sie hatten das mitgenommene Passagiermodul erreicht, in dem er heimlich angekommen war. Nun nahm er sie wieder in die Arme, legte ihren Kopf unter sein Kinn, ihre Körper so eng beieinander, wie es ihr Geist war. Er sagte nichts, kostete den Kontakt aus. Unvermittelt gab er sie frei, küßte sie auf die Wange und streckte sich im Modul aus. »In sechs Tagen, selbe Zeit, Liebling.« Die Luke verdeckte sein tröstendes Lächeln.

Während sie zum Tower eilte, preßte Rowan fest die Lippen zusammen, um den Schmerz seines Abschieds zu überwinden, der heftiger war als zu der Zeit, da sie nicht gewußt hatte, was ihr fehlte.

Also nun, Schatz, weder Entfernung noch Zeit können uns wirklich trennen! Und er bewies es rasch auf eine Art, die sie nach Luft schnappen ließ. *Klar, was ich meine?*

Ihre Wangen brannten in der kühleren Luft des Durchgangs. Den Kopf gesenkt, so daß niemand von Stationspersonal ihr Gesicht sehen konnte, als sie den Tower betrat, nahm sie zwei Stufen auf einmal. Als sie ihren Platz eingenommen hatte, heulten die Generatoren schon mit höchster Leistung.

Sichere Reise! sagte sie, als sie seine Kapsel zurück zum Deneb schickte. Ein Kuß, der noch jenseits der Neptunmonde andauerte, brachte ein Lächeln auf ihr Gesicht. Dann klickte sie das Kom für das wartende Passagierschiff ein. »Ich entschuldige mich für die kleine Verspätung, Kapitän, aber wenn Sie bereit sind, können wir starten, sobald es Ihnen genehm ist.«

Entweder war er ungewöhnlich tolerant, oder jemand aus der Station hatte ihm diskret einen Tip gegeben, aber er sagte weiter nichts dazu, als daß er den Teleport in fünf Minuten verlangte.

Den ganzen Tag über war Rowan halbwegs auf einen Ausbruch von Reidinger gefaßt, also gab sie sich besonders große Mühe, eintreffende und abgehende Frachten in stetem Fluß zu halten. Auch von Jeff hörte sie die nächsten fünf Tage über nichts. Sie stand jedoch in ständigem und beruhigendem Kontakt mit ihrem Geliebten: Seine Anwesenheit war in ihrem Geist fühlbar, wie eine seidige Berührung in einer Ecke davon, eine federleichte Liebkosung.

Es war wohl aus diesem Grunde so ein Schock, als sie plötzlich die Abwesenheit dieser Berührung gewahrte.

Jeff? Sie fühlte sich einsamer als damals, als Pursa zerstört worden war, einsamer als seinerzeit ... in der mahlenden Schwärze. *Jeff!* Sie verstärkte ihre geistige Intensität, drehte sich im Sessel in Denebs Richtung. *JEFF!* Sorge trat an die Stelle der Überraschung. *JEFF RAVEN!*

Was ist los, Rowan? fragte Afra, der jetzt ihre Sorge bemerkt hatte.

Er ist weg. Seine Berührung ist weg!

Sie hörte mehrere Leute die Stufen zu ihrem Tower heraufstürmen.

Wir werden uns koppeln! schlug Afra vor, als er, Brian Ackerman und Ray Loftus den Raum betraten.

Sie öffnete sich ihnen, fuhr die Generatorleistung hoch und rief abermals. In Panik wandte sie sich zu Afra um.

»Er ist nicht da! Er hat uns sicher gehört!« Sie versuchte, ihre Stimme ruhig zu halten, doch Afra war viel zu empfänglich, als daß er ihr wachsendes Entsetzen nicht gespürt hätte.

Der großgewachsene Capellaner nahm sie bei der Hand. »Atme tief durch, Rowan. Es kann viele Gründe geben ...«

»Nein! Nein, es ist, als wäre er plötzlich ausgelöscht worden. Du kannst nicht verstehen ...«

Rowan? Der gedankliche Ruf war schwach, nur hörbar, weil Rowan mit den anderen gekoppelt war. *Rowan ...*

»Du siehst, ich hab dir gesagt ...«, begann Afra, und sie riß die Hände aus seinen.

»Das ist nicht Jeff!« *Ja?*

Komm sofort! Jeff braucht dich!

»Also Moment mal, Rowan.« Afra packte sie am Arm, als sie aus ihrem Sessel hochsprang.

»Ihr habt's gehört! Er braucht mich! Ich muß hin!« *Ich möchte, daß jeder in der Station seinen Geist weit offen hält,* fügte sie hinzu, während sie sich aus Afras Griff heraus und zum Startplatz 'portierte. Sie klappte das Verdeck auf und setzte sich hinein. *Wo bleibt die Kopplung, Afra?* Es gab eine lange Pause, obwohl Rowan fühlte, wie jeder neue Geist des Stationspersonals dem ihren weitere Kraft verlieh. Mauli wünschte ihr Glück, und von Mick kam das Echo. *Afra, tu's jetzt! Wenn Jeff mich braucht, muß ich hin! Tu es, ehe ich erfasse, was ich da tue!*

Rowan, kannst du nicht versuchen ..., begann Afra in verzweifelter Sorge um sie.

Keine Diskussion, Afra. Hilf mir! Wenn man mich ruft, muß ich gehen! Allein schon Jeffs Fehlen in ihrem Geist verursachte ihr Höllenqualen; über die Ungewißheit, *warum* seine Berührung so plötzlich abgerissen war, würde sie den Verstand verlieren.

Ich werde am üblichen Ort nach ihr Ausschau halten ..., erklang jene schwache, feste Gedankenstimme.

Da nun ihre eigenen Fähigkeiten von allen in der Station verstärkt wurden, überwand Rowan Afras Zögern, band ihn so eng in die Verschmelzung ein, daß er nichts verhindern oder ändern konnte. Dann, die Koordinaten des Zwergsterns fest im Geist, legte auch sie sich in die Energie der Generatoren und startete ihre Kapsel.

TEIL DREI

—

Deneb

Es war schwarz, ja, aber die Kapsel vollführte den Sprung ohne Rotation, die sie an den alten Schrecken gemahnt hätte. Sie fühlte, wie der fremde Mehrfach-Geist sie berührte, nahm sowohl dringende Not als auch Dankbarkeit wahr. Sie neigte sich ihm zu und folgte dem Weg, den er ihr zeigte.

Ihr Modul ruckte, als es hart im T-Lager landete. Gleichzeitig mit der Entschuldigung für die Landung hörte sie das klirrende, krampfhaft eiernde Rattern eines defekten Generators. Wenn der Mehrfach-Geist damit ein Gesamt gebildet hatte, hatte sie unverschämtes Glück, überhaupt am Ziel angekommen zu sein.

Sie öffnete das Verdeck und stieg aus dem Modul, wobei sie sich Mühe gab, weiteren Ärger angesichts des Anblicks zu unterdrücken. Der Generator, anscheinend hastig am Rande eines ehemaligen Flugplatzes aufgebaut, heulte ein letztes Mal auf, bevor eine Stütze brach. Eine Wolke schwarzen, öligen Staubs erhob sich und verhüllte den mechanischen Leichnam. Aus dem provisorischen Tower kam eine Gruppe Menschen, eine Frau darunter trug ein Kind über der Schulter.

Rowan streckte ihre Wahrnehmung aus und erkannte den dominanten Geist der Verschmelzung: Isthia Raven, Jeffs Mutter. Von den zehn Personen, die teilgenommen hatten, war nur ihr Geist kaum von der Anstrengung strapaziert, die, wie Rowan wußte, für eine Gruppe von Neulingen gewaltig gewesen sein mußte.

Innigsten Dank, sendete sie sanft an alle. *Wie schwer ist Jeff verletzt?* fragte sie direkt seine Mutter.

Isthia Raven schaute nach rechts zu einem älteren Mann, der Jeff so ähnlich sah, daß Rowan nicht überrascht war, daß er sich als dessen Onkel erwies.

»Ein unglücklicher Zufall«, sagte Rhodri, im Geist Schuldgefühl/Trauer/Sorge, während er sprach. »Wir hatten einem Blindgänger von den Käfern gefunden. Wir sollen *die*« – ein nach oben gereckter Daumen deutete die um Deneb kreisende Flotte an – »sie entschärfen lassen, aber die bescheuerten Idioten haben ihre große Kiste so hart aufgesetzt, daß sie den Zünder auslöste und die Bombe hochging. Jeff hat versucht, *uns* abzuschirmen, und vergessen, sich zu ducken! Der verdammte altruistische Narr. Ich hab ihm immer wieder gesagt, daß man zuerst an die Nummer Eins denken muß.«

Während er sprach, fand sie in seinem Geist eine Wiedergabe des Vorfalls, bei all den damit verbundenen Selbstvorwürfen doch durchaus geordnet. Sie sah, wie der Zylinder in der Furche, die er am Rande der Hauptstadt in den Boden gegraben hatte, freigelegt wurde; sah, wie ihn das Räumkommando vorsichtig untersuchte; sah die große gepanzerte Armeefähre runterkommen und bei der täppischen Landung Staub und Erde aufwirbeln, hörte die Schreie, sah die Bombe explodieren, den dichten Schauer von Splittern und sogar, wie sie abgelenkt wurden. Dann sah sie, wie Jeffs Körper anfing, sich zu drehen, wie er strauchelte und fiel.

»Das schlimmste ist die Brustverletzung«, sagte seine Mutter. Und ihr klarer Geist ließ ein viel zu deutliches Bild von Jeffs aufgerissenem Körper und der langen, tiefen Wunde quer über die linke Brustseite erkennen. »Die Ärzte sagen, es ist nur der Schock, aber ich habe ihn nicht erreichen können. Ich dachte, du könntest es vielleicht. Die Zeit ist knapp.«

»Wo ist er?« erwiderte Rowan mit einer Ruhe und Sicherheit, die sie nicht empfand. Vor allem, da sie spürte, daß Isthia Raven etwas verheimlichte. Noch etwas anderes war mit Jeff schrecklich schiefgegangen. Sie mußte der Verzweiflung widerstehen, solange es nur ging.

Mit größter Aufmerksamkeit nahm sie das von Isthia projizierte Bild einer unterirdischen Anlage auf, der einzigen noch funktionierenden medizinischen Einrichtung in der verwüsteten Stadt. Eine große 7 war auf die Pfosten vor einem erhellten Eingang gemalt. »Wir kommen nach«, fügte Isthia hinzu und deutete mit einem Kopfnicken auf die wartenden Wagen.

Rowan nickte verstehend, denn die 'kinetische Anstrengung hatte aus jedem in diesem improvisierten Team die Energie herausgepumpt.

Sie konzentrierte sich auf die Koordinaten ihres Ziels und teleportierte sich so nahe wie möglich an den Pfosten mit der 7, um einen Zusammenstoß mit einer Person oder einem Fahrzeug unwahrscheinlicher zu machen. Ihre Nase befand sich nur einen Zoll von dem Pfosten entfernt. Sie wandte sich dem Eingang zu. Sofort spürte sie die Anwesenheit von anderen *Talenten*, *Talenten* unterschiedlicher Stärke, die meisten bemüht, mit Trauer und Zorn fertig zu werden. Nun, das war ein Krankenhaus! Was sonst hatte sie hier als Aura erwartet? Jeff Raven mochte für sie persönlich am wichtigsten sein, doch in Rhodris Bild hatte sie einen Blick auf weitere Opfer erhascht.

Die Tür, die nach Ebene 7 führte, schwang für sie auf. Sie war überrascht, Menschen zu ihrem Empfang bereit zu finden, die in Richtung auf die Intensivstation zeigten, wo Jeff Raven lag.

Sie wartete lange genug im Vorraum, daß die Desinfektionswände sie reinigen konnten. Sobald die Prozedur beendet war, glitt die innere Tür auf. Das Krankenzimmer war rund, in zehn spitzwinklige Sektoren unterteilt, und manche, wo schon Patienten lagen, waren mit Vorhängen abgeschirmt. Auf den Wänden über jedem Segment, vom Pflegepersonal im Zentrum der Anlage gut zu sehen, gab es Reihen von Bildschirmen, die die Lebenszeichen der Verletzten überwachten.

Jeff lag im fünften Segment, vier Ärzte und eine Krankenschwester beobachteten seine Bildschirme und murmelten gelegentlich Bemerkungen. Was sie im Geiste zum sprunghaften Verhalten seiner Lebenszeichen bemerkten, zeigte Rowan, daß zwei kaum noch an seine Rettung glaubten; zwei andere waren *Talente*, und einer versuchte verzweifelt, noch etwas zu finden, das man für Jeff tun könnte. Ihr Eintreffen wurde bemerkt, und man machte ihr am Bett Platz.

Trotz des Eindrucks, den sie schon von Jeffs Onkel gewonnen hatte, war sie schockiert, als sie ihn sah, das gebräunte Gesicht bleich im Lichte der mächtigen Operationsscheinwerfer; seine linke Seite wies fast ein Dutzend Wunden auf, die auf Oberarm, Brust, Flanke, Hüfte und Schenkel fast ein Muster bildeten, wo Splitter entfernt worden waren. Doch die Brustwunde war am tiefsten. Sie konnte sie durch die Schichten von Haut, Muskeln und Knochen bis an sein Herz verfolgen und sah, wo operiert worden war.

»Asaph, Chefarzt«, sagte der ältere Mann. Sein Geist ging noch immer Behandlungsalternativen durch, doch er erhoffte sich von ihr ein Wunder. »Man hat Sie in Rekordzeit hergebracht. Wir sind eben erst aus dem Operationssaal gekommen.« Er hielt inne, und Rowan brauchte kein *Talent*, um zu sehen, daß er zögerte, fortzufahren.

»Ihre Prognose?«

Er seufzte und suchte nach Worten, doch Rowan verfolgte die von ihm verworfenen wie die benutzten. »Er hat einen schweren Schock und Verletzungen erlitten. Es stand auf Messers Schneide, obwohl sie ihn direkt hierher 'portiert haben. Der Admiral hat zwei von seinen besten Chirurgen heruntergeschickt.« Asaph wies auf zwei von den anderen Ärzten.

Eine kurze Sondierung offenbarte Rowan das Staunen der Flottenärzte, daß der Mann die Operation überlebt hatte, und ihm keine Überlebenschance

242

gaben. Ihr Zweifel machte Rowan nur noch entschlossener.

»Der Schock kann vermindert werden, und die schweren Verletzungen auch«, sagte sie mit soviel Zuversicht und Gewißheit, daß sie sich selbst wunderte. Doch dies war Jeff. Jeff Raven, ihr Geliebter.

»Bringen Sie ihn über die nächsten paar Stunden, und er wird sich *vielleicht* stabilisieren«, sagte Asaph, dem ihre positive Einstellung irgendwie Mut machte.

»Das wäre ein Wunder«, sagte einer von den Flottenleuten kopfschüttelnd. »Es hätte inzwischen eine Reaktion geben müssen ...«

Rowan ignorierte ihn und sah die beiden *Talente* an – die Krankenschwester, die der gedankliche Kontakt als Rakella Chadevsky, Jeffs Tante, identifizierte, und den Arzt, der sich als sein Bruder Dean erwies.

»Hat denn jemand von euch *versucht*, eine Reaktion zu kriegen?«

»Versucht ja, als er eingeliefert wurde ...«, gestand Dean.

Da war nicht viel mehr als ein Flackern, sagte Rakella, und es gab eine Menge für den Körper zu tun, ehe es zu spät war. Dabei habe ich es gerade geschafft, sein Herz wieder in Gang zu bringen!

Ohne Verzögerung? fragte Rowan und unterdrückte eine Panik, denn das war es, was Isthia Raven ihr verheimlicht hatte. Herzen können wiederhergestellt werden, wenn nötig ersetzt, sogar in so einer improvisierten Einrichtung. Solange das Hirn keinem Sauerstoffmangel ausgesetzt war, war eine Herzverletzung nicht so ernst, wie es eine schwere Kopfwunde für ein *Talent* gewesen wäre.

Nein, beruhigte Rakella sie. *Ich habe sein Herz wegen der Wunde genau überwacht* – sie lächelte unsicher – *und es gemerkt, noch ehe das EEG es anzeigte!*

Es hat also niemand versucht, ihn auf der metamorphischen Ebene zu erreichen ...

Von uns kennt keiner diese Technik, setzte Dean hinzu.

»Dann werdet ihr es jetzt lernen«, sagte Rowan und fragte sich, was medizinisches Personal mit *Talent* auf Deneb eigentlich beigebracht bekam, abgesehen davon, einen aussetzenden Herzschlag wieder in Gang zu bringen.

Rowan unterdrückte die Ängste, die sein Aussehen eines Todgeweihten ausgelöst hatte, trat an sein Bett und legte die Hände auf Jeffs Fußknöchel. Die leichte Kühle der Haut war ganz normal, sagte sie sich, und drückte tiefer, fühlte den schwachen, flachen Puls am Meridianpunkt. Mit Fingern und Geist spürte sie die Stockung dort, als Jeffs Kreislauf im Vorfeld eines Herzstillstands zusammenzubrechen begann. Sie grub die Daumen tief in seine Fußsohlen, in den Punkt, der in Korrelation zum Solarplexus steht, und rieb mit festen kreisenden Bewegungen. Dann drückte sie kräftig auf die Spitzen beider großer Zehen, wieder und wieder. Dann wieder zum Solarplexusreflex. Als sie wieder drückte, hörte sie Rakella rasch Luft holen.

Da ist eine Reaktion. Was immer du tust, es hat eine Reaktion ausgelöst!

Ihr habt ihn auf körperliche Ebene rausgeholt. Ich werde mich um die metamorphische kümmern.

Kann ich dir assistieren? fragte Rakella.

Unbedingt. Kopiere meine Handbewegungen. Ich gebe zu, daß ich selten Gelegenheit hatte, solch eine Behandlung anzuwenden, aber sie kann ziemlich wirkungsvoll sein. Jeder Stimulus kann den Ausschlag geben. Momentan hat Zeit keine Bedeutung für ihn, also nutzen wir diese Zeitlosigkeit, um ein Basisniveau zu entwickeln, das stark genug ist, seine Lebenskraft zu erhalten und das Gleichgewicht wiederherzustellen.

Sie wurde vom unterdrückten Geschrei eines wütenden Säuglings überrascht.

Bleib im Gleichgewicht, sagte Isthia Raven trocken, als sie den Raum betrat. Dankbar für ihre belebende Wirkung, tat es Rowan. *Ich denke, Asaph, hier wimmeln zu viele unnötige Körper um meinen Sohn. Bedank dich bei den Leuten von der Flotte und schick sie ihrer Wege. Ihre Gedanken sind zu negativ, und so eine Aura können wir hier nicht gebrauchen.*

Rowan wiederholte nun den festen Druck gegen die Fußsohlen, begann den ganzen Fuß zu massieren, daß das Fleisch warm wurde, dann rieb sie sanft und leicht über die Knochen von den Zehen bis zur Ferse. Rakella verfolgte jede ihrer Bewegungen. Rowan verweilte länger bei der Grube zwischen dem inneren Keil- und dem Schiffbein, was seine nachlassenden Energien beleben sollte. Sie ging weiter zum Fersenbein vor und massierte die Seite der Ferse nach hinten zur Achillessehne hin. Leicht glitten ihre Finger über die Oberseite des Fußes, hinab und unter den äußeren Knöchel. Dann wiederholte sie die Folge und wandte nur an der Sohle und der großen Zehe starken Druck an, um ihn das Fußgewölbe hinauf zu verringern.

Rakella hatte nun den Rhythmus der Massage erfaßt, und sie arbeiteten im Gleichtakt. Gelegentlich drang Rowan in die Meridianarterie über dem linken Knöchel, in der Absicht, das Tempo ihres eigenen gemessenen Herzschlags möge in Jeffs Arterien widerhallen, er möge seine Kräfte sammeln, reagieren, und sei es noch so schwach, um ihnen zu zeigen, daß er noch am Leben hing.

Nachdem die überflüssigen Körper aus dem Weg waren, trat Isthia an Jeffs Kopf und strich das schweißfeuchte Haar zurück. Dann legte sie die Finger leicht auf beide Schläfen und hob den Blick zu Rowan. Jeffs Mutter hatte dieselben erstaunlich blauen Augen, denselben direkten, ehrlichen Blick. Doch keine von ihnen konnte seinen Geist ›fühlen‹.

Wir Ravens haben harte Schädel, sagte Isthia und verschloß ihre Gefühle vor der noch nicht erfüllten Hoffnung.

Und schwielige Füße, fügte Rakella hinzu.

Als Rowan die Sohle knetete, fühlte sie, wie jene schreckliche Stockung sich plötzlich löste. Sie blickte auf die Bildschirme, und die bestätigten eine leichte, doch meßbare Besserung. Dennoch war in jenem besonderen Bereich, wo das *Talent* angesiedelt war, noch nichts von Jeff zu spüren.

Wir werden ihn nicht aufgeben! sagte Isthia leise. Ihre Augen hielten Blickkontakt zu Rowan.

Nein, werden wir nicht! Und Rowan erneuerte ihre Fürsorge, ließ die Hände hinauf zu seinen Knien und zur nächsten großen Meridianlinie gleiten. So schlaff sie in seinem gegenwärtigen Zustand waren, fühlte Rowan doch die Stärke seiner Muskeln – Erinnerungen strömten zurück.

Sogar die könnten von Nutzen sein, sagte seine Mutter in komischem Ton.

Überrumpelt schaute Rowan auf.

Jeff sagte, du hast eine laute Stimme, sagte Rowan respektvoll, während sie sacht über das Knochengewölbe des Fußes strich. Die sanftesten Zärtlichkeiten nun, um ihn zur Wiederkehr zu bewegen. *Er hat nicht erwähnt, daß du auch ein langes Ohr hast.*

Isthia lächelte. *Ich hatte von dieser Art Handtechnik gehört. Interessant!*

Es könnte eine Zeit dauern, bis sich Ergebnisse zeigen …

Die meisten Heilungsprozesse dauern eine Zeit, Rowan. Und ich fühle, daß das funktioniert, auch wenn wir keine großen Fortschritte sehen.

Plötzlich zuckte Jeffs Fuß schwach. Rowan blickte überrascht.

Also das ist definitiv eine Reaktion, Rowan! sagte Rakella und sah viel zuversichtlicher aus.

Also drückte Rowan tief in den Ballen seiner linken großen Zehe und sah die Alpha-Kurve zittern und die Delta-Kurve ein wenig zucken. Rakella griff nach der rechten Zehe, und wieder gab es eine kurze Reaktion.

»Wie lange macht ihr so weiter?« fragte Asaph, als er zurückkam. Er war in tiefer Sorge um Jeff, sein breites Gesicht zeigte Kümmernis und Schmerz.

»Bis wir ihn zurückgeholt haben«, erwiderte Rowan einfach. »Da, wo er jetzt ist, gibt es keine Zeit.«

Asaph schniefte. »Zeit? Der hat uns Zeit gekostet, kann ich euch sagen! Ist's aber auch wert. Jeff ist sozusagen was Besonderes für uns hier auf Deneb.« Dann setzte er eilig hinzu: »Leider brauche ich Rakella. Jeff war nicht der einzige Verletzte.«

Isthia berührte Rowan leicht an der Schulter. »Ich müßte das Baby füttern«, sagte sie, und durch ihren Geist konnte Rowan die nun verzweifelten Schreie eines sehr hungrigen Säuglings hören. »Wenn nötig, kann er noch eine Weile warten ...«

Rowan spürte auch den Zwiespalt: Sie hatte für zwei Söhne zu sorgen.

»Füttre das Kind!« sagte sie. Sie konnte sich völlig auf Jeff konzentrieren, frei von den Befürchtungen anderer, allein mit Jeff, für den sie jetzt verantwortlich war wie noch nie für jemanden.

Isthia schlüpfte zwischen den Vorhängen hinaus. Der Patient in Nachbarsegment stöhnte, und Rowan hörte die raschen, leisen Schritte der Schwester, die sich um ihn kümmern ging.

Dann, allein, zwang sich Rowan, wieder in Jeffs Gesicht zu schauen, das unter der Bräune so krankhaft bleich war. Für einen Mann von soviel geistiger und körperlicher Kraft und Energie wirkte er jungenhaft, wenn er bewußtlos war, als hätte die Verwundung mit seiner Gesundheit alle Spuren seiner charismatischen Persönlichkeit fortgefegt. Der Schmerz in ihr wuchs zu alarmierendem Ausmaß an, ein hartnäckiger Druck von Tränen und die Kehle derart zusammengekrampft, daß sie den Atem hindurchzwängen mußte.

Ruhig! Isthias Berührung, die aus einem ebenso tiefen Schmerz wie ihrem herrühren mußte, tröstete sie.

Belaste das Gute, das du schon vollbracht hast, nicht mit negativen Gefühlen.

Was für ein langes Ohr seine Mutter hatte! Rowan war zugleich dankbar für den Hinweis und unangenehm berührt. Sie pausierte lange genug, um den Hocker, das einzige andere Möbelstück im Segment, an den Fuß den Bettes zu holen. Und dann nahm sie die metamorphische Behandlung wieder auf. Leicht, leicht, endlos streichelte sie. Ab und zu legte sie die Finger auf den Meridianpunkt, spürte den Rhythmus, in dem das arterielle Blut floß, und versuchte, das Tempo auf ihr eigenes Kreislaufniveau zu erhöhen.

»Bist du da, Jeff? Bist du noch da?« wisperte sie und wünschte, er möge ihre Stimme hören, wenn nicht ihren Geist. Und während sie weiter seine Füße streichelte, sprach sie zu ihm in jenem Wispern, so leise, daß es nicht durch die Vorhänge drang. Eigentümlicherweise tröstete sie der Klang ihrer eigenen Stimme.

Rowan hatte nie bei einem Kranken gewacht. Noch hatte sie sich jemals – nein, einmal doch, vor langer, langer Zeit – so hilflos gefühlt. In einer herumstürzenden, stinkenden Dunkelheit? Doch nie war die Hilflosigkeit ein derart bitterer Zustand gewesen. Was nützte ihr jetzt das *Talent*? Und doch hatte es genützt! Sein Geist wußte vielleicht nicht, daß sie zugegen war, wohl aber sein Körper, der sich ihre Stärke lieh, um seinen erlahmenden Halt ans Leben aufzufrischen. Sie legte die Hand auf sein Handgelenk, kontrollierte mit den Fingern den langsamen, doch nicht gar so schwachen Puls. Ja, sein Körper wußte, daß sie da war, selbst wenn das nicht von den über den Bildschirm wogenden grünen Kurven registriert werden konnte.

Durch ihre Hände ließ sie weiter ihre Energie in ihn einströmen. Wenn Jeff … ja, *wenn* Jeff wohlauf war, gelobte sie sich, würde sie bei jenen *Talenten* von der Erde, deren Heilerfolge ans Wunderbare grenzten, zusätzlichen Unterricht im Metamorphischen nehmen. Und ein Wunder war hier gewiß vonnöten. Wie lange brauchten Wunder auf diesem anderen Niveau?

Hatte sie es wirklich erreicht? Positive Einstellung! Jeff würde leben, wieder zu Kräften kommen, wieder ganz er selbst werden. Sie leitete Leben aus sich selbst in ruhigem und gleichmäßigem Strom in Jeff Raven, aufgeladen mit Liebe und Hingabe.

Trotz ihrer Absicht, trotz ihrer unbequemen Stellung auf dem niedrigen Hocker, trotz der fortgeführten sanften Massage mußte Rowan eingenickt sein. Denn ihr Kopf lehnte an einem Fuß. Sie schüttelte sich selbst wach, beschämt wegen solcher Schwäche, die negativ war, wo es doch so darauf ankam, positiv zu sein. Besorgt schaute sie auf die Bildschirme: Alle zeigten kräftigere Funktionen.

Der Schrei, der da aus ihr hervorbrach und beide Schwestern in das Segment eilen ließ, war der pure Jubel.

Rowan! rief Isthia, und wie ein Meteorschweif brach Hoffnung durch ihre Stimme.

Wo er ihr so gefehlt hatte, war die leichte, doch zärtliche Berührung von Jeff Ravens schlafendem Geist wieder da.

Er ist da! Er wird leben! Er ist da! Er wird leben! jubilierte sie und schluchzte vor fast unerträglicher Freude und Erleichterung.

Sie empfand heftigen Widerwillen, als die Krankenschwestern den Vorhang zurückschoben und sie brüsk beiseite drängten.

Laß sie ihre Arbeit tun, Rowan, sagte Isthia mit leicht vorwurfsvollem Ton. *Es ist nicht dasselbe, als wenn er dazu beitragen könnte, seinen Endorphinausstoß zu erhöhen und den Schmerz zu vermindern. Den er garantiert bald spüren wird. Er ist bewußtlos eingeliefert worden, war am Verbluten, es blieb also keine Zeit, weniger heftige Anästhesiemethoden zu benutzen. Er wird eine Weile brauchen, bis er sich von den Chemikalien erholt hat. Aber wenigstens wissen wir jetzt, daß er sich erholen wird! Ich werde dir ewig dankbar sein.*

Rowan gefiel es nicht, so beiseite geschoben zu werden und zusehen zu müssen, während am Körper ihres Geliebten das Notwendige getan wurde. Dann verließen die Schwestern das Segment, hatten für Rowan gerade einmal ein höfliches Nicken übrig und zogen die Vorhänge wieder zu.

»Alles zu seiner Zeit, Mädchen«, bemerkte Isthia trocken, als sie eintrat. »Falls du daran denkst, ihn von jetzt an allein zu betreuen. Offen gesagt, du kannst vielleicht hervorragend mit den metamorphischen Niveaus umgehen, aber nicht mit dem medizinischen, und wenn du es noch so tief empfindest. Und starr mich nicht so an, Kind! Ich akzeptiere gern, daß mein Sohn dich als Lebensgefährtin gewählt hat, aber ...« – und sie hob warnend die Hand – »versuch nur nicht, einen Mann wie Jeff zu besitzen.«

Rowan stellte fest, daß ihr Isthias Anwesenheit unangenehm war, da sie in ihr Zusammensein mit ihm eindrang. Erst recht unangenehm waren ihr die Ratschläge, denn sie begriff, daß sie zutrafen. Sie wollte Jeff, verwundet oder gesund, mit niemandem teilen. Ihr war nicht bewußt gewesen, welch tiefe Spuren ihre unvermeidliche Trennung in ihrem Geist und ihren Gefühlen zurückgelassen hatte.

»Du solltest jetzt im Kopf damit klarkommen, Rowan«, fuhr Isthia fort und ignorierte Gedanken, die abzuschirmen sich Rowan nicht die Mühe machte. »Laß das, was du mit Jeff teilst, nicht von kleinlicher Eifersucht und anderen unwürdigen Ansichten überschatten. Nähre euren Bund, statt ihn zu ersticken.«

Als Isthia ihr beruhigend die Hand auf die Schulter legte, sprang sie fast weg, an beiläufige körperliche Berührungen nicht gewöhnt. Isthias Hand faßte fester zu.

Nun ja, wir Denebier verwenden viele Berührungen, das

*ist also noch etwas, woran du dich gewöhnen mußt. Es hilft
uns Lahmhirnen, auf geistiger Ebene zu funktionieren.*

»Du bist kein Lahmhirn«, platzte Rowan heraus;
ihrem grundlegenden Gerechtigkeitssinn widerstrebte
Isthias Selbsterniedrigung. Doch indem sie das zurück-
wies, suchte sie Blickkontakt zu Isthia, und die ältere
Frau traf ihren Blick und hielt ihn fest, benutzte den
Zorn, um einen Suchstrahl an den Sperren Rowans
vorbeizuschicken.

Du hast es nie leicht gehabt, nicht wahr, Kind? In Isthias
Geist schwangen Mitgefühl und eine Großzügigkeit
des Wesens, die Rowan seit Lusenas Tod nicht mehr
gefunden hatte und die ihre momentanen Vorbehalte
verschwinden ließ. *Du liebst Jeff, aber das tun die meisten
Menschen, die es auf Deneb noch gibt. Du kannst ihnen
ihren Anteil an seiner Zuwendung nicht streitig machen.
Ich würde es nicht versuchen. Du bist klug genug, um zu
wissen, was ich meine. Sei weise genug, es zu akzeptieren.
Am sichersten hat man, was man fortzugeben bereit ist.*
Dann runzelte Isthia leicht die Stirn. »Wer ist Pursa?«

»Jeff meinte, du hättest ein verheerendes *Talent*«,
sagte Rowan, baß erstaunt, daß Isthia Pursa ›gesehen‹
hatte. »Und ich kann mir nicht vorstellen, wie du an
dieses Stück alte Erinnerungen herangekommen bist.«

»Sie liegen ganz zuoberst in deinem Geist, meine
Liebe«, sagte Isthia sanft und forderte mit Nachdruck
eine Antwort.

»Pursa ist kein wer, sondern ein was. Ein Beobachtungsgerät in irgendeiner trostspendenden Form für
ein bekümmertes Kind.«

»Das du sicherlich gewesen bist – auch sehr weit
oben in deinem Geist. Dein Geist ist zu stark, als daß
jemand Ungeübtes wie ich sehr tief hineinspähen
könnte.«

Rowan lachte kurz ironisch auf.

»Schon besser«, sagte Isthia und lächelte zur Erwiderung. »Du warst da in eine sehr üble Gedankenschleife

geraten, die gar nicht gut für dich ist, wo Jeff dich noch brauchen wird. Ich werde dir etwas zu essen bringen lassen, und einen bequemeren Stuhl.« Damit ging sie.

Sowohl die Mahlzeit, die Rowan sich zu essen zwang, als auch der Stuhl, der gegenüber dem Hocker eine Verbesserung war, waren willkommen. Die Bildschirme über Jeffs Bett zeigten alle viel kräftigere Körperrhythmen, gute Alpha- und Delta-Reaktionen. Sein schwacher Kontakt blieb in ihrem Geist, doch noch war er passiv.

Es verging noch eine Stunde, bis er weit genug zu sich kam, um seine Umgebung zu erkennen. Als er Rowan an seinem Bett gewahrte, verzog er das Gesicht zu einem leichten Grinsen, aus dem eine Schmerzgrimasse wurde.

»Rowan?« Er langte nach ihrer Hand. »Ich dachte schon, daß du es bist, aber ich wußte nicht, wie du hier sein könntest.« Seine Stimme war ein trockenes Wispern. Sie spürte seinen Durst und benetzte seine Lippen mit Wasser, wie sie es eine der Schwestern hatte tun sehen, dann tröpfelte sie ihm einen Teelöffel voll in den Mund. *Eigentlich habe ich mir gesagt, daß ich mir dich auf einer tiefen Sublimations-Ebene eingebildet habe.*

»Psst, Liebster. Du brauchtest mich. Da bin ich.«

Du hast es allein geschafft? Seine Gedankenstimme war viel stärker als die physische, und seine Finger klammerten sich mit mehr Kraft um ihre, als sie erwartet hatte.

Deine Mutter ...

Daß sie die Kavallerie ranholt, darauf kannst du dich verlassen. Aber du bist gekommen? Sein Staunen und seine Dankbarkeit strömten durch ihren Geist.

Isthia hat ein Team zusammengestellt. Und dann ist der Generator zerfallen! Die Erleichterung ließ sie albern werden.

Reidinger hat dich kommen lassen?

Psst, Liebster. Ich höre die Schwester kommen.

»Aha, wir sind also wieder da, Raven«, sagte die rotblonde alte Krankenschwester, die den Vorhang zurückschob. Sie nickte Rowan anerkennend zu. »Asaph wird sehr erfreut sein.« Dann wandte sie sich resolut Rowan zu. »So, und nun geh fort und ruh dich aus, oder muß ich dir eins mit dem Hartholzschläger über den Kopf geben, den ich für Unbelehrbare habe, die am Krankenbett Wurzeln schlagen?«

»Mir geht es gut«, sagte Rowan mit vor Erschöpfung versagender Stimme.

Die Schwester zog skeptisch eine Braue hoch. »Ha! Du hast schon zweieinhalb Schichten hinter dir. Raven, sag du ihr ein paar Takte.«

Geh und ruh dich aus, Liebling! verlangte Jeff eindringlich. *Du weißt, ich bleibe im Geist bei dir.* Und er schenkte ihr ein zärtliches Lächeln, das ihr allein gehörte.

Die nächsten zwei Tage über, da Jeff nun auf dem Wege der Besserung war und sie Zeit hatte, ihre Umgebung zu betrachten, staunte Rowan immer mehr über die Unverwüstlichkeit der Denebier. Der Planet hatte mehr als drei Fünftel seiner Bevölkerung verloren, seine beiden Siedlungszentren waren von dem Bombardement zerstört worden, ländliche Gemeinden ausgebrannt und die Bergwerke, von denen Denebs Importe abhingen, schwer beschädigt.

Alle Überlebenden, soweit sie nicht infiziert waren und in Isolierstationen versorgt wurden, waren konzentriert worden, mit ihnen die verfügbaren Ressourcen. Das war schon geschehen, noch ehe Jeff Raven sich an Rowan um Hilfe gewandt hatte.

Zwischen ihrer ersten kurzzeitigen Begegnung und jetzt waren die Ruinen der Stadt eingeebnet und provisorische Wohnungen errichtet worden: wahrlich spartanisch, aber für alle ein Dach überm Kopf. Das Wasserkraftwerk, tief zwischen den Felsen gelegen, durch die der breite Kenesaw-Fluß zum fernen Meer hin strömte, war heil geblieben, doch es war die einzige funktionsfähige Energiequelle des Planeten. Eine riesige Gemeinschaftsküche versorgte alle, und vier Einrichtungen boten nach Zeitplan Gelegenheit zum Baden und Wäschewaschen. Abgesehen von Säuglingen und Kleinkindern verbrachten sogar die Kinder den halben Tag in Arbeitsgruppen, und die Schulen für die älteren unterrichteten in der Praxis.

Wenngleich die Flotte die heimgesuchte Kolonie großzügig mit medizinischem Bedarf und gefriergetrockneten Notrationen versorgt hatte, bemerkte Rowan kritische Engpässe, wie Arbeitsschuhe und warme Kleidung, da nun der Deneb-Winter vor der Tür stand. Obwohl die Stadt in der gemäßigten Zone lag, strichen eisige Winde über die Ebene, und die Jäger konnten nicht genug Felle beschaffen, um jedermann zu kleiden.

Rowan wußte, daß sie von Capella und Beteigeuze private Unterstützung bekommen würde, sobald sie darum bat, doch solange sie keinen betriebsbereiten Generator besaß, konnte sie nichts davon zum Deneb bringen. Sie 'portierte sich zu der baufälligen Anlage hinaus, um zu sehen, was gebraucht wurde, damit sie wieder funktionierte. Die geborstene Umbauung, deren Trümmer noch am Boden lagen, war kein vorrangiges Problem. Der Generator selbst war hinüber. Zwei Schleifringe gebrochen, von den Kohlebürsten waren nur die Halterungen vorhanden, und der Antriebsschacht sah nicht vertrauenerweckend aus. Sie hob die Umbauung wieder an Ort und Stelle und fragte sich, ob jemand in der Stadt pyrotisches *Talent* hatte, um den Riß zu flicken, und ob es auf Deneb noch irgendwo Ersatzteile für den Generator gab.

Als sie den Turm betrat (als Tower wollte sie ihn nicht bezeichnen), wurde ihr bewußt, daß schieres Glück der bestimmende Faktor gewesen sein mußte: Die Geräteausstattung war minimal, aus Ersatzteilen zusammengeflickt. Sie dankte Gerolaman aus ganzem Herzen, daß er ihr so viel über die mechanische und elektronische Funktion eines Towers beigebracht hatte. Die erste wesentliche Prüfung hatte sie vielleicht bestanden, als sie sich in ihrer fieberhaften Aufregung an Jeffs Krankenbett 'portiert hatte, doch sie konnte – und würde – nicht versuchen, ohne anspruchsvollere Sicherheitseinrichtungen als diese zurückzukehren.

Isthia hatte ihr geholfen, den ad hoc gebildeten Rat zu überzeugen, daß der Wiederaufbau des Towers eine der wichtigsten Aufgaben war.

»Wir sind einigermaßen dran gewöhnt, es selber zu machen, weißt du«, hatte ihr Makil Resnik gesagt, der provisorische Gouverneur und Arbeitsdisponent. »Was wir nicht selber herstellen können, brauchen wir auch nicht unbedingt.«

Laß gut sein, Rowan, hatte ihr Isthia geraten, als sie in Rowan Protest hochsteigen spürte. »Wir können eine Menge selber machen – meistens, Makil. Vielleicht überstehen wir sogar ohne geeignete Kleidung den Winter. Aber wir müssen Samen und Medikamente einführen. Wir haben zuwenig Überlebende, als daß wir einen aus falschem Stolz aufs Spiel setzen könnten.«

»Da hast du recht, Isthia. Trotzdem, ich hab keine große Gruppe zur Hilfe übrig. Muß die Benevolent-Grube bald wieder aufmachen. Da hatten sie gerade eine große Platin-Ader gefunden.«

»Ich kann einen Gutteil der Reparatur selber machen, aber ich brauche jemanden, der sich in Elektronik auskennt.« Rowan brachte einen ruhigen Tonfall zustande.

Resnik befragte sein Komgerät, indem er mit stumpfem dicken Zeigefinger auf die Tasten tippte.

»Zathran Abita ist derjenige, den sie braucht«, sagte Isthia ruhig. »Sie weiß mehr über Towerausrüstungen als Jeff. Gib ihr eine Gruppe Kinder zum Herumstöbern. Mit ein bißchen Glück wird sie das meiste, was sie braucht, in den Bergungsschuppen finden. Oh, und Jeff hat diese I-Strahl-Werte für dich.«

Du hast das alles zur Kunst entwickelt, nicht wahr, Isthia? sagte Rowan mit Respekt vor solch handfester Manipulation. *Warst du es, die ihm beigebracht hat, wie man Leute bezaubert?*

Nein, ich hab's aus Selbstverteidigung gegen seinen Vater gelernt. Merk dir das! Isthia wandte ihr Lächeln von Rowan Resnik zu, ganz fügsam und dankbar.

»So 'ne Kleine wie du kann einen Tower selber in Ordnung bringen?« fragte Makil und schaute sie anerkennend an. »Hmm. Wann würdest du anfangen wollen?«

Wer zögert, vergibt seinen Vorteil, bemerkte Isthia schleppend. *Jeff ist mit einer geeigneten sitzenden Arbeit beschäftigt, damit er nicht auf dumme Gedanken kommt. Ein bißchen frische Luft und Ausarbeitung wird dir guttun.*

»Was du heute kannst besorgen«, erwiderte Rowan, entschlossen, die Tatsache zu ignorieren, daß Isthia sie ebenso leicht wie alle anderen manipulierte. *Warum haben sie dich nicht zum Gouverneur gemacht?*

Der volle Klang von Isthias Kichern hallte im Kopf Rowans wider. *Eine stillende Mutter würde einen elenden Gouverneur abgeben. Andererseits ...*

»Ich kann Zathran nur für zwei Tage abstellen. Dann wird er in der Grube gebraucht, wenn wir den Stollenmund frei haben. Je früher wir ein Bergwerk in Gang kriegen, um so früher haben wir Grund zur Freude.«

»Ihr habt schon Wunder vollbracht«, versicherte ihm Rowan, von Isthias Randbemerkungen etwas abgelenkt. Dann fragte sie sich, ob sie zurechtkommen würde. Sie hatte sowas noch nie gemacht.

Du packst das schon! sagte Jeff zu ihr. Sein gedanklicher Tonfall war heute sichtlich fester als seine Gesundheit. Rowan wußte, daß er sich bemühte, seine

Verletzungen zu überwinden. *Und wenn's klemmt, kannst du mich allemal rufen, um dich rauszuhauen!*

Ha!

Am Ende des ersten Tages war Rowan vom Ergebnis außerordentlich ermutigt. Mit einem halben Dutzend Halbwüchsigen war sie durch die offenen Schuppen gegangen, wo die geborgenen Gegenstände aufbewahrt wurden. Sie hatte die Liste der benötigten Dinge zusammen mit Jeff durchgesehen, um festzustellen, ob sie es unter dem Bergungsgut finden könnten. Helle Kinder dabeizuhaben, die wußten, wo man in den verwirrenden Schuppen und Gängen etwas suchen mußte, war der eine Vorteil, der andere die 'kinetische Fähigkeit, das Gefundene sofort zum Towerersatz zu befördern. Zum Ende dieses Tages war die Liste der benötigten Dinge drastisch geschrumpft. Doch ehe sie Zathran Abita richtig einspannen konnte, brauchte sie Dinge wie Kohlebürsten, noch zwei große Magnetspulen und Schleifringe, dazu kleine Transduktoren und einige Schaltkreise, die sie nur mit Reidingers Hilfe bekommen konnte.

Die unerwartete Aufmunterung des Tages bestand darin, daß sie in ihrem jungen Team drei keimende *Talente* entdeckte. Das älteste Mädchen, Sarjie, hatte eine deutliche Metallaffinität und konnte den Metallgehalt ermitteln, Ermüdungserscheinungen oder Schwachstellen in jedem Metallstück erkennen, das sie in der Hand hielt. Sie langte mehr in die Schrottkisten als in die Regale, um Geeignetes für den Tower zu finden. Der vierzehnjährige Rences konnte die Form dessen, was Rowan haben wollte, aus deren Geist lesen und es unfehlbar zwischen Stangen, Rohren, Stutzen, Spulen und anderem Gerümpel orten. Morfanu bemühte sich, eine 'kinetische Fähigkeit beherrschen zu lernen, und Rowan lenkte ihre Anstrengungen nachdrücklich in eine positivere Richtung. Sarjie besaß keine Teleempathie, die von Rences war auf das Auffinden von Formen beschränkt (er sah am liebsten Zeichnungen oder Bilder des Benötigten), und Morfanu konnte nicht senden. Sie brauchten noch jahrelange Ausbildung, um ihre Anlagen zu verfeinern.

Für jemanden wie Rowan, die immer mit reifen, ausgebildeten *Talenten* gearbeitet hatte, noch dazu größtenteils Kineten und Telepathen, erwies sich das Zusammentreffen mit neuen Fähigkeiten als faszinierende Erfahrung.

Du hast eine Menge Geduld mit ihnen, sagte Jeff anerkennend.

Du hast dich verausgabt, warf ihm Rowan vor, wütend, daß sie nicht ein Auge auf ihn gehabt hatte, während sie auf Ersatzteilsuche war.

Es war nicht der Kopf, den sie mir aufgerissen haben. Jeff klang reizbar, und eingedenk von Isthias warnenden Worten unterdrückte Rowan eine scharfe Entgegnung. *Sandy hat mir die Leviten gelesen. Aber die Entwürfe für die Wiedereröffnung der Grube sind fertig.* Sie spürte seine Zufriedenheit mit dem Erreichten. Er war ein schwieriger Patient, er verabscheute es, eingeschränkt zu sein, wenn er gerade am nötigsten gebraucht wurde, und schimpfte auf ärztliche Aufsicht und Vorschriften.

Am Tag nach einer großen Operation hatte er darauf bestanden, mit Papierarbeit zu beginnen und jemand Unverletztes für andere Arbeit freizusetzen. Sandy gab genug Beruhigungsmittel in ein Stärkungsgetränk, um ihn etliche Stunden schlafen zu lassen. In der Nacht hatte er, aufgebracht, daß er sein selbstauferlegtes Tagespensum nicht geschafft hatte, sich geweigert, mit der Arbeit aufzuhören. Also versetzte ihn Rowan einfach in den Schlaf.

In den kurzen Nachtstunden klinkte sich Rowan so leicht wie nur möglich in die Generatoren ein, die das Krankenhaus versorgten, und nahm Kontakt zu Afra auf, um die dringlichsten Güter zu bestellen. Er war beruhigt, ihre Berührung zu spüren, und versicherte ihr, daß bei ihnen alles glatt ging, wenngleich er nicht sicher war, wie lange das noch so gehen würde. Erleichtert rollte sich Rowan dann auf der Liege neben Jeffs Bett zusammen und sagte sich, daß es Zeit zum Weiterschlafen sei.

Mach das nicht noch mal mit mir, Rowan, sagte Jeff zu ihr, als sie ihn am nächsten Morgen schließlich aufwachen ließ. Er war fuchsteufelswild, wie sie mit ihm umgesprungen war.

Wenigstens hast du heute genug Kraft, um überhaupt wütend zu werden, erwiderte sie ohne Reue. Sein Gesicht hatte mehr Farbe, und die Kurven auf den Kontrollgeräten waren kräftiger. *Und höchstwahrscheinlich genug Kraft in der Hand, um einen Löffel halten zu können. Dein Frühstück ist fertig.*

Er starrte sie an, und seine Augen funkelten, als er sich vorstellte, was er gern mit ihr machen würde.

Tss, tss! Wie ausgefallen! gab sie ganz lieb zur Antwort. Mit vorsichtiger Telekinese hob sie seinen Oberkörper an und legte mehrere Kissen hinter seinen Rücken, ehe sie auf seiner Brust eine Serviette ausbreitete. *Wann immer du jetzt kräftig genug bist, das zu versuchen, mein Allerliebster, will ich mich dankbar in das Unvermeidliche schicken. Möchtest du das Kompliment jetzt erwidern? Hier ist dein Frühstück!*

»Nun«, fuhr sie freundlich fort, »muß ich herausfinden, wann die beste Zeit ist, den Tower zu benutzen, ohne daß die restliche Stromversorgung zusammenbricht.«

Reidinger erwischte sie an ihrem vierten Morgen auf Deneb.

Rowan! Wie, zum Teufel, hat Raven dich ohne meine Erlaubnis dort hingekriegt?

Es war ganz gut, dachte Rowan sarkastisch, daß sie sich auf Deneb befand statt auf der Kallisto. Mit sei-

nem Gebrüll hätte er glatt ihre Abschirmung über-
schrien.

*Vielleicht bin ich in der Annahme falsch gegangen, daß
Ihnen Jeff Raven lebendig lieber ist?* fragte sie ätzend und
grinste, als diese umgängliche Antwort Reidingers
übereifrige Wut drosselte. Sie wünschte, sie hätte in
diesem Augenblick sein Gesicht sehen können. Sie ver-
vollständigte den Schock mit einem deutlichen Bild
von Jeff, wie sie ihn bei ihrer Ankunft erblickt hatte,
und fügte eine makabre Ansicht der klaffenden Brustwunde hinzu. Dann ließ sie sein gegenwärtiges Aussehen folgen, wie er bleich dalag und schlief, nachdem
seine Brustwunde verbunden worden war. Obwohl sie
Rakellas 'kinetische Manipulationen unterstützt hatte,
waren diese zehn Minuten für Jeff nicht leicht gewesen. *Die medizinischen Einrichtungen hier sind ins Mittel-
alter zurückgebombt worden. Da fällt mir ein ... Ich habe
eine Notbestellung mit höchster Priorität abgeschickt, um
Ersatzteile zu bekommen, und wenn Sie nicht wollen, daß
ich auf Dauer hier auf Deneb bleibe, sollten diese Teile lieber
sofort hierher 'portiert werden. Ich werde dann noch sechs
Tage brauchen, um einen Tower einzurichten, dem ich mich
anvertrauen würde. Es ist auch,* fügte sie hinzu und unterdrückte den Drang, süffisant zu lächeln, *zu weit für
Sie, als daß Sie mich zurückholen könnten.*

Sie wußte, daß Reidinger zuhörte, und zwar aufmerksam, denn sie fühlte die Spannung andauernden
Kontakts zwischen ihrem und seinem Geist. Da sie seiner Aufmerksamkeit gewiß war, fuhr sie fort.

*Was Sie nicht einschätzen konnten, da Sie nicht auf die-
sem Planeten waren und keiner von dieser belanglosen Pa-
trouillenflotte auf den Gedanken gekommen ist, es zu erwähnen, ist der Umstand, daß Jeff Raven nur über einen sehr
veralteten, improvisierten Generator für sein Gesamt verfügte, als er Geschosse zurückkatapultierte und drei außerir-
dische Schiffe vertrieb. Denken Sie nur, was er mit der Art
Ausrüstung zuwege bringen könnte, die die meisten Primen*

261

für absolut unerläßlich halten, ehe sie ihren Kopf anstrengen.

Deneb ist bankrott. Reidinger hatte sich weit genug gefangen, um sie anzubrummen.

Ich aber nicht, erwiderte Rowan honigsüß. *Diese Bestellung ist bezahlt und sollte heute versandfertig sein. Sobald Sie einen Moment dafür erübrigen können. Oh, und wenn Sie Afra ein paar T2s schicken, wird er dafür sorgen, daß die Kallisto-Station genauso effizient arbeitet, als ob ich da wäre.*

Und wie lange – ließ sich der Erdprimus bissig vernehmen –, *meinst du, wird dieser neuerliche Notfall auf Deneb dauern?*

Nun ja, bis ich eine Tower-Einrichtung auf funktionsfähigem Niveau habe.

Wenn Raven derart schwer verwundet ist, wer hat dich dann hingeholt? Reidinger klang mißtrauisch.

Reines Glück, denke ich, erwiderte sie nüchtern, nachdem sie reichlich Zeit gehabt hatte, im Tower herumzustöbern. Als sie erkannte, wie wenig formale 'kinetische Ausbildung Isthia Raven besaß und was alles hätte schiefgehen können, war sie entsetzt gewesen. Verzweiflung kann sonderbare Arten des Ansporns hervorbringen. *Ich habe nicht vor, eine Rückkehr ohne ordentlich geschultes Personal zu riskieren.* Sie hatte merkwürdigerweise keine Lust, gegenüber Reidinger besonders gesprächig zu sein und ihm zu offenbaren, wie viele starke *Talente* es auf Deneb gab. Wenn Jeff Raven den Erdprimus nicht informiert hatte, würde sie es auch nicht tun. *Es gibt ein paar* Talente, *deren Reichweite für Kurzstreckenkram ausreicht. Aber in bezug auf Deneb ist ja nichts Kurzstrecke, oder? Nicht, bis Jeff wieder gesund ist. Die Verzweiflung hat mich hierhergebracht, aber ruhige, kühle Überlegung wird mich wohl nicht zurück zur Kallisto bringen!*

Das war nicht die ganze Wahrheit. Vor allem würde sie Jeff nicht verlassen, bis sie sicher wäre, daß er vollends genesen sei. Morgen vormittag würde er in ein Einzelzimmer verlegt werden. Er hatte schon einen sehr kurzen Spaziergang gemacht und die Zähne zusammengebissen, bis sein Endorphinspiegel den Schmerz des bloßliegenden Fleisches und der Muskeln ausglich. Rowan mußte ihren übermächtigen Drang, ihn 'kinetisch zu stützen, strikt unter Kontrolle halten. Aber Isthia hatte ihr einen warnenden Blick zugeworfen, also hatte Rowan die geistigen Echos von Jeffs Unbehagen ertragen, ohne einzugreifen.

Zweitens war sie sich tatsächlich gar nicht sicher, ob sie genug Vertrauen aufbringen würde, sich ruhigen Blutes auf solch einen langen Teleport einzulassen. Sie fragte sich, ob sie Reidingers Geduld lange genug strapazieren könnte, um abzuwarten, bis Jeff wieder mit dem Gesamt umzugehen vermochte.

Wenn du keinen Generator hast, sagte Reidinger mit gefährlicher Logik, *wie willst du dann eine Frachtsendung auffangen?*

Was ich am dringendsten brauche, sind leichte Dinge. Ich habe Zugang zu einem kleinen Generator. Schicken Sie es los, daß es um 0300 Deneb-Zeit hier eintrifft, und ich werd's in Empfang nehmen.

Wenn du versuchst, ohne Gesamt-Energie eine Sendung aufzufangen, du kleines ...

Mir den Geist auszubrennen ist das letzte, was ich will, das versichere ich Ihnen, Reidinger, aber ich brauche diese Teile, oder wir werden den Tower nicht in Betrieb nehmen können. Solange es hier keinen richtigen Tower gibt, kriegen Sie mich nicht wieder zur Kallisto! Klar?

Ich werde mich später mit dir befassen, da kannst du Gift drauf nehmen, Rowan-Kind!

Ihren kühnen Worten zum Trotz schauderte es Rowan leicht angesichts der Bosheit in dem letzten Wort. Reidinger gab sich nie mit leeren Drohungen ab. Doch keine Drohung konnte schwerwiegend genug sein, um sie sofort von Deneb wegzuholen. Nicht gerechnet Jeff Raven, war auch der Planet jede Anstrengung ihrerseits wert. Wie ihre hingebungsvolle Gruppe von Ersatzteilsuchern, Isthia und andere immaterielle Dinge, etwa Sonnenuntergänge.

Zehn Jahre lang hatte sie keinen gesehen. Hier ging Denebs Zentralgestirn in flammend roten und orangefarbenen Wolken unter, die hektischen Farben verblaßten langsam in einem blaßblauen Himmel, bis die scharfen Gipfel der Berge, die die Ebene umringten, mit unglaublicher Deutlichkeit hervortraten. Obwohl Sternbilder nichts Neues für sie waren, war der Nachthimmel ebenso brillant. Deneb VIII hatte drei kleine Monde, die ihn rasch umkreisten, und jenseits ihrer Umlaufbahnen einen Asteroidengürtel, die Überreste des vierten. Doch es war die Frische der Nachtluft, von starken und ungewohnten Düften erfüllt, wenn der Wind von dem Bergen her wehte, was Rowan wirklich bemerkenswert fand. Sie liebte das Gefühl, wenn er ihr durchs Haar strich, ihr Gesicht liebkoste, sanft gegen ihre erhobenen Hände drückte. Die Kallisto kannte keinen Luftzug. Erst jetzt wurde ihr bewußt, wie sehr ihr so etwas gefehlt hatte.

Also machte es ihr nichts aus, in der Dunkelheit stehenzubleiben, während sie auf die Frachtsendung wartete, bereit, mit dem Generator des Krankenhauses ein Gesamt zu bilden, und voller atavistischer Freude an der Nacht.

Reidinger schickte exakt, was sie bestellt hatte, keine Bürste, keinen Balken, kein Brett mehr. Rowan und ihr Team brauchten einen guten Tag, um den Generator zu säubern und zu reparieren, das Steuerpult neu zu konfigurieren und eine ausreichend starke Verbindung zum Kenesaw-Wasserkraftwerk herzustellen. Das Ergebnis war kaum als schön zu bezeichnen, aber es funktionierte. Zathran Abita sorgte sich wegen des Energieverbrauchs zu Lasten der Stadt. Da der Elektronikexperte keine Vorstellung hatte, wie *Talent* funktionierte, mußte sie ihm erklären, daß die enge Bündelung des Gesamt einen kurzen starken Energieimpuls erforderte: Durchsatz und Druck wechselten leicht mit der Entfernung und/oder der Masse des 'portierten Objekts, doch der eigentliche ›Verbrauch‹ an Energie dauerte nur den Bruchteil einer Sekunde.

Die Fertigstellung des Towers war für Deneb ein weiterer kleiner Schritt zur Unabhängigkeit. Die Arbeitsgruppe Rowans hatte die Nachricht von ihren Bemühungen verbreitet, so daß sie auf der Straße oder im Krankenhaus auf Schritt und Tritt begrüßt wurde. Sie war gleichzeitig leicht verlegen – da *Talente* lieber im stillen wirkten – und froh. Morfanu ging oft mit ihr, was lästig gewesen wäre, hätte es Rowan nicht mehr Gelegenheit gegeben, die *Talent*-Anlagen des Mädchens zu trainieren.

Waren sämtliche *Talent*-Lehrer umgekommen? Oder war es das Ergebnis von Denebs noch ziemlich hinterwäldlerisch-kolonialer Geisteshaltung? Auf den Zentralwelten ließen die Eltern ihre Kinder bei der Geburt auf jedes Anzeichen sichtbaren *Talents* untersuchen. (Das Geburtstrauma erzeugte meist ein meßbares Aufflammen, selbst wenn die Fähigkeit erst mit der Pubertät ausreifte.) Kinder mit *Talent* wurden gewissenhaft geleitet und ausgebildet, so wie sie.

Bisher stand nur Jeff Raven förmlich bei den VT&T unter Vertrag, und Rowan wußte, daß er entschlossen war, es dabei bewenden zu lassen. Es war auch offensichtlich für sie, daß Deneb jeden nützlichen Bürger auf dem Planeten behalten mußte, um sicherzustellen, daß das Leben wieder in Gang kam. Dennoch *müßten* sie ausgebildet werden.

War es, wie Jeff ihr gegenüber erwähnt hatte, die Furcht, von VT&T ausgebeutet zu werden, die die Ausbildung behinderte? Doch wenn man seine Sache gut und gern tat, war das wirklich Ausbeutung? Sie hatte alles, was sie wollte, alles, was sie verlangte, einschließlich Tonnen von Generatorteilen und Kommunikationsgeräten. Abgesehen von ihrer großen Einsamkeit und Isolation als Kallisto-Prima – wie auch immer zuvor –, genoß sie im Zusammenhang mit ihren Pflichten beneidenswerte Privilegien.

Als Jeff erst einmal ein Einzelzimmer hatte, bekam er fast ununterbrochen Besuch: Es mußte zusätzlicher Raum für Unterlagen und Monitore geschaffen werden. Er schien immer mit der einen oder anderen Gruppe zu konferieren.

»Ich dachte, Makil sei der Gouverneur«, bemerkte Rowan bissig Isthia gegenüber, in schwerer Sorge, Jeff würde sich wieder krank arbeiten. »Kannst *du* nicht irgendwas tun, um ihn zu bremsen?«

»Er ist einer unserer besten Ingenieure«, sagte Isthia, wenngleich sie in Gedanken die Sorge Rowans um Jeffs Wunden teilte. »Es muß so viel organisiert werden, damit wir über diesen Winter kommen. Du weißt, wie wenig Zeit ihm noch bleibt.«

Wenig Zeit? wollte Rowan in plötzlicher Panik von Isthia wissen und versuchte zu sondieren, was sie damit gemeint haben könnte.

Ruhig, Mädchen. Isthia blockte die Sondierung ab. *Du weißt, daß er bei VT&T unter Vertrag ist. Wenn die Flotte ihre Aufgabe, Himmel und Boden von fremden Artefakten zu säubern, für erledigt hält, wird sie wieder abrücken, und Jeff wird woanders hin versetzt. Für Deneb ist kein Primus vorgesehen. Das hat Reidinger Jeff bei ihrer ersten Unterredung klar gemacht.*

Das hatte Rowan vergessen. *Wenn er versucht, sich durch Überarbeitung einen Rückfall zu holen, um länger hierzubleiben, kann Reidinger Strafmaßnahmen befehlen. Das würde ihm nicht gefallen. Mir würde es auch nicht gut für ihn vorkommen.*

Dann bring ihn dazu, daß er aufhört zu arbeiten, meine Liebe. Ich bin nur seine Mutter! Und mit einem Grinsen über die Verwunderung Rowans verließ Isthia das

Zimmer. *Und du hast Mittel, die mir nicht zu Gebote stehen!* Dann hallte fröhlich ihr Lachen Rowan in den Ohren, als die plötzlich begriff, was gemeint war.

Rowan wartete, bis die gerade anwesende Abordnung ging, dann schloß sie die Tür und verriegelte sie.

»Fang ja nicht schon wieder damit an, Rowan«, sagte Jeff und schaute von den Unterlagen auf, die er in Vorbereitung auf die nächste Verabredung überflog.

»Du hast eben jetzt zehn Minuten freie Zeit«, begann sie und stellte sich herausfordernd in Positur, »und die gehören mir!« Sie kuschelte sich neben ihn ins Bett. »Jeder auf diesem Planeten kriegt was von dir mit, bloß ich nicht«, fuhr sie fort, »und das paßt mir nicht.«

»Rowan«, begann er mit kaum verhohlener Irritation über die Art ihrer Unterbrechung. Dann holte er tief Luft und lächelte. »Ich hab wirklich 'ne Menge zu tun.«

»Du würdest mehr schaffen, wenn du dir Gelegenheit zur Erholung geben würdest ...«

An welche Art Erholung dachtest du? Seine erstaunlich blauen Augen begannen zu funkeln.

Na ja, man sieht, daß du mit den Gedanken bei viel wichtigeren Dingen bist ...

Da lachte er, ließ die Filme auf das Nachttischchen fallen und legte den unversehrten rechten Arm um sie.

Und solange geistige Tätigkeit alles ist, wozu du imstande bist ...

»Wir haben zehn Minuten, und ich werde dir beweisen, wozu ich imstande bin, Liebling.« Und ebendas tat er – mit erheblichem Erfindungsreichtum, um die Behinderung durch seine Wunden auszugleichen.

Als er völlig entspannt war, drängte sie seinen Geist geschickt in ein Schlafmuster und verschob seine nächste Verabredung. Sein Schlummer war kurz, doch er mußte zugeben, daß es ihm so gutgetan hatte, daß er sich ihr in dieser Frage nicht mehr widersetzen würde.

Bis zum Ende der Woche war der Heilungsprozeß so

weit fortgeschritten, daß Jeff in die Unterkunft Rowans umziehen durfte. Rowan sah mit Staunen, daß so viele Menschen in derart überfüllten Wohnungen miteinander auskamen. Das Zimmer, das sie mit Jeff teilte, war noch kleiner, als ihr Zimmer in Lusenas Wohnung gewesen war. Der Platz reichte für das Bett, einen Computer und Monitore, und man mußte um das Fußende des Bettes herumgehen, um das Zimmer zu betreten oder zu verlassen.

»Natürlich brauchen wir nicht viel Platz«, bemerkte Isthia, als sie mühelos das Befremden Rowans spürte, obwohl jene rasch versucht hatte, sich abzuschirmen. »Wir haben momentan nicht viel an Besitz.« Sie lachte spöttisch. »Außer Ian hat keiner von uns jetzt mehr als einmal Kleidung zum Wechseln.«

Rowan schenkte ihrer Kleidung nie übermäßig viel Beachtung, doch das Schuhwerk, das man für Gänge zwischen dem Tower und ihrer Wohnung brauchte, ging allmählich auseinander. Bald würde sie sich 'portieren *müssen*.

»Ich denke, da kann ich dir helfen«, sagte Isthia und reichte ihr Ian Rowan, die in ihrem Leben noch nie ein Baby gehalten hatte, blickte es etwas ängstlich an. Das Kind betrachtete sie mit ernsten blauen Augen, und seine Faust wanderte an den Mund.

Du kannst mir vertrauen, sagte Rowan sorgfältig und fragte sich, wie man ein Kleinkind beruhigt, das noch nicht sprechen kann. Sie wurde mit einem wunderbar strahlenden Lächeln belohnt, so ansteckend, daß sie töricht zurückgrinste.

»Ja, so wirkt er auf einen«, bemerkte Isthia und kramte in einer kleinen Truhe, die auch als Sitzgelegenheit diente. »Aha. Deine Füße sind ziemlich klein. Vielleicht passen die hier.«

Rowan hatte sich an Isthias Offenheit gewöhnt, und als die plötzlich abrupt abbrach, während Isthia ihr ein Paar Stiefel reichte, schaute sie sie fragend an.

»Von einer Enkelin«, antwortete Isthia kurz ange-
bunden. Dann nahm sie Ian wieder, der herumzap-
pelte, um Rowan fasziniert beim Anprobieren der
Schuhe zuzusehen. »Sie würde es großartig finden,
daß die Frau ihres Lieblingsonkels sie gebrauchen
kann. Zieh sie an.« Die momentane Abschottung war
vorbei, nicht aber die Trauer, die sie hinterlassen hatte.

Rowan zog sorgfältig die Stiefel an, krempelte den
Oberrand des Schaftes um und stand auf, um zu
sehen, ob sie paßten. Sie waren ein bißchen zu groß,
doch ein dickeres Paar Socken würden das Problem
lösen.

»Socken müßte ich hier auch haben«, sagte Isthia,
und Rowan bekam auch die.

»Mein Besuch hier erweist sich als überaus heilsam
für mich«, sagte Rowan. »Man gewöhnt sich an, gewöhnliche Dinge für selbstverständlich zu halten, wie
Socken und Schuhe und Kleidung zum Wechseln.«

Isthia lächelte sie warm an und nahm Ians Faust aus
seinem Mund. »Ein neues Baby hilft auch«, fügte sie
im selben nachdenklichen Ton hinzu. »Ein neues Leben
heißt, daß es weitergeht. In gewisser Hinsicht finde ich
es schade, daß er der letzte von ihnen sein wird. Andererseits habe ich ihrem Vater nicht mehr als ein rundes
Dutzend versprochen.«

Rowan spürte plötzlich einen Anflug von blankem
Neid auf Jeff. Zu einer großen und, soweit sie jetzt gesehen hatte, außerordentlich harmonischen, liebevollen
Familie zu gehören, war wirklich beneidenswert. Lusenas beide Kinder, Bardy und Finnan, waren viel älter
gewesen, so daß sie das echte Gefühl einer Familie
nicht erfahren hatte. Turian hatte auch so eine enge Bil-
dung an die Familie gehabt.

»Du hattest überhaupt keine Familie?« fragte Isthia
überrascht.

Rowan schüttelte den Kopf und wich ihrem Blick
aus.

»Ich war die einzige Überlebende in einer Bergbausiedlung, die bei einem schweren Unwetter unter einem Erdrutsch begraben wurde«, sagte Rowan leise. »Das Büro der Gesellschaft engte meine Abstammung auf drei mögliche Elternpaare ein ...«

»Aber du müßtest dich doch erinnern?«

»Ich war drei. Als ich nach meiner Mutter schrie, hat mich ein ganzer Planet gehört.« Rowan brachte ein schwaches Kichern zustande. »Sie mußten mich zum Schweigen bringen, so daß alle Erinnerungen an die Tragödie blockiert wurden.«

»Und niemand hat die Blockade je aufgehoben?«

»Ja, einmal hat man es versucht«, sagte Rowan und runzelte bei der Erinnerung die Stirn. »Der Block war festgefügt. Ich leistete Widerstand, und sie konnten nicht tief genug vordringen. So« – und sie riß sich zusammen –, »das war's.«

»War's das wirklich?« bemerkte Isthia geheimnisvoll, als sie das Zimmer verließ. Erstaunt versuchte Rowan zu sondieren, traf aber auf Isthias hervorragende Abschirmung.

Es bedurfte der vereinten Anstrengung der gesamten verbliebenen Familie, um Jeff zu bewegen, zu einer vernünftigen Stunde Feierabend zu machen, wobei er klagte, er müsse noch viel Arbeit aufholen. Doch er gab sich mit Anstand geschlagen. »Nicht, daß ich es mir hätte aussuchen können«, murmelte er, als ihm Rowan in ihr Zimmer voranging. »Damit haben wir Glück«, fügte er hinzu.

»Wirklich?« Rowan hörte, wie leise »psst!« gemacht und »Ruhe!« geflüstert wurde.

»Wir haben ein Zimmer mit Schloß.« Er gähnte ausgiebig und zuckte zusammen. Die Wunden an Brust und Rippen waren noch empfindlich. Vorsichtig legte er sich aufs Bett, dann streckte er beiläufig die Hand aus, um sie an sich zu ziehen. »Sie haben mir außerdem alle versprechen müssen, anzuklopfen.«

»Werden sie das tun?« fragte Rowan und fühlte sich plötzlich gehemmt. Nach dem Kommen und Gehen im Krankenhaus hatte sie sich darauf gefreut, mit ihm allein zu sein. »Werden sie, Jeff?«

Ein leichtes Schnarchen teilte ihr mit, daß der Genesende schon schlief.

Im chaotischem Haushalt der Ravens zu wohnen, war zunächst eine neue Erfahrung für Rowan, mit nichts vergleichbar, was sie kannte. Seine verschiedenen Brüder und Schwestern, deren Ehepartner, Kinder, gelegentlich Stiefkinder, verwaiste Nichten, Neffen und ein paar ältere Verwandte von Isthia wie von Josh Raven saßen einander auf der Pelle und waren's zufrieden. Nicht einmal spät in der Nacht war die Unterkunft richtig still, da manche von den Bewohnern in Spät- und Nachtschicht arbeiteten. Wenn auch das Anklopfen allgemein akzeptiert wurde, wurde in der Praxis unmittelbar danach die Tür aufgemacht, um hereinzulassen, wer gerade mit Jeff reden wollte.

Am ersten Tag fand es Rowan nicht übel – sie erinnerte sich, was Isthia übers ›Teilen‹ gesagt hatte. Doch sie war das fortgesetzte Geplapper nicht gewohnt, und die ständigen Berührungen, so freundlich und gut gemeint sie waren, machten sie erst recht nervös. Sie unterdrückte die Irritation entschlossen und sublimierte sie in harte Arbeit.

Während sie für den Tower eine Belegschaft zusammenstellte, um Menschen und Geräte zur Platingrube zu 'portieren, widmete sie sich umsichtig einigen Dingen, die nicht in den Bergungsschuppen zu finden waren. Niemand hatte vollständig erfaßt, was aus den Ruinen geborgen worden war, und als sie erfuhr, daß Rences stundenlang vergeblich nach bestimmten ungewöhnlichen Bolzen und Verschlüssen gesucht hatte, Rakella über den Mangel an manchen chirurgischen Instrumenten klagen hörte oder Isthia darüber, in wel-

271

cher Größe keine Stiefel mehr zu haben waren, nahm sie diskret Kontakt zu anderen Primen auf, versprach Rückzahlung und füllte die Lücken auf. Sie achtete die entschiedene Haltung der Denebier, ihre Unabhängigkeit zu wahren, doch sie konnten es zu weit treiben, selbst wenn der Planet arm war. Ein paar Kleinigkeiten konnten hinzugefügt werden, ohne daß jemandes Stolz darunter litt.

Dann kam Jeff überraschend zu ihr in den Tower zu Besuch, als sie gerade etwas Fracht auf dem Planeten bewegte, darunter zwei Kisten mit Werkzeug, die sie heimlich von Capella hatte kommen lassen. Die Kineten, die sie für Frachtverkehr auf dem Planeten ausbildete, fragten niemals, was sie ihnen zu 'portieren gab. Bei Jeff lag der Fall ganz anders. Unglücklicherweise war nicht nur die Herkunft der Kisten deutlich daraufgestempelt, sondern sie sahen auch viel zu neu aus, als daß sie auf wunderbare Weise ›gefunden worden‹ sein konnten. Es lagen auch zwei eingetroffene Ladungen noch in den Lagern und warteten darauf, verteilt zu werden.

Wo kommt das alles her? wollte Jeff wissen, als er in den Tower trat. Er blieb stehen und schaute sich in dem Gebäude um, das kaum noch Ähnlichkeit mit seinem früheren Aussehen hatte. Er pfiff sichtlich anerkennend, was bei den drei jungen Leuten ein Grinsen auslöste, doch Rowan spürte wachsende Sorge und Ärger.

»In Ordnung, Tony, du und Seb koppeln sich, und ihr schickt Lager 4 zur Grube«, sagte sie und fuhr mit der Prozedur fort. »Gut«, fügte sie hinzu, als Seb die richtigen Koordinaten auf dem Bildschirm erscheinen ließ. »Jetzt in das Gesamt ...« Das Heulen des Generators erreichte einen Höhepunkt. »Nein, seht nicht zu mir. Ihr müßt selber wissen, wann es Zeit ist ... Richtig so. Auf die Taste! Gut gemacht!«

Jeff suchte sich eine Sitzgelegenheit, und obwohl er

interessiert zu sein schien, wie die drei Schüler teleportierten, nahm Rowan nur zu deutlich die Spannung wahr, die sich in ihm aufbaute. Seine Augen funkelten, was sie als unterdrückte Wut identifizierte.

»Das war's für heute, Leute«, sagte sie. »Also, warum nehmt ihr nicht zusammen, was ihr beim 'portieren lebloser Objekte gelernt habt, und bringt euch in die Stadt zurück, solange der Generator noch schön in Schwung ist.« Das fügte sie ganz locker hinzu.

»Man lernt es nie, wenn man's nicht versucht«, bestätigte Jeff in dem aufrichtigen Wunsch, die drei möchten aus dem Tower verschwinden. »Raus mit euch! Ihr habt schon schwereres Zeug als euch selber rübergeworfen. Und mittlerweile solltet ihr wissen, wo ihr zu Hause seid. Also los!«

Einer nach dem anderen brachten sie es fertig, und freudiges Erstaunen hallte aus dem Geist eines jeden nach, bis der Kontakt abbrach.

»Und warum bist du verärgert, besorgt, wütend?« wollte Rowan wissen, weil sie seinen Mißmut nicht mehr ertrug.

»Deneb ist bankrott!« Die Worte brachen aus ihm hervor, und die Augen schienen ihr Funken entgegenzusprühen. »Wie sollen wir das alles bezahlen? Noch mehr Kinder an die VT&T vermieten, wenn wir jeden Überlebenden für den Wiederaufbau brauchen?«

»Das ist alles bezahlt«, sagte sie und machte dicht, aber nicht schnell genug für jemanden, der eine Bresche so rasch wie Jeff Raven sah. *Warum nicht? Ich verbrauche sowieso nie auch nur halb soviel, wie mir vertragsgemäß zusteht. Ich habe ein paar Gefälligkeiten in Anspruch genommen ...*

Deneb ist nicht dein Planet, es ist nicht dein Problem.

Sei nicht so verdammt besitzergreifend! Es ist mein Problem, wenn ich es dazu mache. Ich habe große Achtung vor den Menschen auf diesem Planeten. Ich bewundere deine Familie enorm ...

Familie ist das Schlüsselwort, nicht wahr? Jeffs Ton hatte sich abrupt verändert, und seine Augen waren schmal geworden. Da nahm er sie bei den Schultern, und ehe sie seine Absicht ahnte, hatte er jede einzelne Schicht ihres Geistes durchstoßen. Sie schrie angesichts der Kraft seines geistigen Eindringens, als er auch die Blockade durchbrach, die jede andere Invasion unbeschadet überdauert hatte.

Heftig zitternd klammerte sie sich an ihn, als sein Vorstoß die Erinnerung an jene entsetzliche Zeit wiederherstellte. Dann zog er sich langsam, unendlich sanft zurück und beschwichtigte ein für allemal die Schrecken des dreijährigen Kindes, das in einem rollenden, fallenden Fahrzeug herumgestoßen wurde.

Lange Zeit standen sie da und hielten sich umarmt, bis der prächtige Sonnenuntergang den Himmel färbte und ihnen bewußt wurde, wie lange diese Wiederherstellung gedauert hatte. Rowans Tränen waren auf ihren Wangen getrocknet, und sie wurde nicht mehr von Schaudern heimgesucht.

»Ich habe Angharad Gwyn geheißen. Mein Vater war Schachtaufseher und meine Mutter Lehrerin. Ich hatte einen Bruder namens Ian ...« Sie schaute erstaunt auf.

»Dann haben wir noch etwas gemeinsam.« Er zog ihren Kopf wieder unter sein Kinn und hielt sie jetzt fester. »Es war schon eine stürmische Fahrt, schlimm genug für ein kleines, einsames Mädchen.« Er drückte sie fest, als er fühlte, daß sie wieder zu zittern begann. »Weißt du, ich glaube, es war nicht nur Siglens Schuld, daß du Angst vor großen, schwarzen Löchern im Raum hast. Nicht nach dem!«

»Weißt du, vielleicht hast du recht«, sagte Rowan langsam, denn sie erinnerte sich nur zu gut an ihr Entsetzen, als sie zu dem Transporter geführt wurde, die sie zur Ausbildung auf die Erde gebracht hätte. Sie hatte solche Angst gehabt, daß sie sogar Pursa fallenließ, als sie sich an den einzigen sicheren Ort 'portierte, den sie kannte. »Unterwegs hierher konnte ich an nichts anderes als an dich denken.« Sie zuckte zusammen, als sie daran dachte, wie sie Jeff bei der Ankunft gesehen hatte.

»Ich war wirklich ziemlich zugerichtet, was?« sagte er nachdenklich, als er das Bild in ihrem Geist wahrnahm. »Es ist wahrscheinlich gut, daß Patienten nicht wissen, wie sie in den Augen der anderen aussehen.«

Sie umarmte ihn, so fest sie konnte. »Also, wenn du nichts dagegen hast, darf ich bitte mein Scherflein beitragen, um deinem geliebten Heimatplaneten zu helfen?«

Jeff zog eine Braue hoch, als er zu ihr herabschaute. »Du meinst es wirklich gut. Und Makil und der Rat sind im Begriff, dir die Ehrenbürgerschaft zu verleihen, weil du diese Einrichtung wieder in Gang gebracht hast, also rechne ich auf deine Diskretion. Nun, wo der Tower betriebsbereit ist – wie lange, meinst du, wird Reidinger dir noch freigeben?«

Rowan lächelte ihn glückselig an. »Oh, solange ich ihn glauben machen kann, daß du noch in der Genesung bist.«

»So?« Jeff war äußerst skeptisch.

»Hier draußen ist es hübsch und ruhig«, sagte sie und zog ihn zu der langen Bank unter den Fenstern, »und niemand wird anklopfen und dann gleich ...« Sie hielt inne, als ihr der scharfe Ton in ihrer Stimme bewußt wurde.

Jeff lachte verstehend. »Ich dachte mir, daß es dir allmählich ein bißchen zuviel werden würde – das ganze Ravensche Gemeinschaftsleben. Man muß in so einem Tohuwabohu aufwachsen, um es ignorieren zu können, und du hattest ja nie viel Kindheit, nicht wahr?«

»Sei bloß nicht so herablassend!«

»Geduld, Geduld!« Und er küßte ihre Mundwinkel auf eine Weise, daß an Geduld wirklich kein Gedanke sein konnte.

Und was bildest du dir eigentlich ein, du weißhaarige, glupschäugige Ziege vom Atair ...

Ein Empath, der auch nur die Hälfte von Ihrer Reichweite hat, sollte sofort mitkriegen, daß ich gerade meinem Neffen das Frühstück füttere, erwiderte sie gemessen, während sie es schaffte, noch einen Löffel dünnen Breis in Ians Mund unterzubringen.

Jeff, das Kinn in die Hände gestützt, sah sich diese völlig unerwartete Facette seiner Geliebten an. *Aha! Die Stimme unsres Herrn. Ein Glück, daß er dich meint!*

Also paß auf, du unverbesserliche ...

Sie wissen, daß Schmeichelei bei mir nicht zieht, erwiderte Rowan.

Aber Vertragsstrafen ziehen. Und das gilt auch für diesen Bauerntölpel, den ich unmittelbar in deiner Nähe spüre. Wenn du und dein Gespons nicht bis zum Ende des heutigen Tages – Erdzeit – wieder in euren jeweiligen Stationen seid, kriegt ihr beide die größtmöglichen Abzüge für Arbeitsverweigerung. Und das dürfte Sand im Getriebe deiner altruistischen Kauforgie sein, Rowan von Kallisto!

»Ich glaube, er meint es ernst«, sagte Rowan kichernd zu Jeff.

»Ich bin wieder gesund genug, um dich zurückzuschicken«, sagte er bedauernd, denn die letzte Woche war voller freudiger Entdeckungen des einen über den anderen gewesen. Obwohl die Menge an Arbeit lange Schichten notwendig machte, hatten sie es eingerichtet, zu zweit zu arbeiten, wann immer es ging. Und sie hatten es fertiggebracht, nachts genug Schlaf zu finden, um tags darauf wieder ebenso hart arbeiten zu können.

»Und ich bin inzwischen sicher genug, um mich selber zu 'portieren«, erwiderte sie, während sie resolut die Breireste um Ians Mund abkratzte und wieder hineinschob. »Das hier scheint nicht allzu schwer zu sein.«

Beim erstenmal nicht, sagte Isthia Raven aus einem anderen Zimmer. *Beim zwölftenmal wirst du auch froh sein, wenn sich jemand freiwillig meldet.*

Was für'n langes Ohr du doch hast, Oma Raven, sagte Jeff.

Und ich kann auch damit hören, fügte sie trocken hinzu. *Oder seid ihr beide derart miteinander beschäftigt, daß ihr es nicht merkt, wenn ihr redet oder laut denkt?*

»Ich werde ungern hier fortgehen«, sagte Rowan und seufzte tief, während sie dem kleinen Ian den Mund abwischte. Der Namensvetter ihres Bruders war ihr doppelt so lieb, nachdem sie kurze Zeit für ihn gesorgt hatte. Das Baby fuchtelte energisch mit den Armen und verzog sein Altmännergesicht grimmig, sehr zur Verzückung Rowans. Sie legte ihn über ihre Schulter und klopfte ihm auf den Rücken.

»Man könnte glauben, du wärst dein Leben lang mit Babys umgegangen«, bemerkte Jeff und schnaubte verächtlich, betrachtete aber seinen kleinen Bruder mit großer Zuneigung.

»Eine natürliche Begabung«, erwiderte sie rasch. Gleichzeitig kam beiden zu Bewußtsein, daß ihre dummen Bemerkungen den Unmut überspielten, den beide angesichts des Endes der Idylle fühlten.

Es ist überhaupt kein Ende, Rowan, sagte Jeff zärtlich, und seine blauen Augen überschütteten sie mit Liebe.

Es ist eine Trennung! sagte sie aufbegehrend.

Für sechs Tage? Er hob beide Hände, um zu zeigen, wie unwichtig solch eine kurze Trennung war. *Bei dir oder bei mir?* Seine Augen blitzten spitzbübisch.

Ich würde lieber herkommen, aber es ist vielleicht taktisch klüger, auf der Kallisto zu bleiben, nachdem ich drei Wochen lang weg war.

Der erste Urlaub, wenn ich dich darauf hinweisen darf, meine Liebe, den du in den zehn Jahren hattest, seit du Kallisto-Prima bist!

Ja, aber ich hatte früher auch nie Urlaubspläne! Und so tief, wie die Wut unsres großen Chefs geht, habe ich das Gefühl, es hat weniger mit meiner *Abwesenheit zu tun.*

Oh??

Vielleicht tue ich Reidinger unrecht ...

Schwerlich, wenn man bedenkt, welche Vertragsbedingungen er mich hat unterschreiben lassen – mit Herzblut.

Sorge nur dafür, daß alle bei ihren Übungen bleiben, solange ich weg bin, Jeff. Ich weiß, daß Sarjie noch ziemlich jung ist, aber sie sollte in den Bergwerken sein und so viel wie möglich über Metalle und Bergbau lernen. Sie sollte zur Ausbildung auf die Erde gehen. Zumal Bergbau Denebs Haupteinnahmequelle ist.

Wir können es uns nicht leisten, sie wegzuschicken. Terra würde ihr ganz und gar nicht gefallen, fügte Jeff hinzu. *Wir Denebier sind richtige Planetenhocker und reisen nicht gern.*

Du hast es getan!

Ich, Liebste, hatte absonderliche äußere Beweggründe ... und außerdem habe ich die Seitenwahl verloren. Er verzog das Gesicht in gespieltem Entsetzen. *Jedenfalls, wenn er mich nicht bestraft, indem er mich irgendwohin zu weit weg von Deneb schickt ...*

Keine bewohnbare Welt ist weiter weg als Deneb ...

Nachdem sie die Zeiten verglichen hatten, beschlossen Rowan und Jeff, daß sie am besten zu Beginn des Arbeitstages auf der Kallisto ankommen sollte, wenn Frachten von der Erde weitergeleitet wurden. Zum erstenmal konnte Rowan ihr persönliches Modul betreten, ohne die mindeste Spur jenes alten lähmenden Schreckens zu verspüren. Sie war sogar begierig, sich der Herausforderung zu stellen.

So ist's brav! Reidinger wird sich vielleicht wundern!

Über ihn fühlte sie, wie der Generator zu voller Leistung hochfuhr. Jeff hatte noch ein paar Feineinstellungen verbessert, obwohl er stolz gewesen war, wie gut sie die grundlegenden Reparaturen erledigt hatte. Rowan verbannte ihr heftiges Bedauern, daß sie ihn auch nur für sechs Tage verlassen mußte, fügte ihren Geist an seinen und machte sie für ihrer beider Gesamt bereit.

Die Reise ging in Hochstimmung vonstatten, denn Jeff hielt den ganzen Weg über Kontakt zu ihr. Als sie den leichten Stoß verspürte, mit dem ihr Modul in dem T-Lager eintraf, das es zwanzig Standardtage zuvor verlassen hatte, fühlte sie wieder einmal eine seiner besonderen Phantom-Zärtlichkeiten.

ROWAN? Afras ungläubiger Ausruf wurde vom Jubel aller anderen empathischen *Talente* in der Station begleitet.

Wer es konnte, teleportierte sich ins Landegebiet. Förmlichkeit und Reserviertheit waren vergessen, als man sie betastete, an ihr zerrte, ihr auf die Schulter klopfte und ihr ein königliches Willkommen bereitete. Sie war unerwartet gerührt über diesen Empfang und fühlte, wie ihr das Blut in die Wangen stieg.

»Eine richtige Feier machen wir später, Leute«, sagte Brian Ackerman, »aber heute vormittag haben wir hart zu tun. Junge, bin ich froh, dich zu sehen, Rowan! Das kannst du dir gar nicht vorstellen!«

»Wißt ihr«, sagte sie und lachte überrascht, »ich bin auch froh, wieder hier zu sein!«

Als sie ihren Tower mit all der Hochleistungs-Technik erreichte, die dem provisorischen auf Deneb fehlte, war sie überrascht, zwei Liegen nebeneinander zu sehen. Und dann wandte sie sich den beiden T2s zu, die sie vertreten hatten, und begrüßte sie. Das ansteigende Heulen der Generatoren gemahnte sie alle an die Pflicht.

Wir werden später reden, aber Sie haben meine größte Dankbarkeit und Anerkennung, sagte sie zu Torshan und Saggoner. Ein kurzer ›Blick‹ zeigte ihr, daß die tiefe persönliche Zuneigung der beiden ihre Leistung bis nahe an Primärniveau erhöhte.

Die ganze Station spürte den Unterschied, als Rowan begann, für weiter draußen bestimmtes Material zu übernehmen, oder bereitstehende Frachten abschickte. Denebs Anlagen müßten vervierfacht wer-

279

den, um denen von Kallisto gleichzukommen, dachte sie mit dem Teil ihres Geistes, der für solche Routinearbeit nicht benötigt wurde. Es gab dort noch so viel zu tun; so wenig blieb zu tun, ohne Anstoß zu erregen.

Endlich wieder an der Arbeit, oder? wollte Reidinger wissen, als sie eine zerbrechliche Fracht geschickt direkt von ihm übernahm.

Ich dachte, Sie würden es überhaupt nicht merken!

Mit dir wechsle ich später ein paar sehr vertrauliche Worte, Mädchen! sagte er in einem Ton, der ihr früher vielleicht Unbehagen bereitet hätte.

Tief im Innern kicherte sie. Die Worte sollte er haben. Vertraulich und unter vier Augen.

Dann nahmen nach und nach die anderen Primen Kontakt zu ihr auf und hießen sie willkommen. David bemerkte ziemlich bissig, sie habe endlich herausgefunden, worum es ginge, und ob es ihr gefiele? Rowan hatte vergessen, wie schlau er sein konnte. Zum Glück hatte Capella so viele Beschwerden über unzureichende Leistung von Kallisto, daß sie sich nicht mit persönlichen Bemerkungen abgab. Die anderen freuten sich höflich, daß sie wieder in ihrem Tower und Jeff Raven wieder einsatzbereit war. Nur Siglen schickte keinen Gruß, doch Rowan war über Schweigen aus jener Ecke nicht sonderlich überrascht. Siglen hätte nicht verstanden, wie sie alles gefährden konnte, um zu diesem kranken Mann zu kommen!

Nachdem die Fracht, die das System verlassen sollte, angenommen und die für weiter drinnen im System bestimmte abgeschickt worden war, blieb noch ein Zeitraum von vier Stunden, während dessen Jupiters Masse die Kallisto-Station vom äußeren Raum abschirmte. Als sich Rowan ausrechnete, daß sie ihre ›Unterhaltung‹ mit Reidinger in diesem Zeitrahmen erledigen konnte, sprach sie in einem eng gebündelten Kontakt mit Afra.

Ich habe ein paar Dinge mit Reidinger zu besprechen, alter

Freund, begann sie und spürte sein Erstaunen. *Ja, natürlich, ich gehe auf die Erde! Persönlich kann ich meine Argumente viel besser vorbringen. Und es ist wohl an der Zeit, daß wir uns von Angesicht zu Angesicht kennenlernen.*

Ist das klug? fragte Afra. Er hatte Reidinger bei etlichen Gelegenheiten getroffen und war jedesmal froh gewesen, ungeschoren davonzukommen.

So schlimm kann er nicht sein! Er hat keine Handhabe, mich wegen meines Verhaltens in einem Notfall zu belangen. Die Station hat funktioniert. Ich habe gerade die Unterlagen durchgesehen, und ihr seid ganz gut ohne mich zurechtgekommen: Es ist nichts kaputtgegangen und nichts fehlgeleitet worden. Was will er also bemängeln?

Das Risiko für die Kallisto-Prima, erwiderte Afra trockenen Tones und mit spöttischem Blick aus den gelben Augen.

Er hat viel mehr bekommen, als ich riskiert habe, sagte sie schroff.

Ich weiß, antwortete Afra mit sanfter Einfühlung.

Rowan grinste. *Ich würde den alten Knacker gern überraschen.*

Knacker? ereiferte sich Afra über ihre Frivolität.

Du hast Beziehungen in der Erdprimus-Zentrale. Kann einer von deinen Leuten mich hineinschmuggeln, ohne meine Ankunft zu melden?

Hm, das ist nicht so leicht zu machen, weißt du. Auf der Kallisto bist du sicher, aber auf der Erde gibt's noch 'ne Menge Verrückte. Reidinger wird ziemlich schwer bewacht.

Bewacht?

Bewacht!

Aber ein Primus wird sich doch wohl selber verteidigen können ...

Eine Verschwendung von Energie, die anderweitig besser für die VT&T verwendet werden kann, bemerkte Afra trocken.

Rowan schnaubte verächtlich. *Also, kannst du etwas für mich tun?*

281

Es gibt da einen T4, der mit mir zusammen ausgebildet worden ist: einer von Reidingers Einsatzleuten, ein Terraner namens Gollee Gren. Ich will sehen, ob er es einrichten kann ...

Sag ihm nicht, wer ich bin!

Darüber lachte Afra. *Ich glaube nicht, daß es ein einziges Talent gibt, das nicht weiß, wer du bist, meine liebe Rowan.*

Oh! Und als sie erfaßt hatte, was das bedeutete: *Wie, wenn ich mich dicht abschirme? Und wenn er mich nicht erwartet, wie sollte er meine Identität herausfinden, wenn er sie nicht lesen kann?*

Das mag sein, aber du mußt immer noch durch die Sicherheitskontrollen, um in der VT&T-Kubus zu kommen. Eine Routineüberprüfung wird deine Identität aufdecken.

Wenn eine Prima nicht mit so einer kleinen Formalität fertig wird ... Rowan tat seinen Einwand ab.

Wenn du in aller Stille hinkommen willst, um Reidinger zu überraschen, muß einiges vorbereitet werden. Laß mich bei Gren nachfragen. Es folgte eine recht lange Pause, bis sich Afra wieder bei ihr meldete. *Also, er hat sich auf meine besondere Bitte hin bereit erklärt, meine anonyme junge Freundin soweit zu begleiten, wie er kann, aber die Sicherheitsüberprüfung muß sein. Er trifft dich am Landeeingang.*

Die Reise machte so wenig Mühe, daß sich Rowan wunderte, wie ihr Selbstportation einst so schwer und schrecklich vorgekommen sein konnte. Sie fragte sich, ob man wohl etwas tun könnte, um Capella oder David von der eingeeimpften Reiseangst zu befreien. Sie erging sich in der Vorstellung, wie sie einfach so in den Atair-Tower hineinschneite und Siglen sagte, daß sie gerade aus der Kallisto-Station käme. Die gute Alte würde wahrscheinlich in Ohnmacht fallen.

Sie landete ihr Modul um 14.30 Uhr Erdzeit in einem der einzelnen T-Lager unmittelbar vor dem Empfangsgebäude. Sie hatte schon immer gewußt, wie die Hauptanlage der VT&T aussah, da sie Module, Shittle und Schiffe aller Größen von und zu dem gewaltigen Landefeld bewegt hatte. Doch mittendrin zu stehen, winzig im

Vergleich zu dem riesigen Kubus neben ihr, der als Zentralgebäude eine Fläche von vierundzwanzig Quadratkilometern einnahm, verlieh ihr die richtige Perspektive.

T-Lager, vom langen Gebrauch und rauhen Umgang zerkratzt, umgaben sie, von den einzelnen und doppelten direkt beim Gebäude bis zu jenen, die am Rande des Platzes emporragten und die größten Fracht-, Passagier- und Militärschiffe aufnehmen konnten. Im Osten sah sie Wasser glitzern. Auf den Landseiten standen Reihen um Reihen von Gebäuden um das Feld, zunächst flache Industriekomplexe. Hinter ihnen lagen in Reihen von unterschiedlicher Höhe und Ausbreitung die Geschäfts- und Wohntürme der größten Einzelmetropole der Zentralwelten und zogen sich bis zum Horizont hin.

Rowan wußte aus dem Schulunterricht, daß sich Die Stadt lückenlos entlang der Atlantikküste erstreckte und mit jedem Jahrzehnt tiefer ins Landesinnere vordrang. Bis zur nächsten Jahrhundertwende würde Die Stadt unweigerlich den ganzen Kontinent bedecken, da sich die westlichen Städte ihr entgegen nach Osten ausbreiteten. Welch ein Gegensatz zu Deneb!

Unter den Füßen spürte sie das Rumpeln riesiger Generatoren, und der Wind trug das schrille Heulen unter hoher Last laufender Turbinen herbei. Eine leichte Seebrise zauste ihr das Haar und brachte einen schwachen Geruch von Salzwasser mit. Das war fast eine willkommene Abwechslung gegenüber dem Metallgestank der Luft, der ihr in die Kehle drang. Sogar die wiederaufbereitete Atmosphäre auf der Kallisto war besser als das. Sie begann zu husten, als die ätzende Luft ihr die Kehle reizte.

»He, wo haben Sie sich eingeschlichen?« fragte ein Mann im leuchtenden Orange eines Frachtarbeiters, der hinter einer Reihe von Einzellagern hervorkam.

»Ich habe mich nicht eingeschlichen«, erwiderte Rowan. »Ich bin von der Kallisto gekommen und soll mich bei Reidinger melden.«

»Primus Reidinger für Ihresgleichen«, entgegnete er abfällig. Er schaute auf die Nummer ihres Moduls und dann auf ein Armband-Terminal. »He, ihr Modul ist nicht angemeldet.«

»T4 Gollee Gren soll mich in Empfang nehmen«, erwiderte sie. Soviel zu Afras Überzeugung, die Kallisto-Prima sei wohlbekannt.

»*Talent* Gren? Na schön, wollen wir eben mal ...« Plötzlich veränderte sich sein Gesichtsausdruck zu nervöser Überraschung, seine Haltung straffte sich, und er warf ihr einen sonderbaren Blick zu. Er hob die rechte Hand ans Ohr, und da bemerkte Rowan, daß er ein Komgerät trug. »Ja, Sir, *Talent* Gren. Ein Modul mit dieser Kennung ist eingetroffen. Ja, ich zeige ihr den Weg.« Mit deutlich veränderter Einstellung wies er zum VT&T-Gebäude. »Gehen Sie dahin. *Talent* Gren erwartet Sie. Und *Talente* läßt man nicht warten. Macht man nicht hier in der Gegend.«

Er deutete mit einem Kopfnicken auf den geräumigen Vorbau aus Beton und Glas an der diesseitigen Fassade des weitläufigen undurchsichtigen Kubus der Agentur der Vereinten Telepathen und Telekineten. Von den Seiten des gewaltigen Kubus sah sie Transportkabel zu den Rändern des großen Hafengeländes verlaufen und stromlinienförmige Fahrzeuge daran entlangeilen.

In der Erdprimus-Station waren die Verwaltungs- und Ausbildungseinrichtungen der VT&T untergebracht, und irgendwo da drinnen befand sich Reidinger. Die Ausmaße des Gebäudes waren entmutigend. Ihre Laune, Reidinger zu überraschen, würde ihren Einfallsreichtum auf die Probe stellen. Sie hätte Afras gedankliche Vorbehalte nicht so leichtfertig beiseite wischen sollen. Wie war Jeff hineingekommen, um sich mit Reidinger zu treffen? Sie preßte die Lippen zusammen – dieser Mann konnte mit seinem bezaubernden Wesen überall in der Galaxis seinen Weg finden. Doch wenn er es fertigbrachte, dann konnte sie es auch.

284

Rowan straffte sich, entschlossen, sich von der Großartigkeit und dem schieren Ausmaß der Erdprimus-Station nicht beeindrucken zu lassen. Würde Reidinger von Angesicht zu Angesicht auch so großartig sein? Wie realistisch war der Hologramm-Würfel wirklich gewesen? Sie verbannte unpassende und dreiste Gedanken und ging so festen Schrittes, wie sie angesichts der unterschiedlichen Schwerkraft auf der Kallisto und der Erde vermochte, zum Eingang des Vorbaus.

Als sie sich dem Eingang näherte, sah sie eine einzelne Gestalt an der Tür warten, sehr auffällig in dem Anzug von tiefem Purpurrot. Plötzlich wünschte sie, sie hätte sich Zeit genommen, diese Expedition zu planen, denn sie trug ziemlich triste Arbeitskleidung. So war das mit spontanen Entschlüssen. Nun ja. Aber sie war hier auf der Erde, und das war positiv... und längst überfällig gewesen.

Die Mitteltür der Glasfassade sauste auf, und der Mann trat ihr lächelnd entgegen, die Hand ausgestreckt. Sie machte ihre Abschirmung dicht.

»Guten Tag, Angharad Gwyn.« Rowan brauchte einen Moment, um ihren Geburtsnamen zu erkennen. Das war schlau von Afra. Hatte sie es ihm eigentlich *gesagt*, oder hatte er diese Entdeckung direkt aus ihrem Geist bezogen? Manchmal fragte sie sich, ob Afra nicht längst über das T4-Niveau hinausgewachsen war. »Ich bin Gollee Gren. Afra von Kallisto hat mich gebeten, Sie zum Büro des Primus zu bringen.«

Lächelnd schüttelte sie die dargebotene Hand und blockierte seinen vorsichtigen Sondierungsversuch, den der Körperkontakt ermöglichte. Sie erlaubte ihm einen Blick auf einen unerfahrenen Geist, den die Umgebung mit Ehrfurcht erfüllte. Im Gegenzug holte sie erheblich mehr aus dem Geist des T4.

»Ich weiß Ihre Begleitung zu schätzen, Gollee Gren«, sagte sie in aufgeregtem Ton. »Mir war nicht klar, wie ausgedehnt diese Anlage ist.«

Er zögerte, hielt ihre Hand länger, als es die Höflichkeit erforderte, und runzelte leicht die Stirn. »Haben wir uns schon einmal gesehen?«

»Das glaube ich kaum. Es ist mein erster Ausflug zur Erde.«

»Ach so. Gut, gehen wir hinein. Die Luft hier ist schlecht für die Lungen«, sagte Gren mit gewinnendem Lächeln und deutete ins Innere. »Ich stehe schon lange in Afras Schuld«, fuhr er fort, »aber ich bin mir gar nicht sicher, ob ich Ihnen sehr behilflich sein kann, egal, was Afra angedeutet haben mag. Vor allem heute, wo so viel passiert ist.« Er führte sie zu einer Reihe Aufzugsschächte an der gegenüberliegenden Wand, neben dem Haupteingang. »Wenn Sie durch die Sicherheitsüberprüfung sind« – und sie pickte sich hübsch alles aus seinem Geist, was sie darüber wissen mußte –, »kann ich Sie natürlich zum Büro des Primus begleiten.«

»Ich bin schon überprüft«, sagte sie und zeigte ihm das Hochsicherheits-Zulassungsabzeichen, das sie sich eben beschafft hatte. »Afra hat sich um alles gekümmert.« Sie trat in den ersten freien Fahrstuhl.

»Oh?« Gollee Gren staunte. »Ich wußte nicht … schön, macht nichts. Aber sogar damit wird es nicht leicht sein, heute mit Primus Reidinger zu sprechen. Sie werden sich mit einem Termin an einem anderen Tag zufriedengeben müssen.« Dann legte er seine Handfläche auf das Feld mit der Aufschrift ›Sicherheitsbereich‹, die Tür schloß sich, und der Fahrstuhl fuhr hinauf.

»Ich habe gehört« – sie betonte das Verb –, »daß der neue Deneb-Primus nicht zu warten brauchte.«

Zu ihrer Überraschung lachte Gollee Gren herzhaft. »Wie der Bursche erfahren hat, wo sich Reidingers Büros tatsächlich befindet, hat den Sicherheits-*Talenten* schlaflose Nächte bereitet.«

Und da sich der Ort sehr deutlich in Grens Gedanken befand, konnte Prima Rowan ihn mühelos dort entnehmen. Jeff Raven mit seinem charismatischen Charme hatte wahrscheinlich denselben Trick benutzt.

Sie traten aus dem Fahrstuhl in einen hübsch eingerichteten Vorsaal mit Wandschmuck von erlesener Form und in lebhaften Farben. Elegantes Parkett in kunstvollem Muster bedeckte den Fußboden, wenngleich in den abzweigenden Korridoren Teppiche lagen. Es gab fein geflochtene Sessel, Sofas und ein paar sonderbare Sitzgelegenheiten für nichtmenschliche Körperformen. Zwei Frauen in grell gestreiften, enganliegenden Kleidern waren mit den Monitoren an ihren Arbeitsplätzen beschäftigt. Beide hatten die Neuankömmlinge augenblicklich identifiziert und sich in Gedanken Notizen gemacht, die im Falle Rowans etwas unvorteilhaft ausfielen. Ein Mann erschien neben der Hauptreihe von Schreibtischen, lächelte Gren zu und versuchte sie zu sondieren. Ein T3 hatte da keine Chance.

»Ich würde mich gern frisch machen, ehe ...«, sagte Rowan folgsamen Tones, nachdem sie sich mit gehörigem Respekt umgeschaut hatte.

Gren zeigte auf den Flur mit dem grünen Teppich direkt zu ihrer Rechten. »Ich werde auf Sie warten«, sagte er und ging munter auf den ersten Schreibtisch zu, um mit dem Mann zu reden.

Rowan hörte, wie er die anderen mit den Vornamen begrüßte, während sie um die Ecke bog. In der Toilette bürstete sie sich das Silberhaar und wusch sich die Hände. Der T3 hatte lockeren Kontakt zu ihr gehalten, während sie das tat. Er unterbrach ihn anständigerweise, als sie eine der Kabinen betrat. Dann teleportierte sich Rowan, angesichts solch einer günstigen Gelegenheit grinsend, drei Stockwerke tiefer und in die Südwestecke des gewaltigen Kubus, mitten ins Zentrum der geräumigen Suite, die der ›Tower‹ von Peter Reidinger IV. war. Beim Eintreffen blendete sie ihren Geist vollständig aus, so daß nicht einmal der Erdprimus erfahren konnte, daß sie da war, da er seine Energie nicht auf seine persönliche Sicherheit verschwendete.

Sein Konturensessel ähnelte ihrem, war aber größer, seinem schwereren, größeren Körper angemessen. Vor ihm befand sich ein Bedienungspult, viel ausgedehnter als ihres auf der Kallisto. Wie ein Schatten glitt sie zu einem Punkt, wo sie sein Gesicht im Profil sehen konnte. Sein Haar war schwarz, mit einem leichten Anflug von Weiß an der Schläfe. Sie hatte ihn für jünger gehalten, da sein gedanklicher Ton so kräftig war, Autorität und Vitalität ausstrahlte. Den Bart mußte er sich erst jüngst zugelegt haben, denn auf den Holos, die sie von ihm hatte, war er glattrasiert. Doch der Bart war kurz geschnitten und seltsamerweise dunkelrot, wie auch der sorgfältig gestutzte Schnurrbart. Im Stehen würde er nicht so groß wie Jeff Raven sein, doch er war kräftiger gebaut. Genau wie sie selbst, trug er einen gewöhnlichen Büroanzug. Er runzelte konzentriert die Stirn, und die Anzeigen für die Generatorleistung sprangen nach rechts, als er ein recht beträchtliches Gesamt durchführte. Da er sich offensichtlich in geistigem Kontakt befand, verbot es sich für sie, den unter ihresgleichen schlimmsten Fauxpas zu begehen.

»Die Wärmedetektoren zeigen einen Eindringling, Primus«, sagte eine aufgeregte Männerstimme.

»Schön, ich bin froh, daß man sich nicht einfach bei Ihnen einschleichen kann«, sagte Rowan lachend und öffnete ihren Geist weit genug, daß er sie erkennen konnte, als er mit wildem Blick den Sessel zu ihr herumwirbeln ließ.

Die Augen quollen ihm buchstäblich hervor, als er sie erkannte. Sie lachte noch immer über die widerstreitenden Gefühle, die sich auf seinem Gesicht spiegelten, und dachte nicht daran, geistigen Kontakt herzustellen, ehe er sich beruhigt hatte.

»Primus? Antworten Sie! Ist alles in Ordnung?«

»Maßnahmen einstellen.« Reidinger starrte sie noch immer an.

»Aber da sind zwei Wärmequellen ...«

»Identifizieren Sie die zweite als Prima Rowan von Kallisto und lassen Sie uns allein.«

Mit hörbarem Klicken verstummte das Komgerät.

»Wahre Liebe funktioniert also doch«, sagte er. »Was sich unglaublich gut trifft und diesen verdorbenen Denebier für andere Aufgaben freisetzt. Nachdem du die Sperre überwunden hast, wirst du es sogar viel besser als Raven machen.« Es lag ein süffisanter Ausdruck auf Reidingers groben Zügen. Er legte die Fingerspitzen aneinander und lächelte sie tatsächlich an. Dieses Lächeln gefiel ihr gar nicht. »Ja, weitaus besser, da du den Atair-Tower kennst.«

Da erfaßte sie die Neuigkeit und begriff, daß sie nicht nur das Fehlen von Siglens Grüßen, sondern auch Gollee Grens Bemerkung über die jüngsten Entwicklungen falsch gedeutet hatte.

»Siglen?«

»Sie hatte einen schweren Herzinfarkt, und es wäre besser für sie, wenn sie nicht überlebte.« Um Reidinger Gerechtigkeit widerfahren zu lassen – er bedauerte ihre Krankheit zutiefst. »Ich hatte eigentlich nicht vor, Raven einen Tower zu übertragen ...«

»Er ist ohne weiteres dazu imstande«, fiel ihm Rowan mit entschiedenem Stolz ins Wort.

»Sei so freundlich und schweig!« Das Bellen seiner Körperstimme wirkte nicht weniger heftig als das der gedanklichen. »Imstande schon, aber nicht mit den Abläufen vertraut und beim Umgang mit den Frachten ziemlich flüchtig. Soweit ich mich erinnere!« Er zog eine Braue hoch.

»Ich denke, er hat sich hervorragend gehalten, wenn man bedenkt, daß er als *Talent* gerade erst hervorgetreten ist.«

»Wie steht es um seine Genesung?«

Rowan unterdrückte eine bissige Antwort als Reaktion auf seinen scharfen Ton und zuckte unverbindlich die Achseln. Wie hatte sie nur so naiv sein und glauben können, sie könnte Reidinger übertrumpfen! Es sei denn ... Ihr flinker Verstand erhaschte eine Spur. Er war es nicht gewohnt, sich in Anwesenheit eines anderen, ihm ebenbürtigen Geistes abschirmen zu müssen. Um ihn abzulenken, holte sie den bequemsten von den wenigen Sesseln in dem großen Raum und setzte sich lässig drauf. Eine Prima hatte es nicht nötig, zu stehen und von einem Fuß auf den anderen zu treten wie ein Lakai.

»Seine Verletzungen heilen gut, aber er hat noch nicht viel Ausdauer, was immer er selber auch glauben mag! Ich habe einen einigermaßen anständigen Tower eingerichtet, und er hat ziemlich gute Arbeit bei der Feinabstimmung der Komponenten geleistet. Deneb hat praktisch wieder vollen Kontakt.«

Reidinger wackelte mit dem Zeigefinger. »Deneb ist auch bankrott, und die Zentralwelten haben nicht vor, dort eine Primärstation einzurichten, egal, wie viele *Talente* du dort draußen bei den Hinterweltlern entdeckt hast.«

»Da stimmen sie völlig überein, Peter.« Sie lächelte, als die Verwendung seines Vornamens ihn völlig überrumpelte. *Erstarrt denn die ganze Welt in Ehrfurcht vor Erdprimus Reidinger? Sicherlich hat deine Frau ...*

Wenn du nicht persönlich wirst, werd's ich's auch nicht, du weißhaarige ... donnerte er, und seine Augen funkelten.

Sie lachte. »In der Tat konnte ich weiter nichts tun, als die nötigen *Talente* anzuwerben, um den Tower für *meinen* Gebrauch zu reparieren.«

»Apropos Gebrauch, du hast dein ganzes privates Vermögen erschöpft ...«

»Und geborgt, soviel ich konnte«, fügte sie leichthin hinzu. »Für einen hervorragenden Zweck. Sie haben sich vielleicht nicht die Mühe gemacht festzustellen« –

und sogleich erkannte sie, daß Reidinger wohlinformiert war –, »daß diese mißglückte Invasion Deneb drei Fünftel der Bevölkerung und sämtliche Fabriken gekostet hat.«

Reidinger zuckte die Achseln. »Siedler kennen das Risiko. Sie bekommen, was sie bezahlen können. Und du ...« Wieder wackelte er mit dem Finger vor ihrem Gesicht.

Erzählen Sie mir nicht, was ich zu tun oder zu lassen habe, Reidinger, fuhr sie ihn an, ehe er fortfuhr. »Und ich würde solche tapferen Menschen auch nicht mit falscher Unterstützung beschämen. Sie werden selbst zurechtkommen ...«

»Wunderbar! Denn du wirst ab jetzt in der Atair-Station zuviel zu tun haben, und dein Mann wird lernen, was vertragliche Verpflichtungen bedeuten ...«

»Er wird sich daran halten«, setzte Rowan an, von dem versteckten Vorwurf getroffen.

Nun lachte Reidinger. »Und er wird lernen, was er als Primus zu tun hat.«

»Er tut es schon!«

»Keine Stationsdisziplin. Du ...« – Reidinger nahm eine Jadestatuette in die Hand und begann damit zu spielen – »gehst auf den Atair, und er wird auf der Kallisto arbeiten, wo ich ihn im Auge behalten kann.«

Rowan blockierte einen kurzen sondierenden Vorstoß Reidingers, so daß er nicht sah, wie froh sie war. Sie hätte es sich nicht besser wünschen können. Reidinger würde bald mehr über Jeff Raven erfahren, als ihm lieb war.

»Kallisto?« Sie hielt die Stimme in neutralem Tonfall und ließ in ihrem Geist nur einen Anflug von Überraschung und Verwirrung erkennen. »Wie wollen Sie dann diese Flotteneinheiten von Deneb zurückholen? Er ist gut, aber nicht einmal ich kann von Kallisto so weit reichen. Sie auch nicht!«

»Torshan und Saggoner haben sich während deiner unvermeidlichen Abwesenheit auf der Kallisto gut gehalten.« Reidinger unternahm keinen Versuch, zu verbergen, wie sehr ihn diese Abwesenheit gewurmt hatte. »Du sagst, du hast dort eine funktionsfähige Anlage aufgebaut? Das wird ausreichen, um die Flotte zu verlegen. Danach wird sich Deneb auf seine eigenen Ressourcen verlassen müssen.« Und damit war der mitgenommene Planet aus den weiteren Überlegungen der VT&T gestrichen.

Im stillen dachte Rowan, das Torshan und Saggoner sehr gut geeignet wären, die von ihr begonnene Ausbildung fortzuführen. Oder war Reidinger über Denebs Potential an *Talent* besser informiert, als sie feststellen konnte?

»Du wirst dich zum Atair 'portieren müssen ... Du bist den Langstrecken jetzt gewachsen, denke ich.« Reidinger stocherte noch immer vorsichtig in ihrem Geist herum.

»Die Heimkehr des Siegreichen Helden!« erwiderte sie schnoddrig. Dann änderte sie abrupt den Tonfall. »Es gibt keine Chance, daß sie sich erholt?« Sie war Siglen etwas Mitgefühl schuldig.

»Nein!« unterbrach Reidinger sie schroff. »Wir schulden ihr jetzt Ruhe, Rowan«, fügte er freundlicher, aber noch immer barsch hinzu. Dann sah er sie zum erstenmal wirklich an, sein Blick fiel auf das Sicherheitsabzeichen. »Angharad Gwyn?«

Rowan kicherte, denn seine Überraschung war echt. »Mein wirklicher Name.«

Zum erstenmal zeigte Reidingers Gesichtsausdruck Respekt. »Du hast ihn so tief vordringen lassen?«

»Natürlich.« Sie machte sich nicht die Mühe, die Umstände zu erwähnen. »Vielleicht wollen Sie die Unterlagen korrigieren.«

»Wozu?« fragte Reidinger, wieder ganz der alte. »Jeder kennt dich als Rowan. So spät wird nie mehr eine Angharad Gwyn aus dir. Also, mach auf der Kallisto das Zeug ins Systeminnere fertig. Ich habe den dreisten Trickser vom Deneb schon herbestellt. Aber wenn ihr vorhabt, euch in der Arbeitszeit zu vergnügen, dann verpasse ich euch beiden so ein Ding an der richtigen Stelle, daß ihr einen Monat lang keine Lust habt, miteinander zu schlafen.« Reidinger sondierte rasch, und sie konterte lachend. »Machen Sie sich keine Mühe, mich zur Tür zu begleiten.« Sie konnte es sich leisten, liebenswürdig zu sein. »Ich kenne den Weg.«

Sie versetzte sich zurück in den Empfangsbereich, wo sie Gollee Gren im hitzigen Streit mit fünf wütenden Sicherheitsleuten vorfand.

»Ich habe mein Vorhaben erledigt, *Talent* Gren«, sagte sie und unterbrach damit die Kopfwäsche, die er bekam. Sie nahm die Abschirmung weit genug zurück, daß jeder feststellen konnte, wer sie war. »Ich hatte nicht vor, Ihnen Schwierigkeiten zu bereiten, aber ich hielt es für nötig, mit der Erdprimus so schnell wie nur möglich zu sprechen.«

»Hätten Sie das nicht auf normalem Wege tun können?« fragte Gren mit verständlichem Mißmut.

»Nein«, erwiderte sie ohne Reue. »Aber machen Sie Afra keinen Vorwurf. Er konnte nicht anders, als meinen Wünschen nachzukommen. Sie waren überaus hilfreich und zuvorkommend.« Gren seufzte resigniert. Dann lächelte sie den Sicherheitsleuten, die sichtlich weniger geneigt waren, ihr zu verzeihen, gewinnend zu. »Es ist wirklich nicht möglich, Primärtalente daran zu hindern, daß sie einander besuchen, wissen Sie, obwohl die Wärmesensoren meine Anwesenheit gemeldet haben. Ich verspreche, daß ich mich beim nächsten Besuch strikt ans Protokoll halten werde. Kommen Sie, Gollee, begleiten Sie mich zurück zu meinem Modul.«

TEIL VIER

Atair und Kallisto

Aus eigener Kraft zur Primärstation des Atair zurückzukehren, war für Rowan Anlaß für erhebliche Überraschung, Hochgefühl und Stolz. Zu dem eilends zusammengestellten Empfangskomitee gehörten viele Leute, die sie kannte, darunter ihre Stiefgeschwister, die wiederzusehen ihr große Freude machte. Sie unterdrückte den anbrandenden Schmerz, daß Lusena diesen Tag nicht mehr erlebt hatte. Auch nicht Siglen, denn zwischen ihrem Gespräch mit Reidinger und der Abreise von der Kallisto am Ende dieses Arbeitstages war die alte Prima eines gnädigen Todes gestorben.

An der Spitze des Empfangskomitees stand Carmella, die Staatssekretärin für Inneres, die vom Protokoll abwich und Rowan unter Freudentränen umarmte.

»O mein liebes Kind, es ist so ein *Segen*, daß du wieder bei uns bist!« Sie hielt Rowan ein Stück von sich fort, warf einen raschen, zufriedenen Blick auf sie und schloß sie wieder in die Arme.

Rowan erwiderte die Umarmung nur zu gern, von der Spontaneität der Staatssekretärin gerührt. Die Frau war in Gesicht und Figur sehr gealtert, doch ihr Geist war so glasklar, offen und freundlich wie eh und je, ihre Aura von einem fröhlichen, leuchtenden Grün. Bei diesem Kontakt begriff Rowan sogar noch mehr: daß es der Staatssekretärin zuwider gewesen war, Rowan als Kind unter Siglens gefühlloses Regiment zu geben, daß sie sich oft schuldig gefühlt hatte, weil sie keinen engeren persönlichen Kontakt zu dem verwaisten Kind halten konnte. Rowan nahm auch den enormen Stolz und die Erleichterung der Staatssekretärin wahr, daß sie als Prima auf den Atair zurückgekehrt war.

»Und ich wünschte, ich wäre unter weniger dringlichen Umständen zurückgekehrt«, sagte Rowan mit Bezug auf die Begrüßungsworte.

Für einen Augenblick verdüsterte sich das Gesicht der Staatssekretärin. »Ach, die arme Siglen. Wenigstens ist ihr größerer Schmerz erspart geblieben, und sie hat nie erfahren, in welch schmählichen Zustand sie geraten ist. Es ist so eine Erleichterung, daß du da bist, es paßt so gut, daß die auf Atair geborene Prima die Nachfolge antritt.«

Der Bürgermeister und der Gouverneur wurden ihr vorgestellt, beide neu im Amt, obwohl Rowan sich an ihre Gesichter aus früheren, weniger prominenten Stellungen erinnerte. Sie hielten strikt die Form ein und verbeugten sich respektvoll. Dann trat mit stolzgeschwellter Brust Gerolaman vor. Aus dem außerordentlichen Anlaß hatte er die offizielle tiefgrüne VT&T-Uniform angezogen. Er stellte ihr dann die vier *Talente* vor, die seit ihrer Zeit hinzugekommen waren. Die übrigen Belegschaftsmitglieder begrüßte sie mit Namen und hatte das sonderbare Gefühl, nicht zehn Jahre von Atair abwesend gewesen zu sein.

Bralla? fragte sie Gerolaman privat, als sie das Fehlen eines weiteren Gesichts bemerkte.

Sie mußte sich voriges Jahr aus dem aktiven Dienst zurückziehen, erwiderte Gerolaman gereizt, was Rowan seine Ansicht ahnen ließ, Siglen könnte noch am Leben sein, wäre Bralla noch im Dienst gewesen. *Und sie ist in großer Trauer wegen Siglens Tod.*

»Einen richtigen Empfang haben wir später für dich vorbereitet, Rowan«, sagte die Staatsekretärin für Inneres und fügte dann zögernd hinzu: »Das heißt, wenn du kommen möchtest.« Siglen hatte selten Einladungen angenommen. Und es auch Rowan nicht erlaubt.

Rowan lachte. »Gern. Ich hab lange genug auf der Kallisto festgesessen. Es wird großartig sein, einen ganzen Planeten als Auslauf zu haben.«

»Nach der Arbeit«, sagte Gerolaman mit diskretem Hüsteln.

»Ach ja, Liebe.« Für einen Moment wirkte die Staatssekretärin bekümmert. »Es sieht so herzlos aus, dich in den Tower zu schicken, kaum daß du angekommen bist. Der Stationsmeister und die anderen haben hervorragende Arbeit geleistet, um zurechtzukommen ...«

»Ich sehe die vollen T-Lager, Staatssekretärin«, sagte Rowan mit einem Grinsen. »Ich werde nicht lange brauchen, das alles zu verschicken.«

Carmellas bekümmerter Ausdruck wich einem Lächeln der Erleichterung. »Dann laß uns einfach wissen, wann du frei bist, Rowan ... Oder sollte ich dich jetzt Prima nennen?«

»Ich heiße Angharad Gwyn«, sagte Rowan und quittierte die Überraschung im Gesicht der Staatssekretärin mit einem unverschämten Grinsen. »Ich ziehe es vor, Rowan zu sein. Ich sage Bescheid«, fügte sie hinzu und ging straff auf den Tower zu.

Überall in der Einflußsphäre der Zentralwelten folgten die Tower der VT&T demselben Grundentwurf, doch Rowan bemerkte rasch in dem Atair-Tower feine wie auch offensichtliche Unterschiede gegenüber der Zeit, als sie zuletzt darin geweilt hatte. Das neue Generatorsystem war jetzt dreimal so kräftig. Das Schaltpult war modernisiert worden, wahrscheinlich, um Siglens abnehmende Energie wettzumachen. Sie bemerkte die Umgehungsschaltungen an jedem System und begriff, daß Gerolaman und die T2s, Bastian und Maharanjani, die alte Prima unauffällig überwacht hatten.

Während sie rasch die Frachtanmeldungen durchsah, um Prioritäten festzustellen, setzte sich Rowan in den Sessel und gab Anweisung, die Generatoren anzufahren.

Da habt ihr ein großartiges neues System gekriegt, Gerolaman, sagte sie anerkennend, denn die Anlaufzeit betrug nur Sekunden. *Der verdammte Reidinger hat mir auf der Kallisto minderwertiges Zeug zum Arbeiten gegeben.*

Gerolamans Kichern hallte in ihrem Kopf wider. *Du hast es nicht wiedererkannt? Das alte System vom Atair ist auf die Kallisto geschickt worden!*

Ich weiß nicht, warum ich eigentlich für die VT&T arbeite. Billiger Laden.

Der einzige in der Galaxis.

Rowan lächelte still vor sich hin und hörte tief in ihrem Geist Jeff Raven kichern. Dann nahm sie die Energie der Generatoren auf und schickte die Fracht in stetem Strom aus den T-Lagern auf den Weg.

Ich hab dich gut unterrichtet, bemerkte Gerolaman und machte sich an die Arbeit.

Später verband sich Rowan mit Bastian und Maharanjani, um sich an deren Geist und Methoden zu gewöhnen. Beide waren sehr befähigt, wenngleich zu Beginn sehr förmlich ihr gegenüber, doch im Laufe des Tages entspannten sie sich.

Die ersten sechs Tage wurden gelegentlich von kleineren Problemen unterbrochen, die Rowan auf der Kallisto – und in der Zeit, ehe sie Jeff Raven traf – sehr anders gelöst hätte.

Du wirkst beruhigend auf mich, Liebster, sagte sie ihm bei einer ihrer Gedankenverbindungen. Der späte Abend auf Atair war oft früher Morgen auf der Kallisto, und sie konnte sich gut vorstellen, wie er in ihrem Bett lag, die Hände unterm Kopf verschränkt und die Decke bis zum Kinn hochgezogen.

Eines Tages, begann er, und seine Gedankenstimme klang tief und sinnlich, *werde ich vielleicht imstande sein, die kolossalen Veränderungen aufzuzählen, die du bei mir armem kleinen Landjungen bewirkt hast. Was hast du heute angestellt?*

Angestellt? Wann hätte ich je etwas anstellen dürfen? Aber ich habe den ganzen Kram von Siglen rausgeschmissen und das Schlafzimmer neu streichen lassen. *So daß ich heute nacht keine Alpträume von gespenstischen Lianen und Blumen mehr haben werde, die mich bei lebendigem Leibe aufzufressen versuchen.*

Rowan hatte nicht in die Wohnung der Prima ziehen wollen. Nicht nach dem ersten entsetzten Blick auf den Salon. Siglens Basar-Geschmack war nicht besser geworden, und Rowan fragte sich, wie die behinderte, dicke alte Frau sich hatte bewegen können, ohne Gegenstände von Tischen zu stoßen. Mit einem Schaudern angesichts der schreienden Farben und des gehorteten Gerümpels hatte Rowan die Tür geschlossen, und hinter ihr war eine Wolke des schweren Moschusdufts, den Siglen geschätzt hatte, in den Vorsaal geweht. Lieber wäre sie in ihre alte Wohnung gezogen, wo jetzt Bastian, Maharanjani und ihre beiden Kinder lebten. Aber Siglens Wohnung mußte renoviert werden, damit sich Rowan darin wohl fühlte. Zunächst konnte sie sich nicht mehr leisten, als die gespenstische Tapete abzureißen und die Zimmer zu streichen. Sie hatte schon einen Gutteil des Gehalts fürs kommende Jahr für Denebs Bedarf ausgegeben.

Sie war gerührt, als sie erfuhr, daß Gerolaman die Möbel, die sie nicht zur Kallisto geschickt hatte, aufbewahrt hatte. Trotz frischer Farbe und sparsam möblierten Räumen verbrachte Rowan ein paar unruhige Nächte, ehe sie sich eingewöhnt hatte.

Bist du sicher, daß du nichts von hier haben möchtest? fragte Jeff. *Ich kann dir alles schicken, was du willst.*

Es ist mir lieber, wenn du daran Freude hast, Jeff, sagte sie bedauernd.

Oh, hab ich! Obwohl es deine Stationsausrüstung ist, worauf ich wirklich scharf bin! Er sendete ein Bild von sich, wie er sich die Hände rieb, eine Karikatur von habsüchtigem Ausdruck und salbungsvollem Grinsen.

Lohnt sich nicht. Du kannst auf Atair scharf sein, wenn du herkommst. Obwohl gegen das, womit du auf Deneb aus-

gekommen bist, alles ein Fortschritt wäre. Wie du mit diesem kleinen mickrigen Generator so viel zustande gebracht hast, werde ich nie begreifen. Reidinger hat keine Ahnung, wie stark du eigentlich bist!

Ich? In Jeffs Ton lag soviel echte Überraschung, daß Rowan einen Anflug von Neid unterdrückte. Ihr Geliebter wußte seine einmalige Stärke wirklich nicht zu schätzen.

So abfällig, wie Reidinger sich über Jeff äußerte, hatte der alte Mann Jeffs Fähigkeiten offensichtlich nicht in vollem Umfang erkannt. Sonderbar, daß Reidinger, der sonst in Fragen des *Talents* so schnell war, dies übersehen haben sollte. Er war auch in der Verschmelzung gewesen. Oder hatte er einfach angenommen, die Verschmelzung habe Jeff so allmächtig gemacht?

Ja, du, Liebster. Du bist so gut wie anderthalb Primen. Wenn es weiter niemand merkt, ich merke es. Aber laß es sonst niemanden herausfinden. Jetzt noch nicht, auf gar keinen Fall.

Da fällt mir ein: Es ist gut, daß ich Afra und Brian habe, die mir bei dem ganzen Protokoll-Unsinn der VT&T unter die Arme greifen … Rowan grinste angesichts seines Widerwillens; Diese Feinheiten und Nuancen empfand Jeff als das Schwerste an seinen neuen Pflichten. Deneb war als Kolonie zu jung, ungeformt und beansprucht, um Zeit auf Konventionen oder unnütze Status- und Vorrangfragen zu verschwenden. *Sonst hätte ich mich glatt zum Roboterhirn gemacht!*

Hoffentlich erlebe ich's noch, daß es soweit kommt! Rowan wußte aus gelegentlichen Kommentaren von Afra, daß die Belegschaft auf der Kallisto die Zusammenarbeit mit ihm viel einfacher als mit ihr fand. Er hatte sich die Feinheiten im Umgang mit den Kapitänen von Fracht- und Passagierschiffen angeeignet, als sei er von Jugend auf als Primus ausgebildet worden. Er paßte sich der Kallisto leichter an, als sie ihren gewachsenen Pflichten auf Atair. Aber der unnachahmliche Ravensche Charme war freilich ein beachtliches Plus.

Kommst du dieses Wochenende nach Hause?

Das sollte ich wirklich nicht tun. Ich bin noch dabei, mich einzurichten. Mit einem Zipfel des Bewußtseins erinnerte sich Rowan an den engen Zeitplan, an den sich Siglen gehalten hatte.

Daran ist sie gestorben, nicht wahr? bemerkte Jeff, der mühelos in den privateren Bereichen ihres Geistes las. *Eigentlich wäre es überhaupt lehrreicher für mich, zum Atair zu kommen. Reidinger ist so drauf aus, meine Fähigkeiten und Horizonte zu erweitern –* Jeff kicherte boshaft –, *daß ich dem nur zu gern nachkomme. Außerdem habe ich dieses Wochenende ganze dreißig Stunden Pause, wenn ich nicht Kallistos Umlaufbahn falsch berechnet habe.*

Das hatte er nicht, und so traf er gerade ein, als sie Gerolaman sagte, er solle die Generatoren abschalten. Er wiederholte seinen Auftritt in der Kallisto-Station, nur daß diesmal Rowan hinhörte. Einfach um zu sehen, wie er es fertigbrachte, so viele Leute in so kurzer Zeit derart vollständig zu bezaubern. Er stellte sie sich als winziges Maskottchen vor, an sein Ohr geklemmt, während er Gerolaman in heitere Stimmung redete. Fast ebenso schnell bezauberte er sowohl Bastian als auch Maharanjani, obwohl beide ihn als hochklassiges *Talent* erkannten und seine wahre Identität ahnten.

Als sie hörte, wie er brav eingestand, die Atair-Prima habe ihn kommen lassen, reagierte sie mit spöttischem Gelächter, das ihr ins Hauptbüro voranging.

»Und wenn ihr alles glaubt, was ein Denebier sagt«, erklärte sie beim Eintreten, »bin ich froh, daß es bei VT&T nur einen gibt.«

Als sie Maharanjani heftig erröten sah, war ihr klar, daß die Frau etwas von den sehr lebhaften, frechen Bildern mitbekommen hatte, mit denen Jeff auf die Kränkung reagierte.

»Sie sind also der Primus von Deneb?« fragte Gerolaman, viel zu sehr von Ravens Charisma gefesselt, um die kleine Farce übelzunehmen.

»Von Kallisto«, sagte Jeff mit einer leichten Verbeugung. »Ich nehme jedes Bröckchen, das diese schönen Hände fallenlassen.« Seine blauen Augen funkelten so verschmitzt, daß der Stationsmeister kicherte. »Kann ich dir behilflich sein, irgendwelche letzten Arbeiten zu erledigen, Rowan?« fragte er, die Höflichkeit selber, während er sie besitzergreifend unterhakte.

»Ich glaube wirklich«, verkündete sie großmütig, »daß unser Arbeitstag vorüber ist. Atair wird den Betrieb in zweiunddreißig Stunden wiederaufnehmen. Gute Erholung.« Sie gingen und ließen die Stationsbelegschaft fasziniert von ihrer beider lebhaften Freude aneinander.

Im Laufe des folgenden Tages bat Rowan Jeff, sie zu begleiten. Er wußte sofort, wohin sie wollte, küßte sie sanft auf die Wange und gab ihr einfühlsam Rückhalt.

Am Ziel ließ der Minta-Geruch, der schwer in der Luft lag, Rowan bei der Erinnerung schaudern.

»Ziemlich bemerkenswerter Geruch. Schwer zu vergessen.« Jeffs Nüstern weiteten sich.

In dem Vierteljahrhundert seit dem verheerenden Erdrutsch waren die Mintas in dem mit Erde gefüllten Tal, wo sich einst die Rowan-Bergbausiedlung befunden hatte, zu enormer Größe gewachsen. Sie fand nichts, woran sie sich hätte erinnern können, dennoch hatte fünfzig Meter unter der Stelle, wo sie standen, Angharad Gwyn drei Jahre lang gelebt. Obwohl Jeff die psychische Sperre aufgebrochen hatte, erinnerte sie sich an wenig mehr als ihren Namen und an Gesichter, die zu ihr herabschauten, keinerlei deutliche Einzelheiten, obwohl sie wußte, daß manche von den Gesichtern ihrer Mutter, ihrem Vater und dem Bruder gehört hatten. Sie erinnerte sich an den Flickenteppich, auf

304

dem sie oft vor einem abgeschirmten Kamin gespielt hatte. Und den durchdringenden Gestank von Mintas.

»Einem dreijährigen Kind passiert nichts, was wirklich die Erinnerung wert ist.«

»Wenn es nicht sehr unglücklich wird«, sagte Jeff zärtlich. »Wo haben sie dich schließlich gefunden?« fragte er, denn er wußte, daß diese Rückkehr vollständig durchgespielt werden mußte.

Sie nahm ihn mit ins Oshoni-Tal, zu dem Felsvorsprung, wo die Rettungsmannschaft gelandet war. Der kleine Hopper war längst völlig kaputt. Die Schlammzunge war in den Jahren seither getrocknet und von Regen, Sonne und Wind sehr verwittert. Ihre Erinnerung an ihre Rettung aus dem kleinen aufgeschnittenen Hopper war zwar kurz, aber lebhafter.

»Da müßte mehr sein«, murmelte sie, außerstande, ihr Unbehagen auf welcher Ebene auch immer auszudrücken. »Ich erinnere mich nicht einmal an mehr von dieser schrecklichen Reise, außer an das Herumrollen und die Stöße, und daß ich das Bewußtsein verlor.«

»Da konntest du von Glück reden«, sagte Jeff und versuchte, die nebulöse Unruhe auszuloten, die sie nicht ausdrücken konnte. »Zu sich zu kommen, während von draußen Schlamm über einen hereinsickert, ängstlich, durchfroren, hungrig und durstig, und niemand da, der einen tröstet – das war sicherlich das Entsetzlichste für ein dreijähriges Kind. Aber es ist vorbei und erledigt. Längst erledigt«, und er schlang die Arme um sie und legte das Kinn auf ihr Silberhaar. »Ich weiß nicht, was du hier zu sehen oder zu finden gehofft hast, Liebste«, fügte er in zärtlichem Ton hinzu, während sein Geist ihre Frustration beschwichtigte. »Das Wunder ist, daß du es überlebt und eine Zukunft gewonnen hast, die es sonst für niemanden in der Rowan-Bergbausiedlung gab. Hör auf, in die Vergangenheit zu schauen – sie kann nicht verändert werden.«

»Ich habe bei der Einwanderungsbehörde nachgefragt, weißt du«, sagte sie noch immer niedergeschlagen. »Es gab drei Familien mit demselben Namen, ein älteres Paar mit seinen beiden Söhnen und deren Frauen; ich habe also immer noch eine Alternative. Die Rowan-Bergbaugesellschaft war nur zu bereitwillig, ihre Unterlagen für die Prima offenzulegen.« Sie murrte schwach. »Ich könnte die Tochter von Ewain und Morag Gwyn oder von Matt und Ann Gwyn sein. Sowohl Ewain als auch Matt waren Bergbauingenieure, und der Beruf ihrer Frauen war nicht angegeben. So daß ich, obwohl ich mich erinnere, daß meine Mutter Lehrerin war, immer noch nicht weiß, ob sie Ann oder Morag hieß.«

»Spielt das eine große Rolle, Liebste?« Jeff hob ihren Kopf an, um sie mit der intensiven Zuneigung zu betrachten, die seine blauen Augen widerspiegeln konnten.

»Ich weiß nicht, warum es das sollte, da ich jetzt viel mehr über meine Herkunft weiß, als je zuvor, aber es spielt eine Rolle. Vor allem wenn ich deine große Familie sehe – und beneide.«

Jeff warf den Kopf zurück und lachte laut. »War dir auf dem Deneb meine große Familie nicht lästig?«

»Ihr Ravens könnt euch dran gewöhnen«, gab sie zu und vergrub das Gesicht in seine Schulter. »Ich will so viele Kinder wie möglich haben.«

»Auch eine Art, das Gleichgewicht wiederherzustellen.«

»Ich will auch, daß sie über meine Seite der Familie soviel wie über deine wissen.«

»Du willst doch nicht etwas warten, bis du es weißt?« Jeff spielte Unmut.

»Kann ich nicht.« Und sie öffnete ihren Geist, um ihn sehen zu lassen, was sie gerade erst zu vermuten begann.

»Rowan!« Dann wirbelte er sie herum, und in seinem Geist hallte sein Hochgefühl wider.

Sachte! Ich habe genug Probleme mit Übelkeit, auch wenn du mich nicht wie ein Rad rumwirbelst. Doch sie umarmte ihn fest und grinste über die Wirkung ihres wunderbaren Geheimnisses.

Als er sie sanft wieder absetzte, drückte er sie so eng wie möglich an sich, und sie fühlte, wie sein Geist das neue Leben in ihrem Schoß zu erreichen versuchte.

»Jetzt noch nicht, Liebster«, sagte sie mit zärtlicher Belustigung. »Es sind gerade mal drei Wochen und bestenfalls wie eine Kaulquappe.«

Er drückte sie mit gespieltem Unmut von sich weg. »Mein Sohn, die Kaulquappe?«

»›Sohn‹ wissen wir vorerst auch nicht. Hab Geduld!«

»Mir ist gar nicht nach Geduld zumute.«

»Die Menschheit hat eine Menge fertiggebracht, aber kein *Talent* hat je eine Schwangerschaft beschleunigen können.«

»Mein Sohn«, beharrte Jeff und bekam beim Blick in die Zukunft leuchtende Augen, »der neue Deneb-Primus!«

»Laß dem Kind seine Ruhe!«

»Wie sollen wir sonst einen Primus auf Deneb kriegen, wenn wir ihn nicht selber herstellen!«

Die Stimmung Rowans änderte sich abrupt, und sie sagte nörgelnd: »Das ist genau das, worauf Reidinger spekuliert hat. Zum Teufel mit ihm. Ich hasse es, immer genau das zu tun, was er will.«

»Bist du nicht für dich selbst glücklich, Liebste?« Und Jeff hob ihr Gesicht zu seinem hoch. »Ich schon!«

»Ja, bin ich.« Doch in ihrem tiefsten Innern blieb eine Spur von Unsicherheit.

»Deine eigene Mutter sagt, daß sie nie von einer Telekinetin gehört hätte, die Probleme mit der Schwangerschaft hatte«, sagte Rowan hitzig und versuchte, ihren Ärger nicht überhandnehmen zu lassen. Jeff hatte ihre Laune nicht verdient, obwohl seine Haltung sie wütend machte. »Sie sagt, du benimmst dich genauso, wie es dein Vater bei deinem ältesten Bruder tat: besitzergreifend, fürsorglich, väterlich und ausgesprochen lästig!«

»Und ich sollte mir keine Sorgen um dich machen?« wollte Jeff wissen, während er in ihrem Zimmer im Atair-Tower auf und ab ging. »Du bist dünn wie eine Bohnenstange, du arbeitest lange und hart, und du fühlst dich nicht richtig wohl, wenn du einen Tag frei nimmst, um die Ruhe und Entspannung zu bekommen, die du gerade jetzt brauchst.«

»Du hast gesehen, was ich beim Essen verputze? Du weißt, daß ich mit vier Stunden Schlaf schon immer gut ausgekommen bin. Und ich nehme ja einen ganzen Tag frei ... Du läßt mich doch zu nichts anderem kommen.«

Jeff blieb abrupt stehen, die Hände in die Hüften gestemmt; er reckte den Kopf vor, und jenes plötzliche wunderbare Lächeln wischte den finsteren Blick weg. *Warum um alles in der Welt kämpfen wir miteinander?* Und er streckte die Arme aus.

»Ich weiß nicht.« Und dankbar ließ sie sich umarmen, die Wange an seine Brust gelegt. Wie üblich schob er ihren Kopf unter sein Kinn, und mit einer Hand zauste er ihr das Haar. »Nur daß du mich plötzlich nicht wie üblich weitermachen lassen willst, nur weil ich im fünften Monat schwanger bin. Und das Baby sagt mir, daß er wohlauf ist.«

»Ihr seid beide kostbar für mich, weißt du«, sagte er, und seine intensiven Gefühle hallten in ihrem Geist wider. »Ich bin neu in diesem Spiel als Vater.«

»Wo deine Mutter, deine Tanten und Schwestern am laufenden Band Kinder kriegen?«

Diesmal ist es meine Herzallerliebste, die schwanger ist, und das rückt die Sache in ein völlig neues Licht. Weißt du, daß sie Wetten abschließen, an welchem Tag Reidinger es rauskriegt?

»Wer macht sowas?« Rowan war entrüstet. »Wie haben sie er erfahren?«

Jeff warf den Kopf zurück und lachte. »Liebling, du hast dich nicht im Spiegel betrachtet, was? Du strahlst unverkennbar. Außerdem ist dieses Baby laut. Maharanjani hat ihn gehört, da bin ich sicher, also tut es Bastian auch. Gerolaman lächelt dich liebevoll an, wenn du es nicht bemerkst. Die meisten anderen von der Towerbelegschaft haben einen Verdacht, vor allem so, wie du ißt. Und Afra hat mich geradezu gefragt, wann es bei dir soweit ist.«

Rowan verzog das Gesicht. »Wenn einer was weiß, dann Afra.«

»Bist du sicher, daß er nur ein T4 ist? Und war dir klar, daß er dich immer geliebt hat?«

»Ja«, sagte sie und seufzte tief. »Ich kann Afra sehr gut leiden. Ich vertraue ihm zutiefst, aber ...« Eine Zeitlang schwieg sie. »Wenn du dich nicht gemeldet hättest ...«

»Mein Timing war immer exzellent«, erwiderte Jeff im Ton unnachahmlicher Überlegenheit, der sich wieder einmal in ein ansteckendes Kichern auflöste. »Du hättest es viel schlechter als mit Afra treffen können.« Seine Umarmung versicherte ihr, daß Afra nie eine Chance gehabt hatte.

»Laß mich nächste Woche zur Kallisto kommen. Ich bin nicht mehr dagewesen, seit du die Station übernommen hast.«

»Du traust mir nicht zu, daß ich mit deiner verlotterten alten Kuppel zurechtkomme?«

»Du redest um den heißen Brei, Raven«, sagte sie etwas hitzig und versuchte sich seinem Griff zu entwinden. »Es ist mein Körper, der schwanger ist, nicht mein Kopf – wenn ich dir deine eigenen Worte zurückgeben darf –, und mein Kopf bringt mich vom Atair zur Kallisto. Ich habe lange genug gebraucht, um herauszufinden, daß ich reisen kann – also hindere mich nicht daran.«

»Unser Kind ist mir sehr kostbar, Rowan«, sagte Jeff entschieden. »Wie kannst du es einem Risiko aussetzen?«

»Ich sehe dabei überhaupt kein Risiko! Oh, du kannst einen zur Weißglut bringen.«

»Ich will noch was sagen, mein Herz. Auf Atair braucht Reidinger selten Kontakt mit dir aufzunehmen. Auf der Kallisto wird er sicherlich Höflichkeiten austauschen ...«

»Woher soll er wissen, daß ich dort bin, wenn wir's ihm nicht sagen?«

Jeff räusperte sich amüsiert. »Ich erinnere mich, daß ich einmal angedeutet habe, ich könnte Reidinger über sein. Ich nehme das zurück. Durch und durch. Dieser Mann weiß *alles* über jeden, der mit den VT&T zu tun hat. Er wird erfahren, daß du da bist, und sobald er Kontakt aufnimmt, wird er wissen, daß du schwanger bist. Wenn er das weiß, wird er dich nirgends mehr hinlassen.«

»Unsinn!«

»Du wirst sehen!«

Und so war es. Binnen einer Stunde nach ihrer Ankunft auf der Kallisto stand Reidinger in Verbindung mit ihr.

Also hör mal, Rowan, es ist ein Unterschied, ob dieser eselsohrige Denebier von Stern zu Stern schießt wie ein ...

Jeff, der den Kontakt bemerkt hatte, bedeckte sein Gesicht, um sein ›Ich hab's dir ja gesagt‹-Grinsen zu verbergen. Als Reidingers Stimme abbrach, hob er die Hand und begann, mit den Fingern die Sekunden zu zählen. Er hatte gerade den vierten Finger hinzugefügt, als Reidinger wieder da war.

DU BIST SCHWANGER? Und du hast es RISKIERT, dich von Atair herzu'portieren? Schock, Entsetzen und Zorn hallten so gewaltsam in ihrem Geist wider, daß Rowan aufschrie.

Reidinger! Jeffs strenge Stimme klang schneidend, obwohl er gerade aus dem Sessel aufsprang, um schützend die Arme um seine zitternde Frau zu legen. *Nun mal sachte!*

Bei allen Heiligen, Raven, ich dachte, Sie hätten mehr Vernunft! Wie konnten *Sie ihr so ein Risiko erlauben?*

Da ist kein Risiko, Reidinger, schrie Rowan zurück, wütend, daß Reidinger sie so heftig angegangen hatte. *Ich bin durchaus imstande ...*

Imstande? Du bist zu nichts imstande als ...

Das reicht jetzt, Reidinger, schaltete sich Jeff in einem Ton ein, der den Erdprimus in voller Fahrt stoppte. *Rowan ist bei bester Gesundheit, und die Schwangerschaft verläuft normal. Nicht, daß Sie das was angeht.*

Es geht mich was an, wenn ein Primärtalent sich in Gefahr bringt ...

Vor allem eins, das für Sie und die VT&T Talente ausbrüten kann, konterte sie wütend. *Also, meine Kinder kriege ich* nicht *für Sie und die VT&T. Das geht nur Jeff Raven und mich etwas an. In meinem Vertrag steht nichts davon, daß den VT&T meine Leibesfrucht zusteht! Merken Sie sich das, Reidinger. Mein Sohn ist nicht automatisch bei VT&T dienstverpflichtet.*

Eine lange Pause. *Ein Sohn? Das wißt ihr schon?* So etwas wie Ehrfurcht trat an die Stelle der Tobsucht. Es war nicht einfach so, daß Reidinger den Zorn als Mittel, sein Gegenüber zu dominieren, abrupt verworfen hätte. Es war mehr, doch *was,* blieb Rowan verborgen.

Ja. Auch Rowan senkte den Ton auf Gesprächsniveau. Sie wollte eigentlich nicht, daß Reidinger wütend auf sie wäre. Oder auf Jeff.

Du hast Kontakt zu ihm? Ihr teilte sich sein dringendes, ja schmerzhaftes Verlangen mit, das zu wissen.

Jeff zog angesichts des nahezu flehentlichen Tones überrascht die Brauen hoch.

Im fünften Monat haben wir jetzt beide Kontakt, antwortete Jeff, als er das Gefühl hatte, Rowan dehne das Schweigen zu lange aus.

Warum hast du es ihm gesagt? sagte sie über eine private Verbindung zu ihm. *Er hat es nicht verdient.*

Wir haben unseren Spaß mit ihm gehabt, Rowan. Ich habe auf einer anderen Ebene in ihn hineingehört. Reidinger ist ein müder, sorgenbeladener alter Mann, und du hast ihm gerade zu einer Zeit, wo er Hoffnung braucht, welche gegeben.

Wofür braucht er Hoffnung?

Ich weiß nicht. Jeff war verblüfft. Zu Reidinger sagte er: *In diesem Entwicklungsstadium des Fötus ist der Kontakt natürlich unscharf ...*

Was weißt denn du über die Entwicklung eines Fötus? fragte ihn Rowan wieder auf privater Ebene.

Jeff grinste. *Bei sechs Schwestern kriegt man schon das eine oder andere von Geburtshilfe mit!*

Plötzlich kam beiden zu Bewußtsein, daß Reidinger während ihres raschen gedanklichen Austauschs den Kontakt abgebrochen hatte.

»Na, das kam plötzlich!« sagte Rowan pikiert.

Jeff kicherte. »Wir haben dem alten Knaben Stoff zum Grübeln gegeben.«

Da seufzte Rowan. »Ich bin froh, daß die peinliche Befragung so kurz war. Also, wer ist mit Kochen dran?«

»A-hm, ich dachte, wir würden beide keine Zeit auf Alltagspflichten verschwenden; sieh also die Liste der Lebensmittel durch, die ich für deine Ankunft vorbereitet habe!« Er holte eine Speisekarte mit so altertümlicher Schrift auf den Bildschirm, daß Rowan Mühe hatte, sie zu entziffern.

»Ich könnte vermutlich das alles aufessen!«

»Und in den nächsten paar Monaten auf Siglens Umfang kommen? Das werde ich nicht erlauben.« Und mit dem anschließenden Herumalbern verging fast eine Stunde, ehe sie sich wieder der Speisekarte zuwandten.

Sie saßen vor dem künstlichen Feuer, einer – wie Jeff zögernd zugab – sehr guten Simulation, als das Komgerät diskret piepste und im ganzen Haus das grüne Licht aufleuchtete.

Sie zog angesichts eines derart diskreten Anrufs – sie und Jeff waren beide an direkte Gedankenverbindungen gewöhnt – überrascht die Brauen hoch und schaltete die Leitung ein.

»Prima Rowan?« fragte eine unbekannte Frauenstimme, warm und katzenhaft. »Ich bin Elizara Matheson, T1, Ärztin/Gh. Ich bitte höflichst um ein Gespräch.«

»Nicht an meinem freien Tag!« Der Finger Rowans lag schon auf der Unterbrechungstaste, als Jeff ihre Hand festhielt. »Zum Teufel mit Reidinger! Wie kann er sich erdreisten?«

»Was kann es denn schaden?« fragte Jeff in seiner entwaffnendsten Art. »Du wirst eine T1 brauchen, wenn du ein *Talent* zur Welt bringst. Sie können außerordentlich widerspenstig sein, wenn es darum geht, ihre sichere Umgebung zu verlassen. Wenigstens ist es Reidinger so wichtig, daß er die beste schickt.« Als ihn Rowan erstaunt anblickte, grinste er. »Ich glaube, du hast nicht auf die richtige Information für Schwangere zugegriffen. Und wenn unser Junge auch nur halb so störrisch wie einer der beiden Eltern ist, wirst du alle Überzeugungskraft brauchen, die du kriegen kannst.« Er lehnte sich vor sie. »Unbedingt, Ärztin Elizara. Bitte kommen Sie in die Wohnung.«

Rowan mußte von Zeit zu Zeit immer wieder einsehen, daß sie mit Jeff Raven nicht streiten oder ihn austricksen konnte. Er wurde auf allen Gebieten seines *Talents* fortwährend stärker. Wenn manchmal einem Teil von ihr diese Stärke nicht behagte, fühlte sich zu anderen Zeiten ungeheuer wohl und sicher. Oder, wie jetzt, durch und durch widerspenstig. Doch jetzt eben rebellierte sie nicht gegen seinen gesunden Menschenver-

313

stand, sondern gegen die Störung der wenigen Stunden, die sie miteinander auf den tiefsten Ebenen – körperlich, geistig, emotional und seelisch – teilen konnten.

Doch sie fügte sich. *Du läßt mir keine Wahl, was?* fauchte sie ihn an, während sie auf die ungebetene Besucherin warteten.

Ich sorge mich viel mehr um dich, als Reidinger mir zugesteht. Weder in seinem Blick noch in seinem Geist lag Nachgiebigkeit. *Du hast nicht die Idealfigur für eine Geburt, weißt du. Wir wollen lieber jede Vorsichtsmaßnahme treffen.*

Ärztin Elizaras persönliche Erscheinung überraschte sie beide, denn sie war eine schlanke Frau, nicht größer als Rowan, und sah viel jünger aus. Ihr Lächeln, als sie die Verwunderung der beiden spürte, zeigte, wie zufrieden sie mit ihrer Wirkung war.

»Ich habe so viel von Ihnen gehört, Prima Rowan«, sagte sie mit einem verschmitzten Blick aus ihren weit auseinanderstehenden, grünlichen Augen, »daß ich alle mit weitaus mehr Berufserfahrung beiseite gedrängt habe. Außerdem läßt auch Ihr Ruf« – und ihr wunderbares Lächeln zeigte, daß sie auf das Gerede von den Launen Rowans nichts gab – »andere zurückschrecken. Gollee Gren hat mich ernsthaft gewarnt, Sie seien noch verrückter als Reidinger.«

Bei dieser Bemerkung verflüchtigte sich bei Rowan das letzte bißchen Abneigung. »Gollee hat Sie also gewarnt?«

Reidinger ist eindeutig ein Machiavelli, nicht wahr? sagte Jeff privat zu ihr. *Was für eine Auswahl!*

O nein, ließ sich Elizara vernehmen, *die Wahl habe ich getroffen, obwohl ich beim Gespräch mit dem Erdprimus gemerkt habe, daß er mich für geeignet hielt.* »Ich werde vorerst nur ein paar Augenblicke von Ihrer Zeit in Anspruch nehmen, Prima, aber ich muß die Unterlagen vom Atair auf den neuesten Stand bringen.«

»Kein Augenblick ist verschwendet worden«, bemerkte Rowan spöttisch.

»Nein!« Elizara blinzelte.

Sie brauchte tatsächlich nur ein paar Augenblicke. Rowan war nie einem T1 auf anderem Gebiet begegnet und war sehr beruhigt, als sie Elizaras Kompetenz und Geschick erkannte.

»Die Schwangerschaft verläuft fabelhaft. Ich habe dem, was Ihnen die Ärzte von Atair gesagt haben, weiter nichts hinzuzufügen«, sagte Elizara abschließend. »Der Junge ist für uns noch nicht weit genug, um einen lohnenden Kontakt herzustellen. *Dabei* wird mein spezielles *Talent* von Nutzen sein, und ich kann Sie beide bei den Vorbereitungen unterstützen.«

»Meine Mutter hatte mit keinem von uns Schwierigkeiten«, sagte Jeff, und Rowan hörte einen ersten Anflug von Unsicherheit, ehe er sie unterdrücken konnte.

»Schon wahr«, gab Elizara zu, »wahrscheinlich, weil *ihre* Mutter im letzten Monat ständig bei ihr war.«

»Woher, in aller Welt, wissen Sie das?« fragte Jeff überrascht, doch er fand es heraus, ehe Elizara ihm zuvorkommen konnte. »Reidinger hat sich viel Mühe gemacht, nicht wahr?«

»Ich denke, Sie sollten beide seine Beweggründe schätzen und ihm seine Vorsichtsmaßnahmen erlauben«, sagte Elizara mit sanfter Würde und einem Hauch Mißbilligung.

»Es ist unser Kind, nicht Reidingers. Und er ist kein Verwandter, daß er seine Nase in ...«

Sachte, Liebste, sagte Jeff und streckte Hand und Geist aus, um sie zu beschwichtigen.

Der Fötus reagiert, wissen Sie, sagte Elizara geduldig. *Je ruhiger Sie bleiben, um so leichter wird es für euch beide! Je enger das Band des Vertrauens ist, daß Sie jetzt knüpfen, um so leichter wird die Geburt. Das Kind muß Ihnen dann vertrauen können.* »Doch der Hauptgrund, daß der Primus mich für geeignet hielt, und Sie vielleicht auch, war, daß ich bei meinen eigenen beiden mit *Talent* begabten Kindern leichte Geburten hatte.«

Das beruhigte Rowan mehr als alles andere an Elizara, obwohl sie in dem Moment nicht ruhig sein *wollte*, auch nicht um des ungeborenen Kindes willen, doch sie konnte Jeff nicht so leicht übergehen, wie es bei Elizara möglich gewesen wäre. Ebensowenig konnte sie eine der folgenden Sicherheitsvorkehrungen Reidingers umgehen oder ignorieren, die sie aufdringlich, unverschämt, arrogant, unnötig restriktiv und bei weitem zu autoritär fand. Leider stimmte Jeff Raven dem Erdprimus in jedem Punkt zu. Sie konnte nie herausfinden, ob Elizara bezüglich ihrer Rückkehr zum Atair wirklich anderer Ansicht als die beiden Männer war oder nur ›die Schwangere bei Laune hielt‹.

Es lief darauf hinaus, daß Rowan nicht zum Atair zurückkehren durfte und wieder als Kallisto-Prima eingesetzt wurde. Jeff ging zum Atair, bis zwei weitere geeignete T2s gefunden und mit Maharanjani und Bastian integriert werden konnten. Als dies gelungen war, begann, was Jeff seine galaktische Wanderschaft nannte. Reidinger schickte ihn mit verschiedenen Aufträgen von hoher Sicherheitspriorität zu allen anderen Primärstationen.

»Ich weiß nicht, was sicherer sein soll, als ein Direktkontakt Geist zu Geist, oder wozu er dich ständig herumschicken muß.«

»Oh, ich finde es unglaublich faszinierend, Liebste. Ich habe jetzt alle Primen getroffen, und ich habe von euch allen wirklich die beste erwischt!« sagte er mit unverschämt funkelnden Augen. »Diese Capella!« Er hob Hände und Blick in solchem Abscheu über diese Begegnung, daß sie lachen mußte.

Während Rowan einschätzen konnte, wie wertvoll Jeff für die VT&T als einziger herumreisender Primus war, sah sie seine Abwesenheit ungern, wenngleich er zwischen den Ausflügen immer mehrere Tage Pause auf der Kallisto einlegte. Andererseits kehrte Jeff angeregt, begeistert und äußerst erfreut über seinen Empfang in jedem Tower zurück. Sie hörte gern zu, wenn er darüber sprach, wie er die anderen Primen fand, über die Vielfalt der in den Zentralwelten verbundenen Planeten: Einst hätte sie ihn um seine Fähigkeit beneidet, jene gewaltigen Entfernungen zurückzulegen, aber sie nahm sich im stillen vor, ihn auf dieser Reise zu begleiten, wenn ihre Schwangerschaft vorüber war. Die Reisen forderten von Jeff allerdings trotz seiner angeborenen Stärke einen merklichen Tribut an Energie. Sie sorgte sich wegen der alarmierenden Anzeichen tiefer Erschöpfung, die er leichthin wegwischte.

»Natürlich kostet es Kraft, Liebste«, sagte Jeff zu ihr, als sie zusammen auf ihrem Lieblingsplatz im Salon vor dem künstlichen Feuer bequemgemacht hatten. Für Rowan war körperliche Nähe zu ihm in vieler Hinsicht weitaus befriedigender als der intimere geistige Kontakt. Nicht zuletzt, dachte sie, weil sie so wenige körperliche Beziehungen gehabt hatte, daß sie ihrer beider intimes Beisammensein besonders lohnend fand. »Und es ist anstrengend, aber obwohl ich mich ständig nach dir sehne, ich kann es doch kaum erwarten, wieder aufzubrechen. Diese galaktischen Rundreisen öffnen so einem armen kleinen Dorfjungen vom Deneb ziemlich die Augen.«

»Sag sowas nicht von dir!« entrüstete sich Rowan und gab ihm einen Puff auf den Oberarm, um ihrem Mißmut Nachdruck zu verleihen.

»Liebling, ich bin wirklich arm«, rief er ihr in Erinnerung. »Übrigens, durch die Zulagen, die ich Reidinger für dieses Hin- und Herhüpfen abgerungen habe, kann ich meine Schulden viel schneller abzahlen, als wenn ich gewöhnliches Gehalt für stationäre Arbeit im Tower bekäme.«

»Und klein bist du auch nicht ...« Rowan ließ nicht zu, daß er sich in irgendeiner Weise klein machte.

Jeff brach in schallendes Gelächter aus. »Schatz, ich mag deinen Sinn für Loyalität, aber hast du gesehen, was die da auf Prokyon für Kerle haben? Und auf Beteigeuze?« Er warf ihr einen vergleichenden Blick zu, und sie sah, daß er sich in der Gegenwart jener Leute als Zwerg gefühlt hatte. »Und ich bin tatsächlich ein Dorfjunge vom Deneb.« Er grinste auf seine spitzbübische Art. »Das verhindert, daß ich mich überhebe.«

»Oh, war David wieder schwierig?«

Jeff ließ ein paar Sätze über die Arroganz des *Talents* von Beteigeuze durch ihre Gedanken laufen, und sie war zugleich empört und amüsiert.

»Wenn ich je Siglen begegnet wäre, hätte ich ein paar zwingende Bemerkungen über ihre Vorstellungen anzubringen gehabt, wie man *Talente* ›ausbildet‹«, sagte er, für einen Augenblick ernst. »Und Primen sind unzweifelhaft die entscheidenden Bindeglieder zwischen den Zentralwelten, aber es gibt in jeder anderen *Talent*-Sparte T1-Kategorien, die uns Schauerleute ziemlich beschränkt aussehen lassen. Trotzdem ...« – und er seufzte, denn im Grunde war er großzügig und nicht nachtragend – »hat sie die Grundlagen richtig erfaßt, aber wir werden unsere eigenen Kinder so ausbilden, daß sie den richtigen Weg gehen.«

»Das werden wir in der Tat!«

Jeff nahm sie fester in die Arme und küßte sie zärtlich seitlich auf den Hals. »Und keins von unseren Kindern wird eine Pursa brauchen.«

»War der Pucha wieder in meinen Gedanken?«

»Er lauert immer da, wo du ihn nicht sehen kannst.«

»Ich begreife nicht, warum. Nicht, nachdem ich wieder auf dem Atair und in der Gegend der Rowan-Siedlung war. Nicht, wo du für mich viel mehr tust, als jemals irgendein Gerät tun könnte.«

»Ich kann nicht erkennen, warum diese Pursa immer wieder hochkommt, Liebste, außer daß sie das Wichtigste in deiner Kindheit war. Ich weiß nicht recht, ob ich einem Pucha gern Konkurrenz machen möchte.«

Ausgeschlossen! Rowan stieß einen übertriebenen Seufzer aus, den das folgende Kichern relativierte. »Aber eine Ewigkeit lang war dieser Pucha das einzige Ding auf der Welt, das Verständnis für das kleine Rowan-Kind hatte – dachte es jedenfalls.« Sie hielt inne und runzelte die Stirn. »Weißt du, das ist sehr sonderbar – deine Mutter hat mich auch gefragt, wer Pursa war. Sie hat mich auf dem falschen Fuß erwischt.«

»Ich denke, wir sollten Mutter dazu bringen, daß sie ihren Geist schulen läßt.«

»Oh, sie war nicht zudringlich. Wie du gesagt hast, sie hat ein langes Ohr. Ich habe nie zuvor jemanden wie sie getroffen. Sie war so gefaßt und beruhigend, sogar als ...«

»Als alle dachten, ich läge im Sterben?«

»Du hast nie im Sterben gelegen ...« Doch ein Schauder überlief Rowan, selbst als sie diese Ansicht bestritt.

Jeff zog die rechte Augenbraue hoch und machte ein komisches Gesicht. »Asaph und Rakella erzählen das anders, meine Liebe. Nun ja, ich denke, Pursa müßte zu so einer Zeit an die Oberfläche kommen, wo du Unterstützung am dringendsten brauchst.«

Rowan nickte und kuschelte sich eng an ihn.

»Ich denke, wir alle haben jemanden«, fuhr Jeff fort, »oder einen Ort, wohin wir uns in Zeiten der Belastung zurückziehen: einen bekannten Trostspender, Ratgeber, Vertrauten, der uns nie im Stich läßt.«

»Du hast nie einen gebraucht.« Rowan begann sich über das seltsame Auftauchen Pursas zu wundern. Sie spürte eine unerwartete Verlegenheit in Jeffs Geist.

»Ich hab dich doch nicht auch irreführen können, oder, Liebste?« Und lachend umarmte Jeff sie rasch. »Glaub mir, mein Herz, das einzige, was ich anderen voraus habe, ist, daß ich Gedanken schnell genug zu lesen gelernt habe, um meine Dummheiten zu korrigieren, ehe sie sich selbständig machten. Das ist alles.«

»Aber du brauchtest einen?« Sie mußte dieser merkwürdigen Verlegenheit nachgehen, die bei der Selbstbeherrschung ihres Geliebten so ungewöhnlich war.

»Ja, brauchte ich«, und er kicherte komisch. »Deine Pursa war wenigstens ein *sichtbares* Wesen, entsprechend programmiert, um bestimmten Bedürfnissen eines Kindes und Teenagers gerecht zu werden ...«

»Was ist schlecht an einem unsichtbaren Freund?« Das konnte Rowan nun mühelos aus seinem Geist lesen.

»Nichts. Bis deine kleine Schwester es herausfindet und die ganze Familie dich gnadenlos aufzieht.«

Hat dein Freund einen Namen?

Jeff streichelte ihr den Kopf. *Baghira.*

Oh?

Das ist so lange her, Liebste, aber weißt du, es ist doch seltsam, daß er auch ein Katzenwesen war, wie deine Pursa. Groß, schwarz, stark: er lag gerne hoch oben in Bäumen auf Zweigen, was nicht wunder nimmt, weil ich selber immer auf Bäume kletterte oder auf sonnigen Felsnasen herumlag, denn an solchen Stellen versteckte ich mich vor unangenehmen Arbeiten, und er verabscheute Wasser! Ich eigentlich nicht. Ich schwamm gern, aber ich konnte ihn nie bewegen, mich zu begleiten. Er hatte gelbe Augen – wie Afra ... Jeffs Ton klang verwundert, daß er wenigstens eine Ähnlichkeit mit jemandem aus seinem Bekanntenkreis gefunden hatte. *Wir verbrachten eine Menge Zeit damit, unerwartete Schätze in Höhlen und Bergwerken und anderen ausgefallenen Orten zu entdecken. Er war ein guter Schutz gegen all die Schrecken des wilden, ungeformten Deneb. Und wir gewannen Reichtum für unseren Planeten und brachten ihn schneller zur Autonomie in den Zentralwelten, als je ein Planet aufgenommen worden war.* Jeff kicherte. »Weißt du, ich habe jahrelang nicht an Baghira gedacht! Er war, glaube ich, eine Figur aus einer Kindergeschichte. Ich habe ihn für meinen eigenen besonderen Gebrauch übernommen. Er war unbesiegbar.« *He, schläfst du schon wieder ein, wenn ich mit dir rede?*

»Nicht direkt.« Trotzdem überkam sie ein heftiges Gähnen. »Wir können doch hierbleiben, was?« Sie kuschelte sich an ihn und fand an seiner Schulter die richtige Kuhle für ihren Kopf. Er holte eine warme Decke von ihrem Bett und deckte sie zu, so daß sie nicht die Stellung zu ändern brauchte.

Trotz allem, was Rowan als Reidingers Zudringlichkeit betrachtete, freute sie sich auf Elizaras Besuche. Mit der Zeit erschien die T1-Ärztin zweimal im Monat auf der Kallisto, dann wöchentlich. Als die letzten beiden Wochen der Schwangerschaft anbrachen, kam Elizara, um bis zur Entbindung zu bleiben.

»Aber es geht mir gut, und das Baby entwickelt sich perfekt«, protestierte Rowan. »Das hast du mir jedenfalls gesagt.«

Elizara lächelte. »Du selber weißt das, Rowan. Nennen wir es die Marotte eines alten Mannes. Und auch eines jungen, wenn man Jeffs Geisteszustand berücksichtigt.«

Rowan knurrte und spürte, wie ihr Baby reagierte. Um sich gewaltsame Krämpfe im Unterleib zu ersparen, hatte sie gelernt, unangebrachte Reaktionen auf jede neue Zumutung zu zügeln.

»Jeff weiß, wieviel dir Familie bedeutet«, sagte Elizara.

»Familie?« Rowan fand die Wortwahl sonderbar. Jeff sprach von dem Ungeborenen nie als ›Familie‹: Für gewöhnlich war es ›sein‹ oder ›ihr‹ Sohn, oder Jeran, als sie sich endlich für einen Namen entschieden hatten. Aber wenn das Kind kam, würde es tatsächlich eine Familie aus ihnen machen!

»Es gab einmal eine Zeit«, fuhr Elizara mit ihrer munteren Stimme fort, »als Mutter und Vater eines

Neugeborenen vollkommen unvorbereitet darauf waren, oder auf die Wirkung, die es auf ihrer beider Beziehung haben würde. Natürlich hat Elternkunde inzwischen so einen festen Platz in der Allgemeinbildung, daß viele von den Ungeheuerlichkeiten früherer Jahrhunderte jungen, ungeformten Geistern nicht mehr angetan werden können. Aber ein Kind von hohem *Talent*-Potential benötigt besondere Vorsorge und Behandlung, vor allem bei der Geburt und in den ersten drei Monaten.«

»Das weiß ich. Das weiß ich! Das hat mich so ziemlich jeder in den ganzen verdammten Zentralwelten wissen lassen. Die einzige, die nicht darauf angespielt hat, ist Capella, und momentan würde ich fast am liebsten mit dieser vertrockneten alten Jungfer tauschen!«

»Rowan! Wenn sie dich hören könnte!«

»Sie ist«, erwiderte Rowan ätzend, »wahrscheinlich die einzige im ganzen VT&T-Netz, die nicht fünfzigmal am Tag mit mir Kontakt aufnimmt, um sich zu vergewissern, daß es mir gut geht und das Kind lebendig ist und strampelt! Was er gerade tut!«

»Dann beruhige dich!«

Elizara strömte eine Autorität aus, die zu vermeiden Rowan ebenso schwer fand, wie bei Jeff. Also begann sie gehorsam mit der Meditation. Elizaras innere Ruhe übertrug sich auf Rowan, und die Aufwallung von Zorn und Frustration wurde beschwichtigt.

»Ach, übrigens«, sagte Elizara, als Rowan wieder ruhig war, »ich habe mir in deiner Sache noch eine Freiheit erlaubt.« Sie zögerte.

»Warum nicht?«

Elizara berührte mit sanftem Vorwurf ihre Hand. »Es ist mir gelungen, der Spur der Familie Gwyn nachzugehen. Nur für den Fall, daß es genetische Defekte gibt, über die wir rechtzeitig Bescheid wissen sollten.«

»Wirklich?« rief Rowan. »Aber ich habe es versucht ...«

»Ja, du hast es vom Atair aus versucht« – Elizara lächelte –, »aber nicht von der Erde. Und ohne in die ursprünglichen Auswanderungsunterlagen zu schauen, nur die von Atair.«

»Die waren nutzlos. Und?«

»Von allen abreisenden Siedlern wurde das genetische Muster ermittelt, Genotyp und Blutprofil. Du kannst nur das Kind von Ewain und Morag Gwyn sein.« Schüchtern legte Elizara zwei kleine Hologramme aus der Tasche auf den Tisch. »Wie du feststellen wirst, hatten beide Eltern die Neigung, frühzeitig silbernes Haar zu bekommen.«

Mit einem Respekt, der an Ehrfurcht grenzte, betrachtete Rowan die beiden Gesichter: Obwohl ihr Vater höchstens dreißig gewesen sein konnte, hatte er silbernes Haar, während Augenbrauen und Schnurrbart kohlschwarz waren. Er hatte ein kräftiges Gesicht, und seine Brauen waren in einem Anflug von Mißmut zusammengezogen. Das Haar ihrer Mutter hatte silberne Strähnen, die von einem Mittelscheitel ausgingen; sie sah eher besorgt als ärgerlich aus, doch sie hatte ihrer Tochter die grauen Augen und das schmale Gesicht vererbt.

Elizara, wenn du wüßtest, was dieses Geschenk bedeutet …

Ach, Liebste, ich weiß! Elizara legte Rowan sanft die Hand auf den gesenkten Kopf.

Was ist los? wollte Jeff plötzlich wissen. Er ließ den Kontakt zu ihr nie abbrechen und war Elizara ebenso dankbar wie Rowan. *Das Mädchen ist'n Wunder! Umarme sie für mich! Ich trau mich nicht, es selber zu machen, sonst kriege ich Ärger mit dir!*

Ich bin momentan viel zu glücklich, um dir das zu verwehren, mein Liebster!

In ihrem Geist klang ein hinterhältiges Kichern. *Warne sie!*

Rowan tat es nicht, sondern lächelte glücklich vor

sich hin, den Blick an die beiden Hologramme geheftet, bis sie sich ihrem Geist unauslöschlich eingeprägt hatten. Jetzt hatte sie Eltern; und es war genug zu wissen, daß sie einen Bruder gehabt hatte. Sie konnte sich mit der Frage trösten, ob er wohl mehr dem Vater oder der Mutter geähnelt hatte. Vielleicht würde Mauli, geschickt im Umgang mit Bleistift und Farbe, ihr ein Bild zeichnen, wie ihr Bruder vielleicht ausgesehen hatte.

In einem Punkt hatte sich Rowan gegen Reidingers übertriebene Vorsicht durchgesetzt: Sie durfte weiterhin die Kallisto-Station betreiben. Torshan und Saggoner wurden in einer anderen entlegenen Kolonie benötigt, und Elizara hatte mit der Unterstützung aller anderen ärztlicher Berater Reidinger versichert, daß die geistigen Fähigkeiten Rowans von der Schwangerschaft in keiner Weise beeinträchtigt wurden. Ebensowenig beeinflußte ihre normale Beschäftigung das ungeborene Kind. Rowan führte den schlüssigen Beweis, indem sie das Feuerwerk einstellte, das die Stationsbelegschaft oft gestört hatte, wenn sie gerade ihre Launen hatte. Dafür war jeder in der Station dankbar.

Sobald ihre Schwangerschaft allgemein bekannt wurde, hatte Brian Ackerman von Afra wissen wollen, ob Rowan »in Ordnung« sein würde.

»Wenn du mit ›in Ordnung‹ meinst, ob sie wohl so schwierig wie vor Jeffs Ankunft sein wird«, erwiderte Afra in komischem Tonfall, während seine gelben Augen ziemlich großes Vergnügen über die Frage erkennen ließen, »so habe ich gehört, daß schwangere Frauen oft friedfertiger und folgsamer sind.«

»Rowan und folgsam? Das kann ich nicht glauben«, lautete Brians Antwort. »Aber diese Elizara ist nett. Kann Rowan sie gut leiden?«

»Ich glaube, sie passen gut zueinander. Elizara ist eine außerordentlich begabte Ärztin. Wenn ich ein Kind kriegen würde, hätte ich sie gern dabei.«

Brian betrachtete den Capellaner verblüfft. »Du bist doch kein Mutant!«

»Nein, und ich bin genauso ein Mann wie du!« Afra erwiderte Ackermans Blick.

»Ich wollte nicht ... Ich meine, ich kenne dich ... Oh, verdammt, ich habe mir gedacht, daß du in Rowan verknallt warst ... Elizara ist hübsch, jung und ...«

»Ich such mir meine Frau selber aus, Brian, wenn du nichts dagegen hast, aber ich weiß deine Sorge zu schätzen.« Und Afra zog sich in seine Wohnung zurück, und Brian fragte sich, ob er ihn tödlich beleidigt hatte, und wünschte, er hätte das Gespräch gar nicht erst begonnen.

Als der Entbindungstermin näherkam, verbrachte Rowan viel Zeit im Schwimmbecken der Kuppel. Es war der einzige Ort, wo sie sich nicht ungeschickt und unbeholfen fühlte. Sie hatte mit Elizara sogar eine Unterwassergeburt erörtert.

»Wo und wie immer es dir angenehm ist«, hatte die Ärztin erwidert.

»Das wird doch keine Staatsaffäre, oder? Ich werde mir von Reidinger nicht noch mehr Experten schicken lassen müssen, wenn die Wehen einsetzen?«

»Wo, wie und wer immer, damit die Geburt für dich und den kleinen Raven leicht wird«, versicherte ihr Elizara so fest, daß Rowan sich überzeugen ließ. Sie war froh, daß Reidingers Verbot jeder Reise es ihr ironischerweise ersparte, ihr Kind in einer der hochspezialisierten Kliniken auf der Erde zu bekommen.

Sie war sich all der diskreten Beobachtungsgeräte bewußt, die installiert worden waren – in ihrer Liege im Tower, in der Wohnung, im Bett, im Bassin, in dem Schaukelstuhl, den Jeff eigenhändig für sie gebaut hatte, im Sofa vor dem Feuer, sogar in der Küche. Das war wahrlich Überwachung genug, aber ein Kind zu kriegen, sollte eine Privatangelegenheit sein und nichts, wofür sich die ganze bewohnte Galaxis interessierte.

Rowan fiel plötzlich noch jemand ein, den sie sehr gern bei sich haben wollte: Isthia Raven mit ihrem weitreichenden Ohr und ihrer lauten Stimme. Der Gedanke überraschte sie und wirkte doch beruhigend. Eine Frage der Kontinuität ...

»Wen immer du brauchst«, wiederholte Elizara und gab damit taktvoll zu verstehen, daß die Gedanken Rowans offenlagen.

»Aber würde sie kommen?« Rowan wurde von einer plötzlichen Zurückhaltung gehemmt. Isthia Raven würde jetzt im Begriff sein, auf dem Land ihrer Familie die erste Ernte auf dem Deneb seit den Aliens einzubringen.

Frag sie, riet Jeff, als sie ihm schüchtern den Gedanken unterbreitete. *Sie würde sich geehrt fühlen, und sie wäre von Nutzen. Sie hat sich in dieser Behandlung auf metamorphischem Niveau ausbilden lassen, die bei mir so gut funktioniert hat. Hilft sowas bei einer Geburt?*

Würdest du sie für mich fragen?

Was? Die respektheischende Rowan hat Angst vor ihrer Schwiegermutter?

Du hast doch welche!

Nicht oft. Nicht, seit ich dich getroffen habe. Am Ende dieser Gedanken folgte ein zweideutiges Kichern.

Ich weiß nicht, warum ich mich mit dir eingelassen habe!

Weil du mich anbetest natürlich! Und ich dich. Das Kichern wurde von einem Bild abgelöst, das ihn als unreifes Mondkalb zeigte.

Isthia Raven fühlte sich von der Bitte Rowans geschmeichelt und tauschte eine Menge Information mit Elizara aus. Sie hatte sich wegen Rowan ziemlich viel Sorgen gemacht, da diese ihrer Ansicht nach nicht die Idealfigur zum Kinderkriegen hatte. Sie sagte, sie würde kommen, sobald sie gebraucht würde.

Du wirst jetzt gebraucht, sagte Jeff zu seiner Mutter. *Von mir, wenn sonst von niemandem.*

Ich dachte, es wäre Rowan, die mich dabeihaben wollte, erwiderte sie spöttisch. *Du weißt genau, daß mit ihr und eurem Sohn alles in Ordnung gehen wird. Wie viele hellseherische* Talente *hast du schon befragt?*

Ich sehe keinen Grund, mich mit professionellen Höflichkeiten einzudecken, sagte Jeff unwirsch.

Isthia kicherte und wechselte das Thema; sie verabredete mit ihm, daß er sie ein paar Tage vor dem Entbindungstermin Rowans zur Kallisto holen würde. Ihre Sorgen verflogen, sobald sie die werdende Mutter erblickte, strahlend und, wie Rowan es ausdrückte, in diesem letzten Schwangerschaftsstadium nach allen Seiten vorgewölbt. Isthia bewunderte ihre Wohnung und bemerkte trocken, sie hätte nie geglaubt, daß unter Kuppeln soviel Platz sei. Sie hörte sehr aufmerksam zu, als Rowan und Jeff alle Sicherheitsvorkehrungen erklärten und sie einwiesen.

»Planeten bieten einem wenigstens haufenweise Stellen zum Verstecken«, bemerkte sie in ihrer komischen Art. »Es könnte unbequem werden, wenn es zu einem Notfall käme, wenn Jeran gerade ankommt«, fügte sie hinzu, als sie in eine der Sicherheitskammern schaute. Sie deutete mit einer Pantomime an, wie Rowan versuchte, sich hineinzuzwängen.

»Das Haus ist dreifach gesichert«, bemerkte Jeff. »Die Prima darf keiner Gefahr ausgesetzt werden.«

»Dann bleibe ich nahe bei dir, Tochter«, sagte Isthia. »Aber du wohnst wirklich elegant. Na ja, auf Deneb bringen wir das bald in Ordnung.«

»Stört dich das denn nie, Rowan?« fragte sie nach dem Essen, als der Jupiter aufging und zunehmend den Himmel füllte. Sie beäugte den massigen Planeten mißtrauisch.

»Was? Der da? Daran habe ich mich inzwischen gewöhnt«, erwiderte Rowan, während sie versuchte, sich auf dem bequemen Sofa vor dem Feuer einzurichten.

»Levitation?« schlug Isthia vor und fragte Elizara mit einem Blick um ihre Meinung.

»Das haben wir auch versucht«, antwortete Jeff mit einem bedauernden Lächeln für das Dilemma Rowans. »Nicht mehr lange, Liebste.«

Rowan knurrte skeptisch.

»Elizara, wenn Sie eine T1-Ärztin sind, können Sie nicht den Zeitpunkt oder wenigstens den Tag ermitteln?« fragte Isthia.

»Wir haben es fertiggebracht, mit der Schwangerenvorsorge in nahezu hundert Prozent aller Fälle normale gesunde Babies zu bekommen«, sagte Elizara mit leichtem Lächeln, »und wir können die Wehen in Gang setzen, wenn die normale Zeit überschritten wird, aber den Zeitpunkt diktieren können wir immer noch nicht.«

»Ich hoffe, unseres zieht frühes Erscheinen in Betracht«, bemerkte Rowan müde.

»Es ist dein erstes«, sagte Isthia trocken. »Der Weg nach draußen liegt nicht so auf der Hand.«

»Ich habe ihm wieder und wieder gesagt«, erwiderte Rowan, »er soll den Kopf runternehmen und abtauchen.«

»Hat es gewirkt?« fragte Isthia erheitert.

»Er reagiert mit Gefühlen völliger Zufriedenheit mit seiner gegenwärtigen Umgebung und sieht keinen Grund, daran etwas zu ändern.«

»So wortreich?«

Rowan lachte, zufrieden, Isthia zum Staunen gebracht zu haben. »Schwerlich. Ich empfange nur einen Eindruck vollständiger Zufriedenheit.«

Isthia wandte sich Elizara zu. »Wie wäre es mit Handauflegen? Natürlich, Rowan ist nicht überfällig …«

Elizara lächelte sanft. »Wir warten ab. Für die Hände ist noch genug Zeit, wenn die Wehen aussetzen und er partout nicht heraus will.«

Dann straffte sich Isthia unvermittelt im Sessel, der sich eilends umformte, um ihrer neuen Haltung gerecht zu werden. Sie reckte den Kopf vor und lauschte.

»Was ist los? Was hörst du?« fragte Rowan. »Ian?« Sie neckten Isthia zwar ab und zu wegen ihres »langen Ohrs«, doch es lag immer Respekt darin.

»Ich dachte, ich ...« Isthia ließ sich zurückfallen und schaute Elizara scharf an. »Haben Sie irgendwas aufgefangen?«

Elizara runzelte die Stirn, sie schärfte sichtlich ihre Sinne und lauschte mit jener anderen Empfänglichkeit, die allen drei Frauen reichlich gegeben war.

Da! sagte Isthia.

Rowan hatte etwas gespürt, ganz am Rande ihrer eigenen großen Reichweite. *Zu weit weg. Wut! Schmerz!*

Wessen? fügte Isthia in sehr nachdenklichem Ton hinzu. *Mit der Quelle komme ich nicht klar. Ich glaube nicht, daß das ein Mensch ist!*

Elizara betrachtete sie überrascht. *Wie konnten Sie es dann hören?*

»Ich habe es auch gehört«, merkte Rowan an. Sie verzog das Gesicht. »Keiner von unseren Leuten jedenfalls«, setzte sie hinzu, um Isthia zu beruhigen. *Oder soll ich einen Ruf losschicken und mich für dich vergewissern?*

Langsam schüttelte Isthia den Kopf, die Stirn verwundert gerunzelt. Dann schüttelte sie den kurzen Bann entschieden ab und lächelte den beiden anderen zu. »Wenn du es gewesen wärst, hätten wir es auf die Nervosität vor der Geburt schieben können.«

Rowan seufzte tief und strich sich über den prallen Bauch. »Nun komm schon, Sohn, leg dich zurecht und laß uns mit dem Warten aufhören. Du bist jetzt alt genug, um zur Welt zu kommen.«

Zwei Tage später, als der mächtige Jupiter aufging, um den Bewohnern der Kuppel den Blick auf den freien

Raum zu versperren, entschloß sich Jeran Raven, dem Rat seiner Mutter zu folgen. Das Baby senkte den Kopf in den Geburtskanal, löste das Platzen der Fruchtblase aus, und fast ehe Elizara Rowan helfen konnte, den Schmerz zu blockieren, begannen lange und intensive Wehen.

Jeff, der gerade keinen Dienst im Tower hatte, traf ein, als Isthia und Elizara es Rowan gerade so bequem wie möglich machten.

»Jetzt ist die rechte Zeit zum Handauflegen«, sagte Elizara zu ihm, »um deinen Sohn zu beruhigen. Das ist für ihn der schwierige Teil, und er darf sich nicht zurückziehen oder Widerstand leisten.«

Es war ein gewaltiger Trost für Rowan, daß Jeffs starker Körper sie stützte, seine Hände sie streichelten, mit ihm die geistigen Kräfte zu vereinen und ihren Sohn zu überzeugen, er möge das kurze Ungemach ertragen und sich in der Welt der Lebenden willkommen heißen lassen.

Ist es nicht ein bißchen viel verlangt, sagte Rowan sehr privat zu Jeff, *daß er die Sicherheit des Schoßes verlassen soll, denn wie können wir ihm Sicherheit versprechen, wenn wir selber nie welche gekannt haben?*

Du willst also für den Rest deines Lebens schwanger bleiben? erwiderte Jeff, während er ihr silbernes Haar zurückstrich, das schon schweißnaß war.

Nein!

Dann presse! drängte Elizara. *Nimm Isthias Hände!*

Isthias starke Hände gaben ihr während der folgenden starken Kontraktionen Halt, Hände, die auch beschwichtigten und die unwillkürlichen Spasmen milderten.

»Das sind kräftige Wehen«, bemerkte Isthia.

»Nicht unüblich«, erwiderte Elizara, »und in Abständen von fünf Minuten.«

»Widerstrebt er, oder bin ich es?« fragte Rowan und atmete erleichtert auf, als eine besonders heftige Kontraktion vorüber war.

»Ein bißchen von beidem«, erwiderte Elizara, und Rowan konnte keine genauere Feststellung im Geist der Ärztin finden. *Ich belüge niemals meine Patienten!*

Bei dieser wäre es wirklich nicht möglich!

Nicht in der Gesellschaft, in der sie sich gegenwärtig befindet, fügte Elizara hinzu, und ihr Ton klang amüsiert. »In Ordnung, es geht wieder los.«

Sie alle spürten das plötzliche Zögern des Kindes, als die Kontraktionen des mütterlichen Schoßes es in einen unausweichlichen Rhythmus einbanden. Die Empfindung gefiel ihm nicht: Sie machte ihm Angst. Sogleich wurden ihm wieder Wärme und Liebe und Behaglichkeit zugesichert, wenn er nur nicht zögerte. Die Empfindung gefiel ihm überhaupt nicht.

Mir gefällt es momentan selber nicht besonders, mein Sohn, sagte Rowan zu ihm, und dann konnte sie nicht einmal mehr denken, als eine besonders starke Wehe sie erfaßte. Sie umklammerte Isthias Hände mit einem Griff, von dem sie fürchtete, er würde blaue Flecke verursachen.

Dranbleiben!

Für Rowan, vom unwiderruflichen Geburtsprozeß erfaßt, schien der Kampf mit ihrem Sohn endlos zu sein. Die Wehen folgten rascher aufeinander, dauerten länger, und wären die Nerven nicht blockiert gewesen, hätte sie Qualen ausgestanden. So war es die Muskelanspannung, die sie erschöpfte.

Bitte, Jeran, bitte! schrie sie und fragte sich, wie lange sie das noch ertragen könnte.

Wieder von einer heftigen Kontraktion erfaßt, fühlte sie, wie Elizara und Isthia ihr die Hände auf den bebenden Leib legten, und diese Kontraktion schien von ihrer beider Geist unterstützt zu werden, daß Jerans Widerstand übergangen wurde. Als der Kopf des Jungen durch den Geburtskanal trat, stieß er geistig und körperlich einen schrecklichen Schrei von Protest, Widerwillen und Angst aus.

»Du bist auf der Welt, mein Sohn«, schrie Rowan mit Geist und Mund, während sie die Augen öffnete, um zu sehen, wie Elizara den nassen und zappelnden Körper des Babys in Empfang nahm.

Jeran heulte abermals, ein verwirrter und wütender Schrei angesichts der veränderten Umgebung, des Lärms, der Kälte, der Orientierungslosigkeit.

Gut, gut! tröste ihn der Geist von drei Erwachsenen. *Gut, gut. Du wirst geliebt, du bist willkommen. Ja, gut, du wirst es warm haben. Du wirst getröstet werden.*

Elizara legte das Baby auf den nun wieder eingesunkenen Bauch der Mutter, während sie die nach der Geburt notwendigen Handgriffe vornahm.

»Sogar von hinten bist du schön«, sagte Rowan zu Jeran und griff nach einem seiner wild herumfuchtelnden Arme, während er sich weiterhin auf mehreren Ebenen über die brutale Behandlung beklagte, die er soeben durchgemacht hatte. *Er ist so kräftig!*

So wütend! In Jeffs Ton schwangen unendlicher Stolz und Erleichterung. *Gut, schon gut, mein schöner Junge! Es ist ja vorbei.*

Nicht doch, es fängt gerade erst an, erwiderte Isthia. »Gute Lungen hat er«, fügte sie anerkennend hinzu.

Er hat offensichtlich deine Stimme geerbt, Mutter, sagte Jeff. *Dieser Geburtsschrei war laut genug, um bis zum Deneb zu reichen!*

Und du hast eine leise Stimme? gab Isthia zurück, strahlend vor Freude über die glückliche Geburt.

»Knapp über vier Kilo«, sagte Elizara zufrieden. »Ein schwereres Kind kann man sich nicht wünschen, Rowan. Sonst wäre es viel schwieriger geworden.« *Und nun werden wir ihn alle auf den primitivsten Ebenen beruhigen.*

Eine Verschwörung gegen meinen armen Sohn? fragte Jeff, während er albern zu Jeran herablächelte.

Deinen ganz und gar nicht armen Sohn beruhigen, tadelte ihn Elizara. *Das ist für ein Kind, das so offensichtlich wie Jeran* Talent *hat, das wichtigste. Hände auflegen! Isthia, beginne auf den metamorphischen Ebenen. Rowan wird nicht wollen, daß er die nächsten paar Monate auf einem psionischen Niveau aktiv ist.*

Während Isthia über die kräftigen kleinen Füße strich, begann sie leise zu summen. Elizara und Jeff wischten ihn sauber, während sie ihn die ganze Zeit mit Berührung, Geist und Stimme beschwichtigten. Bald gähnte er und schien einschlummern zu wollen.

Als die Nachgeburt heraus und Rowan wieder behaglich in ihrem Bett eingerichtet war, wurde das schlafende Kind in ihre Arme gelegt, und Jeff streckte sich neben beiden aus, die Augen dunkel und vor Liebe überfließend.

Ich hätte nie gedacht, daß ich derart intensive Gefühle für ein Baby entwickle, das uns beide bald schon mit seinen kindlichen Bedürfnissen in den Wahnsinn treiben wird, sagte Jeff. Mit dem Zeigefinger hob er Jerans kleine Hand an, die sich öffnete und um den Finger schloß. *Ich werde der unmöglichste Vater in der Galaxis sein.*

Jeran ist wirklich das wunderbarste Baby, stimmte ihm Rowan zu, vor Stolz ebenso albern wie er. »Was ... um ... Himmels willen?«

Angesichts ihres veränderten Tones folgte Jeff ihrem erstaunten Blick und sah, wie Behälter und Arrangements von Blumen jeder vorstellbaren Art auftauchten und sich auf jeder verfügbaren Fläche niederließen, bis das Zimmer fast voll davon war.

»Was geht hier vor?« Jeff rappelte sich auf, obwohl Blüten kaum Schaden anrichten konnten.

Dieser Kleine hat so 'ne laute Stimme, daß ich es wußte, noch ehe Elizara es mir sagte! erklang Reidingers vertraute Stimme in weniger vertrautem Flüsterton. *Danke!*

Jeff und Rowan starrten sich an, über die ungewohnte Bescheidenheit im Ton des Erdprimus verwundert.

Rowan? Jeff? Auch Isthias Stimme kam zögernd, doch es lag soviel unterschwellige Begeisterung darin, daß beide fragten, was los sei. *Nichts weiter, nur daß es auf der Erde keine Blumen mehr geben kann bei den Massen, die eben überall in der Kuppel aufgetaucht sind!*

»Du solltest unser Zimmer sehen«, rief Jeff laut. »Komm rein, und wo ist Elizara?«

»Im Bassin – falls da noch Platz zum Schwimmen ist zwischen all den Wasserlilien, die ich in die Richtung habe fliegen sehen«, sagte Isthia mit stiller Freude, als sie die Tür öffnete. Sie hielt inne und blickte sich erstaunt um. »Wer, um alles in der Welt ...«

»Reidinger!« sagten Rowan und Jeff unisono.

Sie hörten einen Ausruf in der Ferne und, viel besser vernehmbar: *Großvater, hast du den Verstand verloren? Soviel Blumenduft und Pollen sind gar nicht gut für ein Baby!*

»Großvater?« Nun gesellte sich Isthia dem Chor von Rowan und Jeff hinzu.

Oh, Mist, ich hab's vermasselt! Elizara klang verärgert. *Laßt mich bloß was anziehen, dann kommen wir klar.*

Komm erst klar, Anziehen ist freiwillig, erwiderte Jeff und bekam einen Lachanfall.

Lach nicht, Jeff! sagte Rowan und preßte beide Hände auf ihre geplagten Bauchmuskeln. *Bring mich nicht zum Lachen, Jeff! Bitte!*

Isthia sprang mit kräftigen Händen Rowan bei und gab sich große Mühe, Jeff finster anzublicken, grinste dabei aber breit. Dann erschien Elizara, das Haar noch naß, in ein Badetuch gehüllt, und sah verlegen aus.

»Reidinger ist dein Großvater?« fragte Rowan und wunderte sich, wie ihr die Verwandtschaft entgehen konnte.

»Eigentlich mein Urgroßvater, aber das klingt umständlich, und er fühlt sich uralt dabei. Ich habe diese Tatsache hinter einer Abschirmung verborgen, bevor ich herkam. Großvater hat mir den Eindruck vermit-

335

telt, du könntest etwas gegen meine Hilfe haben, wenn du unsere verwandtschaftliche Beziehung entdeckst. Aber ich bin auch die am besten qualifizierte Person für so eine wichtige Betreuungsaufgabe. Und was ich dir bei unserem ersten Gespräch gesagt habe, ist wahr: Ich habe mich angeboten, und er war schrecklich erleichtert darüber. Er mag dich anblaffen und toben, Rowan, aber glaub mir, das zeigt nur, wieviel ihm an dir liegt. Und an Jeff. Und jetzt ist Jeran zu seiner ganz besonderen Liste hinzugekommen.«

Rowan legte schützend den Arm um Jeran und starrte Elizara an. »Ich kriege meine Kinder *nicht* für die VT&T.«

»Ebensowenig wie ich«, erwiderte Elizara lachend, »aber Kinder gehören zum Leben einer Frau. Kannst du leugnen, daß du dich jetzt mehr als Frau fühlst, als zu jeder anderen Zeit in deinem ganzen Leben?«

Rowan bedachte das und mußte zustimmen. »Also eigentlich, jetzt, wo ich es geschafft habe, hätte ich nichts dagegen, oft schwanger zu sein.« Sie warf Jeff einen scheuen Blick zu. »Reidinger muß nur wissen, daß *wir* es sind, die mehr Kinder haben wollen, mit oder ohne *Talent*.«

»Ich will keinen Augenblick bestreiten, daß mein Großvater für die VT&T lebt und stirbt, für ihre Effizienz, ihren fortwährenden Erfolg und ihre Ausbreitung.« Elizara blinzelte. »Er war schrecklich enttäuscht, daß ich die medizinische Laufbahn eingeschlagen habe, aber da liegt mein *Talent*. Der liebe Opa ist ...« – sie grinste, als sie auf den Gesichtern die Überraschung über diese liebevolle Bezeichnung sah – »von seinen sieben Kindern und ihrer Nachkommenschaft bis in die dritte Generation fortwährend enttäuscht worden. Er ist der dritte Reidinger, der Erdprimus ist, wißt ihr. Nicht immer in ununterbrochener Folge. Das *Talent* hat manchmal eine Generation übersprungen. Er hatte sich so sehr gewünscht, einen vierten heranzubilden. Das ist einer der Gründe für seine schlechte Laune. Er fühlt sich von der Genetik im Stich gelassen. Oh, die meisten von uns haben wertvolle *Talente*, aber keiner ist ein Anwärter auf den Rang eines Primus. Das ist in der Tat die seltenste Kombination von *Talent*. Und ihr beide seid es, und der kleine Jeran auch.«

»Reidinger hat eine sonderbare Art, seine Zuneigung auszudrücken«, erwiderte Rowan gereizt. »Wenn ich daran denke, wie er mich runtergeputzt hat ...«

»Also weißt du, Rowan« – Elizaras Ton änderte sich –, »von allen Primen weißt du doch am besten, was Einsamkeit ist!« Sie machte eine Pause, und Rowan spürte, wie dieser Vorwurf traf. »Großvater darf seine beruflichen Pflichten nicht von persönlichen Gefühle beeinflussen lassen. So sehr es dich vielleicht überrascht« – und ein scharfer Ton trat in die Stimme der sanften Elizara –, »hat er sehr tiefe Gefühle. Er verbirgt sie nur besser als jeder andere.«

Ich bitte um Entschuldigung, sagte Rowan fügsam. *Ich weiß, daß ich egozentrisch bin ...*

»Primen neigen dazu«, sagte Elizara versöhnlicher, »das gehört zum Berufsrisiko. Und du brauchst dich ihm gegenüber nicht anders zu verhalten. Er wäre mir böse, wenn ich auch nur andeutete, seine Abschirmung könnte Schwachstellen haben. Aber ich bin ihm gewachsen. Wie ihr beide. Und du, Isthia, bist viel stärker, als ich anfangs dachte.«

Isthia hatte Elizaras Gesicht eindringlich beobachtet. Nun zuckte sie unverbindlich die Achseln. »Meine Zukunft ist Deneb. Aber diese Einblicke in die Persönlichkeit des gewaltigen Erdprimus sind interessant für mich.« Ihre Rede endete mit einem leichten Frageton.

Elizara machte eine rasche warnende Geste. »Genug getratscht. Laßt uns ein paar von diesen Blumen aus dem Zimmer bringen. Was zuviel ist, ist zuviel für die Lungen eines Neugeborenen.«

»Ganz zu schweigen von der Klimaanlage in diesem Teil der Kuppel«, sagte Jeff.

»Wißt ihr, es war wirklich sehr nett von ihm«, murmelte Rowan schläfrig. Und als die Blumen weggeräumt waren, schlief sie schon fest, einen Arm schützend um ihren Sohn gelegt.

»Für ein Baby ist er ziemlich gut«, bemerkte Isthia etliche Tage später, als sie sich verabschiedete. »Ich dachte nicht, daß mir Ian fehlen würde, doch er tut es. Und ich habe den Luxus schon viel zu lange ausgekostet.« Sie ignorierte das Kichern ihres Sohnes und legte dem schlafenden Enkel die Hand auf die Stirn. »Er wird dich ganz schön in Trab halten, Rowan, aber du hast es schon richtig gemacht.«

»Dank dir, Isthia.« In Stimme und Geist Rowans lag tiefe Dankbarkeit.

Isthia lächelte ihr verstehend zu. »Ich war *in loco parentis*, meine Liebe, und wir beide wissen das. Trotzdem war es schmeichelhaft für mich.« Sie beugte sich vor und küßte Rowan auf die Wange. »So ein kleiner Kerl!« Und sie ging rasch aus dem Zimmer.

Die Abschiedsgrüße Rowans folgten ihrer Kapsel den ganzen Weg bis zum Deneb. Elizara blieb ein paar Tage länger, um sicherzugehen, daß Rowan körperlich vollständig wiederhergestellt war, da die Entbindung zwar kurz, doch anstrengend gewesen war.

»Ich werde Reidinger klipp und klar sagen«, erklärte Elizara, als auch sie sich anschickte, die junge Familie zu verlassen, »daß du im Genesungsurlaub bist, bis ich die Wiederaufnahme der Arbeit billige. Er wird donnern und wüten, aber ich werde keinen Zoll nachgeben. Er mag es, wenn ihm jemand paroli bietet. Du weißt nicht, wie begeistert er war, als du bei ihm aufgekreuzt bist.«

»Ich wär nie drauf gekommen«, erwiderte Rowan.

»Außerdem denkt er nicht dran, seine Lieblingsprima zu riskieren.«

»Ich will nicht sein Lieblings-Irgendwas sein«, entgegnete Rowan schroff. Sie stillte Jeran, und ihr Gesichtsausdruck stand im Gegensatz zur Stimme.

»Ich werde ihn daran erinnern«, gab Elizara sanft zur Antwort. »Eine gute Mutter bist du auch«, fügte sie hinzu. »Das wird ihm besser gefallen.« Sie grinste, als ihr die Bemerkung einen scharfen Blick von Rowan einbrachte. »Ja doch, bist du. Das kommt von selbst.« Dann runzelte sie die Stirn. »Wer ist Pursa? Deine Mutter?«

Rowan starrte sie an. »Wird sie nie aufhören herumzuspuken?«

»Sie hat nicht gespukt«, erwiderte Elizara und hielt inne, um ihre folgenden Worte zu bedenken. »Sie ist viel zu glücklich.«

»Pursa«, sagte Rowan etwas unwirsch, »war mein Name für den Pucha, den sie mir auf Atair gegeben haben.«

Elizara zog leicht die Brauen hoch. »Sie war mehr als das, Rowan.« Sie lächelte sanft. »Und jetzt eben ist sie glücklich und stolz auf dich, dieses dein Alter ego. Wie man stolz und glücklich ist, wenn man nach einem langen Weg solche Gefühle findet.«

»Mein Alter ego ist ein Pucha?«

»Warum nicht?« Wieder lag dieses leicht spitzbübische Lächeln um Elizaras Mund. »Er war sehr geschickt und einfallsreich programmiert, weißt du.« Sie legte Rowan beruhigend die Hand auf die Schulter, und mit dem Körperkontakt floß mehr von Elizaras beruflicher Billigung in den Geist Rowans hinüber. »Pursas körperliche Form ist von jener arroganten kleinen Bousma zerstört worden, aber du hast sie niemals wirklich verloren.« Sie nahm ihre Sachen. »Denk dran, ich bin nur einen Gedanken weit entfernt und stehe dir jederzeit offen.«

Da seine Eltern in so engem Kontakt zu Jerans Bedürfnissen standen, kam er glänzend voran und machte selten ohne leicht erkennbaren Grund Schwierigkeiten. Die Kinder in der Kallisto-Kuppel waren von ihm so hingerissen wie die Erwachsenen. Rowan gewann ihre Energie zurück, während Jeff über ihre ›mütterlichen‹ Kurven witzelte.

Als Elizara wieder in der Kallisto-Kuppel eintraf, um die nach sechs Wochen fällige Nachuntersuchung vorzunehmen, bescheinigte sie Mutter und Sohn eine ausgezeichnete Gesundheit.

Kaum war Rowan jedoch wieder im Tower, Jeran in einem Tragkorb neben ihrer Liege, als Reidinger Jeff zu sich bestellte.

»Das ist gemein!« beklagte sich Rowan, während sie auf und ab schritt. »Dein Sohn braucht deine Anwesenheit. *Ich* brauche deine Anwesenheit. Es ist mir egal, was Elizara gesagt hat, er hat kein Recht, unsere Familie auseinanderzureißen.«

»Liebling, wir wissen nicht, daß er das vorhat«, erwiderte Jeff.

Sie fing seinen nicht sonderlich unterdrückten Gedanken auf. »Du! Du liebst es herumzuschwirren, auf Schritt und Tritt deinen Charme zu verströmen! Durch die Galaxis zu latschen wie ein … ein …«

»Ein Latsch?« schlug Jeff sanft vor, der sich seiner Neigungen kein bißchen schämte. »Und du kannst mir doch nicht weismachen, es wäre dir lieber, wenn jemand anders, sogar ich, deinen Tower betreibt. Kallisto ist dein Erbgut: Die Station funktioniert mit deinem geistigen Muster besser als mit sonst einem.«

Sie sah ihn scharf an. »Also Moment mal, Jeff Raven, versuch diese Taktik nicht bei *mir!*«

»Die letzte in der Welt, die ich austricksen könnte.« Und er hielt ihr die offenen Arme hin. *Wir sind nie lange wütend aufeinander, Liebste. Wir kennen einander viel zu gut.* Er zog ihren Körper an seinen, ihren Kopf unter seinem Kinn, und beschwichtigte sie mit jeder Faser seines Wesens. »Außerdem bin ich neugierig, *was* Rei-

340

dinger jetzt mit mir vorhat. Ich bin überall rumgekommen, und sogar ich weiß, daß die Zentralwelten nicht planen, in Kürze einen neuen Tower einzurichten.«

Angesichts des Unvermeidlichen brachte sie seine Kapsel auf den Weg zur Erde und ging mit einem Seufzer wieder an die Arbeit.

Jeff hatte völlig recht: Kallisto war *ihr* Tower. Auf dem Atair Prima zu sein, war ein feiner Triumph gewesen, und sie hatte gern mit alten Freunden zusammengearbeitet und ihr neues Problembewußtsein genutzt, die rechte Mischung an *Talent* zu finden, die zum Betrieb solch eines Knotenpunktes benötigt wurde. Doch die Kallisto gehörte ihr, war ihr Zuhause, wo sie Jeff getroffen und geliebt hatte und ihr Sohn geboren worden war. Das Towerpersonal war eine integrierte Mannschaft, die ihre ganze frühere Dummheit überstanden hatte, und nun erkannte sie, daß sie den Platz ihrer verlorenen Familie eingenommen hatten. Afra war eher jüngerer Bruder als Kollege. Er hielt Jeran von ganzem Herzen für ein bezauberndes Kind, was sie in ihrer guten Meinung von ihm nur noch bestärkte.

Lebende Fracht im Anflug. Afras Gedanke unterbrach ihr Sinnieren, und augenblicklich nahm sie das große Passagiermodul im Empfang, das der Erdprimus hochgeschickt hatte.

Hallo, Schätzchen. Der Geist Jeffs, der die Telekinese initiiert hatte, traf ihren. *Zuchtvieh für Deneb! Wir haben eine Zulage gekriegt: Mutterschaft und Vaterschaft. So ist es üblich bei VT&T, du brauchst dich nicht aufzuplustern. Ich hab meine grade restlos verpulvert, um die Farm wieder auszurüsten. Ich komme heute abend nach Hause.*

Sie hörte heraus, daß er ihr etwas Wichtiges zu sagen hatte. Es war ein langer Tag für sie, den sie teils wartend verbrachte, teils mit Jeran beschäftigt, größtenteils aber mit Überlegungen, welche Art Aufgabe Reidinger Jeff nun übertragen würde. Sie wäre sogar bereit, die Kallisto zu verlassen, aber sie mußte bei Jeff sein.

Wirst du, Liebste! antwortete ihr sein rascher Gedanke. In seinem Geist schwang Hochgefühl.

Rowan stillte gerade Jeran, als Jeff so verstohlen zurückkehrte, daß sie ihn nicht hörte, bis sie seine Anwesenheit hinter sich spürte. Jeran stieß ein erschrockenes Quietschen aus. Dann ließ Jeff das Strahlen seiner Begeisterung hervorbrechen, und sein Sohn bekam ebenso runde Augen wie seine Mutter, als sich die ganze Bedeutung von Jeffs Neuigkeit herausstellte.

»Erdprimus!«

»Psst! Jeder hört dich«, sagte Jeff, während er neben ihr aufs Bett glitt und sie auf den Hals küßte.

»Du meinst, dich wird jeder hören!« Dann drangen die Konsequenzen zu ihr durch. »Erdprimus? Reidinger ist Erdprimus!«

Betrübnis legte sich Jeffs Gesicht und Geist. »Mutter hat es von Elizara. Wir waren hier zu sehr mit Jeran beschäftigt, um es mitzukriegen. Ist dir bewußt gewesen, daß Reidinger hundertzehn ist?«

»Oh!«

Jeff nickte. »Exakt!« Und er legte in seinem Geist alles offen, was während jener bedeutsamen Unterredung in Reidingers geräumigem abgesicherten Büro in VT&T-Kubus geschehen war. Wie verzweifelt sich Reidinger danach sehnte, die Arbeit aufzugeben und ein paar Jahre ohne den mit solch einer hohen Position verbundenen Stress zu genießen – ein Wunsch, der nach Siglens Ableben noch dringlicher geworden war, denn Reidinger war sich nur zu gut bewußt, daß von Zeit zu Zeit sein Geist aus purer Erschöpfung und wegen der Schwächen seines fortgeschrittenen Alters versagte. Doch er konnte die Verantwortung keiner ungeeigneten Person übertragen.

Ich wäre es gewesen? sagte Rowan und kroch beim bloßen Gedanken an solch eine schwere Verantwortung in sich zusammen. Zum Glück betrachtete Jeff es als großartige Herausforderung.

Tut mir leid, daß ich dich draus verdrängt habe, Liebste ...
Er grinste, denn er wußte, wie groß ihre Erleichterung war. Er streckte müßig die Hand aus, damit sich Jerans Faust um seinen Finger schließen konnte, und für einen allmächtigen Kronprinzen zeigte sein Gesichtsausdruck abgöttische Zärtlichkeit. *Bis zu meinem Hilferuf bis du vorsichtig für diese Arbeit hergerichtet worden. David war zweifellos ungeeignet, Capella erst recht. Wenn ich daran denke, was ich jetzt für Deneb tun kann ...*

»Für Deneb?« fragte Rowan verwundert. Dann begann sie zu lachen und liebte ihn wegen dieser altruistischen Überlegung mehr als je zuvor. Kein Wunder, daß Reidingers Wahl auf ihn gefallen war.

Jeff nickte, seine strahlend blauen Augen blinzelten vor Freude angesichts ihrer Billigung. *Es geht einfach nicht an, daß die Heimatwelt des Erdprimus zweitrangig ist, oder?*

Du hast einen Tower auf Deneb als Bedingung verlangt?

Liebste – Jeff streckte sich auf dem Bett auf und schob sich ein Kissen bequem unter den Kopf –, *ich hätte die Monde des Sonnensystems an einer Diamantenkette verlangen können und sie bekommen. Wie du selber weißt, müssen die Zentralwelten das beste Talent als Primus haben.* Sein Grinsen war besonders breit. *Ich glaube nicht, daß ich habgierig oder besonders schwierig war. Aber Deneb wird einen modernen Tower bekommen. Du hast die grundlegenden Anlagen zusammengebracht: Wir werden sie vervollkommnen und Lehrer und Beisitzer hinschicken. Rakellas Ältester hatte gute Aussichten, sich zu einem ordentlichen Primus zu entwickeln. Das heißt, bis Jeran hier alt genug ist, um die Stelle zu übernehmen ...*

Rowan schlang schützend die Arme um ihren Sohn. »Mein Baby wird nicht auf Deneb ausgesetzt! Du hast gesagt, du würdest nicht zulassen, daß er bei den VT&T dienstverpflichtet wird.«

Jeff drehte sich auf die Seite und streichelte ihr die

343

Wange, um ihren Grimm zu verscheuchen, dabei grinste er in der Art, der sie nie widerstehen konnte.

»Liebste, der ganze Spielplan hat sich eben verändert – zu unseren Gunsten. Es wird doch ganz was anderes sein, wenn unsere Kinder letzten Endes die VT&T *kommandieren* – oder etwa nicht? Wir werden sie aufziehen, wie man es mit Primen tun soll, in einer großen und liebevollen Familie. Keiner von ihnen wird mit einem Pucha auskommen müssen. Nicht, solange wir am Leben sind! Wir sind ein Team, Liebste, mit Stärken und Mitteln, wie sie wenigen gegeben sind. Wir werden den bestmöglichen Gebrauch von unseren *Talenten* machen.« Sein Gesichtsausdruck war flehentlich und ernst. »Laß uns daher jetzt eine geistige Zusammenkunft haben.«

So, wie sie ihn liebte, taten sie denn genau das.

Jeran war gut sechs Monate alt, als Rowan wieder schwanger wurde. Sie wunderte sich, daß alle sie deswegen tadelten.

»Es ist mein Körper!« entgegnete sie. »Ich fühle mich wohl, also hört auf, mir auf die Nerven zu gehen.«

Trotz seiner zunehmenden Gebrechlichkeit war Reidingers Stimme kein Dezibel schwächer, als sie in einem Donnerwetter unzweideutig wissen ließ, daß sie seiner Ansicht sich selbst und das neue Kind einer Gefahr aussetzte, wenn sie so bald wieder schwanger wurde.

Reidinger, scheren Sie sich aus meinem Privatleben. Sie sind der letzte, der etwas dagegen haben dürfte! erwiderte sie eisigen Tones. *Sie haben es Jeff mehr als deutlich gemacht, wie sehr Sie sich über Jeran gefreut haben. Was wollen Sie also?*

Ich werde die beste von meinen Primen nicht ...

Rowan lachte herzhaft und ohne einen Anflug von Eifersucht. *Bringen Sie erst mal Ihre Fakten in Ordnung, guter Mann. Sie haben Jeff gesagt, er sei Ihr bester Primus ...*

Untersteh dich, mir ins Wort zu fallen ...

Nein, das sollte ich nicht, oder? erwiderte Rowan folgsam. *Das ist doch sooo schlecht für Ihren Blutdruck oder Ihr Herz oder die Lungen oder den Schädel oder was sonst. Also seien Sie ein guter Junge und nehmen Sie etwas von dem Tonic und kümmern Sie sich um Ihren eigenen Tower. Solange Sie es noch können ...*

Sie spürte, wie er Kraft für den nächsten Ausbruch sammelte, und dann verstummte er plötzlich. Einen beklemmenden Augenblick lang fragte sich Rowan, ob sie zu weit gegangen war.

Nein, ich habe ihm gesagt, daß es unsere Angelegenheit ist, beruhigte Jeff sie, und dann fuhr er in ganz anderem gedanklichen Ton fort: *Aber sogar Mutter selber hat sich ein Jahr Zeit zwischen den Schwangerschaften gelassen.*

Rowan, außerordentlich lieb: *Ich dachte, du wolltest heute abend nach Hause zu deinem liebenden Weib und deinem dich anhimmelnden Sohn kommen?*

Wieder folgte eine Pause. *Ich werde kommen, und wir werden das miteinander besprechen.*

Wieder so ein Fall, dachte Rowan gereizt, wo ein Mann denkt, er versteht mehr von Mutterschaft als jemand, der ein Kind zur Welt gebracht hat. Also beschloß sie, wie sie am Abend mit ihm umgehen würde, ehe er es mit ihr konnte.

Sie hatte eigentlich nicht so schnell wieder schwanger werden wollen, aber Reidinger schickte Jeff diese oder jene Anlage auf der Erde überprüfen, oder auf den Mond, dann zu der großen Unterstation auf dem Mars und den bedeutenderen unter den Asteroidenrädern. Jeff mußte allen Gouverneuren wie auch den wichtigeren Mitgliedern der Neun-Sterne-Liga vorgestellt werden. Folglich neigten sie, wenn er doch einmal auf der Kallisto war, dazu, die versäumten Gelegenheiten nachzuholen.

»Ich habe auf ein paar gräßlichen Besprechungen herumsitzen müssen«, sagte er müde zu ihr. »Es sollte eine Voraussetzung für den höheren Staatsdienst sein, daß der Anwärter mindestens ein T4 ist. Dann wäre nur noch halb soviel Zeit für politische Schachzüge und die korrekte Festlegung des Machtgleichgewichts nötig.«

»Ich wußte nicht, daß Reidinger sich mit dieser Art Verwaltungs-Unsinn befassen muß«, sagte Rowan.

»Oh, es gehört nicht zu den Aufgaben des VT&T-Primus, aber als designierter Nachfolger muß ich all den Leuten *vorgeführt* werden, denen es Sorgen macht, den VT&T die Autonomie zu belassen. Es muß deutlich gemacht werden, daß ich die richtige Sorte und so bin. Wie die Sache steht, sind nicht alle Gesandten der Liga überzeugt, daß jemand aus den Kolonien ›die richtige Sorte Mann‹ ist, um ihm so schwerwiegende Verantwortung zu übertragen.«

Jeff bewegliches Gesicht führte die Skala des kummervollen, skeptischen oder kritischen Gesichtsausdrucks seiner diversen Gegner vor, und Rowan lachte, daß ihr die Luft wegblieb.

»Sei froh, daß du auf der Kallisto stationiert bist«, versicherte er ihr und wandte seine Aufmerksamkeit dann dringenderen Angelegenheiten zu – wie ihr zu zeigen, wie sehr sie ihm gefehlt hatte.

Darum war sie nun schwanger, obwohl ein *Talent* von ihrer Vielseitigkeit und Stärke imstande war, gewisse Körperfunktionen zu kontrollieren. Sie hatte vergessen – nun ja, vernachlässigt –, auf das mögliche Ergebnis der abendlichen Freuden einzuwirken. Die beiden Kinder würden im Alter nahe beieinander sein, ja, aber Rowan und Jeff würden dafür sorgen, daß sie sich auch in der Zuneigung nahe sein würden – ein weiterer erfreulicher Nebeneffekt starken *Talents*, wenn man ihn richtig nutzte.

Rowan! Jeffs dringender Ruf erreichte sie, als sie Jeran das Abendessen fütterte. Sogar ihr Name war von Aufregung gefärbt – und mehr. *Mutter möchte, daß ich auf den Deneb komme. Etwas beunruhigt sie. Sie sagt, du und Elizara haben auch etwas davon gespürt, unmittelbar bevor Jeran geboren wurde. Erinnerst du dich?*

Unvermittelt erinnerte sich Rowan, obwohl sie über den Zwischenfall nicht weiter nachgedacht hatte, von ihren Mutterpflichten in Anspruch genommen.

Elizara hat etwas gefühlt, konnte es aber nicht bestimmen. Ebensowenig wie ich – außer Wut und Schmerz. Damals dachte Isthia, es sei nicht einmal menschlich.

Ich sollte lieber hingehen und sehen, was ich hören kann.

Rowan schnaubte in Gedanken, was Jeran auffing und quittierte, indem er seine Mutter mit großen Augen und einer gewissen Art kindlich besorgtem Flunsch ansah. Sie beschwichtigte ihn auf einer Ebene und antwortete Jeff auf einer anderen. *Deine Mutter hat das ›lange Ohr‹.*

Welches bei ihrem Sohn merklich verfeinert, geschärft und gestärkt worden und perfekt einsatzbereit ist. Vielleicht ist jetzt die Zeit gekommen, Isthia zu bewegen, daß sie sich richtig ausbildet.

Am nächsten Morgen kam Jeff auf die Kallisto zurück, von eigenen Gesamt zusammen mit dem ersten Schwarm Frachtsonden auf den Weg geschickt.

Hallo, Liebling. Wo hast du unsern Sohn verschwinden lassen? Aha, bei dir. Paß auf, ich gehe baden und etwas essen, dann komme ich zu dir. Ich liege zwölf Stunden hinter dem Kallisto-Tag. Sein munterer Gedankenton beruhigte sie, daß, was immer Isthia ›gehört‹ hatte, nicht dringlich gewesen sein konnte.

Jeran schlief, als Jeff im Tower eintraf. Sie fuhr fort, Frachten aufzufangen und wegzuschleudern, und hielt die Generatoren bei Spitzenleistung. Er wartete damit, sich ihr zuzugesellen, bis sie die auswärts gehende Fracht erledigt hatte. Er brachte zwei Tassen von dem gesüßten Getränk mit, das sie mochte, reichte ihr eine und küßte sie auf die Stirn, ehe er innehielt, um auf ihren schlafenden Sohn zu schauen, einen liebevollen Ausdruck im Gesicht.

»Er sieht niemandem in meiner Familie ähnlich«, bemerkte er wieder einmal.

»Er sieht sich selbst ähnlich, Jeran Gwyn-Raven. Also?« Sie schaute ihn über den Rand der Tasse hinweg an.

»Also, ich weiß nicht, was meine Mutter beunruhigt hat.« Er setzte sich aufs Pult, einen Arm vor der Brust, in der anderen Hand die Tasse. »Ich habe nicht die Spur gehört. Aber Rakella sagt, sie hat's auch gehört, und Besseva Eagle, die bei ihren Prophezeiungen eine Trefferquote von achtundneunzig Prozent hat, sagt, daß Schwierigkeiten auf uns zukommen.« Mit dem freien Arm beschrieb er einen gewaltigen Kreis. »Gewaltige Schwierigkeiten.«

»Die Käfer werden doch nicht wiederkommen. Oder?« *Das würde die Wut und den Schmerz erklären, die ich gespürt habe.*

»Wut von Käfern? Schmerz von Käfern?« Jeff war nahe am Lachen angesichts des Gedankens. »Obwohl sie durchaus über den Verlust zweier Angriffsschiffe verärgert sein können. Nach dem, was unsere Fachleute bisher geschlußfolgert haben, besaßen sie allerdings eine bienenstockähnliche Sozialstruktur – unsere Verschmelzung sah in dem Schiff Eier, erinnere dich, und wir haben Hunderte in den Wrackteilen gefunden – in unterschiedlichen Stadien der Larvenentwicklung für verschiedene Typen von Käfern. Stockgesellschaften neigen nicht zu Gefühlen: Arbeiter, Königinnen, Drohnen tun exakt daß, wofür sie gezüchtet worden sind.«

»Ja, aber es gab eine Art Bewußtsein, das die drei Schiffe lenkte, die Deneb angegriffen haben. Dieser besonders große Käfer, den wir in der geschützten inneren Kammer des Schiffs gesehen haben? Die Königin. Kann sie intelligent genug gewesen sein, daß sie die anderen gesteuert hat?«

»Hmm. Die Taktik hat sich geändert«, gab Jeff knurrend zu.

»Käfer neigen zur Beharrlichkeit«, fügte Rowan hinzu, obwohl dies eher eine Eigenschaft als ein Gefühl war.

Jeff zuckte die Achseln. »Sie können wiederkommen, wütend, verletzt oder einfach nur hartnäckig, jederzeit, wenn sie mehr davon kriegen wollen. Und wenn sie irgendwo dem Rande des Liga-Raumes nahekommen, werden überall in unserer Einflußsphäre die Alarmglocken schellen.«

»Ich hätte es auf die Nervosität vor der Geburt geschoben«, fuhr Rowan fort und versuchte, die vagen Gefühle zu analysieren, die sie wahrgenommen hatte, »außer daß Isthia es auch gehört hat.«

»Isthias mütterliche Empfänglichkeit ist außerordentlich hoch«, stimmte ihr Jeff zu, doch sein Ton machte Rowan auch deutlich, daß er nicht gedachte, den Zwischenfall auf die leichte Schulter zu nehmen.

Rowan? Es war Isthias Ton, stärker als ihre Gedankenstimme normalerweise. *Habe ich dich zu einer unpassenden Zeit erwischt?*

Jeran und ich schwimmen gerade, erwiderte Rowan, die sogleich die besorgten Untertöne in der trügerischen Nachfrage erfaßt hatte. *Was ist los?*

Was immer es ist, es wird stärker und bedrohlicher. Ihre Sorge war tief. *Rakella und Besseva stimmen überein, und jede Frau auf diesem Planeten, die ein Gran Talent hat, beginnt Symptome von Besorgnis zu zeigen. Man sollte meinen, der Planet sei von Xanthippen bewohnt, so wie hier ohne jeden Grund Launen aufflammen. Rakella und Besseva sind mit mir verschmolzen, um diesen Kontakt herzustellen!*

Und ich habe gedacht, du hättest ein Einsehen gehabt und dich ausbilden lassen! Rowan sprach absichtlich leichthin.

Jetzt wünschte ich, ich hätte es getan. Ich werde nicht mehr so störrisch sein, wenn wir das überstehen!

Noch während sie mit Isthia sprach, war Rowan aus dem Bassin gestiegen und hatte Badetücher um den zappelnden Körper ihres Sohnes und um den eigenen geworfen.

Verstehe ich richtig, daß kein männlicher Geist von dem Phänomen berührt ist? fragte Rowan, während sie Jeran in seine gepolsterten Hosen schob. Sie holte auch ein paar Reiseutensilien für sie beide zusammen.

Genauso ist es. Isthias Antwort klang verbissen. *Der Geist von Männern hört nicht die Bohne. Nicht, daß sie nicht auf uns hören würden, die wir es mitkriegen!*

Kallisto ist gerade verdeckt, also werde ich einen Ruhetag einlegen. Ich denke, ich werde Mauli mitbringen. Sie ist gut im Aufspüren von Echos, auch wenn Mick nicht dabei ist. Jeff ist auf Prokyon. Bis bald.

Rowan fand bei Afra oder Ackerman weniger Begeisterung über das, was sie als ›überstürztes und impulsives Unternehmen‹ bezeichneten.

»Mauli macht alles, worum du sie bittest«, sagte Ackerman mißmutig, »aber ich will verdammt sein, wenn Afra und ich die Verantwortung übernehmen, euch beide, dich und Jeran, zum Deneb loszulassen, ohne daß es vorher mit Jeff abgesprochen ist.«

»Ich kann Jeff momentan nicht bei diesem Treffen auf dem Prokyon stören. Und wenn es sein muß, kann ich mich selbst und Mauli auch ohne das Gesamt auf den Weg bringen«, erwiderte Rowan und bedeutete Mauli, neben ihr in der Doppelkapsel Platz zu nehmen. Sie reichte ihr Jeran und wandte sich ihren Kritikern zu. »Also, hört ihr nun endlich auf mit dem übervorsichtigen Getue und laßt die Generatoren anlaufen? Ihr wißt beide, daß Isthia mich oder Jeran keiner Gefahr aussetzen würde, aber wenn sie mich auf dem Deneb braucht, dann hat sie es verdient, daß ich ihr jederzeit beistehe. Oder etwa nicht?«

»Mache es wenigstens mit Jeff klar«, verlangte Ackerman in fast flehentlichem Ton.

Jeff! Isthia braucht mich auf dem Deneb. Die Situation spitzt sich zu.

Wirklich? Soll ich kommen? Sie spürte, daß er nur mit halbem Ohr hinhörte. Er war bei einem Treffen, langweilte sich aber nicht.

Ich nehme Jeran und Mauli mit.

Er ist alt genug für einen weiten 'port.

Afra und Ackerman mußten sich also ihren Anweisungen fügen, obwohl sie beider Unbehagen spürte. Aber so war es ja jedesmal, wenn sie sich irgendwohin 'portieren wollte, obwohl ihr der Vorgang jetzt nichts mehr ausmachte.

Nennen wir's eine Inspektionsreise des künftigen Deneb-Primus, Afra, und mach dir keine Sorgen, lieber Freund, sagte Rowan und berührte leicht Afras Unterarm, so daß sie Sicherheit auf ihn übertragen konnte.

Er zuckte die Achseln und lächelte trocken, dann half er ihr in das Doppelmodul neben Mauli. Brians mürrischer Ausdruck ließ nicht nach, als das Verdeck zuklappte. Dann machte er auf dem Absatz kehrt und ging in den Tower zurück, von Afra gefolgt.

Obwohl es nicht Jerans erster 'port sein würde, denn Jeff hatte ihn bei verschiedenen Gelegenheiten über den Jupiter hinaus mitgenommen, damit sich sein Sohn an das Gefühl gewöhnte, würde es doch der weiteste sein. Er verbrachte den Transfer mit Glucksen und begeistertem Armefuchteln. Isthias Gedankenberührung, mit der sie sie willkommen hieß, quittierte er besonders aufgekratzt. Er mochte seine Großmutter, und sein Geist assoziierte sie mit beschwichtigenden Geräuschen und Berührungen.

Hast du das mitgekriegt, Mauli? fragte Rowan, mitunter außerstande, mit ihrem Stolz auf Jerans unverkennbares *Talent* hinterm Berge zu halten.

Maulis Lächeln wurde zu einem Lachen.

Isthia brachte sie mit gerade mal einem leichten Stoß ins T-Lager bei dem hübschen neuen Tower, der um diese Nachtzeit auf Deneb von Scheinwerferlicht über-strömt war, während die großen, neuen Generatoren im Leerlauf summten. Einen Augenblick lang dachte Rowan mit Nostalgie daran, was sie aus purer Not zu-sammengeflickt hatte, doch dann kamen Isthia, Rakella und eine dritte Frau, die Rowan durch Gedanken-berührung als Besseva identifizierte, aus dem Ge-bäude. Besseva erinnerte Rowan so stark an Lusena, körperlich und geistig, daß sie beim Kontakt kurz zu-sammenzuckte.

Dann ist es mir erst recht eine Ehre, sagte Besseva und neigte den Kopf leicht zur Kallisto-Prima hin.

»Und keine Probleme mit dem Burschen bei einem weiten 'port, merke ich«, sagte Isthia, nahm ihren Enkel seiner Mutter ab und setzte ihn sich auf die Hüfte, wie sie es mit ihren eigenen Kindern ge-tan hatte. »Ich bin dir wirklich dankbar, Rowan, und dir auch, Mauli, daß ihr auf meine Schrullen ein-geht.«

»Schrullen? Laß das, Isthia!« Rowan ließ im Geist wie in der Stimme ihren Ärger durchscheinen. »Da ihr offensichtlich die Generatoren habt weiterlaufen las-sen, laßt uns sehen, was wir da draußen ausmachen können. Ich habe Mauli wegen ihres Echo-Effekts mit-gebracht.«

»Nachts kann man die Anwesenheit am besten wahrnehmen«, sagte Isthia.

»Und das haben wir!« stellte Besseva entschieden fest, und Rakella nickte nur nachdrücklich.

Alle drei Denebierinnen strahlten eine Spannung aus, eine kaum kontrollierte Furcht, die an Entsetzen grenzte. Rowan wurde von einem dringenden Bedürf-nis ergriffen, dies entweder zu widerlegen oder zu be-stätigen.

Der Tower war sowohl vergrößert als auch moderni-siert worden, und nach der kahlen Westwand zu schließen, plante der Architekt offensichtlich, dort anzubauen, wenn für Deneb die Zeit kam, eine komplette Primär-Station zu erhalten.

»Recht so, Jeran, schau dich um! Das kann eines Tages unser Reich sein«, sagte Rowan und lächelte Isthia munter zu, um ihre Ängste zu neutralisieren, so daß sie objektiv sein konnten. Sie spürten so deutlich, daß es Rowan diesmal schwerfiel, ungerührt zu bleiben.

»Armes Baby! Welch ein Schicksal!« Isthia streichelte ihn sacht am Kinn, legte ihn dann auf eine der freien Liegen und schloß die leichten, elastischen Sicherheitsgurte. »Dort sollte er seine Ruhe haben.« Sie bedeutete den anderen, sich in den komfortablem Sitzgelegenheiten niederzulassen, die beim Hauptpult angeordnet waren. Dann bedeutete sie Rowan höflich, das Gesamt zu initiieren.

Als Rowan spürte, wie die Generatorenreihe prompt reagierte, lächelte sie abermals angesichts der Veränderung gegenüber jenem armseligen Winseln seinerzeit. Isthia hatte geübt, denn ihr Geist verschmolz glatt mit dem ihren; dann klinkten sich Rakella, Besseva und ein wenig schüchtern Mauli ein.

Wo? fragte Rowan.

Isthia deutete nach Norden, auf eins der helleren Sternbilder am Deneb-Himmel. Rowan kannte seinen Namen nicht, denn sie war mit den Konstellationen von Atair und Kallisto besser vertraut.

Obwohl ich nicht glaube, daß jenes Sternensystem der Ursprung ist, fügte Isthia hinzu. *Aber es kommt allgemein aus jenem Raumgebiet.*

Rowan ließ ihren verstärkten Geist über Denebs nächtlichen Horizont hinaus schweifen, an den Monden vorbei, weit hinaus bis jenseits von Denebs Heliopause, in die Schwärze des Weltraums. Diese Verschmelzung unterschied sich sehr von jener, die sie vor fast zwei Jahren geleitet hatte, um Deneb zu Hilfe zu kommen. Diesmal war sie der Brennpunkt. Plötzlich

353

wurde ihr Yegranis Vision wieder gegenwärtig, und Rowan fragte sich, ob sie vielleicht zu Unrecht angenommen hatte, die Vision sei mit Denebs Schwierigkeiten und Jeffs Ankunft erfüllt.

Noch bist du nicht der Brennpunkt gewesen, von dem Yegrani gesprochen hat, sagte die ruhige Stimme Bessevas, *und sie hat sich auch nicht zweideutig ausgedrückt. Die Gefahr für Deneb war nicht die deine. Diesmal ist sie es!*

Was Rowan dann fühlte, wurde nicht von Bessevas Stimme oder Worten ausgelöst. Da war unzweifelhaft etwas *gefährlich Bösartiges*, das unbeirrbar auf das Deneb-System zueilte.

Nein, nicht böse! Entschlossen! Und auf eine Art entschlossen, die solch einer Geisteshaltung neue Kräfte verleiht, bestimmte der Isthia-Anteil der Verschmelzung die Ausstrahlung.

Rowan: *Die Ausstrahlung hat jetzt keinen Schmerz. Keine Wut.*

Besseva: *Mit der Zeit heilt jeder Schmerz, und die Wut ist zur Absicht sublimiert worden.*

Rowan: *Was ist es?* Obwohl sie intensive und rastlose geistige Aktivität feststellen konnte, vermochte sie nichts zu ›sehen‹ oder zu ›hören‹; sie konnte keine Gedankenkette entdecken, nur betriebsame Entschlossenheit.

Rakella: *›Es‹ ist kein Einzelwesen!*

Mauli, in überraschtem Ton: *›Es‹ ist ein Vielfaches. Und sie machen mir Angst! Sie sind ... ölig.*

Isthia, mit schwacher Stimme: *Dieses ›Vielfach‹ strahlt eine zerstörerische Absicht aus. Genug, sogar einen unempfänglichen Geist aufzustören.*

Rowan, in lebhafter Erinnerung an die frühere Verschmelzung: *Das Schiff, das damals entkam, ist ungefähr in diese Richtung weggeschleudert worden!*

Isthia: *Die Verschmelzung hat es nicht bis zum Ziel verfolgt?*

Rowan: *Damals erschienen uns unsere Maßnahmen hinreichend abschreckend.*

Isthia: *Alle hätten vernichtet werden müssen.*

Rowan: *Hm, ja, eine böse Fehlkalkulation. Warst du damals in der Verschmelzung?*

Isthia: *Nein,* und in ihrem Ton lag eine Spur von Belustigung. *Ich war anderweitig beschäftigt. Diesmal werden wir dafür sorgen, daß die Bedrohung vollständig beseitigt wird.*

Rowan: *Diesmal werden wir keinen Fehler machen. Aber was wird hinreichend wirksam sein?*

Besseva: *Wir werden sie vernichten müssen.*

Rowan: *Diese Ansicht wird für die Ratsmitglieder der Liga völlig inakzeptabel sein. Sie lehnen prinzipiell Gewaltanwendung fremder Intelligenzen gegenüber strikt ab.*

Isthia: *Es müssen drastische Maßnahmen in Betracht gezogen werden. Die Stockmentalität hat auf Angst als Stimulus offensichtlich nicht reagiert. Was ist es für eine Art Intelligenz, die diesen zweiten Angriff lenkt?*

Mauli: *Wäre die Annahme falsch, daß wie in anderen Insektenstaaten das weibliche, eierlegende Geschlecht die bestimmende Kraft ist? Indem sie die Fortpflanzung der Art sichert?*

Isthia: *Eine logische Annahme, da* wir *anscheinend wahrnehmen, was dem Geist der Männer verborgen bleibt.*

Rowan: *Es gefällt mir nicht, auf einen* Käfer *zu reagieren.*

Isthia, in komischem Ton: *Habt ihr die Rekonstruktion gesehen, die die Wissenschaftler von einem dieser ›Käfer‹ hergestellt haben? Verdammt groß! Sogar einer von der kleineren Sorte wäre ein beachtlicher Gegner! Stellt sie euch nicht als Käfer vor. Stellt sie euch als große, gefährliche Feinde vor. Ich würde mich nicht gern auf der Oberfläche des Deneb gegen sie wehren müssen.*

Besseva, mit müder, trockener Stimme: *Zumal Deneb an Verteidigungswaffen nicht viel aufzubieten hat. Jagdwaffen würden in deren Körperpanzer nicht einmal eine Delle*

machen. Wenn wir annehmen, daß wir es mit einer Stockge-
sellschaft zu tun haben ...

Isthia: *Ich denke, das können wir annehmen. Denkt
an die Eier in den Trümmern der Schiffe, die wir zerstört
haben ...*

Besseva: *Und wenn diese Art entschlossene Truppen in
großer Zahl einen Angriff auf die Oberfläche unternehmen
wollen, dann müssen sie zum Stehen gebracht werden, ehe
sie den Planeten erreichen! Sonst sollten wir lieber gleich
daran denken, Deneb zu evakuieren.*

Isthia, mit unveränderlicher Entschlossenheit: *Wir
werden Deneb nicht aufgeben.*

Mauli: *Ich spüre so etwas Massives ...* Und sie brach ab
und schob ihre Angst so weit von sich, wie sie nur
konnte.

Rowan: *Das ist keiner von uns erspart geblieben, Mauli.*

Isthia, sarkastisch: *Denkst du, daß wir diesmal die Flotte
rankriegen, ohne lange diskutieren zu müssen, Rowan?*

Rowan: *Das will ich doch stark hoffen! Und wenn ich
jedes Schiff selber 'portieren muß.*

Besseva: *Etwas mehr Feingefühl, Rowan. Sag dem Erdprimus einfach, daß du dich weigerst, Deneb zu verlassen,
bis Flottenverstärkung eintrifft!*

Isthia, lachend: *Reidinger wird dich nicht aufs Spiel setzen!*

Mauli: *Sollten wir uns nicht zurückziehen? Sie könnten
uns spüren.*

Rowan: *Das glaube ich kaum, Mauli. Das ist keine Empfindung von Bewußtsein außer für ihr Ziel. Deneb. Und
darum spüren wir sie auch: Sie zielen auf uns! Unbeirrbare
Zielstrebigkeit hat gewisse Nachteile. Ich wünschte nur, ich
könnte mehr Einzelheiten wahrnehmen, mich in die Mecha-
nismen ihrer Denkprozesse hineinfinden. Die Flotte wird
Einzelheiten verlangen.*

Isthia: *Reidinger und Jeff auch. Aber es gibt keine. Sie
werden unserer Empfindung vertrauen müssen.* Das klang
zweifelhaft.

Rowan: *Oh, sie werden uns glauben! Wozu selber bellen, wenn man einen Hund hat?*

Isthia: *Wie bitte?*

Rowan, kichernd: *Eine von Siglens kleinen Redensarten.*

Rowan begann den Brennpunkt der Verschmelzung lockerer zu lassen und war verwundert, daß sie Tageslicht durch die Fenster des Towers hereinströmen sah. Jeran schlief fest und zog mit dem rechten Daumen die Unterlippe herunter. Ein rascher Blick zeigte Rowan, daß er sich nicht vernachlässigt gefühlt hatte, sondern sorglos eingeschlafen war.

»Ich habe gar nicht gemerkt, daß wir so lange weg waren«, sagte Isthia entschuldigend, während sie auf die Stationsuhr schaute. »Fünf Stunden! Du hast uns weiter mitgenommen, als wir allein gekommen wären.«

Rowan streckte sich, entspannte verkrampfte Muskeln, während sie die Beine aufs Deckbett schwang. Die anderen taten das gleiche.

Rowan! Jeffs Ton klang beinahe herrisch. *Wo warst du? Ich konnte dich nicht erreichen!*

Ja, dann schau gut hin, mein Liebster, denn Deneb ist wieder das Angriffsziel. Nur daß wir uns diesmal nicht mit Halbheiten begnügen werden, erwiderte Rowan und öffnete ihm ihren Geist.

Das ist faszinierend! antwortete Jeff, als er den ganzen Bericht aufgenommen hatte. *Und es kann auch niemand als einen Fall von Massenhysterie abtun, wenn du und meine Mutter daran beteiligt sind. Und Besseva,* fügte er hastig hinzu. *Heutzutage weiß ich,* warum *Reidinger nicht einfach die Flotte herbeirufen konnte, als ich es während der letzten Invasion von ihm wollte. Aber ich weiß auch, auf welche Knöpfe ich drücken muß, um einen Großalarm auszulösen.*

Isthia: *Wenn das, was wir von dem sich nähernden Raumfahrzeug wahrnehmen, auch nur annähernd den Tat-*

sachen entspricht, wird die Flotte nichts nützen. Höchstens psychologisch.

Jeff: *Mutter! Mach ihnen doch nicht die empfindlichen Egos kaputt! Sicherlich werden sie zu irgend etwas gut sein.*

Isthia: *Nun ja, sie könnten imstande sein, das Ding zu orten, wenn es näher kommt, aber um ganz aufrichtig zu sein, ich möchte ganz und gar nicht, daß das Ding viel näher kommt! So weit draußen, wie es ist, macht es schon genug Scherereien, und ich habe Angst, was es in der Nähe tun wird.*

Jeff: *Am klügsten wäre es, sein Vorhaben so schnell wie möglich zu durchkreuzen.*

Isthia, geduldig: *Es ist kein ›es‹, Jeff. Es ist ein ›Vielfach‹, ein weibliches ›Vielfach‹.*

Jeff: *Dann gibt es Ärger!* Und er sagte es nur halb im Scherz. *Bleibst du dort, liebste Rowan?* Seine Gedanken galten nur ihr, und seine Kümmernis machte sie lächeln.

Rowan, mit einem raschen Blick auf Isthia: *Nein, ich sollte auf die Kallisto zurückkehren. Ich kann den Leuten ebensogut von dort aus auf die Nerven gehen. Ich werde Mauli hierlassen, damit sie hilft, den Kontakt zu halten. Aber ich versichere dir, wenn wir nicht sofort zu Taten schreiten, werde ich stracks hierher zurückkommen, damit die Liga gezwungen ist, es ernst zu nehmen. Diese Geschöpfe mögen ja zum Deneb unterwegs sein, aber die Existenz solcher Feinde irgendwo im Einflußbereich der Liga ist eine Gefahr für alle und jeden!*

Isthia: *Es kommt mit erschreckendem Tempo näher.*

Jeff: *Ich weiß. Ich werde Admiral Tomjakin überreden, mir ein schnelles Erkundungsschiff zu überlassen.*

Rowan: *Mit dir an Bord?*

Jeff: *Mit wem sonst?* Ein Grinsen kitzelte die Ränder ihres Geistes. *Ich habe nicht gleich Panik gemacht, also werden sie auf mich hören.*

Isthia sagte laut und schirmte ihren Geist ab: »Männer! Ohne sie geht es nicht, was?«

Rowan: *Du solltest lieber dafür sorgen, daß ein großer Anteil Frauen an Bord ist. Oder noch besser, nimm Mauli mit. Sie weiß, worauf sie hören muß.*

Jeff: *Dein Wunsch ist mir Befehl!*

»Ich denke, bei dieser Verteidigungsaktion muß *jeder* mitmachen«, sagte Rowan nüchtern, »oder dieses Ding wird auf dem Deneb landen. Und verdammt bald.«

Rowan wußte, daß sie nur in Worte gefaßt hatte, was die anderen dachten, aber es auszusprechen half auch nicht, die Anspannung zu lösen.

»Ich werde eine Wache rund um die Uhr einrichten«, sagte Isthia. »Es gibt genug von uns dafür. Und Rakella, du kannst eine Arznei suchen, um die Reaktion zu dämpfen.«

»Nicht jede Frau spürt es«, bemerkte Rakella.

Isthia grinste, plötzlich besserer Laune. »So kriegen wir raus, wie viele von Denebs weiblicher Bevölkerung Spuren von *Talent* haben. Es gibt nichts, was nicht doch zu etwas gut wäre.«

Rowan, sehr privat: *Ich staune über dich!*

Isthia, ebenso privat: *Es hat alles zwei Seiten.*

Dann wachte Jeran auf und mußte gefüttert werden, so daß Isthia Mutter und Sohn zurück in das wieder aufgebaute Ravensche Bauernhaus scheuchte, wo das von Jeffs Familienzulage gekaufte Vieh auf dem saftigen Hybridgras weidete, das in Denebs Boden prächtig gedieh. Was Rowan an dem neuen Haus überraschte, war der Umstand, daß der größte Teil davon unterirdisch angelegt war.

»Gebranntes Kind scheut das Feuer«, erwiderte Isthia mit einem Achselzucken und einem Grinsen, »außerdem ist es eine sehr praktische Bauweise: energiesparend, im Sommer kühler und im Winter wärmer. Und ich fühle mich viel sicherer. Es verschandelt auch nicht die Landschaft. Du wirst sehen, daß ein größerer Teil von Deneb-Stadt unterirdisch liegt. Wir werden sie auf unserem Rückweg zum Tower überfliegen. Aber jetzt soll erst mal der hungrige Kleine was kriegen. Und wir! Diese langen Nachtwachen machen einen richtig hungrig.«

Wieder auf der Kallisto erlaubte Rowan Reidinger, ihre Erinnerungen an die Verschmelzung zu lesen. Daß er ernstlich beunruhigt war, erhellte aus der Tatsache, daß er sie kaum wegen ihrer abrupten Abreise angebrüllt hatte. Als sie zur Bestätigung Yegranis Vision erwähnte, reagierte er gereizt.

Du warst die Verschmelzung, sagte er. *Du hast Deneb gerettet und du bist gereist.*

Ich war nicht *der Brennpunkt beim Deneb. Das war Jeff.*

Reidinger stieß ein grobes Geräusch aus. *Diese verdammten Hellseher sind so gerissen mit ihren Doppeldeutigkeiten.*

Reidinger, Sie werden das nicht ignorieren! Nun war sie an der Reihe, ihn anzublaffen.

Würde mir auch schwerfallen, wo dieser aggressive Mann von dir das Oberkommando der Flotte genauso agitiert wie jeden einzelnen, den er jemals im Dienst der Liga angetroffen hat. Reidinger klang mißgelaunt, dennoch war eine Spur Stolz auf seinen Schützling zu erkennen, der Rowan grinsen ließ. *Hätte ihn nicht so weit rumreichen sollen. Er hat die Flotte im Handumdrehen in die Tasche gesteckt, aber die Einheiten, die in der Umgebung von Deneb stationiert worden sind, bestehen auf einer Gelegenheit zur Erkundung.*

Rowan: *Jeff hat gesagt, er würde mitfliegen.*

Einen Augenblick lang schwieg Reidinger. *Er hat die letzten sechs Monate über kein Gramm von seinem süßlichen Charme vergeudet. Er hat genau die richtigen Egos damit eingeschmiert. Entsprechend ist er jetzt imstande, die verschiedenen Behörden und Stellen zu manipulieren, die mit solch einer großangelegten Operation zu tun haben müssen. Und Verzögerungen umgehen.*

Rowan grinste angesichts von Reidingers brummendem Einverständnis still in sich hinein. Über den Umgang mit der Bürokratie hatte sie dies und das von Jeff gelernt. Wichtiger, er konnte auf hohem Niveau manipulieren. Da Deneb offensichtlich das Ziel des neuerlichen Angriffs war, hatte er guten Grund, sein *Talent* ins Feld zu führen.

Jeff war sehr tüchtig: Er brachte ein Erkundungsgeschwader auf den Weg. Und eingedenk des Ratschlages seiner Frau, hatte er für einen hohen weiblichen Besatzungsanteil auf zwei von den Schiffen gesorgt.

Das elendste, was ich je gehört habe, beklagte sich Reidinger bei Rowan. *Jeff ist das empfänglichste und jedenfalls das stärkste* Talent, *dem ich je begegnet bin – und es gehörte eine Menge dazu, dich zu übertreffen, Angharad –* Reidinger war seit Jerans Geburt dazu übergegangen, sie beim richtigen Namen zu nennen –, *also hat er Xenobiologen aus allen Teilen der Liga dazu gebracht, nach Einzelheiten über diese weiblichen Schrecken zu schreien, von denen ihr berichtet.*

Die Weibchen einer Spezies waren schon immer tödlicher als die Männchen, Reidinger, erwiderte Rowan, obwohl sie sich nicht erinnern konnte, wann sie diesen Spruch gehört hatte.

Wenn sie ihre Jungen verteidigen. Ich nehme an, sogar Käfer haben mütterliche Gefühle. Wenn es wirklich dieselben verdammten Käfer sind. Sein grummelnder Ton entschwand aus ihrem Geist.

Als sich Rowan wieder kleineren Pflichten zuwandte – frisches Wasser aus einem walisischen artesischen Brunnen in die Zisternen auf der Kallisto zu 'portieren, die Wochenration an Lebensmitteln und besonderen Haushaltsgegenständen für die Bewohner der Station – wartete sie mit halboffenem Geist auf Jeffs Bericht.

Wir sind zwei AE über Denebs Heliopause hinaus, sagte er. *Ich habe das Geschwader selber rausgeschafft. Guter Kapitän, hervorragende Besatzung,* fügte er mit einem geistigen Bild von der Brücke der *Sambia* und der außer-

361

ordentlich gutaussehenden Frau im Kapitänssessel hinzu. Die Offiziere, die an den Pulten saßen, war alle ziemlich jung und auch gutaussehend. *Weniger nach Schönheit als nach Anzeichen von Talent ausgewählt. Du bist konkurrenzlos, meine Liebste!*

Ich werde das keiner Antwort würdigen.

Soll ich dann großmütig sein und sagen, daß sie deine Wahrnehmung von dem herannahenden Schiff bestätigen? Nicht die ganze Besatzung ist weiblich, aber die es sind, haben dieselben Symptome gezeigt, die Isthias Bericht zufolge massenhaft auf Deneb vorkommen. Ich habe deutlich das Gefühl, das alles nicht mitzukriegen, und dabei gelte ich als hochempfänglich!

Sei froh, daß du die Aura nicht spürst, Jeff! Man kann es wirklich nicht böse nennen, oder auch nur boshaft, aber es strahlt eine intensive Kraft aus – ein Vorgefühl der Zerstörung –, die einem Angst macht. Wenn ich eine Barkkatze wäre, würde sich mir jedes einzelne Haar sträuben. Und nenn das Phänomen nicht ›es‹. Mauli hat das Echo eines ›Vielfach‹ wahrgenommen – eines Vielfachen, das nicht von seinem Vorhaben abweichen wird.

Genauso, wie Kapitän Lodjyn ihren Eindruck von den Absichten dieses Vielfach zusammengefaßt hat. Und sie sind eindeutig zum Deneb unterwegs. Ich bin vielleicht ein bißchen überempfindlich, was meinen Planeten betrifft, aber ich kann wirklich nicht glauben, daß das Schiff den Raum von Deneb nur durchfliegt, wenn Deneb VIII haargenau auf ihrem Weg liegt. Was wir nicht begreifen, ist, wie sie bei ihrer Geschwindigkeit einen Zusammenstoß vermeiden wollen. Um von der Geschwindigkeit, die sie jetzt drauf haben, abzubremsen, braucht man Zeit. Oder vielleicht halten Käfer hohe Beschleunigungen besser aus als wir Spezies aus Fleisch?

Rowan, die verdächtige Randerscheinungen in Jeffs Geist spürte: *Was machst du eigentlich gerade?*

Ich schaue mal nach. Zuviel ›Lärm‹ auf der Sambia.

Der Gedanke, ihn in einer verletzlichen Personenkapsel weitab von der nebelhaften Sicherheit eines schwerbewaffneten Erkundungsschiffs zu wissen, gefiel ihr nicht. *Du hättest den Kapitän mitnehmen sollen. Du wirst nicht das geringste hören.*

Habe ich, und Mauli ist dabei. Und wir sind in der Gig des Kapitäns. Obwohl ich bloß ein Mann bin, habe ich etwas Vernunft, Liebste.

Da bin ich ungemein beruhigt!

Jeffs Ton wurde sarkastisch. *Das hatte ich mir gedacht, Liebchen. Maulis Echo wird richtig nützlich.*

Wie nie zuvor!

Er verstummte, obwohl sein Geist den Kontakt hielt. Also versetzte sie jedermann in der Station in Bereitschaft und verließ den Tower, mit Afra, Mick und Ackerman als Vertretern, um sich um ihren Sohn zu kümmern. Es war beruhigend, Jeran zu Mittag zu füttern, ehe sie ihn schlafen legte. Meistens brauchte sie seinen natürlichen Rhythmus nicht mit einer gedanklichen Suggestion zu stärken, aber seit der 'portation zum Deneb war er ein wenig aus dem Tritt gekommen, also gab sie ihm einen Stups. Sie schaute eine Zeitlang auf ihn hinab – er war unendlich bezaubernd. Dann streckte sie sich auf ihrem Bett aus, einen Arm über die Seite gelegt, wo Jeff normalerweise lag, entspannte sich und machte den Geist frei.

Mann! Die Ehrfurcht in Jeffs Stimme genügte, um sie vollständig aus dem leichten Schlummer zu wecken, in den sie gesunken war.

Jeff: *Wir scheinen hier einen Planetoiden mit beuliger Oberfläche zu haben, der mit einer Geschwindigkeit auf uns zukommt, gegen die sogar gesamt-unterstützte Bewegungen schneckenhaft wirken. Momentan ist er nur noch zweihundert AE entfernt, kommt aber schneller näher, als mir lieb ist. Der Verteidigungsring, auf den die Flotte so stolz ist, wird gegen ein Raumfahrzeug von solcher Größe nutzlos sein. Eher wie ein Floh, der versucht, einen von den großen Leuten totzuschlagen, wie sie auf Prokyon wachsen. Ruhig,*

*Mauli. Mir ist egal, was für Instrumente die haben, sie kön-
nen uns nicht sehen. Wir sind weniger als eine Motte. Du
fühlst sie vielleicht, aber wenn sie uns bemerkt hätten, wären
wir wirklich Motten.*

Rowan, die Maulis panikerfüllten Geist berührte, um
das Mädchen zu beruhigen, hörte Jeff kichern.

*Das ist zwar nur eine Gig, aber ihr Ortungsgerät ist das
beste, also wird die Flotte den Ausdruck zur Bestätigung
kriegen. Über Masse und Zusammensetzung kriege ich
keine Angaben. Das Gerät sagt ›auf diese Entfernung keine
genauen Feststellungen möglich‹. Sehr tröstlich. Und er
fliegt ohne Licht. Gegen die Grundregeln der Raumfahrt!
Das scheint die von der Flotte mehr zu irritieren als seine
Größe. Nein, das bemäntelt nur den Schiß, den sogar Admirale angesichts meiner Einschätzung kriegen. Sie kommen
zu widersprüchlichen vorläufigen Beurteilungen und verlangen, ich solle die Auflösung erhöhen. Hab ich, sie ist
schon maximal. Was denken die, was ich hier auf diesem
Kahn habe? Eine tragbare Sonne zur Beleuchtung?*

Rowan verfeinerte den Kontakt mit Jeff hinreichend,
um mit seinen Augen zu sehen, was er und Mauli auf
den Bildschirmen des Kahns erblickten: einen dunklen
Fleck vor dem Sternenhintergrund. *Ein ziemlicher Leviathan, was? Ich verstehe, warum bei dir Adrenalin ausge-
schüttet wird.*

Leviathan? Eine interessante Wortwahl, Liebste.

*Jeff Raven, wenn du noch näher an diesen ... diese Gefahr
herangehst, bring ich dich um,* fügte sie hinzu, plötzlich
von einem aus dem Bauch kommenden Entsetzen gepackt.

Jeff kicherte. *Das wird mich vor Schlimmerem bewahren.
Mach dir keine Sorgen, Liebchen, ich bin schon so nahe, wie
ich mich traue, und näher, als Mauli oder der gute Kapitän
für klug halten.*

Hören sie irgendwas Brauchbares?

*Nun ja, Mauli hört und hört auch wieder nicht. Sie hat
mich verschmelzen lassen, und ich nehme große Betriebsam-*

keit wahr, geordnete Aktivität und einige Bereiche ganz ohne jedes Geräusch. Ich denke, der verdammte Planetoid war früher mal weiter nichts als das und ist für seine Reise ausgehöhlt worden. Mauli empfängt viel mehr als ich: sechs oder mehr verschiedene geistige Wesenheiten. Sein Ton wurde schwächer, als er vertraulich zu ihr sprach. *Mauli ist über das Ausmaß an ›Entschlossenheit‹ – ›Absicht‹ ist ein zu schwaches Wort –, die sie wahrnimmt, ziemlich in Angst und Schweiß geraten. Ich bringe uns zurück, ehe das arme Kind ganz aufgelöst ist. Sogar der Kapitän schwitzt und verströmt Angstpheromone.*

Rowan: *Als Deneb angegriffen wurde, hat die Verschmelzung keine besonders große Entschlossenheit, Absicht oder Intelligenz bei der Besatzung jener Schiffe festgestellt.*

Jeff: *Du nimmst an, daß das Schiff, das wir aus unserem System rausgeschmissen haben, schnurstracks zu dieser seiner großen Mama zurückgeflogen ist?*

Rowan: *Warum nicht? Du dachtest damals, daß sie Deneb für eine Invasion weichklopfen wollten. Warum sollten sie nicht den Planeten für die Ankunft von dem Ding vorbereiten wollen, das jetzt auf Deneb zukommt?*

Jeff: *Und weil es ein ›Mutterschiff‹ ist, kriegen nur Frauen seine Absichten mit?*

Rowan: *Mach dich ja nicht lustig!*

Jeff: *Glaub mir, mein Herz, was immer ich anfangs für Vorbehalte gehabt haben mag, sie sind null und nichtig. Wir sind in der Bredouille, und ich danke allen* Kräften des Gleichgewichts *für das lange Ohr meiner Mutter! Wie der Fall steht, müssen wir unser Vorgehen gegen diesen Leviathan sehr sorgfältig planen. Das ist der eine Mühlstein und Deneb der andere, und wir – die Menschheit – sind dazwischen.* Es folgte eine kurze Pause. *Und in diesem Sinne habe ich eben den Erdprimus informiert!* Diesmal hat er auch keine Vorbehalte. In der nächsten Pause kicherte Jeff sarkastisch. *Trotzdem kann uns die Liga alle noch zu Tode diskutieren. Ist es denn zu glauben? Sie debattieren jetzt über den ethischen Aspekt, ob wir das Recht haben, gegen*

365

das sich nähernde Raumfahrzeug vorzugehen, nur weil es möglicherweise – *beachte!* – möglicherweise *feindliche* Absichten haben könnte.

Rowan, entgeistert: *Das kann doch nicht dein Ernst sein?*

Jeff, sardonisch: *Wie sollen wir feindliche Absichten* nachweisen? *Sie haben keinerlei Geschosse abgefeuert – bisher –, daß ich sie zur Erde umlenken und den Zweiflern Angst machen könnte.*

Afra: *Du sagtest, Leviathan ist eindeutig auf einem Kurs zum Deneb, nicht wahr?*

Jeff: *Ja, Afra, hab ich, und die Computer des Geschwaders bestätigen es alle. Wenn dieser Leviathan nicht abbremst, bevor er das Deneb-System erreicht, bestätigen die aktuellen Berechnungen, daß er mitten auf Deneb VIII aufschlagen wird. Kapitän Lodjyn schätzt gerade die Auswirkungen solch einer Kollision ab.*

Reidinger: *Dazu wird es* nicht *kommen! Die Talente reißen sich nicht für die Neun-Sterne-Liga den Arm ab, damit die eine Warnung vor einer unmittelbar bevorstehenden Invasion seitens einer möglicherweise feindlichen Macht unberücksichtigt lassen.*

Jeff: *Und woran denken Sie, Erdprimus?*

Reidinger: *Ich konferiere mit den Ratsmitgliedern der Neun-Sterne-Liga, und Sie können Gift drauf nahmen, daß sie zum Handeln statt zum Diskutieren gebracht werden. Ah, gut! Mein erster Auftrag vom Rat ist, das Flaggschiff* Beijing *ins Deneb-System zu schicken. Es wird eine halbe AE jenseits von Denebs Heliopause die Begrüßungs- und Kennungsbojen ausbringen, die so großen Erfolg bei den Vernunftbegabten vom Antares hatten, die der käferähnlichen Art vom ersten Angriff nicht unähnlich sind.*

Rowan, schier verzweifelt: *Was für blöde Schachzüge, um das Gesicht zu wahren! Haben wie Ihnen nicht gesagt, daß das bestimmende Bewußtsein dieses Flugkörpers von Zerstörung beseelt ist, von der Auslöschung von Deneb VIII?*

Reidinger: *Oh, ich stimme deiner Einschätzung zu, und ich habe des weiteren den Auftrag, die* Moskva, *die* London *und die* New York *zu positionieren, damit sie eine halbe AE innerhalb der Heliopause Verteidigungsminen ausbringen.*

Jeff: *Glockenblumen, hübsch in der Reihe?*

Reidinger: *In der Annahme, daß ein Warnschuß vor den Bug überall verstanden wird.*

Rowan schnaufte verächtlich.

Jeff: *Erinnern Sie die Kapitäne dieser Schiffe daran, daß sie sich schleunigst aus dem Staub machen sollen, ehe das Ding den Raumminen auf fünfzigtausend Kilometer nahekommt.*

Reidinger: *Jetzt werden wir abwarten!*

Rowan und Jeff in unisono ausgedrücktem Abscheu: *Abwarten?*

Reidinger: *Abwarten! Das ist das Problem mit euch jungen Leuten. Ihr könnt nicht den richtigen Moment abwarten.*

Jeff: *Nicht, wenn mein Planet das Angriffsziel ist.*

Reidinger: *Das war er schon einmal, und ihr seid gerettet worden. Ich habe aber zusätzlich zu meinen offiziellen Anweisungen –* und Reidinger machte eine vielsagende Pause – *alle Primen und Talente von Kategorie 4 und höher diskret in Bereitschaft versetzt, unabhängig von ihrer Fachrichtung. Beruhigt euch diese Vorsichtsmaßnahme?*

Jeff, zurückhaltend: *Nicht direkt, denn ich kann nicht sehen, was Talent gegen diesen Leviathan ausrichten könnte.*

Rowan: *Bereitschaft für welche Aktion?*

Reidinger, boshaft kichernd: *Ich dachte, ihr würdet das Wesentliche schneller erfassen. Laßt es euch durch den Kopf gehen, ja, während ihr abwartet. Und in der Zwischenzeit, Jeff, möchte ich, daß Sie sich auf den Deneb begeben. Angharad, geh bitte auch dorthin, aber ich würde darum bitten, daß dein Sohn auf der Kallisto bleibt.*

Jeff: *Also, Moment mal …*

Rowan, die allmählich einen Schimmer davon

367

bekam, was Reidinger so fest in seinem tiefsten Geist verschlossen hielt: *Nein, Jeff, ich sollte auf dem Deneb sein, um Isthia zu unterstützen. Sobald wir das wissen ... Und Jeran ist sicherer weitab von dem Aufruhr. Es könnte ihn überfordern. Und das will Reidinger doch sicherlich nicht, oder, Peter?*

Reidinger, fauchend: *Nein!*

Rowan ließ Jeran nicht gern zurück: Er würde ihr sehr fehlen, doch bei den anderen Frauen in der Station und Afra würde liebevoll für ihn gesorgt werden. Also setzte sie sich in ihre Kapsel und wartete ruhig, bis die Generatoren die richtigen Umdrehungszahlen erreicht hatten, ehe sie sich mit Afras und Micks Hilfe zum Deneb 'portierte. Als sie den Deneb-Tower betrat, bemerkte sie die Anzeichen von Stress in den Gesichtern derjenigen, die Wache gehalten hatten.

»Wenn wir noch mehr Beruhigungsmittel schlucken, werden wir überhaupt nichts mehr hören können«, sagte Isthia schwach. Als sie jedoch Rowan zur Begrüßung kurz umarmte, schien ihre unglaubliche Energie unvermindert zu sein, leuchtend rot und aromatisch.

»Was sagt Besseva jetzt?« fragte Rowan, die die Hellseherin unter den Wachhabenden vermißte.

Isthia zuckte die Achseln. »Sie ist in eine tiefe Trance eingetreten und versucht, die Hülle dieses – wie sagte Jeff, daß du es genannt hast? – Leviathans«, fuhr sie fort, als Rowan das Wort in ihren Geist übertragen hatte, »zu durchdringen, um zu sehen, was drinnen ist. Es ist verdammt deprimierend, sich einem unbekannten Angreifer gegenüber zu sehen.«

»Die Ratsmitglieder möchten gern glauben, daß sie vielleicht nicht feindlich sind«, sagte Rowan.

Isthia war nicht die einzige im Tower, die nichts von dieser Ansicht hielt. Dann legte sich Rowan auf eine freie Liege und gesellte sich zu der Geistesverschmelzung, die auf den näherkommenden Flugkörper gerichtet war. Er hatte seinen Abstand von der Heliopause merklich verringert.

Jeff: *Macht euch bereit, mich abzufangen, ja, ihr Lieben?*

Isthia, vertraulich: *Er muß müde sein, wenn er um Hilfe bittet.*

Rowan: *In Ordnung, mein Hübscher, ins T-Lager mit dir!*

Jeffs Schritt fehlte die übliche Elastizität, als er den Tower betrat und sich in den nächsten Sessel fallen ließ. Ehe Isthia eins von den Mädchen auffordern konnte, hatte Rowan ein Glas mit einem aufmunternden Getränk geholt, es ihm in die Hand gedrückt und beide Hände an seine Schläfen gehalten, um Energie auf ihn zu übertragen. Er schloß die Augen und nahm die Gabe entgegen, ein liebevolles Lächeln in den Mundwinkeln. *Du weißt immer, was ich brauche, Liebste! Tiefsten Dank. Ich werde die Gabe bei Bedarf erwidern.*

»Wie lange dauert es noch, ehe die was unternehmen?« fragte Isthia mit schroffer Stimme.

Jeff zuckte die Achseln. »Die Flotte möchte ihre üblichen Züge im Kriegsspiel machen. Sie glauben an ihre Unbesiegbarkeit. Ich nicht.«

Rowan: *Könnte ein Brennpunkt sie schützen? Leviathan hat vielleicht Waffensysteme, die wir nicht wahrnehmen können.*

Jeff: *Nicht in dem ganzen Raumgebiet, in dem sie in Stellung gegangen sind, und es wäre eine verdammt blöde Taktik, sie zusammenzufassen, so daß wir sie möglicherweise abschirmen können.* Er lachte freudlos. *Die Ratsmitglieder sind sich sicher, daß Leviathan auf die Begrüßungs- und Kennungsbojen vernünftig reagiert. Die Flotte ist nicht so naiv, das für wahrscheinlich zu halten. Die guten Admirale vertrauen aber darauf, daß Leviathan auf das Vorhandensein der Minen reagieren wird. Wenn Leviathan erst einmal seine Waffen gegen die Minen eingesetzt hat, werden sie wissen, wie sie uns verteidigen sollen.*

Rowan: *Es gibt Frauen unter den Ratsmitgliedern …*

Jeff: *Keine mit mehr als einer Andeutung von Talent, und dein Bericht hat ihnen Angst gemacht, auch nur den vorsichtigsten Kontakt zu riskieren. Die B&K-Bojen sind nur ausgebracht worden, um die gewaltfeindlichen Elemente im Rat zu beschwichtigen.*

Rowan: *Was, wenn Leviathan ein Doppelspiel treibt?*

Jeff lachte. *Was? Du meinst, sie würden höflich auf Begrüßung & Kennung reagieren und dann Geschosse abfeuern, wenn wir sie ›in Frieden‹ näher kommen lassen?*

Isthia, abwägend: *Das Vielfach ist nicht derart pervers. Unbeirrbar auf ein einziges Ziel ausgerichtet, das sind diese Dinger! Wobei das ganze Vielfach in dieselbe Richtung denkt. Zu zerstören, was ihnen im Weg steht.*

Die anderen Frauen von der Wache stimmten dem sofort zu.

Isthia: *Und wo ist Mauli?*

Jeff: *Sie ruht sich aus. Was sie nötig hatte, und ich werde ihrem Beispiel folgen. Jetzt, solange ich Zeit dazu habe.*

Jeff war wieder im Tower, als die erste Botschaft der Begrüßungsbojen ignoriert wurde. Es waren zehn in der Reihe, und jede sendete Signale und Zeichen, die als universell verständlich galten. Er holte Isthia und Rowan von dem weg, was er ihre ›unfreiwillige Wache‹ nannte, und versetzte sie in den Schlaf, wie sie ihn einst zum Ausruhen gezwungen hatten. Ihren Protest, als sie wieder erwachten, ignorierte er.

»Mein Geschwader ist bei den Monden von Deneb in Stellung gegangen«, sagte er zu Mutter und Frau, während er ihnen beim Verspeisen einer herzhaften Mahlzeit zusah, die er für sie zubereitet hatte. »Das vermittelt ihnen ein psychologisches Sicherheitsgefühl!« Er grinste. »Sogar die männlichen Besatzungsmitglieder an Bord aller drei Zerstörer glauben es jetzt alle! Und Leviathan ist in das engere Deneb-System eingedrungen und nähert sich rasch dem Minenfeld.«

Er rieb sich die Hände, und seine blauen Augen blitzten erwartungsvoll.

Isthia warf Rowan einen komischen Blick zu. »Sie sind sich alle gleich!«

»Ich muß doch bitten, daß du Unterschiede machst, Isthia«, erwiderte Rowan würdevoll. »Dieser hier hat ein paar ausgleichende Vorzüge.«

»Ja, er hat das eine oder andere von uns gelernt, nicht wahr? Womit ich nicht Kochen meine.«

»Warum hast du nicht daran gedacht, hier eine Schlafgelegenheit einzurichten, Mutter?« fragte Jeff, als sie sich zurück in den Tower 'portierten. Die Wache wechselte gerade, aber die abgelösten Frauen machten keine Anstalten, nach Hause zu gehen.

Besseva: *Was wirklich gebraucht wird, sind Sitzgelegenheiten für diejenigen, die nicht verpassen wollen, was bald losgeht.*

Isthia: *Oh, weiter nichts?* Ein Stapel Metallstühle erschien im Flur. *Noch mehr?*

Diesmal antwortete Rakella: *Ungefähr noch ein Dutzend, dazu Tassen und, sagen wir, eine Kiste mit einem koffeinhaltigen Getränk und verschiedene Fruchtsäfte. Es wird aufregend werden, und wir müssen unseren Blutzuckerspiegel aufrechterhalten.*

Wie gut, dachte Rowan, als sie das Gebäude betrat, daß im Westteil keine Ausrüstung steht; denn rasch wurde er zur Zuschauergalerie. Die Leute waren still, aber ihre Anwesenheit stärkte sie. Jeff setzte sich an das Pult, wo Bildschirme die drei Spähschiffe und zwei von den näheren Kreuzern zeigten, die *Moskva* und die *London.*

Sobald sie sich auf ihrer Liege eingerichtet hatte, nickte Rowan Isthia zu, und die beiden Frauen, den Geist vom Gesamt verstärkt, griffen in der Raum hinaus. Sie nahmen jetzt den Eindringling ganz deutlich wahr. Er hatte die letzte von den Begrüßungsbojen erreicht.

Isthia: *Also das war's dann.*

Rakella, zögernd: *Vielleicht haben sie nur keins von den Programmen verstanden.*

Isthia: *Das spielt keine Rolle. Ein ausdrücklicher Kommunikationsversuch verdient soviel Höflichkeit, daß irgendwie geantwortet wird.*

Rowan: *Soviel zu den guten Absichten der pazifistischen Ratsmitglieder.*

Reidinger, der sanft eine einschmeichelnde Stimme in beider Geist einbrachte: *Einen Versuch war es wert, oder?*

Isthia: *Ich denke, es beruhigt das Gewissen und macht sich gut in den Berichten.*

Reidinger: *Ein ziemlich großer Teil von unserer Bevölkerung hat darauf gewettet, daß der Eindringling die Bojen abschießen würde.*

Jeff: *Und somit einen eindeutig feindseligen Akt begehen.*

Isthia: *Ich sage euch doch immer wieder, daß die feindliche Absicht längst außer Frage steht! Diese Wesen sind durch und durch fremdartig.*

Jeff: *Wer nimmt Wetten an, ob sie auf die Minen feuern werden? Huch! Ich hatte mir sowieso nicht viel von dieser Wette erhofft!*

In den nächsten Augenblicken wurden die Bildschirme unruhig, sie zeigten Berichte von den Kreuzern und den kleineren Kurierschiffen. Die ausgelegten Minen wurden zerstört, doch nicht vom Leviathan. Die Ortungsgeräte registrierten jetzt das Auftauchen beweglicher Einheiten, die vom Leviathan weg auf die Minen zuflogen.

Rowan und Jeff gleichzeitig: *Derselbe Typ von Schiff, den wir vor zwei Jahren zerstört haben!*

Reidinger: *Ein Pluspunkt fürs* Talent! *Die Flotte hat neun Sekunden länger gebraucht, sie zu identifizieren. Die* Sambia *und ihre Schwesternschiffe verlangen eine Gelegenheit, das Feuer zu erwidern!*

Rowan und Isthia: *Erlauben Sie ihnen nicht, Kampfhandlungen aufzunehmen!*

Rowan: *Wir werden ihren Geist brauchen!*

Reidinger: *Du hast es also begriffen, Angharad?*

Rowan: *Hab ich! Aber Leviathan muß tief genug in die Gravitationssenke kommen, ehe er von Deneb VIII abgelenkt werden kann.*

Jeff, grimmig: *Und wir warten?*

Reidinger, ebenso grimmig, doch mit soviel Sicherheit, daß Rowan spürte, wie Jeff sich entspannte: *Wir warten auf den* richtigen *Moment!*

Jeff stellte die Grafik zusammen, die Anordnung der Flotte und die von Leviathans beweglichen Einheiten, fügte die Daten des Eindringlings – Geschwindigkeit, Masse und Zusammensetzung – hinzu und knurrte, als die Projektion erschien. »Kommt verdammt schnell näher! Und wenn euer genialer Plan nicht funktioniert?«

Reidinger: *Flotteneinheiten haben bereits sieben von den Zerstörern, die Leviathan ausgeschickt hat, vernichtet oder kampfunfähig gemacht. Wir haben ein paar Verluste.*

Als er zu lange schwieg, fragte Jeff scharf: *Und es sind Käfer, nicht wahr? Wieder diese verdammten Käfer!*

Reidinger: *Das lassen die ersten unbestätigten Berichte vermuten.*

Jeff stieß einen wilden Schrei aus, der jeden im Tower überraschte. »Sie werden Denkmäler für deine langen Ohren machen, Mutter!« schrie er, umarmte sie und wirbelte sie herum.

Isthia schlug vergebens auf ihn ein, doch sein Überschwang trug viel dazu bei, die Anspannung im Tower zu lösen. »Dummer Junge! Es zu hören war der einfache Teil.« Sie riß sich von ihm los, doch nicht, ohne ihm liebevoll übers Gesicht zu streichen.

Jedermanns Augen wandten sich der Bildschirmkurve und dem unbeirrbaren Vordringen des Leviathans zu, der eben die kalten und sterilen äußeren Planeten des Deneb-Systems passierte.

Reidinger, rechtschaffen, doch betrübt: *Zwei von un-*

seren Zerstörern sind ausgelöscht worden. *Sind zu nahe an den Leviathan herangekommen, als sie dessen Verteidiger verfolgten. Dann hat er Zielsuchgeschosse auf die Kreuzer abgefeuert. Alle sind beschädigt, zum Glück keiner ernstlich.*

Jeff: *Glaubt die Flotte noch an die Macht ihrer Waffen?*

Reidinger, abfällig schnaufend: *Die* Moskva *und die* London *haben den Eindringling in die Zange genommen und ihre ersten Salven abgefeuert.*

Isthia: *Man mußte sehen, daß sie es* versucht *haben, Jeff. Hör auf, hin und her zu laufen. Du gehst mir auf die Nerven, wenn du derart herumtrampelst.*

Rowan: *Spar dir deine Energie auf, Liebster. Die* Talente *sind die großen Geschütze, und du bist der Kanonier!*

Jeff Augen blitzten, und in seinem Grinsen stand pure Bosheit. *Ich hab's mitgekriegt. Ein bißchen spät vielleicht, aber dieser einheimische Bauerntölpel ist jetzt endlich auf dem laufenden.*

Rowan: *Ich denke, du hast dich an Reidingers Abschirmung vorbeigemogelt und dahintergelinst.*

Jeff, mit unschuldigem Ausdruck: *Ich? In die Privatsphäre unseres Meisters eingedrungen? So gut bin ich nun doch wieder nicht!*

Rowan lachte laut auf. »Ich denke, du bist sogar noch besser, Liebster. Wenn du gewartet hättest, wärst du selber drauf gekommen, was Reidinger vorhat.«

Niemandem im Tower fiel es leicht, abzuwarten und zuzuschauen, wie der Eindringling immer tiefer ins Deneb-System vordrang, und zu wissen, daß der Schnittpunkt seiner Flugbahn mit der Umlaufbahn des Planeten stetig näher kam. Isthia schickte Leute nach Hause, daß sie sich ausruhten, ließ Essen herbeischaffen, korrigierte den Ablösungsplan der Wache, schickte Jeff und Rowan zum Schlafen auf den Bauernhof. Dann traf sie selber auf dem Hof ein und schickte sie zurück, um das Kommando zu übernehmen.

Weitere Geschwader wurden in Stellung gebracht,

um den Leviathan zu bedrängen. Obwohl zahlreiche Schläge die Oberfläche des nahenden Planetoiden trafen, hatten die Treffer keine Wirkung auf dessen unbeirrbaren Kurs.

Rowan, auf schmaler Bandbreite zu Isthia: *Diese Mütter müssen sich mittlerweile ziemlich unbesiegbar vorkommen.*

Isthia: *Ich spüre, daß sie die Angriffe wahrnehmen.*

Rowan: *Und selbstsicher! Mir gefällt diese Haltung nicht.*

Besseva: *Sie wird unserem Zweck dienlich sein.*

Die Stunden zogen sich hin, und Rowan begann nachzufühlen, wie Jeff damals während des ersten Kontakts zumute gewesen sein mußte.

Jeff: *Verdammt nutzlos hab ich mich gefühlt.*

Rowan: *Diesen Eindruck hast du auf mich gar nicht gemacht.*

Jeff, der auf seinem Stuhl zu ihr herumwirbelte und ihr ein besonderes Lächeln zuteil werden ließ: *Und welchen Eindruck habe ich auf dich gemacht?*

Rowan betrachtete ihn eine Weile und lächelte verführerisch. *Beschäftigt. Voreingenommen. Ärgerlich über die Lahmheit der Bürokratie.*

Jeff zappelte und sagte laut: »Ich wäre lieber jetzt so beschäftigt! Jedes bißchen bürokratische Lahmheit, das man niedermachen kann, wäre eine Erleichterung!« Er fuhr im Sitzen hoch, als er einen Blick auf den Bildschirm warf. »He, das Ding bremst ab! Es will in eine Umlaufbahn um uns einschwenken!«

»Wozu?« wollte Isthia wissen. »Ich kann nicht glauben, daß es friedliche Absichten hat!«

Jeff hatte zu tun, Formeln einzufügen. »Nein, nicht bei dieser Umlaufbahn. Gerade weit genug entfernt, damit seine Geschosse wirken können, aber zu weit für jeden Gegenschlag von der Oberfläche – wenn wir Geschosse hätten. Die Mistkerle wollen uns wieder fertigmachen!«

376

Nein, werden sie nicht! Reidingers gedanklicher Alarmruf kam fast als Erlösung, als er im Tower durch jedermanns Geist hallte. *Angharad Gwyn-Raven, du bildest Brennpunkt A! Sammle ihn! Jeff Raven, Sie bilden Brennpunkt B. Fertigmachen!*

Nachdem sie einen liebevollen Blick getauscht hatten, streckten sich Rowan und Jeff auf ihren Liegen aus und entspannten ihre Körper. Sie bemerkten nicht, wie Rakella Sanitäter anwies, sich bei ihnen bereitzuhalten.

Capella kam als erste nörgelnd in den Geist Rowans. *Das wird allmählich zur Gewohnheit. Zweimal in ebensoviel Jahren. Wirklich! Ich hoffe, wie können diesen aufdringlichen Typen ein für allemal loswerden.*

Rowan: *Das haben wir vor!* Rowan nahm auch wahr, wie nervös Capella unter dem Mantel der Nörgelei war. Sie fühlte sich verletzlich, eine bei *Talenten* seltene Empfindung. Im stillen wurde sich Rowan bewußt, wieviel sie in den zwei Jahren seit der ersten Verschmelzung über sich und andere gelernt hatte.

Zusammen mit Capella brandete eine Woge aller weiblichen Talente ihres Systems heran. Dann fügte die T2 Jedizaira in der Beteigeuze-Station ihre Kraft hinzu, Maharanjani von Atair, und unter denen, die sich ihr von ihrem Heimatplaneten zugesellten, fühlte Rowan die Berührung ihrer Stiefschwester und begrüßte sie. Die *Talente* der Erde unter der Führung von Elizara, da diese mit Rowans Geist vertraut war, ließen die Kraft weiter anschwellen. Prokyon stolperte ein wenig in den Brennpunkt und entschuldigte sich, aber Piastera war eine T3 und hatte mit Guzman als Primus kaum Gelegenheit zu Verschmelzungen außerhalb des Planeten gehabt. Andere *Talente* kamen in kleineren oder größeren Gruppen hinzu, von T2s oder T4s geleitet, erst zögernd, dann mit größerem Behagen verschmelzend, wurden sie doch in die Gesamtheit aller weiblichen *Talente* in der Neun-Sterne-Liga integriert. Ihre Entschlossenheit, die Invasoren zum Stehen zu bringen, vibrierte kräftiger als die Kraft, die ihnen gegenüberstand. Die Denebierinnen kamen zuletzt, von Isthia, Rakella und Besseva bis zur jungen Sarjie, die ganz aufgeregt war, an dieser Erfahrung teilhaben zu dürfen. Dann gingen alle in der Rowan-Verschmelzung auf, als die sich endgültig festigte.

Reidinger, und seine Stimme erschien der allumfassenden Gesamtheit, zu der Rowan geworden war, fast wie ein Wispern: *Jetzt, Angharad, jetzt! Die Raven-Verschmelzung ist bereit!*

Überall im Gesamt-Geist war die Darstellung auf dem Bildschirm der Station verbreitet, und stetig bewegte sich die Rowan-Verschmelzung weiter hinaus auf den Eindringling zu. Wie ein Laser, der durch den Raum sticht, fuhr der Rowan-Geist auf den Eindringling zu und erreichte den Planetoiden. Verschiedene Bestandteile des Rowan-Geistes registrierten Zusammensetzung, Masse, bestätigten, daß Leviathan aus einer toten Welt hergestellt worden war, nun eine Dunkelheit, angefüllt mit vibrierenden lauten Maschinen und Myriaden umherwimmelnder Geschöpfe, deren geringe Intelligenz auf die Befehle reagierte, die ihnen vom zentralen Punkt in dem höhlenreichen Flugkörper übermittelt wurden.

Der Rowan-Geist: *Das ›Vielfach‹ besteht aus sechzehn Individuen, aber manche strahlen nicht viel Kraft aus. Wir unterbrechen und trennen das Vielfach – JETZT!*

Gegen solch einen gebündelten Stoß reiner geistiger Energie konnte es keine Verteidigung geben, und das Vielfach wehrte sich kurz, schwand dahin und brach unter der Intensität der gegen es gerichteten Kraft zusammen, daß sein Geist sich auflöste.

Der Jeff-Brennpunkt rief: *JETZT!* Und jedes 'kinetische männliche *Talent* wurde mit dem ganzen Gesamt aller verfügbaren Generatoren einbezogen, um Leviathan auf seine letztendliche Flugbahn abzulenken – geradewegs in Denebs Zentralgestirn.

Später, in den jahrelangen Diskussionen, die ein Ereignis von sechs Stunden Dauer ausgelöst hatte, wurde das als bestes Beispiel für den Vorrang des Geistes über die Materie betrachtet: unwiderstehlich einfach im Vergleich zu Waffentechnik oder zur Komplexität von Raumschiffantrieben. Sobald der Rowan-Geist den Geist der großen weiblichen Fortpflanzungswesen zerlegt und vernichtet hatte, verlor Leviathan seine lenkende Kraft: Die verschiedenen untergeordneten Wesen fuhren mit den Routinen fort, auf die sie genetisch festgelegt worden waren, Bewegungen, die keinem Zweck mehr dienten.

Da übte die Jeff-Geistesverschmelzung die 'kinetische Energie aus, um Leviathan von seinem Kurs abzulenken. Gemeinsam konzentrierten sich beide Verschmelzungen darauf, den Leviathan auf seinem neuen Kurs zu beschleunigen. Als der Gravitationszug von Denebs Sonne den Planetoiden voll erfaßte, ließen die Geistverschmelzungen ihn los.

Das Eintauchen Leviathans in den Glutball der Sonne erzeugte ein kurzes Aufflammen in der Korona, das als Finale dieser erstaunlichen Übung registriert wurde.

Die Raven-Verschmelzung: *Das hätten wir schon mit den ersten Angreifern machen sollen.*

Die Rowan-Verschmelzung: *Wir haben sie gewarnt!*

Langsam zog sich der Geist der einzelnen Beteiligten von den jeweiligen Brennpunkten zurück, langsam, weil das gemeinsame Hochgefühl des Erfolges an höchste Ekstase gegrenzt hatte, zu erregend, um es nicht auszukosten; langsam, weil die Kommunion so vieler Geister an sich eine seltene und einmalige Erfahrung war. Dank wurde übermittelt und entgegengenommen. Das Lebewohl war sanft zwischen jenen, die sich eben erst getroffen hatten, zögernd zwischen alten Freunden, die wieder vereint gewesen waren. Die letzten Trennungen waren fast schmerzhaft, und Rowan fühlte sich völlig ausgepumpt, ihr Geist taub und widerhallend nach solch einem Übermaß.

»Ruhig, Rowan«, sagte Rakella mit gedämpfter Stimme. Dennoch zuckte Rowan zusammen. »Laß dich einfach treiben. Jeff geht es gut. Dean ist bei ihm. Nach einem langen, guten Schlaf werdet ihr euch beide erholen.«

Ich bin hier, sagte Jeff, und obwohl er noch auf der Liege gerade mal einen halben Meter von ihr entfernt lag, war es ein Flüstern. *Das hat viel länger gedauert als beim erstenmal. Schlaf! Ich werde dich später lieben.*

»Ich will, daß ihr beide schlaft, ehe ich bis drei gezählt habe«, sagte Isthia, wacker und ganz die alte.

Das ist nicht fair, dachte Rowan trotz einem gräßlichen Hämmern in ihrem widerhallenden leeren Kopf.

Wieso fair?! Eins, zwei, drei!

Als Rowan viel später erwachte, wiederbelebt und erfrischt, fand sie sich allein im Bett auf dem Hof der Ravens.

Jeff ist auf die Erde zurückgerufen worden, sagte Isthia.

Reidinger? Rowan saß vor Sorge kerzengrade im Bett.

Du scheinst ja wieder in Form zu sein, »aber laß dir ja nicht einfallen, Kontakt mit ihm zu suchen!« fügte Isthia lautstark von der Küche her hinzu. *Der Mann ist wohlauf. Ich kann dich nicht belügen.* Das konnte sie wirklich nicht, daher *wußte* Rowan, daß Reidinger zusammengebrochen war. *Er ist noch ganz gesund und munter! Sagt jedenfalls Elizara, und die müßte es wissen. Aber die Anstrengung, Schlachtkreuzer und wer weiß was sonst noch in letzter Minute zum Deneb zu verschicken, war zuviel für einen Mann in seinem Alter. Er –* und Isthias Ton wurde schneidend – *mußte es selbst tun, um sicher zu sein, daß für dich und Jeff alles bereit war. Elizara hat ihn in der Obhut, und sie sagt, daß du dich heute auch ausruhen mußt. Du mußt an das Kind denken. Aber du kannst aufstehen und dich anziehen.*

»Erst mußt du essen, dann reden«, sagte Isthia, als Rowan ins Zimmer wankte, »aber es wird dich freuen zu hören, daß eins von den Angriffsschiffen der Käfer unbeschädigt erobert worden ist. Als die Entermannschaft die Haupt-Luftschleuse geknackt hatte, fanden sie die Geschöpfe in einer Art Stasis, in ihrer Haltung erstarrt. Die Xenobiologen sind der Ansicht, daß sie ohne dauernden Kontakt mit Leviathan nicht einmal Routinearbeiten erledigen können. Die Biologen sind außer sich vor Freude: Sie können die Spezies gefahrlos untersuchen. Die Flotte hat ein ganzes Schiff und die ganze Technik zum Auseinandernehmen. Wenn ich daran denke, daß Jeff fast umgekommen wäre, als er Stückchen und Splitter zusammensuchte, könnte ich Gift und Galle spucken!«

Rowan hörte Isthia zu, sie aß heißhungrig und mit einer Unbeirrbarkeit, die sie abstieß. Es war etwas irritierend, als sie sich eines ähnlichen Zuges bei dem ›Vielfach‹ der Käfer erinnerte. Nicht, daß es auch nur die geringste Möglichkeit einer Ansteckung oder gar einer Übertragung von Mentalität gegeben hätte, dachte Rowan, während sie das hervorragende Mahl verputzte, das Isthia zubereitet hatte. Nicht zwischen derart unterschiedlichen Denkmechanismen, trotz der kurzen, aber verheerenden Kontaktperiode. Sie war nach den gestrigen Anstrengungen einfach nur sehr, sehr hungrig.

Isthia: *Natürlich bist du das. Denk nicht weiter dran!* »Übrigens, du warst großartig. Für den Fall, daß niemand daran denkt, es dir zu sagen!« Dann berührte sie Rowan leicht an der Schulter. »Das war übrigens vor zwei Tagen.«

»Vor zwei Tagen?« Rowan ließ das Besteck fallen und starrte Isthia an.

»Du bist schwanger. Du brauchtest mehr Erholung.

Aber ich habe dafür gesorgt, daß Jeff volle vierundzwanzig Stunden geschlafen hat, ehe ich ihnen erlaubte, ihn zurück auf die Erde zu holen. Soviel hatte er verdient!«

»Er hat viel mehr verdient als vierundzwanzig Stunden Schlaf!« Rowan starrte Isthia an und wünschte, es gäbe jemanden, den sie wirklich ausschimpfen könnte.

Das bin dann ich, Liebchen! Und Jeffs Kichern klang in ihrem Geist, beruhigte sie, liebkoste sie, wie nur er es vermochte. *Dein Anteil bei der Verschmelzung war der schwierige. Ich brauchte nur zu stoßen!*

»Yegrani hatte doch recht«, fuhr Isthia fort, »du warst der Brennpunkt, der uns alle gerettet hat. Das ›Vielfach‹ des Leviathans mußte zuerst ausgeschaltet werden.«

Auf einmal hatte Rowan genug von Yegranis Vision. »Ich denke, ich sollte erleichtert sein, daß ich sie erfüllt habe.«

Die Erfüllung für dich hat eben erst begonnen, erwiderte Jeff leidenschaftlich und überschüttete ihren Geist und ihren Körper mit seiner Liebe – und seinem Verlangen. *Komm auf die Erde, sobald du kannst, Liebchen.* Und sein Lachen warnte sie unmißverständlich, was er vorhatte. *Das ist der Anfang der Gwyn-Raven-Dynastie: du, ich, unsere Familie, WIR!*

Eine Auswahl:

Drachengesang
Band 3
06/3791

Drachensinger
Band 4
06/3849

Der weiße Drache
Band 6
06/3918

Anne McCaffrey

Der Drachenreiter (von Pern)-Zyklus

Drachendämmerung
Band 9
06/4666

Die Renegaten von Pern
Band 10
06/5007

Die Weyr von Pern
Band 11
06/5135

Die Delphine von Pern
Band 12
06/5540

06/5540

Heyne-Taschenbücher

Shadowrun

Eine Auswahl:

Nyx Smith
Jäger und Gejagte
Band 19
06/5384

Nigel Findley
Haus der Sonne
Band 20
06/5411

Caroline Spector
Die endlosen Welten
Band 21
06/5482

Robert N. Charrette
Gerade noch ein Patt
Band 22
06/5483

Carl Sargent
Schwarze Madonna
Band 23
06/5539

Mel Odom
Auf Beutezug
Band 24
06/5659

06/5483

Heyne-Taschenbücher